⟨Hans Rosenplüt?⟩

Der Rechtsstreit zwischen Fastnacht und Fastenzeit

Das spyl von der Vasnacht und Vaßten recht,
vonn sullczen und broten

⟨P r o l o g s p r e c h e r⟩

Herr wirt, wir kumen nit her ůmb sust,
Wann ich clag selber meinen verlust.
Ich waiß nit, wie uns ist geschehen,
Das wir hering und zwyfel sehen
Und uns dy krapffen sein entwichen.
Wenn wir zu unsern puln strichen,
So het wir sulczen und schweinen proten,
Und des muß wir jeczund alles geroten.
Und west ich, wes die schult wer,
Er ůber wůnt sein gen mir nymer mer!

D y F a ß n a c h t

Fůrwar, das trau ich euch wol sagen!
Do ich reygirt vor vier tagen,
Do het ir, wes eur hercz begert.
Nu seyt yr all worden beschwert
Von der Faßten, die mich hat vertriben.

1 ůmb sust: ohne Grund.
2 Wann: denn.
4 zwyfel: Zwiebel.
6 puln: Liebchen; strichen: eilten.
7 So het wir: da hatten wir; proten: Braten.
8 und auf all das müssen wir jetzt verzichten.
9 west: wüßte.
10 niemals könnte er sich mir gegenüber behaupten.

Wer ich Faßnacht lenger hie plyben,
Ich kůnt euch sulczen und krapffen geben.
Nu dar! ir schult es mercken eben,
Das mir dy Fasst hat grossen schaden thun,
Das noch ůber pliben ist sulczen, krapfen und hun;
Des wir haben grossen schaden genumen.
Darůmb sey wir fůr eur gnad kumen,
Das ir ain recht sprecht nach eurn ern,
Ob mir die Faßt ist schuldig, meyn scheden wider zu kern.

Die Faßt

Mein liebe Faßnacht, laß dir sagen,
Mich deucht gut, du liest von deym clagen.
Ich wolt dir ungern sein unterthan,
Wann du machst fůrscheͤll weib und man;
Und solt dein toben wern ůber jar,
Es behielt mancher weder haut noch har.
Wann ich mag von art nit anders begern,
Ich wil die Faßnacht auß eurn peuchen lern
Und ich wil euch leͤrn, das ir derkennet got
Und halt fleyssig sein gepot.

Der richter

Nun hoͤrt, ich wil euch neue meͤr sagen:
Die Faßnacht wůrd uns sein nit vertragen,
Wir schůln pflegen guter wiczen
Und sůln ir ain entlicht recht besiczen;

18 Nu dar!: wohlan!
23 nach eurn ern: kraft eures Amtes.
24 wider zu kern: zu ersetzen.
28 fůrscheͤll: überlaut, toll.
31–32 Mir ist um nichts anderes zu tun, als . . .
33 der-: er-.
36–38 Die Fastnacht wird mit uns keine Nachsicht üben. Daher müssen wir all unsere Weisheit zusammennehmen und ihr durch Gerichtsbeschluß ihr unantastbares Recht bestätigen.

Wann sie clagt, die Faßtt hab sie verdrungen,
Das hab ir grossen schaden prungen
Und hat yr manchen guten mut vertriben
Und sein ir vil sulczen und krapffen ůber pliben,
Die man sůst het wol auff gegessen.
So ist dy Faßt der Faßnacht auff den nack gesessen.
Da mit sie die Faßnacht hat zu schaden pracht.
Darůmb veͤllt yr ain urtayl recht und wolbedacht!

Der erst schoͦpff

Was rechtz schol ich darůmb sprechen?
Ich wolt mich selber gern an der Faßten rechen.
Ich thar nu nymer nach den krapffen gan
Und muß nun sein ain gaystlich man.
Sy noͦtt mich, das ich muß peichten und půssen
Und unter dy antlas geͤn mit meinn fůssen
Und muß des morgens frů auff steͤn
Und zu frůmeß und zu predig geͤn.
Dasselb thut mir nit sanfft und wol.
Darůmb eur jeder gedencken schol,
Wie wir finden einen sin,
Das die Faßt von uns můst weichen hin.

Der ander schoͦpff

Ich wolt auch gern gedencken,
Wie wir dy Faßtt moͤchten versencken.
Ir speis ist mir doch gar unmer,
Zwyfel, huczel und oͦl machtt mir meyn glyder swer.
Darůmb so thar ich kain urtayl sprechen,

41 mut: Erwartung, Hoffnung.
47 Was rechtz: welches Urteil.
49 Ich thar: ich traue mich.
50 gaystlich: fromm.
52 unter dy antlas: zur Ablaßerteilung.
57 sin: ›Dreh‹.
61 unmer: zuwider. 62 huczel: Trockenobst.
Darůmb so: aus diesem Grunde.

Ich wolt mich selber gern an ir rechen,
Das ich nit ayr thar essen zu disen zeyten
Und muß auf dy Ostern peyten.

Der dritt schöpff

Zwar het ich mich recht besunnen,
Ich wolt der Vaßten wol an haben gewunnen,
Das ich het gestochen auff dem plan;
Und het ainn arm ain wenig verrenckt daran,
So het man mir derlaubt, ayr und milch zu essen.
Da mit het ich der Vaßten wol vergessen!
Nun ratet ůmb her pas,
Wann ich trag der Faßten grossen has.

Der vierd schöpff

Ich hab eur aller prechen wol vernumen.
Ich pin auch darunter czu schaden kumen;
Wenn ich meinem puln sol hofiern und singen,
So wil es nymer als wol als vor clingen;
Das macht, das öl hot mir verderbt dy stym.
Seint ich von ir so grossen schaden nym,
Darůmb so laß ich das urtayl gen ůmb hin.
Geb ich urtayl, sie het sein clainn gewin.

Der fůnfft schöpf

Nu höret zu, was ich euch sag!
Wir wollen auff schyeben dise clag,
Bis uns die Ostern her wider kumen,
Die gibt uns, was uns dy Vaßt hat genumen.

66 peyten: warten.
67 Zwar: wahrlich.
68–69 . . . ich hätte die Fastenzeit gezwungen, sich mit mir auf dem Turnierplatz zu schlagen.
73 Nun gebt ihr einen besseren Rat.
75 prechen: Entbehrungen.
79 hot: hat; stym: Stimme. 80 Seint: weil.

Ich wil der Vaßten legen zu,
In der Faßnacht het wir nyendert ru.
Die Faßnacht hat uns procht zu grossem schaden,
Das wil uns dy Ostern wider kern mit air und fladen;
Darůmb lob ich dy Ostern fůr die Faßnacht.
Lieber wirt, also hab wir volbracht
Unser kůrczweil euch zu ern.
Got sol euch all eur gut mern!

87–88 Ich will mich auf die Seite der Fastenzeit schlagen, denn . . .
88 nyendert: nirgends.
90 wider kern: wiedergutmachen.
91 fůr: vor.

2

⟨Hans Rosenplüt⟩
Das Arztspiel

Des arcztz vasnacht

⟨Prologsprecher⟩

Nu schweigt ain weil und redt nit vil
Und hoͤrt, was ich euch sagen wil!
Hie ist ain mayster in medicinis
Und kan die kunst des mayster Plinis
Und des hohen maysters kunst Origenis
Und kuͤmpt auß der hoͤchsten schul Athenis.
Ob jemant prechenhafftig sey an seym leyb,
Er sey junk, alt, man oder weib,
Der laß seinn prunnen hie besehen!
An dem kan er all kranckhayt spehen,
Die schwern toͤtlichen mort seuchen,
Es sey in koͤpffen oder in peuchen,
Und suͤst vil krankhayt, die man nit kan nennen,
Die kan er all anm prunn erkennen.
Und wie man die wider sol vertreyben,
Das wirt man eym an ain zetelein schreyben.

4 Plinis: Plinius d. Ä., 23/24 n. Chr.–79, Verfasser der enzyklopädischen Naturgeschichte »Naturalis historia«, in der auch über Heilmittel gehandelt wird.
5 Origenis: Origenes, neuplatonischer Philosoph des 3. Jh.s n. Chr.
6 auß der hoͤchsten schul Athenis: aus der Hochschule Athen (dem von Aristoteles begründeten Peripatos). ›Athenis‹ ist lateinischer Ablativ des Ortes.
9 prunnen: »Brunnen«, Urin.
11 mort seuchen: hinterhältige, tödliche Krankheiten.

Der mit dem ersten brunn

Hôrt, lieber herr, ich wil euch piten,
Ich kum da her zu euch geriten
Und pring ain wasser ůber felt
Und pring da pey par gelt.
Das wasser kůmpt von eym krancken,
Der wil euch lonn und wil euch dancken,
Das ir seynen prechen schůlt erkennen.
Darůmb so schenck ich euch dise hennen,
Und sagt mir, wes geprícht dem armen;
Wann wer in an sicht, den muß er erparmen.

Der arczt

Nu hôr, man, der baur ist plôd.
Es sind jeczund vil jemlicher tod;
Die kranckhayt, die in hat besessen,
Die hat er an eym seusak gessen,
Der schwecht in unden und krenckt in oben.
Hayß sich in hinder dy scheurn geloben
Mit zwayen pfunt kotz, so werd im pas,
Und hayß in wol auß lern sein kotfaz!

Der mit dem andern prunnen

Herr, schaut uns auch disen harn,
Wann nyemantz des menschen prechen kan erfarn,
Was kranckhayt der mensch an im hab.
Man redt auff, so redt man ab,
So redt man hin, so redt man her,

17 piten: bitten.
19 wasser: Urin.
23 prechen: Krankheit.
28 Es gibt zur Zeit sehr viel schrecklichere Seuchen.
30 seusak: Schwartenmagen.
32 Fordere ihn auf, eine Wallfahrt hinter die Scheune zu machen.
33 pas: besser.
38–39 Sinn: Jeder sagt was anderes.

Noch wais nyemant dy rechten mer,
Was krankhayt an dem menschen mag gesein.
Darůmb, herr, seht dester pas drein.

D e r a r c z t

Der prunn ist einer jungen frauen,
Die hat in vor mer laßen schauen.
Das jung weyb hat ainn allten man,
Der kan ir des nachtz kain genůg than.
Wann sie ist gayl, so ist er faul
Und ist ain allter ab geritner gaul,
Der weder traben mag noch zellten.
Des muß ir stolczer leyb engelten,
Wann sie hat großen mangel an mannen.
Ain junger tryb ir die kranckhayt all von dannen!

D e r f r a u e n k n e h t

Herr, ir habt gar gleych zu gesagt,
Wann sie hat mir oft haymlich geclagt,
Das sie sich gern wolt lassen streychen,
Davon die kranckheyt wůrd von ir weichen,
Und hat mich selber nye verschmecht.
Nu pin ich ir gedingter knecht
Und dorst es nye mit ir wagen
Und ich ho̊rt doch wol an yrm fragen,
Wann sie mich oft in dye kůchen weist,
Darynn man die frauen mit wůrsten speist.

40 rechten mer: wie die Sache richtig ist.
42 dester pas: um so genauer.
44 die hat ihn vorher schon öfter anschauen lassen.
49 zellten: den Paßgang gehen.
50 engelten: (mit Gen.) büßen für.
53 Herr, ihr habt richtig gedeutet.
57 verschmecht: verschmäht.
59 dorst: traute mich.

Aber ain knecht mit eym prunn

Herr, lat den brunn auch besehen,
Was disem menschen sey geschehen,
Wann es ist gar krank und schwach
Und leydet grossen ungemach.
Beseht, ob ir seinn prechen wißtt,
Wann es weder trinckt noch yßtt
Und sein ym doch stark all sein glider
Und ligt doch gancz und gar dernider.

Der arczt

Der prunn, der ist einer hausmeyt,
Die hat sich zu dem knechtt geleyt,
Der hat ir unden ein gebrochen
Und hat ir ain tieffs loch gestochen,
Das ir der pauch ist ser geschwolln.
Die kranckhayt, die ist vor mer derholln,
Wir haben ir heur vil vernumen,
Sy ist auch unter dy nunnen kumen.
Dye kranckhayt nyemant hayln schol,
Wann ir wirt noch ain gancze wiegen fol.

Der haußknecht

Herr, eur kunst ist gancz gerecht,
Wann ich pin der selbig haußknecht.
Ich sprach neur gen ir mein eͤr wort,
Da gieng sie pald mit mir auf ain ort,
Do leͤrt ich sie den neuen plapphart,
Da gab sie mir zu lon disen tapphart;
Daruͤmb hab ich ir oft ain wurst eingehangen,

65 es: auf ›mensch‹ zu beziehen, das im Frühneuhochdeutschen männlichen u. sächlichen Geschlechts ist.
76 die ist vor mer derholln: die ist vordem schon öfter erregt worden.
83 neur: nur; eͤr wort: Eheversprechen.
85 da zeigte ich ihr den neuen Weißpfennig.
86 tapphart: weiter Mantel.

Als lang, pis sie vorn auff ist gegangen;
Dasselb ir dise kranckhayt machtt.
Nu waint sie, des sie selber oft hat gelachtt.

D e r a u ß s c h r e y e r

Herr der wirt, nu gebt uns eurn segen!
Ho̊rt ir jemantz, der erczney wo̊ll pflegen
An hoher krankhayt oder an nydern,
An czenn, an augen, an all seinn glydern,
Den weyst zu uns, den wo̊ll wir erczneyen.
Halßprunner hof den wil man uns verleyhen,
Da wo̊ll wir ynnen czu herberg sein.
Herr der wirt, nun weist uns dy leut dreyn!
Wolt yr lang leben und seyt weiz,
So hůtt euch vor ungesotner speiz
Und hůtt euch vor pier, es sey frau oder man,
Man trinckt nun jarlast dy scheyssen daran!

88 so lange, bis sie vorne dick wurde.
90 des: worüber. (Vgl. die Entsprechung dieses Verses in der Druckfassung des Fastnachtspieles »Von König Salomon und Markolf«, V. 386; s. zu Nr. 9.)
94 czenn: Zähne.
96 Halßprunner hof: beliebtes Aufführungslokal in Nürnberg.
102 jarlast: von nun an das Jahr hindurch.

3

⟨Hans Rosenplüt⟩

Der Bauer und der Bock

Ein vaßnacht spil von dem pauern und dem bock

D e r h e r o l t

Nun sweigt ein weil und redt nicht vil!
Hie werdet ir horen ein vaßnacht spil
Von einem bauern und einer frauen,
Die wollen sich hie laßen schauen:
Der bauer mit warheit, die frau mit listen,
Damit man sich wol ein weyl mag fristen.
Mit warheit mag man nyemant betoren,
Als ir hernach hie wol werdet horen.
Der bauer hat nie kein luge gesagt,
Das hat kein mensch von im geclagt.
Nu meynt die frau, sie wolle in betrigen
Und sollich wege finden, das er muß liegen,
Das er sich an seinen eren muß letzen,
Und solt sie ettwas groß daran setzen,
Ein gemesten ochßen und ein ku.
Wo bist du, meyer? tritt hertzu!

D e r h e r r

Meyer, biß mir gotebilkum!
Bringest du gult, so pist du frum,
So kumest du gar zurechter zeit,

6 mit der man sich durchaus eine Weile durchschlagen kann.
11 betrigen: betrügen. 12 liegen: lügen.
13 daß er von seiner Ehrenhaftigkeit abgehen muß.
14 wenn sie auch etwas Wertvolles dazu aufbieten müßte.
16 meyer: Bauer.
17 bilkum: willkommen (b gleich w).
18 gult: Pachtzins; frum: brav.

Wann jederman sein gult nu geyt.
Du hast dich erwergklich gestelt,
Dasselb mir gar wol von dir gevelt.

Der bauer

Jungkherr, ich brenge euch do keßgult
Und hette ein große sorg, ir schult,
Das ich so lange bin außen gewesen
Mit andern gulten und mit den kesen;
Nu last ir euch so gutlich vinden,
Das ir mich auch werdet uberwinden,
Wes ir hinfur von mir begert.
Ich hab mein keßreusen gantz gelert.

Der herr

Meyer, du hast mir nye gelogen
Und auch zu keiner zeit betrogen.
Ich hab einen bock so lieb und wertt,
Vil lieber dann mein pestes pfert,
Den wirdst du mir ziehen acht wochen.
Wie wol ich von dir hab gesprochen,
So wil ich noch paß von dir sprechen.
Den dinst solt du mir nicht abbrechen.
Und halt den bock getreulich in hut,
Wann ich gebe in nicht umb großes gut!

Der bauer

Jungkherr, ich hab kein lug nye getan,
So wil ich an euch nicht heben an;

20 geyt: gibt.
21 Du hast dich in Ehren gehalten. w in ›erwergklich‹ gleich b.
23 keßgult: Zins in Käse.
24 ir schult: ihr würdet schelten.
28 uberwinden: dazu bewegen.
29 Wes: was.
30 keßreusen: Käsekorb.
36 wol: gut. 37 paß: besser.
42 darum will ich auch bei euch nicht damit anfangen.

Wann ich wil mein gut wortt hie nicht vertzeten.
Mein vater und muter kein lug nicht tetten,
Dorumb erbt es mich auch an,
Das ich kein lug nye hab getan.
Den Bock wil ich an ein rebseyl snůren
Und wil in jetzund mit mir heym fůren
Und wil sein wartten getreulich und eben
Und wil euch in uber acht wochen wider geben.

D i e f r a u

Jungkherr Dietrich von Turnau,
Ich bin ein eynfeltige frau,
Ir meynt, euer bauer mug nicht liegen?
Nu wil ich in mit listen betriegen!
Des wett ich mit euch umb vier ku,
Ich woll in effen mit cleyner mu,
Das er euch ein große lug werd sagen
Noch neher dann bey zweyen tagen.
Des wettet mit mir umb drey veist stier
Und umb guter melcker ku vier.

D e r h e r

Meinen bauern hab ich also erkant,
Ich wolt, es gult mir ein ganntzes landt,
Ich wett mit euch umb wenig oder vil,
Wann es ist mir gar ein gutes spil;
Wann ich weiß wol, das ich es gewynn,
Wann er hat gar gut scharpff synn.

D i e f r a u

Jungkher, das sey euch dargeslagen!
So wil ich gene, zurichten meinen schragen,

43 denn ich will meine Wahrheitsliebe hier nicht aufs Spiel setzen.
47 rebseyl: Strick.
49 eben: sachgemäß.
56 mu: Mühe.
67 meine Hand auf diese Wette!
68 gene: gehen; schragen: Fischnetz in einem Holzgestell.

Und wil mich zu dem bauern schicken
Und wil in vahen in meinen stricken
Mit sachen, die ich hab furgenomen,
Und wil gar schir zu euch kumen.

D e r h e r r e

Ir herren, nu wil ich horen!
Das weib begert, den bauern zutoren;
Nu ist er ein sollich frumer knecht,
Das ich in allweg habe gefunden gerecht,
Mit rechter warheit in allen seinen sachen.
So meynt sie, sie wolle in abtrunig machen.

E i n e r *antwurt*

Secht, weibes list ist so tieff,
Das in kein man nie vorgelieff.
Aristotiles, der hoch doctor,
Der hat in nye gelauffen vor.
Einer frauen list in uberkam,
Das alle sein weißheit in im wurdt lam.
Do er auf seinen knyen wolt streyten,
Do ließ er sich in einen gartten reyten.

A b e r e i n a n d e r

Wir man hab alle ein swachs gemut,
Wenn unns die wasserstang recht glut.
Das ist ein sollicher heymlicher gebrechen,
Das in nyemant kan außgesprechen;
Das bringt unns ein solliche große unru,
Das clagen wir frauen, die sagen uns zu,

72 gar schir: ganz schnell.
78 So: dagegen.
80 in: sie (bezieht sich auf ›list‹, das im Frühneuhochdeutschen auch männlich ist); vorgelieff: übertraf.
81 Übersetze: Selbst Aristoteles . . . (Spielt auf die Sage von Aristoteles und Phyllis an.)
89 gebrechen: Krankheit.

Das sie unns die kranckheit wollen wenden.
Dasselb stet gantz in iren henden.

M e r e i n a n d e r

Kunig Salomon, der was weise und clug!
Der große weißheit in im trug
Und was mit weißheit so gereicht,
Das im kein man nie geleicht:
So weißlich richt er auß all sein gescheffl.
Noch hette ein weib in also geefft,
Das er sich mit aller seiner weißheit verspetet,
Das er die aptgoter anpetet.

A b e r e i n a n d e r

Der starck Sampson, den efft ein weib,
Das er geswecht wurd an seinem leib.
Sein haubt ward im beschorn bloß,
Davon er alle sein sterck verloß.
Kein man mag sich vor in gefristen,
Die teuschen in mit iren listen.
Dorumb so wollen wir nicht verkiesen,
Ich besorg, der bauer laß euch verliesen.

D i e f r a u

Junckher, ich lauff vom bauern her
Und bringe mir selber gute mer.
Ich hab mein sach also außgetragen,
Das er euch ein große lug wirdt sagen.
Ich hab mich nicht lang bey im gespart,
Er kumpt auch jetzundt auf der vart,

100 Noch hette: dennoch hatte. 106 verloß: verlor.
107 Kein Mann vermag sich vor den Weibern zu retten.
109 nicht verkiesen: die Möglichkeit nicht ausschließen.
110 Ich besorg: ich fürchte; verliesen: verlieren.
112 mer: Nachricht.
115 Ich habe mich nicht lange bei ihm aufgehalten.
116 auf der vart: auf der Stelle.

Wann ich allererst von im gee.
Fragt in, wie es umb euern pock stee,
So werdt ir einer lug von im ynnen,
Damit ich euch wil angewynnen.

Der herre

Meyer, was sagst du unns guter mer?
Lauffest du jetzund von heymen her,
So sag mir, wie es umb dich stee,
Und auch, wie es meynem pock gee.

Der bauer

Junckher, ich wil euch sagen die warheit:
Ich hab getan ein große torheit!
Es kam zu mir ein schon, lustig weyb
Und tet so schon zu meinem leyb;
Mit beyden armen sie mich umb sloß,
Davon mir ein großer geprech auf schoß:
Mein esel wurd sich unten regen,
Den konde ich mit zuchten nicht nyder legen,
Wann sie so freuntlich zu mir tet,
Das ich meiner synne nicht halber hett.
Sie swang meinem esel das futer vor
Und offennt mir der freuden thor;
Davon sie sollichen untersturtz nam,
Das ir der visch in die reusen kam.
Die warheit allwegen recht noch laut:
Ich hab den bock an ir verbraut.
Sie lert mich, ich solt euch ein lugen sagen,
In hett ein wolff hinweck getragen.

117 denn ich komme gerade eben von ihm.
120 womit ich den Sieg über euch davontragen werde.
127 schon, lustig: schön und begehrenswert.
134 daß ich meiner Sinne kaum mächtig war.
137/138 kam sie in die Lage, daß.
139 noch: dessenungeachtet.
140 an ir verbraut: an sie verloren.

Der herre

Meyer, du hast recht getan,
Wann sie gewynnet am mynsten daran.
Ich hab gewunnen drey gemest styer
Und dartzu guter ku wol vier.
Dorumb hast du es besunen eben
Und hast deinem esel futer geben
Auß irem rauhen futer parn.
Dein gult wil ich dir dreu jare laßen varn.

Die frau

Zwar, du beschißenner bauer,
Ich wolt dir es noch wol machen zusauer!
Wenn ich mich nicht solt scheuhen und schemen,
So wolt ich dirs gar wol abnemen.
Hett ich es gewist, du beschißenner man,
Du hettest mir kein rechenung an meiner kerben getan.

Der herolt

Herr der wirt, ir solt unns urlaub geben
Und furet die zeit ein rechtes leben!
Ob wir es zugrob hetten gespunnen,
Damit wir euer ungunst hetten gewunnen,
So wollen wir lenger gen zuschul
Auf das rathause unter den pfeifferstul;
Da lernt man heymlich bubin kennen,
Die nicht alle tugen hie zunennen.

144 am mynsten: am wenigsten; daran: dabei.
147 Deshalb hast du es richtig bedacht.
149 parn: Krippe, Trog.
151 Zwar: wahrlich.
154 so wollte ich es dir gewiß heimzahlen.
155 Hätte ich das gewußt . . .
156 du hättest mir nichts auf meine Rechnung gesetzt. (kerben = Kerbholz; aber auch für weibliche Scham, vgl. Keller 99,4.)
162 pfeifferstul: Platz, auf dem die Spielleute zum Tanz aufspielen.
163 heymlich bubin: lichtscheues Gesindel.
164 die hier nicht alle genannt zu werden taugen.

Auch lernet man da das abc,
Wo man umb sechse in die nacht eyngee.
Auch leyt ein schul bey der smeltzhutten,
Da muß man in ein hornlein tutten,
So zeucht man auf und lest in ein;
Gibt er dann pald auß umb wein,
So hat man in lieb und helt in wertt,
Biß das man im sein taschen lert.
Wenn wir die zwu schul haben eyngenomen,
So wollen wir wider zu euch kumen
Und wollen euch ettebas neues machen,
Das ir und alles euer haußgesinde must lachen.

166 umb sechse: um Mitternacht. (Hier wird wahrscheinlich auf einen Zauberzirkel von Scharlatanen angespielt.); nacht: Geisterstunde.
167 leyt: liegt.
169 zeucht man auf: öffnet man.
173 zwu: zwei.

4

⟨Hans Rosenplüt?⟩
Das lustige Gerichtsspiel

Ein hubsch vasnacht spil

P r e c u r s o r
Got gruß den wirt und sein gesind
Und wen ich frolich hynnen find!
Wer unsern schimpf fur gut wolt han,
Den wolt wir etwas horen lan,
Und das doch nit zu geistlich wer.
Wer do hat zu clagen, der mach sich her!
Recht urteil man hie fellen sol,
Darvon der richter auch wirt vol.

A n c l a g e r *dicit*
Richter, ich klag euch hie mein not
Uber ein, der hie bei mir stat.
Der solt mit meiner frauen tantzen,
Und so er mit ir wurd umb her swantzen,
Gab er ir den fisel in die hant.
Richter, das tut mir von im ant.
Ich sprich auff meinen eydt darzu,
Das sie mir seyt nye gut wolt thu.

Üb Precursor: Herold.
3 Wer unsern Scherz im guten aufnehmen will.
4 lan: lassen.
5 Und das: und zwar etwas, das.
8 vol: satt (weist voraus auf die Bußen, die der Richter auferlegt).
8a dicit: (lat.) spricht.
12 wurd: anfing; swantzen: »schwänzeln«, tanzen.
13 fisel: männliches Glied.
14 das tut mir von im ant: verdrießt mich an ihm.

Antwortter *dicit*

Herr richter, mercket an dem speyer!
Sie pat mich heimlich umb ein dreyer;
Do dacht ich mir, sie meinet die dreu,
Do an einer nadel hangen zwey kleu,
Und raichet ir neur die nadel dar.
Behend erwischet sie es alles gar,
Und het ich mich so wol nit geflissen,
Sie het mirs geschirr vom arß gerissen.

Der richter *dicit*

Mich wundert, das ir groben affen
Vor dem rechten mugt so unutz klaffen;
Und schonet ich frummer leut nit daran,
Ich wolts euch nymmer faren lan.
Darumb so merckt die urteil mein,
Das igklicher zwei virtl guten wein
Morn uns zum anpiß bringen sol,
Das wir alsant davon werden vol.

Hie kumen zwen.

Anclager

Richter, ich han dahaim ein tochter;
Der do stet, ist gewesen ir anfochter,
Piß das er sie einß nachtz hat erschreckt,
Das sie vor im lag ungedeckt.
Der schreck ist ir zwischen die ⟨die⟩ geschlagen.
Des wolt ich dennoch als nit klagen,

17 Herr Richter, das kreidet dem Schelm als ungehörig an!
20 nadel: spitzer, länglicher Gegenstand; kleu: Knäuel, Kugeln.
21 neur: nur.
23 geflissen: angestrengt.
26 Vor dem rechten: vor Gericht.
31 anpiß: Frühstück.
34 anfochter: erster Verführer.
37 die ⟨die⟩: die Schenkel.

Wer ir der pauch so ser nit geschwollen.
Das klag ich euch uber den follen.

A n t w o r t t e r *dicit*

Richter, er leugt mich poßlich an.
Sie klagt, ir tet gar we ein zan,
Ob ich ir mocht ein ertznei geben.
Ich dacht, ir ist ein pruch wurtz eben,
Die schlah ich ir pald in den munt,
So wirt sie auff der fart gesunt.
Hat sie dann seyt geliden daran,
So hat es ir doch sanfft getan.

D e r r i c h t e r *dicit*

Seyt das du es im pesten hast getan,
So sult ir fur ein urteil han,
Das eur igklicher morgen fru
Zwen groß weck uns trag herzu,
Das wir do zum anpiß haben,
Damit wir uns alsant thun laben;
So mug wir allsant dest weyser sein.
Darumb so habt ir die urteil mein.

D e r d r i t t a n c l a g e r

Richter, ich klag euch uber disen lappen,
Der get mir des nachts umb mein haus trappen
Und get mir schliffen umb den mist,
Als einer, dem not scheissens ist.
Ob er meiner tochter nach drab
Oder etzwas mut zu stelen hab,

40 Dessen klage ich vor euch den jungen Burschen an.
44 pruch wurtz: Heilwurzel gegen Brüche, ›pruch‹ aber auch ›Hose‹, also ›Hosenwurzel‹; eben: richtig.
46 auff der fart: sofort.
57 lappen: Laffe, dummer Kerl.
58 trappen: stapfen.
59 schliffen: schlüpfen, schleichen.
62 mut: Absicht.

Wayß ich nit; darumb weyßt in darvon,
Ee ich im mit eim scheyß scherben lan.

Der antwortter

Herr richter, hort zu dem affen!
Furwar, im ist nichtz guts beschaffen!
Seine kinder tet ich daran eren
Und im auch sein mist hauffen meren,
Das er sein ecker tunget dest pas.
Sol mir zu schaden kumen das?
Ich waiß, das er in kurtzer frist
Von mir ein zentner gewert ist.

Der richter *dicit*

Ach, ir grossen, verheyten strutzel,
Ir kundt der hofzucht all gar lutzel.
Ir sagt all gern von weycher speys;
Ich mayn, die zen die sten euch leys.
Ich urteil und wil nit geroten,
Das jeder morgen pring ein praten;
So woll wir diesen kriegk wol schlichten
Und euch payd mit einander verrichten.

Der vierd anklager

Ir herrn, ich pulet heur umb ein meyt,
Die wer ein junckfrau, als man seyt;
Mit der was ich wol uber ein kumen
Und wolt sie zu der ee han genumen;

64 scherben: Stückchen; lan: (sprich:) lohn.
71/72 . . . daß ihm von mir innerhalb kurzer Zeit ein Zentner geschenkt worden ist.
73 verheyten strutzel: verdammten Dummköpfe.
74 ihr versteht euch alle schlecht auf die Hofzucht.
75 sagt: redet.
76 leys: locker.
77 geroten: verzichten auf.
80 verrichten: versöhnen. 82 seyt: sagt.

So hat mich einer mit wortten dar gemessen
Und sagt, ich mů̊g nit epfel essen.
Des schem ich mich vor euch gar ser.
Furwar so dunckt mich, es sei der.

Der antwortter *dicit*

Ich laugen nicht, ich pinß gewesen.
Ich wil im noch wol anders her lesen:
Er hat es vor wol dreyen getan;
Wirfft uber all sein kreyden an
Und leit am tag, das man es weiß,
Das im ein sau sein zerß bescheyß,
Das er hin auff den mist ging hofirn.
Der hodenloß man darf keiner das maul smirn.

Der richter

Nu herit, ir zwen groben ginloffel,
Wie seit ir doch die groben hoffel,
Das einer des andern also remt
Und euch vor den leuten nit schemt!
Das urteil ich umb eur gekoß,
Das jeder bring morgen zwey kroß.
Bey geschworem eyd ich euch das peut,
Umb das ir seyt so hedrisch leut.

85 da hat einer ein Gerücht über mich verbreitet.
86 Sinn: ich sei impotent. (Zur sexuellen Symbolik des Apfels vgl Röhrich [1967] S. 67 ff.)
90 Ich will von ihm noch ganz andere Dinge erzählen.
91 Er hat es vorher schon dreien versprochen.
92 hat überall seine schmutzigen Finger dazwischen.
93–96 und er läßt es am hellichten Tag geschehen, daß alle Welt mitbekommt, wie ihm eine Sau auf sein Glied macht, die er auf dem Misthaufen hofieren ging (Sau im Frühneuhochdeutschen auch sächlich). Dieser Kastrat darf keiner schöne Worte machen, die er nicht halten kann.
97 herit: hört; ginloffel: Maulaffen.
98 hoffel: Hobel.
99 daß einer auf dem anderen so rumhackt.
101 gekoß: Streiterei.
102 kroß: Gebäck.
103 peut: befehle.
104 Umb das: weil; hedrisch: zänkisch.

Ein paur

Waß sol das hadern und das zancken?
Laßt uns ein weil die keln schwancken!
Ich kan mit schan frauen schimpfen,
Das man mir das wol tut gelimpfen.
Zu ringen, fechten pin ich gelenck,
Mein schwert ich darumb an mich henck.
Ist nyemant, der mich well bestan,
So lat uns aber furpas gan.

Der außschreyer

Ir herrn, habt unsern schimpf vergut
Und seit die vasnacht wol gemut!
Ob wir zu grop gehobelt han,
So mugt ir selber wol verstan,
Das man die vasnacht fester topt,
Dan in der karwochen, so man got lobt;
Darumb so nemptz nit auff in arck.
Got frist euch lang gesunt und starck!

106 die keln schwancken: die Kehlen spülen.
107 Ich kann mit schönen Frauen scherzen.
108 gelimpfen: nachsehen.
112 aber furpas gan: wiederum weiterziehen.
113 schimpf: Scherz.
120 frist: erhalte.

5

⟨Hans Rosenplüt?⟩

Das Eggenziehen

Ein vasnacht spil: die egen

A u s s c h r e y e r

Got gruß den wirt und wirttin!
Es kumt ein mair mit sym gesind und der hirttin.
Was heur von meyden ist uberblieben und verlegen,
Die sein gespant in den pflug und in die egen,
Das sie darinnen zyehen mussen
Und darinnen offenlich puessen,
Das sie sein kumen zu iren tagen,
Fut, ars, tutten vergebenß tragen.

D e r m a i r *spricht zum knecht*

Mein knecht, piß auff die pfert geflissen,
Das wir der ecker wol geniessen!
Laß dir die sach wol bevolhen sein,
Und red auch mit dem menknecht dein,
Das er sie treyb und sie nit spar,
Das sie zu gayl nit werden gar.
Laß sie die knaben nit plicken an,
Das keim der truller auff werd stan.

2 mair: Bauer.
3 verlegen: durch langes Liegen verdorben = sitzengeblieben.
4 egen: Egge.
8 Fut: weibliche Scham; tutten: Brüste.
9 kümmere dich um die Pferde.
10 geniessen: (mit Gen.) Nutzen haben von.
12 menknecht: Knecht, der das Zugvieh lenkt.
14 gayl: übermütig.

D e r k n e c h t *dicit*

Mein herr und mayr, das sol sein.
Cuntzlein, men fast und hau darein,
Sich auff und hau sie mit sporn!
Wann mir hat auch mein herr geschworn,
Er woll uns je versehen eben
Und igklichem der roß eins geben;
So wil ich meins beim ars beschlagen,
Wann es mich auff dem pauch muß tragen.

D e r m e n k n e c h t

Zwo her an, Gromann und Pleßlein,
Hotte! host! snuder und zwuder herein!
Felblein, Preunlein, streichet zu!
Replein und Fuchßlein, habt nit ru!
Wann es kumt schir ein mol die zeit,
Das man euch ungesatelt reit;
Doch ist es je darumb geschehen,
Wie ir die schantz habt uber sehen.

D e r m a i r *fragt die ersten*

Meyt Gerhauß, saget an mit fug,
Warumb zyhet ir in disem pflug?

G e r h a u s *dicit*

Das ich mich hie muß lassen straffen,
Das macht, ich bin zu ungeschaffen
Und hab zu mal ein weittes maul;

16a dicit: (lat.) spricht.
18 men fast: treib tüchtig an.
19 Sich auff: paß auf.
20 Wann: denn.
21 je versehen eben: jederzeit gut belohnen.
26 Rechts! links! rechts und wieder links herum!
27 streichet zu: schreitet aus.
31/32 allerdings kommt es nicht dazu, nachdem ihr eure Chance habt ungenutzt verstreichen lassen.

Abb. 1 ›Das Eggenziehen‹. Holzschnitt vom Jahre 1532 zum Schwank des Hans Sachs *Die hausmaid im pflug*

So bin ich sunst auch treg und faul
Und hab darzu ein krumen ganck,
So ist mir auch die naß zu lanck,
Zwoi lange pein, ein krumen ruck,
Das hat mir heur verderbt mein geluck.

Er *fragt die ander*

Sagt mir auch, junckfrau Adelhait,
Wie habt ir all so lang gespart?

Die Alheit *antwort*

Es hett sich einer mein untterwunden
Und wolt sich han zu mir verpunden,
Do sprach einer, der mir args gunt,
Ich hett ein eisen ab gerant
Und hett offt uber die schnur gehauen;
Darumb wolt er mir nit mer getrauen
Und mocht doch noch eine ergreiffen,
Die im auch sein ocker kund schleiffen.

Er *fragt die dritten*

Nu sagt mir, junckfrau Demut,
Wie das ir euch nit habt gehut?

Die Demut *dicit*

Es hett mirß einer schon versprochen.
Des ist ytzo wol virtzehen wochen,
Das er mir nye kein antwort gab;
Ein andre spenet mir in ab,

42 geluck: Glück.
44 warum hast du so sehr lange gezögert?
45/46 Es hatte sich einer meiner angenommen und wollte mich auch heiraten.
48 ich hätte das Eisen abgelaufen, d. h. die Jungfernschaft verloren.
51 mocht: konnte.
52 ocker: männliches Glied.
54 wie kommt es, daß ihr euch nicht verheiratet habt?
58 eine andere hat ihn mir ausgespannt.

Die ließ sich uber al benaschen
Und spilen in ir unttern taschen,
So spilt sie im im seckel oben.
Nymt es ein gut end, so sol mans loben.

E r *fragt die vierden*

Nu sagt mir, junckfrau Keterlein,
Wie das ir heur must ubrig sein?

S i e *antwort*

Ich han das jar bei eim vertrieben,
Dem han ich offt ein brieff geschrieben
Von meiner not und meim nacht hunger,
Wann er ist gar ein hubscher junger
Und hat mich liep und schemt sich doch;
Ich wayß, im was nach mir nye goch,
Mir was vil wirßer nach im albegen,
Jedoch pin ich das jar verlegen.

E r *fragt die funften*

Nu sagt mir, junckfrau Magdalen,
Wie must ir nu das jar besten?

M a g d a l e n *antwort*

Einer hat lang umb mich gepult
Und sovil wort gen mir abgespult,
Das ich gedacht, er wurd mich nemen.
Do ward mich einer gen im beschemen
Und sprach, er hett an mir gewin,
Ich trug ein kint. nu merckt den sin!

70 ich weiß, daß er auf mich nie scharf war.
71 wirßer: heftiger verlangend; albegen: allewege, immer.
72 Jedoch: und doch.
74 wie mußtet ihr das Jahr verbringen?
75 gepult: geworben.
78 Da fing einer an, mich ihm gegenüber schlechtzumachen.
79/80 und sprach, er hätte an mir einen schönen Gewinn, ich trüge ein Kind. Da habt ihr's!

Es mocht im noch wol werden leit,
Ich was ein wol versuchte meit.

Er *fragt die sechsten*

Junckfrau Anna, nu sagt an,
Wie das ir bleibt an ein man?

Anna *antwort*

Man hat ein ergriffen auff mir,
Furwar es geschach nit mer dann zwir,
Der saget mir von dem pesten geschleck,
Das allen unmut trieb hin weck.
Am ersten tet es mir so we,
Das ich gedacht: versuch es me!
Darumb ist das an mir das pest,
Das ich mich nu zu halten west.

Er *fragt die sibent*

Mein Kun, wie ist euch dan geschehen,
Das ir die schantz habt ubersehen?

Kun *antwort*

Ich bin gewest bei allen tentzen
Und tet mein průst gar hoch auff sprentzen,
Die sein als hertt, sie mochten knacken.
Darzu han ich zwen groß arß packen
Und einen kocher, der ist rauch;

81 Es wird ihm dennoch sehr leid tun.
82 versuchte: erfahrene.
84 an: ohne.
86 zwir: zweimal.
87 geschleck: Schleckerei, Süßigkeit.
92 halten: enthalten; west: wüßte.
94 schantz: Chance.
96 auff sprentzen: aufschnüren.
97 prall zum Zerspringen.
99 kocher: Köcher; rauch: rauh.

Stoßt man pfeil darein, so gen sie in pauch.
Noch hat man nye gescheuhet das,
Neur das mein muter nit elich was;
Mein vater machet mich auf einer penck.
Sagt all, was sol solichs geprenck?

D e r a u ß s c h r e y e r *dicit*

Got gesegen euch, wirt! wir mussen farn,
Schwingen das futer in den parn
Und furlegen den unsern gurren.
Wann ir sie aber wolt heyssen huren,
So hett irs mit uns nit gut.
Wir wissen wol, ein pessere stut
Leyt in dem dorff, haist das hurhaus,
Wenn wir getzogen haben auß
Der jungen fulen mer dan vil.
Nu dar, herr wirt, es hat sein zil,
Wir mussen pauen noch manges felt.
Got geb euch gelůck in diser welt
Und nach disem leben die ewigen ru!
Nu, haußknecht, thu die thur noch uns zu!

101/102 Bisher hat man davor noch nie zurückgescheut, außer daß meine Mutter nicht verheiratet war.
103 penck: Bank.
104 geprenck: Großtuerei.
106 parn: Krippe.
107 gurren: Stuten, Weibern.
110 stut: Gestüt.
111 Leyt: liegt.
112 denn wir haben aufgezogen.
113 fulen: Fohlen; mer dan vil: übergenug.
114 es hat sein zil: wir sind am Ende.
118 noch uns: hinter uns.

6

⟨Hans Rosenplüt⟩

Die sieben freien Künste und die Liebe

Dy syben kůͤnst vasnacht

⟨Der erst⟩

Nun ho̊ͤrt ir fremden und ir kunden!
Hie wirt groß kunst und weishait gefunden
Pey syben weysen maystern gra:
Briscianus mit gramatica,
Die lert lateinisch reden und sprechen,
Dy silben spallten, piegen und prechen.
Hie vint man loyca mit yrer list,
Die lert, was falsch und unrecht ist;
Sy krůͤmpt, sie schlicht, sie genczt, sie trentt,
Dy lůͤg sie pey der warhayt kentt;
Ir mayster, der hayst Aristotiles.
Dy geometria lert Euclytes;
Dy misset hoch, tieff, eng und weyt,
Kurcz, lank, schmal, prayt: die kunst das geyt.
Tulius, der lert retorica,
Hůͤbschlich reden nain und ja

1 kunden: Einheimische.
3 Pey: bei; gra: grauhaarig.
4 Briscianus: Priscianus, lateinischer Grammatiker, etwa 6. Jh. n. Chr.
7 loyca: Logik.
9 sie verbiegt die Dinge und macht sie wieder gerade, sie ergänzt und sie trennt.
10 pey: neben.
11 Aristotiles: Aristoteles, griechischer Philosoph, 384–322 v. Chr.
12 Euclytes: Euklid, griechischer Mathematiker, um 300 v. Chr.
14 die kunst das geyt: die Wissenschaft macht das möglich.
15 Tulius: Marcus Tullius Cicero, römischer Schriftsteller, Politiker, Philosoph, 106–41 v. Chr.

Und mit geplumpten worten tictiern
Und sach von sach specificiern.
Buecius lert dy musica,
Wie ut, re, mi, fa, sol und la
So sůͤß her clinget auf saytenspil
Mit fingern und mit federkil.
Pittagarus leret practiciern
Und kan auch wol auß czyfferiern,
Wie sich ain jeder numerus gemert;
Dy arismetrica das lert.
Astronomia geyt zuversteͤnn,
Wie sunn und mon und stern ůmb geͤnn
Und wie sie alle kunst wůrcken hie unden;
Das hat Tholomeus gefunden.
Ob jemant die kunst hie lernen wolt
In kurczer weil und ůmb clainen solt,
Der sol es den maystern offenpern
Und sol mit worten in das erklern,
Wie er hayß und wer er sey.
Der lernen wo̊ll, der tret her pey!

Der ander

Nun ho̊rt, ir weisen mayster, ir frumen,
Ich pin durch frauen willen auß kumen

17 geplumpten: kunstvoll ausgeschmückten (zu dem Fachterminus ›blümen‹ der Spruchdichter und Meistersänger vgl. K. Stackmann, in: Sonderheft des Euphorion [1955] S. 21–26.); tictiern: diktieren.
19 Buecius: Boethius, römischer Gelehrter, etwa 480 bis 524 n. Chr.
20 lateinische Tonsilben zur Bezeichnung des Hexachords.
23 Pittagarus: Pythagoras, griechischer vorsokratischer Naturphilosoph, etwa 570 bis 480 v. Chr.; practiciern: Berechnungen anstellen.
24 auß czyfferiern: ausrechnen.
25 numerus: Zahl.
26 arismetrica: Arithmetik.
27 geyt: gibt.
29 wie sie alle Tätigkeiten hier auf Erden beeinflussen.
30 Tholomeus: Claudios Ptolemaios, griechischer Astronom, etwa 100 bis 170 n. Chr.
31 die kunst: diese Wissenschaften.
33 offenpern: zu verstehen geben.

Und wil mich in allen den kůnsten nyeten,
Damit man frauen mag dienst erpieten;
Und was in zu dienst mag zu gestͤn,
Dem wil ich ferrn nach reyten und gͤn.
Nu pit ich euch mit grosser flee,
Das ir mir sagt, das ich verstee,
Ob man mit disen kůnsten allen
Den frauen mag gedienen zu gefallen.
Kůntt ir mich des in kůrcz beschayden,
So wil ich cristen, jůden und hayden
Von euren hochen kůnsten sagen
Und wil eurn preyß in alle lant tragen.

Der erst mayster

Ain man, der frauen dienen schol,
Der darff gramatica reht wol,
Das er in dien mit solchem fleyß,
Das er icht nider irn hohen preis.
Wann frauen dienst ist gar ungeleich:
Einer ungeschaffen, einer seuberleich,
Einer pey tag und einer pey der nacht,
Das es sich offt in einer wiegen gesagt.
Doch der frauen wol dienen kan,
Der tregt kain affen clayt an.

Der ander mayster

Ainer, der frauen dienen wil mit fleiß,
Der darff zu wissen zwarcz und weiß,
Hallten und lassen, nicht teuschen und effen,

39 nyeten: abgeben mit.
51 schol: will.
52 darff: bedarf.
54 icht: nicht.
55 Wann: denn.
56 ungeschaffen: übel; seuberleich: leicht.
58 in einer wiegen gesagt (gesagt = gesacht): in einer Wiege niederschlug.
60 affen clayt: Narrenkleid.

Hengen und haben, nicht felen und treffen,
Nicht czway gehayssen und dreu gefelt
Und allweg milt sein on gelt,
Nicht grosse clag und claynen schmerczen
Und hayß ymm mund und kalt ymm herczen
Und clain geschefft und große ru:
Das geho̊rt keym frauen diener zu.

Der dritt mayster

Ainer, der in frauen dienst wil leben,
Dem ist geometria eben,
Wenn er ist nackett und sie ist ploz,
Die lert in den czirckel und winckelmoz,
Das er ir hůbschlich dar kan meßen,
Wie fil sie flaysch ain mal schol essen,
Das sie ain rechte genůg daran hab.
Wer das nicht kan, der ist schab ab.
Und weren zehen kůnkreich sein,
So můßt er der frauen genßlo̊ffel sein!

Der vierd mayster

Retorica, die leret ainen man,
Das er mit frauen wol reden kan.
Nicht vil geschrayß und wenig wolln,
Als offt thun dy narrn und dy folln:
In golt gehayssen und kupffer gellten
Und vorn loben und hinten schellten
Und oben scho̊n und unten der schaur

64/65 die Zügel lockern und anziehen, nicht niederwerfen und stoßen, nicht zwei Sachen versprechen und drei fallengelassen.
72 eben: passend.
76 schol: soll.
78 schab ab: Abschabsel, ein Dreck, ein Nichts.
80 genßlo̊ffel: Gänselaffe, ein Spottname (vgl. Nr. 9, V. 60/61), hier im Sinne von ›Spottvogel‹.
84 folln: Betrunkenen.
85 gehayssen: versprechen; gellten: auszahlen.

Und aussen edel und ynnen ain paur.
Welcher man den frauen reht dienen wil,
Der glob in wenig und hallt in vil.

Der fůnft mayster
Ain man, der frauen dienen wil,
Der darff gesank und saytenspil,
Da mit er hoch und nider reicht,
Wann sůsse stymm manche frau erweicht,
Das sie gen mannen auf entleunt,
Die vor nit gewesen ist ir freunt,
Das sie solche freuntschaft czu im tregt,
Das sie sich offt an seinen arm legt
Und ůffent ym der freuden gaden.
Darůmb kan im die musica nit schaden.

Der sechst mayster
Die arismetrica, die czelt
Wie offt, wie dick ain junger helt
Den frauen dienen sol mit seim leyb,
Das ich in ainen frauen diener schreyb.
Hat er gekempfft, gestůrmet und gestriten,
Gescharmůczelt, mit scharpffen glenn geriten,
Geturnieret, gestochen, getanczt, gesprungen,
Mit schnellen gelauffen, mit starcken gerungen
Und mit hohen eren ist kumen her,
Erst schreib ich in ainen halben frauen diener.

Der sybent mayster
Astronomia ist ain kunst,
Die eynm wol hilfft zu frauen gunst.

90 glob: verspreche.
95 gen: gegenüber; auf entleunt: auftaut.
99 gaden: Kammer.
102 dick: intensiv.
104 schreyb: nennen kann.
106 glenn: Speeren.
110 so bezeichne ich ihn erst als ...

Ain man, der da ligt pey weiben
Und wil sein menlichs werk treyben,
Der sol sich remen der rechten zeyt,
Die der planeten lauff geyt;
Wann rechte zeyt machtt grunen ain jeclichs kraut.
Darůmb wer zu der rechten zeyt paut,
Der gewintt ain fruchtreiche ern.
Das kan dy kunst astronomia bewern.

Der jung frager

Ir weisen mayster wol gelart,
Ich danck euch ser auf diser fart,
Das ir mich habt wol entricht!
Darnach ich lang muͤst haben geticht,
Daz han ich hie pey euch gefunden.
Nun wil ich den fremden und den kunden
Von euren hochen kuͤnsten sagen
Und wil euren preis in alle lant tragen.

Dy frauen

Hoͤrt, junger man, wir haben euch wol vernumen,
Das ir durch frauen willen seyt auß kumen
Und wolt euch in allen den kuͤnsten nyeten,
Da mit man uns frauen mag ere erpieten:
Mit kunst, mit tanczen und mit springen,
Mit stechen, mit turniern, mit sagen, mit singen
Und alle zeyt unser lob gemeͤrn,
Darůmb woͤll wir euch diß clainet vereͤrn.

114 menlichs: männliches.
115 sich remen: ins Auge fassen.
119 ern: Ernte.
120 bewern: beweisen.
122 auf diser fart: für diesmal.
123 entricht: zufriedengestellt.
124 Wonach ich lange hätte suchen müssen.
131 nyeten: üben.
136 clainet: Kleinod.

Der frauen diener

Ir außderwelten frauen all,
Ich danck euch ser mit reichem schall,
Das ir mich habt also vereͤrt!
Eur lob sol von mir werden gemeͤrt
In allen landen ferr und weyt.
Was freud mir dise werlt geyt,
Das sůstt mir nit alls in dem herczen mein,
Als wenn ich allzeyt in eurem dienst sol sein.

Der außschreyer

Herr der wirt, ir suͤllt uns urlaup geben
Und schuͤltt die faßnacht mit freuden leben!
Wann trauren machet manchen man,
Das er mit frauen nit schympffen kan;
Trauren machtt manche frauen verczagt,
Das sie eym das unter gemach versagt.
Daruͤmb laßt euch traurn laýden!
Es haben geseczt dy weisen hayden,
Das trauren mag kuͤrczen das leben;
Trauren mag nichtz gutz geben.
Daruͤmb so habt dy faßnacht guten mut,
Wann wer der czeyt ir recht nit thut,
Den zelen dy weisen fuͤr ain gauch
Und spotten sein dy frauen auch;
Daruͤmb schult ir frolich leben.
Der babst hat uns den gewalt geben,
Wen wir die faßnacht nit froͤlich fuͤnden,
Den wolt wir pis suntag inn pan laßen kuͤnden.

143 sůstt: bereitet Freude; alls: so.
148 schympffen: scherzen.
151 Deshalb laßt euch das Trauern verleidet sein!
157 gauch: Toren.
162 pan: Bann.

Ein hübſch faßnacht ſpil
von einer gar pewriſchen pawrn heyrat
ſeer kurtzweylig vnd gut zu lachen.

Abb. 2 Titelseite des Druckes o aus dem Jahre 1521 von Spiel Nr. 7

7

Hans Folz

Die Bauernheirat

Gar ain vast spotische pauern heyrat, gar kurtzweylig zů lesen, in der vasnacht zů prauchen

D e r a u s s c h r e y e r *spricht*

Ir herren, got geb euch hail darzů!
Wir schaffen euch nit gern unrů,
Doch sey wir sunder her beschiden,
Ob wir ain sach richten zů friden.
Dan, wirt, habt ir ain gůtten wein,
So tragt nun her und schenckt flux ein!

D e s p r e u t i g a m s v a t t e r *spricht*

Hőrt, lieben freundt, das ist die sach:
Mein sun, der auch da volgt hernach,
Hat sich mit ainr ain weng verginntt,
Das wir all drauff gefallen sindt,
Wir wőllen sy vollen zů samen geben.
Nun seyt ir uns besunder eben,
Das pest zů reden in den dingen,
Ob man die ee zů gůt mecht pringen.

D e r p r e u t v a t t e r *spricht*

Mein Geut, gee her und laß dich schauen!
Du vergest dich im zů ainer frauen

3 sey: sind; sunder: extra.
4 Ob: damit vielleicht.
9 verginntt: eine dumme Sache angestellt.
11 vollen: endgültig.
12 besunder eben: besonders geeignet.
16 vergest (= verjest): bekennst, bietest an.

Und kundst nit ebner sein sein fůg;
Fud, arß und tutten hastu je gnůg.
Wie hab ich dich mit fleyß erzogen!

Ir ainr auff des preutigams seytten *spricht*

Ja, wenn du vor nit hetst gelogen!
Ich schetz, du habest ir vast geacht!
Wer hat ir dan den panckhart gmacht,
Da von du gabst dreyzechen pfundt,
An das es dich sunst mer gestůndt?
Doch meynstu leicht, man wiß nit drum.

Der preut vatter *spricht*

Wie? meynstu dan, sy sey nit frum?
Nun hat dein weyb der panckhart drey
Und ich treyb nit halb so vil gespey.

Gener *schlecht auff den und spricht*

Samer pox haut, das ist gelogen!
Des sol man ain gantz dorff meng frogen.
See, bedenck dich zům nechsten pas!

Ein ander paur *spricht*

Pox leichnam, wem soll aber das?
Was unfůr wolt ir erst anfachen?
Ich doͤrst ain auff sein maul schir schlachen,

17 und könntest nicht besser zu ihm passen.
18 Fud: weibliche Scham; tutten: Brüste.
21 vast geacht: sehr aufgepaßt (ironisch gemeint).
22 panckhart: uneheliches Kind.
23 Da von: weswegen; dreyzechen pfundt: Um diese Summe ist das Kind offenbar außer Haus gegeben worden.
24 An: ohne; gestůndt: gekostet hätte.
26 frum: tüchtig.
28a Gener: Jener.
29 pox: Fluchwort aus ›gotes‹.
31 See: He!; pas: besser.
33 unfůr: Unruhe; anfachen: anfangen.
34 doͤrst: hätte Lust; schlachen: schlagen.

Das ir soͤlch esel mugt gesein.
Ach, lieber wirt, red selber drein
Und gib ain mal zů drincken rum,
Das man gestill den numerdum!

Der praut vatter *spricht*

Ge her, lieber aydem, ge her!
Ich sag dir, sy lieff dir nit ler!
Begreyff ir selbs als pald iren leib;
Ir ist jetz wie aim andren weyb,
Darum kem sy dir mit gewin.
Ich riet dir zwar, du nemst sy hin.

Ein ander paur

Hoͤr, freundt, das kem im auch zů frumen.
Sy ist nit ungenuet her kumen:
Schau mir sy an der hinttern stiren,
Sy ist gar ain versůchte diern
Im heu, in stauden und im koren,
Das ichs halt selber het verschworn,
Wern ir nit als vil, die es retten.

Einer auff der preut seytten *spricht*

Hot dich der teuffel des gepetten?
Samer pox lung, loß der red no!

38 gestill den numerdum: den Lärm zum Verstummen bringe.
39 aydem: Schwiegersohn.
40 sie ist nicht ganz ohne.
44 zwar: wahrlich.
45 im: ihm (dem Bräutigam); frumen: Vorteil.
46 ungenuet: unerprobt.
47 hinttern stiren: hinteren Stirn, Hintern.
48 sie ist ein wohlerprobtes Mädchen.
50 daß ich mich gern selber von ihr losgeschworen hätte.
51 wären es nicht so viele, die davon redeten.
52 Hat dich der Teufel um deine Meinung gebeten?
53 Verflucht, halt die Klappe!

G e n n e r *antwurt her wider*

So narr, mercks, ich lob ims also!

A b e r e i n e r a u f f d e r p r a u t s e y t t e n *spricht*

Werlich, mein nachpaur hat sein recht!
Sy ist als von aim phender gschlecht.
Ich han gesechen in der eren
Jetzunt zway jar und zwar auch veren,
Das mein stadel voll schnitter lag,
Der sy des nachtes aller pflag
Und richtet sy so waidlich auß;
Ich macht sunst so vil red nit drauss.
Sy was mein knechten gsotten und pratten,
Des ich ims nit kan wider ratten.

D e r p r a u t v a t t e r *spricht*

Mein Heintz, das du des muͤnder schichst,
So gib ich dirs, als du sy sichst.
Darum so model sy ab gleich eben.

D e r p r e u t i g a m *spricht*

Was wurd man mir doch zů ir geben?
Ich miest je auch ein haus rat han.

53a Genner: jener.
54 Narr, paß doch auf, ich lobe sie ihm doch!
54a Aber: wiederum.
55 Werlich: in der Tat; nachpaur: Nachbar.
56 phender: lebhaft.
57 eren: Ernte.
58 jetzt vor zwei Jahren und im vorigen Jahr.
59 stadel: Scheune.
60 um die alle sie sich des Nachts kümmerte.
61 und die sie so ordentlich vornahm.
63 Sie war für meine Knechte ein wahrer Leckerbissen.
64 Des: weswegen; ims: ihm sie; wider ratten: abraten.
65 des můnder: um so weniger; schichst: Hemmungen hast.
66 dirs: dir sie.
67 model sy ab: nimm Maß an ihr.
68 doch: außerdem noch.
69 miest: müßte; je: auf jeden Fall; han: haben.

Ein ander *spricht*

Ach, lieber, sich mir sy recht an!
Was solt man dir geben dar zů?
Sy uberhept dich jetz ainrků;
Schau, wie ist sy oben so weyt,
Ich wayß, das sy gereid milich geyt
Und hat ain wisen an aim ort
(Dan sy die maulworff hand durch port)
Und ist gar peym mist graben glegen.
Ja, lestu die ee under wegen,
So ist dir je nichs reyns beschaffen!
Darzů ist sy mit unserm pfaffen
Bas ains, dan ich ir kaine waiß
Halt yendert in dem weytten krayß.

Ein ander *spricht*

Hőrt, ich pin ir nun hold umb das,
Sy zilt mir manch mal in ain waß.
Het ich es sunst kainer dar geschlagen,
Ich wolt mich ir noch wol betragen.

Der preutigam *spricht*

Lieber, wan ich das vor nit wist,
Das sy euch allen so dinstlich ist,
Ich wolt mir ir nit gwůnschet han.

70 sich: sieh.
72 uberhept dich: macht dir überflüssig.
74 gereid: willig; geyt: gibt.
76 Begründet den Gebrauch des Bildes ›Wiese‹ in V. 75.
77 gar: sehr nahe.
78 läßt du dir die Ehe entgehen.
79 so ist dir niemals etwas Vollkommenes bestimmt.
81/82 intimer als irgendeine irgendwo in der ganzen Gegend, von der ich wüßte.
83 umb das: deswegen.
84 sie bestellt mich manchmal auf eine ›Wiese‹.
85 dar geschlagen: versprochen.
86 so wollte ich schon mit ihr auskommen.

E i n e r *spricht zům preutigam*
Sich sy des teuffels namen recht an!
Ich wolt gleich wetten on gefer,
Ob ain scheutzlichere im dorff wer.

D e r p r a u t v a t t e r *spricht*
Sy ist von antlutz nit ser klar,
So hat sy nit vast gelbes har,
So wil ich auch ir fueß nit loben,
Aber ir pain sind unden als oben;
So ist sy an der heut getan,
Du ribst keß gnůg zů fladen dran.
Auch hat sy nit vast subtill hendt,
Doch schau mir sy uber die lendt,
Da ist sy dir gepersoniert!
Ja, wan sy mir den hoff je kert,
So tatt sy freilich offt ain schiß,
Als der ain ochssen haut zů riß,
Und macht ain gstober undern hennen,
Das sie zů hinterst flugen an den tennen
Und ainen schrecken auff sich numen,
Als weren sechs aren undter sy kumen.
Ich hab mir ir doch wol gelacht,
Das mirß hertz in der plasen kracht.
Was solt dir ain sprentziererin?

91 on gefer: ohne Bosheit.
92 scheutzlichere: häßlichere.
94 So: außerdem; vast gelbes: rein blondes.
97 ferner ist ihre Haut so, daß.
99 nit vast subtill: nicht sehr zarte.
100 uber die lendt: um die Hüften herum.
101 gepersoniert: ausgestaltet.
104 zů: zer-.
108 aren: Adler.
110 plasen: Harnblase.
111 sprentziererin: Zierpüppchen.

E i n a n d e r *spricht*
Auff mein eydt, Heintz, das nym zů synn!
Wan als ich an seinr red tů spechen,
So hat sy der siben schon dreyzechen.

D i e p r a u t *spricht*
Das wir das nottigest nit vergessen,
Frag, ob er auch mug epffel essen.

D e r p r e u t i g a m *spricht*
Hor, Geut, nym dir des kain unwillen.
Ich kam eins auff meins vatters tillen,
Da lagen epffel, hutzlen und piren;
Ich tat mich kain zwir drinn umb tren
Und hab ain loch darein gefressen,
Das er mir sein nit wil vergessen.
Darum dir des kain zweyffel nym.

E i n a n d e r *spricht*
Ir herrn, verhort ir paider stym
Und nempt ir jedes willen ein!
Ich hor, das sie der sach eins sein.
Macht endt und lert dem wirt sein hauß!

D i e p r a u t
Ir herrn, noch ains das ding ich auss:
Ich wil sein ungeschlagen gar.
Oder ich nym in pey seim har
Und wirff in all die stiegen ein,
Die in dem gantzen hausse sein!

113 Wan als: denn wie; spechen: bemerken.
114 so hat sie statt der sieben Schönheiten dreizehn.
116 epffel essen: Metapher für sexuelle Betätigung.
118 tillen: Diele.
119 hutzlen und piren: Trockenobst und Birnen.
120 zwir: zweimal; tren: drehen.
131 ein: hinab.

Ein ander
Ach, das wer mir ain rechtes weyb!
Ich wolt ir altag eins iren leib
Mit gůtten aichen flederwischen
So rein zů pleuen und zů mischen
Und wolt ir freilich peren ir lendt!

Die praut *spricht*
So wer dich! das dich der teufel schendt!

Der selb paur *spricht*
Helfft, lieben gsellen, auß diser not,
Ee mich die teufflin schlach zů tot!

Der preutigam *spricht*
O, lieben freundt, halt sy nun vest!
Des hab ich nit an ir gewest.
Ich sag sy gantz ledig und frey.
Schafft, das ich sicher vor ir sey!

Die praut *spricht*
Zwar, Heintz, du wilt mich je begeben,
Erfůrstu recht mein ordlichs leben,
Ich waiß je, du wurdest mich lieben.
Mein augen sindt gespůckt mit grieben
Darzů mein nas mit schwartznen putzen.
Und so ich ainen an will schmutzen,

134 eins: einmal.
136 zů: zer-; zů mischen: verdreschen.
137 peren: schlagen; lendt: Hintern.
142 gewest: gewußt.
145 je: auf jeden Fall; begeben: verlassen.
146/147 erfährst du aber erst mal mein richtiges Leben, dann bin ich sicher, daß du mich lieben wirst.
148 gespůckt: dicht besetzt; grieben: Pickeln.
149 putzen: Pusteln.
150 schmutzen: lächeln.

So laß ich fein mein meulin wandren
Von ainem oren piß zů dem andren
Und scheint mir inwendig so liecht,
Als der in ain růssigs arsloch sicht.
Mein důtlein, oben klain und schmal
Und je gro̊sser hinab gen tall,
Geformet gleich zwen glogen schwenglen,
Solt ich dich umb dein maul mit denglen,
Ich waiß, du wurdest kurtzweyl sat.
Mein pauch gleich ainer pirsten glat.
Und so pald ich mich abgezeuch
Und ploß under die deck gekreuch,
So ist mein pett gemalt vil reiner
Dan unser kustall niendert kainer;
Und wisch ich stett den arß ans hembt:
Das wer dir von ainr andren fremdt.
Doch laß ich es meinthalb geschechen,
Du magst dich wol weytter versechen.

Ausschreyer

Her wirt, welt ir der gest ab kumen,
So gebt ain mal zů trincken rumen
Und lat uns gůtte nacht dan nemen.
Wir wellen ains andren tages remen,

151 meulin: Mund.
153 liecht: hell.
154 wie wenn man . . . sieht.
155 důtlein: Brüste.
157 glogen schwenglen: Glockenschwengel.
158 denglen: schlagen.
160 Mein Bauch ist so glatt wie eine Bürste.
161 abgezeuch: ausgezogen habe.
162 ploß: nackt.
163/164 so ist mein Bett viel schöner bemalt, als irgendeiner unserer Kuhställe es je war.
167/168 Doch von mir aus breche ich die Aufzählung ab, du kannst dir leicht weitere Einzelheiten besorgen.
170 ain mal: endlich; rumen: herum.
172 remen: versuchen.

Der heyrat paß nach zů gedencken,
Und uns jetzunt von stat gelencken.
Wer waist, wie es sich vort verker?
Důtz spricht Hans Folz der barbierer.

175 wie es dann enden wird.
176 barbierer: Bader, Wundarzt.

8

⟨Hans Folz⟩

Der Bauernhandel

Ein spil von hasen

Der erst paur

Mein lieber wirt, habt uns vergut!
Wo hat man hie den pesten mut?
Mein weip hat mich kaum auß pracht.
Ich solt mein gesten nach wiltpret lauffen.

Der ander paur

Hie han ich ein hasen, gib ich dir zu kauffen.

Der erst paur

Wie wilt du mir den hasen geben?
Ich wolt die vasnacht wol mit leben.

Der ander paur

Umb zwenundzweintzigk gib ich dirn
Und auch nit neher, oder laß mirn.

Der erst paur

Se hin, ist einer, zwen, ist drey.

Der ander paur

Halt, freunt! mich dunckt, der sei von pley.

1 habt uns vergut: nehmt es uns nicht übel.
2 Wo ist man hier am freigebigsten?
3 auß pracht: außer Haus treiben können.
9 neher: wohlfeiler.
10 Der Käufer beginnt das geforderte Geld vorzuzählen.

D e r e r s t
Nym den darfur oder laß sein!

D e r a n d e r
Also hab danck, lieber freunt mein!

D e r e r s t
Das ist 4, ist 5, ist sechß, ist siben.

D e r a n d e r
Halt, freunt! auff dem ist nichtz geschriben.

D e r e r s t
Ey, nym in hin! man nymt in gern.

D e r a n d e r
Lieber, du darfst mich des nit lern.

D e r e r s t
Wol hin; ist 8, ist 9, ist zehen.

D e r a n d e r
Peyt! do hab ich ein posen gesehen.
Er hat ein fel, als sei er tzin.

D e r e r s t
Schweig! er ist gut und get gern hin.
Das ist 11, 12, das ist dreyzehen.

D e r a n d e r
Peyt, freunt, wie ist den zweien geschehen?
Mich dunckt, wie sie kupfrein seyen.

17 du brauchst mich darüber nicht zu belehren.
19 Peyt: warte; posen: falschen.
20 fel: Fehler; tzin: aus Zinn.
24 Es will mir scheinen, daß sie aus Kupfer sind.

Der erst

Ich torst dir wol dein muter geheyen,
Ee ich dirß wechßelt nach deinem mut.

Der ander

Halt, freunt! der ist auch nit gut.

Der erst

Nu dar, du kumst ir gar wol ab,
Wann ich kein aigen muntzer nit hab.
Das sein 14, und 2 hast du do.
Leyh mir den hasen! hast genug also.

Der ander

Das dich der riet wasch! merck das geding!
Ich gab dir in umb zweintzigk pfening.

Der erst

So see, hab dir die zwen auch noch!

Der ander

Halt, freunt! der hat mitten ein loch.

Der erst

Lieber, so hat dein schwester wol zwei!
Man schub in iglichs wol ein ey.

Der ander

Mein lieber freunt, du hast gar war.
Nu gib mir noch zwen pfening dar!

25/26 Ich wagte es dir wahrlich, deine Mutter zu heiraten, ehe . . .
26 mut: Willen.
28 Wohlan, du wirst sie sehr leicht wieder los.
29 muntzer: Münzmeister.
32 riet: Teufel; merck das geding: Halte dich an die Abmachung!
37 schub in iglichs: könnte in jedes schieben.

Der erst
So see hin, nu pist du betzalt.

Der ander
Peitt, lieber! der hat ein spalt.

Der erst
Ge oder ich gib dir eins an ein or!

Der ander
So se hin, hab dir das vor!

41 Peitt: Warte! halt!
43 hab dir das vor: nimm diese Ohrfeige für dich!

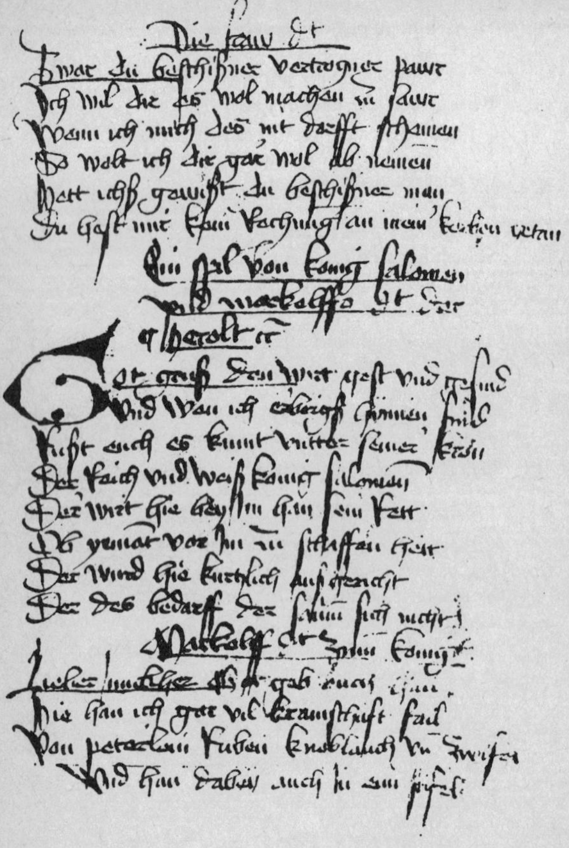

Abb. 3 Handschrift G, fol. 376v, Beginn von Spiel Nr. 9

9

Hans Folz

Das Spiel von dem König Salomon und dem Bauern Markolf

Ein spil von konig Salomon und Markolffo

Dicit der herolt

Got gruß den wirt, gest und gesind
Und wen ich erberigß hynnen find!
Rußt euch! es kumt untter seiner kron
Der reich und weiß konig Salomon,
Der wirt hie bey im han sein rett.
Ob jemant vor im zu schaffen hett,
Der wurd hie kurtzlich außgericht.
Der des bedarff, der saum sich nicht!

Markolff *dicit zum konig*

Lieber junckher, got geb euch hail!
Hie han ich gar vil kramschaft fail
Von peterlein, ruben, knoblauch und zwifel,
Und han dabey auch in eim stifel
Ein wiltpret; wil ich euren genaden schencken.
Ir herrn, des bit ich euch zu gedencken,
Ob mir der konig schencket ein pferdt,
Das ichs umb sust nicht hab begert.

Üb Dicit: (lat.) spricht.
5 bey im: bei sich; rett: Räte.
7 kurtzlich außgericht: gerichtlich schnell abgefertigt.
10 kramschaft: Krämerware.
11 peterlein: Petersilie; zwifel: Zwiebel.
12 stifel: Schaftstiefel.
15 Ob: für den Fall, daß.
16 umb sust: für nichts.

Des konigs ret einer

Hor, paur, und beschaid mich,
Wer hat herein gelassen dich?

Markolffus

Das hat die listigkeit getan.
Gerechtigkeit het es lassen an stan.

Markolffus wirdt husten und der glatzet ritter *dicit*

Paur, du pist unkeusch in der keln.
Wirst du der plossen erden feln
Mit deym auß speyen, so sag ich dir,
Das du den sal must raumen schir.

Markolffus wirft dem glatzeten ritter auff den kopff

Pfui dich, paur, das dich der teufel schent!
Wie hast du mir mein kopff geschent!

Markolffus *dicit*

Das dich der riet selbs muß an gen!
Nu lißt du mich doch vor versten,
Ich solt auff kein zierung nit speyen;
Nu mocht mir kein ploße erden gedeyen
Dan hie dein kopff, was kal und ploß
Und hat nit hars eins fingers groß.
Ich han dirß gantz zu gut getan,
Ob dir auch har da wurd auff gan.
Ich mayn halt, schiß ich dir darauff,
Dir ging vil merß hares da auff.

20 G. hätte es nicht zugelassen.
20a wirdt husten: fängt an zu husten.
24a wirft: spuckt.
27 riet: Teufel.
30 gedeyen: zuteil werden.
31 Dan: außer.
34 Ob: damit.

Abb. 4 Titelseite des Druckes q (ohne Jahr) von Spiel Nr. 9

S a l o m o n *dicit*

Paur, wir sein wol unter weißt,
Wie du gar falsch und kleffisch seist;
Darumb du uns dein namen leutter.

M a r k o l f f u s *dicit*

Junckher, ich hayß nit der Kalbßeutter.
Laur darauff ein weil, das ich mich nenne,
Du gebst dich mir dan vor zu erkenne
Und als dein geslecht an einer zeil.

S a l o m o n *dicit*

Ge her, paur, und schweig ein weil!
Von den zwelff sun Juda sein wir.
Judas gepar Fares in tzir,
Fares Efraym, Efraym Aram,
Aram Aminadas mit nam,
Aminadas gepar Nason
Und Nason gepar Salomon,
Salomon Boas, Boas Obeth,
Obeth Jesse geperen tet
Und Jesse Davit in der zir,
Und Davits sun Salomon sei wir.

M a r c o l f f u s *dicit*

So bin ich von zwelff geslechten der pauren,
Die mit iren namen haissen die Knauren.
Paur Trol gepar Knoll, Knoll gepar Lappen,
Lapp gepar Dremel, Dremel Appetappen,
Appatapp gepar Seutut, Seutut Ginloffel,
Ginloffel gepar Knebel, Knebel Genßloffel
Genßloffel gepar Lultzappff, Lultzapff Starckolff,

39 leutter: erkläre.
42 es sei denn, daß du dich mir vorher vorstellst.
43 als: ganzes; zeil: Schnur, Reihe.
45 sun: Söhnen (zu dem folgenden Stammbaum vgl. Matth. 1, 1–6).

Starckolff gepar mich; ich heyß Marckolff.
Ich bin von zwelff geslechten der pauren hie.
Sich, konick, dar umb ich dir nicht uber sie.
Du pist ein mensch als wol als ich.

Salomon *dicit*

Hor, Marckolff, merck uns fleissigklich,
Wir werden dich fragen. wirst uns beschaiden?

Markolffus

Ja, kunick, es sol mir nymantz leyden.
Wer ubel redt, der selb heb an!

Salomon

Markolff, magst du uns alle red bestan,
So woll wir dich erlich begaben.

Marckolff *dicit*

Lieber, der briester tut die ee geloben,
Der er doch selber nit enhot.

Salomon

Got gab uns kunst und weysen rat,
Das uns nye keiner vor was geleich,
Macht uns ob allen konigen reich.

Markolffus

Welch man vil poser nachtpauren hat,
Der lob sich selbs: das ist mein rat.

64 darum bin ich dir nicht überlegen (als wäre Salomon davon ausgegangen, daß er es mit einem Höherstehenden zu tun habe).
68 nymantz: niemand das.
70 kannst du uns alle Fragen beantworten.
71 erlich begaben: großzügig beschenken.
72 geloben: loben.
73 nit enhot: nicht hat, nicht teilhaft ist.
74 kunst: Wissen.
76 ob: vor.

Salomon

Wer stilt, der sorgt, man erfars.

Markolffus

So die ganß fleugt, so pfipft ir der ars.

Salomon

Zu weißheit hat uns got erwelt.

Markolffus

Der ist weyß, der sich fur ein narrn zelt.

Salomon

Markolff, niemant geb im selber lob!

Markolffus

Schilt ich mich, man spricht, ich tob.

Salomon

Heimlicher schad ist pesser vil
Dann offne schand; wer es mercken wil.

Markolff

Je lenger man den dreck versperrt,
Je vester er herfur begert.

Salomon

Vier tzeit halten iren lauff.

Markolffus

Vier stollen halten das scheyßhaus auff.

79 stilt: stiehlt.
80 pfipft: pfeift.
89 tzeit: Jahreszeiten.
90 stollen: Pfosten; auff: aufrecht.

Salomon
Dem kleffischem gelaub nit seiner treu.

Markolffus
Mischt du dich in kleyen, dich fressen die seu.

Salomon
Recht freunt erkennt man in der not.

Markolffus
Ir gen wol hundert auff ein lot.

Salomon
Des konigs red sei idermann genug!

Markolff
Wer mit dem fuchß ackert, widerstet der pflug.

Salomon
Gen posen selten niemant gelingt.

Markolffus
Je mer man den dreck rurt, je fester er stinkt.

Salomon
Je mer der karg hat, je mer im gewirt.

Markolffus
Was ist es nutz, der eim feistem schwein den ars smirt?

Salomon
Der tzornig kan sich torheit nit weren.

96 . . . dem kommt der Pflug nicht von der Stelle.
97 Gegen böse Menschen hat man selten Erfolg.
99 karg: Geizige; im gewirt: wird ihm, bekommt er.

Markolffus
Ein lochereter arß, der hat kein herren.

Salomon
Der mensch kranck ist, kans nit verheln.

Markolff
Wenn der hunt scheißt, so kan er nit peln.

Salomon *dicit*
Wer hat, dem gibt man immer an.

Markolff
We dem, der prot hat und kein tzan!

Salomon
We dem, der mancherley synn hat
Und keinem aigentlich nach gat!

Markolff
Wer sich zwayer weg wil fleyssen,
Der muß die pruch oder arßloch zureyssen.

Salomon
Wie mocht wir großer er gehan,
Dann macht wir got alle dinck unttertan?

Markolff
Der hunt wirt kaum halpp gewert,
Was er mit seinem schwantz begert.

102 lochereter: löchriger.
103 Der Mensch, der krank ist, . . .
105 an: hinzu.
107 synn: Pläne.
110 pruch: Hose.
111 er: Ehre.
112 Dann: als wenn.
113/114 gewert: gewährt.

Salomon

Wenn es sich wolket, so wil es regen.

Markolff

So sich der hunt krumpt, wil er scheissens pflegen.

Salomon

Ein schwert bei unserm haubt stetz steck!

Markolffus

Und bei meinem haupt ein pauren dreck!

Salomon

Lere, kunst und tugent sol alle stundt
Gen auß des weysen mannes mundt;
Wenn wo kriegk oder zwitracht wer,
Dasselbig als verkumet er;
Er wendt das poß und mert das gut,
Das kein unweyser nit enthut.

Markolff

Der esel schuffe nutzers nit,
Dann so er allweg wer im schnit;
Dann wo er ißt, do wechst es ser,
Und wo er scheyst, do tungt es mer,
Und wo er saicht, waicht er die knollen;
Wo er sich weltzt, pricht er die schrollen.

Salomon

Ich schweig zu kriegen fort mit dir.

119 kunst: Gelehrsamkeit.
122 als: alles; verkumet: beseitigt.
124 was der Unweise nicht tut (vgl. Ps. 34, 13 ff. u. 1. Petr. 3, 10 ff.).
125/126 Der Esel würde nichts Nützlicheres tun, als wenn er ständig in der Ernte wäre.
129 knollen: Wurzeln.
130 schrollen: Schollen.

Markolff

So gib dich uberwunden mir!

Do kumen die zwu frauen. die gut frau *spricht, so tregt die poß das kint*

Herr konig, nu gib uns urtail darumb:
Die frau pracht heint ir kindlein umb
Und leget es tot zu mir verholn,
Hat mir mein lebendigs kint gestoln;
In einer kamer was unser ru.

Salomon

Freulein, was sagt ir darzu?

Die poß frau

Herr kunigk, sie leugt! mein kint das lebt!
Darumb ir mir das nit vergebt!
Laßt ir ir totes kindelein.

Salomon *dicit*

So tragt mir pald ein schwert herein!
Das lebendig kint ich taylen wil,
So werden wir des krieges stil.

Die gut frau

O kunigk, gib ir das kint allein hin!
Meines tails ich gern geraten bin.
Des pit ich dich durch all dein er,
Solt ich es sehen nymmer mer.

134 heint: heute nacht. (Zu der Episode vgl. 1. Kön. 3, 16–28.)
135 verholn: heimlich.
139 leugt: lügt.
140 vergebt: weggebt.
142 pald: schnell.
146 Ich will gerne auf meinen Teil verzichten.
147 . . . bei deiner Ehre.
148 selbst wenn . . .

Die poß frau
Herr konick, dein urtail halt fest,
Als du erkennt hast zu lest!
Acht nit, ob sie vast clag und wein!

Salomon
Ho̊r, weyp, raich ir das kint allein,
Wann sie des kinds rechte muter ist.

Die gut frau
O konick, zu loben du des pist!
Du pist alltzeit gerecht und weiß,
Des ich dich furpas ewig preyß.

Salomon
Markolff, sag mir, warumb dein kopff sich senck.

Markolff
Ich schlaff nit, sunder ich gedenck,
Wie keinem weyb zu trauen sey.

Salomon
Es sey dan, das du es bringest bey,
Sunst sol man dir dein recht darumb thun,
Seyt du die frauen schendest nun.

Markolff *spricht zu seiner swester*
Ho̊r, Fusita, traut schwester mein,
Der konick wil mir je abholt sein.
Im gefelt gantz nichtz, was ich thu.

150 erkennt: erkannt; lest: letzt.
151 vast: sehr.
156 furpas: fortan.
160 bringest bey: beweist.
161 sonst sollst du deine gerechte Strafe dafür bekommen.
162 Seyt: da; schendest: schmähst.
164 je: stets.

Mein schwester rat mir selbs darzu.
Wolst du sein still und nit sein schwetzig,
So wer ich an mir selbs so tretzig,
Ich dorst im darumb sein halß ab stechen,
Ob ich mich an im mocht gerechen;
Darumb ich das messer zu mir thu.
Mein schwester, nu schweig still darzu!

Fusita

Se hin, mein treu und mein ait,
Von mir wirt nyemant nichts gesait
Zu keinem menschen, junck noch alt!
Thu es auff mich und nit verhalt,
Seit wir im nit gut genuck sein.
Laß sehen, wer sich misch darein!

Salomon

Wo mag Markolffus hin kumen sein?

Markolff

Hie bin ich und die schwester mein!
Die ist ein hur und wil doch ie
Gelęichen erbtail haben hie,
Die pillich abgeschiden ist
Umb ir hurerei und falsche list.

Fusita *dicit*

Du schalk, dein mue die ist verlorn!
Hat mich nit auch Starckolff geporn?

168 tretzig: gefühllos.
169 dorst: traute mir zu.
174 gesait: gesagt.
176 verhalt: zögere.
181 ie: immer.
183 pillich: verdientermaßen; abgeschiden: enterbt.
184 Umb: wegen.

M a r k o l f f u s

Ja, gleich als wol, als par er mich;
Aber all dein schuld verdammen dich.

F u s i t a

Nu dar, ich wil dir nit mer fluchen.
Konick, laßt im in seim stifel suchen!
Darein er heut ein messer stieß,
Damit er bey seiner treu gehieß,
Euch eures lebenß darmit remen.
Findt ir des nit, so laßt mir nemen
Mein erbtail und alles, das ich hab.
Findt irs aber, so tut in ab,
Ee das euch, herr, der schalk erfer.

D e r r i t t e r , d e r d a s s w e r t t r e g t

Markolff, leyh pald das messer her!
Wolst du ein solicher morder sein?
Find ich es in dem stifel dein,
So must du sterben in schneller eyl!

M a r k o l f f u s

Such an und nym dir wol die weil!
Die hur hatz auf mich erticht.

R i t t e r *dicit*

Her konigk, ich find kein messer nicht.

M a r k o l f f

Herr konick, sagt ich dir nit von frauen,
Wie das keim weyb nit wer zu trauen?

187 par: gebar.
193 euch damit nach eurem Leben zu trachten.
197 erfer: erwischt.
198 leyh: gib.
202 weil: Zeit.
203 ertidht: erlogen.

Darumb so wundert mich gar vast,
Wa bey du vor erkennet hast,
Welchs weybs vor das kindlein wer.

Salomon

Das haben uns verkundt ir tzeher
Und verwandlung an irem angesicht,
Die uns mochten betriegen nicht.

Markolffus

Welcher, konigk, frauen zehern gelaubt,
Der wirt warlich von in betaubt.
Sie wayn mit augen und mit mund
Und lachen in ires hertzen grund,
Beweisen mit dem angesicht
Vil anders, dan ir mut vergicht.
Die frauen haben kunst an zil.

Salomon

Ja zwar, sie haben liste vil,
Darwider sie auch frumkheit haben.
Ein weyp tut mannes mut offt laben,
Und sein in rechten treuen pieglich.

Markolff

Ja, konick, du sprichst halt wol betrieglich.

208 Wa bey: woran; vor: vorhin.
210 tzeher: Tränen.
214 betaubt: betäubt.
218 etwas ganz anderes, als was ihre innerste Meinung ist.
219 kunst an zil: Gerissenheit ohne Maß.
220 zwar: wahrlich.
222 mut: Seele.
223 und sie sind voller Zutrauen anschmiegsam.
224 betrieglich: falsch.

Salomon

Wir sprechen: wer frauen schent all frist,
Das der keinß weybs nit wirdig ist!
Was nutzt golt, silber und edel gestein,
Weren uns die frauen nit gemein?
Ich sprich: der ist der werlt wol tot,
Der nit freuntschaft zu frauen hot.
Die frau ein hauß regiren kan,
Und ist sorgveltig auff iren man,
Wann sie pirt kint und nert die,
Ein freud und lust des manns ist sie,
Ein tzier dem tag, wollust der nacht.

Markolff

Ja, konigk, des han ich auch gedacht!
Dein adel, schon, reichtum, weißhait
Stet wol bei weybes frolichkeit.
Es tzimt nit auß zu speyen drat,
Was man gern lang im munde hat.
Du tust in billich ubersehen,
Dir ist vil guts von in geschehen.
Aber eins merck auch darbei hie:
Als fast du itzund lobest sie,
Noch fester wurst du sie heint schenden!

Salomon

Ge, das dich der teufel muß pfenden,
Von mein augen und kom nit mer,
Du unverschemter lugner!

225 all frist: alle Zeit, fortwährend.
229 werlt: Welt.
230 hot: hat.
239 drat: schnell.
241 Du hast guten Grund, nachsichtig mit ihnen zu sein.
244 Als fast: so sehr.
245 Noch fester: noch mehr; heint: heute abend.

Markolff *spricht zu den frauen*
O ir frauen, wes sitzt ir hie?

Ein frau *dicit*
Ey, lieber Markolff, sag uns, wie?

Markolff *dicit*
Wißt ir nit, das konig Saloman
Ein gepot weyt hat lassen auß gan,
Wie das ein jederman furpas
Mag siben weyber han an haß?
Do merckt, ir weyber, selber bey,
Was euch zu thun und zu lassen sei.
Do wirt kein hauß nit mit befridt:
Eine wirt geliebt, die ander nit,
Die lieb, die wirt stetigs sein bey dem man,
Die andern wirt man darben lan.
Die lieb, die wirt nach wunsch gekleit,
Die andern tragen hertzlich leit.
Die lieb wirt schaffen und gepieten,
Die andern sich groß unmutz nieten.
So man die lieben halßt und kußt,
Wer wayß, was die andern gelußt?
Sie sein nit witwen und han nit man
Und wirt kein tag an krieg zu gan.
Darumb so widerruftz bey tzeit,
Ee es erschell in landen weyt.

249 wes: weshalb.
250 wie: wie meinst du das?
254 an haß: gern.
260 lan: lassen.
263 schaffen: befehlen.
264 die anderen haben großen Ärger.
265 So: wenn.
268 an: ohne.

E i n f r a u *spricht zu den andern*
Wol auff, ir weyber alle gar!
Und laufft mit mir zum konig dar
Und widerruft das gepot,
Des er sich unterstanden hot.

S a l o m o n *dicit*
Was bedeut der aufflauff und die geschicht,
Das es kan nyemant stillen nicht?

E i n f r a u *spricht fur die andern*
O konick, golt, silber und edel stein
Wirt dir getragen zu allein,
Dar inn du wol hast dein willen.
Laß dich die schon der weiber stillen,
Als vil du ir magst haben hie.
Wir halten das gesetz Moisy.
Erloß uns, als man von dir seit,
Und halt dafur gerechtigkeit!

S a l o m o n *dicit*
Du unverschemte, sag doch mir,
Was ungerechtes thu ich dir?

D i e f r a u *dicit*
Was ungerechters mochst du treyben,
Dan ein man begaben mit siben weyben?
Wie mag ein man siben halten mit sun,
So ein man eim weyb kein genug mag tun?

273 widerruft: protestiert gegen.
274 unterstanden (mit Gen.): erlassen.
280/281 Vergnüg du dich mit Frauenschönheit, sooft du sie hier erlangen kannst.
282 Moisy: des Mose (vgl. 5. Mose 5 sowie 1. Kön. 10 u. 11, 1–8).
288 Dan: als.
289 mit sun: in Frieden.

Gebst du einer frauen siben man,
Da mochst du vil pas mit bestan!

S a l o m o n

Die redt fur ir gespilen gar wol,
Nit das man die man geringern sol,
Sunder ir tzal mit siben mern!

D i e f r a u *dicit*

Wer sach je ein spotlichern herrn?
Dein urteil, die sein ungerecht.
Darumb so ist es war und slecht,
Man spricht, das pest kum selten hernach.
Saul tet seim volk vil schwerer rach,
So was dein vater leckerley vol,
Bezeug ich bey der Persabe wol.
Du pist der dritt und hebst mer an,
Dan diser keiner nye hat tan.

S a l o m o n *dicit*

Wir sprechen: nach dem haupt der schlangen
Ist kein haupt mit argem list durchgangen,
Als ist das haupt eins weybes poß
Mit nachred und mit affter koß.
All poßheit wechßt mit frauen auff,
Verstet man bey disem aufflauff;

292 pas: besser; bestan: dastehen.
293 Die setzt sich wacker für ihre Genossinnen ein.
294 die man: die Männer.
298/299 slecht: verständlich, wenn man.
299 pest: Beste; kum: komme.
300 Saul tet ... rach: Saul rächte sich. (Anspielung auf Sauls Schwermut.)
301 dein vater: d. i. David; leckerley: Büberei.
302 Persabe: Bathseba. (David ließ ihren Mann Uria töten und verführte sie dann; aus der Verbindung ging Salomon hervor, vgl. 2. Sam. 11.)
307 poß: böse.
308 affter koß: Verleumdung.

All sund von in ein anfanck han,
Zorn, fluch, getzenck an abelan.
Nit posers ist, dan ein poß weip.
Straich solten nymer kumen von irem leip!

Der ritter, der das swert tregt

Wer weyß, was mein herr mit remt,
Das er frauen also beschemt,
Sam wurd er nie keiner frauen holt!

Markolff *spricht zum konig*

Herr konigk, das ist, das ich vor wolt,
In dem du, kunigk, mir gefelßt,
Das du mich bei warheit beheltst.

Der ritter mit dem swert *dicit*

Markolff, du alter poser wicht,
Die schand hast du selber zu gericht.

Markolff *dicit*

Konick, du kunst weyber vor wol loben;
Nu schendest du sie, sam wolst du toben;
Das han ich dir als vor geseit.

Salomon

Das laster hast du in zu bereit.

Markolffus

Nit ich, sunder ir torheit groß.

312 an abelan: unaufhörlich.
314 Straich: Schläge.
315 mit remt: damit beabsichtigt.
317 als ob er nie einer Frau gehuldigt hätte.
320 daß du mir recht gibst.
325 als: alles; vor geseit: vorausgesagt.
326 laster: Schmach; in: ihnen.

Die frau

Ei pfui dich, Markolff, tugent loß!
Hast uns das ungeluck zu gericht,
Es beleibt dir uber sehen nicht.

Salomon *spricht zu den frauen*

Ir weyber, tzyeht mit fried darvan!
Die red hab ich im zorn getan.
Do hat mich diser schalk bracht zu.
Seit diser sachen halb mit ru.

Die frau *dicit*

Konigk, lob und er sei dir geseit,
Das du unser einfeltigkeit
So genedigklich hast angesehen;
Es sol hinfur nit mer geschehen.
Des Markolffus list han das getan.
Laß uns mit urlaub von dir gan.

Konig *dicit*

Das ich an euch gesundet han,
Das muß an diesem schalk auß gan.
Kumt, all mein diener, furt in hin
Und henckt pald an ein paum in!
Das hat er tausent falt verschult.

Markolffus *dicit*

O kunig, gib mir neur sovil huldt,
Das ich mir selbs ein paum außgang,
An dem mich gelußt, das ich daran hang.

330 uber sehen: vergessen.
331 darvan: davon.
334 Seit: seid.
340 urlaub: Erlaubnis; Erlaube uns, von dir zu gehen.
346 neur: nur.
347 außgang: aussuche.

Salomon

Wolhin, die genad sey dir getan!
Nu eylt neur pald mit im darvan!

Ein paur *greynt den reymen*

Der teufel schlah zu disen schwencken!
Sol man mir mein freunt darumb hencken?
Des teufels namen des unseligen,
Ich dacht bey zeit, es wolt an galgen!
Wie wol hat er sich außgericht!
Warumb schweigt er des teufels namen nicht?

Der ander paur *und lacht den reymen*

Secht, lieben freund, dem gotzen zu!
Er lut und heult sam ein ku.
Nu greyn du, aller teufel namen!
Mochst dich doch vor den leuten schamen!
Secht, lieben freund, wie tzannt der tropff!
Sweig! oder ich gib dir eins zum kopff,
Das du recht wißt, warumb du zannst,
Seyt du doch anders nit enkanst!

Der dritt paur *singt das lyed von Markolffo*

Welche mauß mit katzen schimpfen wil,
Die mag es treyben also vil,

350a greynt den reymen: heult bei seinen Versen. (Die Vorträge der vier Bauern V. 351–403 sind möglicherweise auch als eine Parodie auf die Äußerungsformen der vier Temperamente zu verstehen, hier in der Reihenfolge: phlegmatisch, sanguinisch, melancholisch, cholerisch.)
351 schlah: schlag.
354 bey zeit: schon längst.
355 außgericht: in die Klemme gebracht.
356 Warum hält er nicht den Mund, in des Teufels Namen?
356a . . . und zwar lacht er bei seinen Versen.
357 gotzen: Narren.
358 lut: schreit.
361 tzannt: flennt.
365 schimpfen: spielen.

Ir wurd ir palk darumb zurissen,
So hat sie sich dan selbs beschissen.
Die schantz die hat er ubersehen.
Wer woltz im anders nachmols eygern,
Seit der filtzpaur ein konig wolt schweigern?
Wer mit herren kerschen essen wil,
Der lug wol zu, das im die stil
Nit unter sein augen polen.
Die tzeißlein von der eulen den tod muß dolen;
Vil hund sein der hasen tot.
Markolff, dich zwang darzu kein not.
Du schmehest ser den konig mit worten.
Dich klagen des ninder all, die das horten.
Wo sich der rab dem adler gleicht,
Der fuchs dem leben nit entweicht,
Und da die eul des greiffen remt:
Also wirt hoffart auf das letzst beschemt.

D e r v i e r d p a u r *flucht den reymen*
Hort, lieben freund, hie dises wunder!
Wer sach und hort je wilder kunder?
Der lacht, der greynt, der dritt der hennt.
Hat euch der teufel all auff gelennt?
Ir narren, knebel, esel und trollen,

369 schantz: Wagnis.
370/371 Wer könnte es ihm überhaupt noch einmal klarmachen, daß.
371 schweigern: zum Schweigen bringen.
373 stil: Stiele.
374 polen: treffen.
375 tzeißlein: Zeisig; dolen: ertragen, erdulden.
379 des: deswegen; ninder: nirgends.
380 gleicht: gleich macht. (Die Verse 380–384 bilden ein Priamel.)
381 leben: Löwen.
382 da: wo; greiffen: Vogel Greif; remt: angreift.
383 Das wird als Hochmut schließlich bestraft.
385 kunder: Ungetüme.
386 hennt: gackert wie eine Henne.
387 auff gelennt: aufgereizt.
388 knebel: Grobiane; trollen: Tölpel.

Wie seit ir doch die grobsten knollen!
Seyt ir unsynig oder besessen,
Das ir solch geschrey mugt außmessen?
Schweigt, das euch druß und peulen ange!
Mir tut eur heulen im kopff so we.
Ey wayn, das es dir nymer vergang!
Ey so lach du kurtz oder lang!
So sing, das du ewigklich singst,
Hye und dort, wie dus volbringst!
Seht, lieben freund, wie hand sie ein weyß!
Lacht, greint und singt ein wenig leyß,
Ir kelber, tortschen und maulaffen!
Habt ir dann nutzerß nit zu schaffen,
So last das geschrey auch untter wegen
Und schweigt, das euch der riet gesegen!

Der den Markolff solt hencken

Konick, der Markolff ist uns entslupft,
Auß unser panden gantz gehupft.
Niemant weis, wo er hin ist kumen.
Wir mein, in hab der teufel uns genumen.

Der den tantz fodert, *dicit*

Ir herrn, des schimpfs wer nu genug.
Last das getzenck und den unfug!
Schlag auff, paucker, ein frischen reyen!
Laß sich die weyber ein weil ermeyen,
Wann sie lang darauff gehart haben.
Und laßt uns darnach furpas draben!

391 außmessen: ausschütten.
392 druß und peulen: die Pest.
398 . . . was sie für eine Art haben.
400 tortschen: plumpen Kerle.
403 riet: Teufel.
407a Der den tantz fodert: der zum Tanz auffordert, der Tanzforderer.
411 sich ermeyen: sich belustigen.

M a r k o l f f *kumpt in pilgramß weiß*

Got gruß all frum erberg persan!
Man solt mich neulich erhohet han;
Die ere floch ich und gelobt mich schir
Zu dreyen heiligen, hulffen mir.
Der erst Sant Schweinhart ist genant,
Den man in eim seu stall fandt,
Dem ich ein zwelff pfundig opfer gehieß.
Nutzt in von mir selber, ee ich das ließ.
Ei du, iß ein ding, das niemant weist.
Der ander heilig Sand Merdum heißt,
Der fil zu tod in eim prifet.
Darumb yß als, ob ir da verstet.
Der dritt heilig heißt Sand Maulfranck,
Der aß sich auß einer leck uns kerben als kranck,
Das er ein kubel vol scheyß man keut,
Domit man noch bestreicht die leut.
Er ersticket zu letz an einer muskat.
Darumb, ir herrn, helfft, steurt und rat,
Die almusen gelobt ich dar.
Secht brieff und sigel, das nit felt.
Helfft mir furpas, das got vergelt!

413a in pilgramß weiß: als Pilger verkleidet.
416 gelobt mich: empfahl mich. (Die Verse 416–434 bilden eine Mirakel- und Ablaßparodie. Zu der noch wenig erforschten Mirakelliteratur vgl. P. Assion, in: Archiv f. Kulturgesch. 50 [1968] S. 172–180.)
421 Ich nutzte ihn erst für mich selbst aus, ehe ich es ihm hingab.
422 . . . es ist eine Sache, die niemand zeigt.
423 Sand Merdum: St. Merde (merdum = menschlicher Kot).
424 prifet: Abort.
425 Deshalb ist das alles (ergänze: was man von ihm erzählen kann), falls ihr das überhaupt versteht.
427 leck uns kerben: (verballhornt aus) Latwerg, dicker Saft; als: so.
428 scheyß man: Scheißhaufen, Scheißmänner; keut: machte.
430 muskat: Muskatnuß. (Über ihren Gebrauch als Liebesmittel vgl. Handwörterbuch des Deutschen Aberglaubens, Bd. VI [1934/35] Sp. 691 f.)
431 steurt: unterstützt.
433 Secht brieff und sigel: Seht den Ablaßbrief und das Siegel daran. (Die Ablaßbriefe wurden durch Anfügen des Siegels rechtskräftig be-

Außschreier *dicit*

Unser herr, der kunig, gesegent euch all
Und fragt, wie euch der schimpf gefall.
Er west die vasnacht sust kein schimpff.
Wolt ir uns han fur ein ungelimpff,
So wolt er sich sein furpas massen,
Eurer kurtzweil euch allein hie lassen.
Hett ir in aber gern gesehen,
Er hofft, es solt noch mer geschehen.
Die letz, die er euch hat bescheyden,
Vertrinckt die vaßnacht hie mit freyden!

urkundet, s. K. Schottenloher: Flugblatt u. Zeitung, Berlin 1922, S. 31; ein Beispiel eines gedruckten Ablaßbriefes mit Siegel findet man abgebildet bei A. Schmidt, in: Zeitschr. f. Bücherfreunde, N. F. 3 [1911/12] S. 67.)

436 schimpf: Scherz.
437 west: wußte; sust: sonst.
438 Findet ihr, daß wir uns unziemlich betrugen.
439 dann wolle er sich künftig darin mäßigen.
440 Eurer kurtzweil: bei eurer Kurzweil.
443 letz: das Trinkgeld zum Abschied; bescheyden: zuweisen.

10

⟨Hans Folz⟩

Die Liebesnarren

Ein spil von narren

Precursor

Nu hort und schweigt und tut die red hie sparn
Und hort ein spil hie von uns narrn,
Die in ir pulschaft sein ertruncken
Und in das hiern ist hin gesuncken;
Dardurch sie worden sein zu toren,
Darumb sie tragen esels oren,
Gauchs federn und die narren kappen.
Als ir sie wol all seht umb trappen.

Der fursprech

Nu hort, ich sol ir wort hie sprechen
Und hab vernumen iren prechen.
Ir jeder hat sich darzu geben,
Das man sie sol verhoren eben,
Wen man ein narren hie erfer,
Das der ein narr bleib hin als her.
Das urtail sol frau Fenus offen,
Welchen man zel fur ein goffen.

Üb Precursor: (lat.) Herold.
4 hiern: Hirn; hin gesuncken: verschwunden.
7 Gauchs federn: Kuckucksfedern.
8 umb trappen: herumtappen. 8a fursprech: Anwalt.
11 darzu geben: dafür ausgesprochen.
12 verhoren: verhören, ausfragen; eben: sachgemäß.
13/14 und daß der, den man hier für einen Narren erkennt, sein Leben lang ein Narr bleibt (abhängig von V. 11).
15 Fenus: Venus (römische Göttin der Liebe); offen: eröffnen, kundtun.
16 goffen: Narren.

Der Fenus junckfrau *dicit*

Frau, so nemt auff ire wort,
So ir doch seit der lieb ein hort;
Wann wen verwundt eurß pogen geschutz,
Der waget darnach allen trutz.
Wer es im zu hayß hab furgenumen,
Das ir im nit zu hilff mugt kumen,
Den solt ir urtailen auff und ab,
Nach dem als er verschuldet hab.

Hie nennt sie einer *all*

Der Ulein Kolb und Nasenstanck,
Dietel, Fridel und Seydenstranck,
Goppolt und Gotz und Muckenrussel,
Du Spynnenfist und Schnabeldrussel,
Du Geygenkloß und App und Tapp
Und du Narrentutschtz und her Lippenlapp,
Her Schlauraff und her Rudiger,
Her Ocker und Lullzapff, tret her!
Her Nasentropff und Saugdieklauen,
Verantwort euch vor diesen frauen!

Der erst *dicit*

Secht, so bin ich also geschickt,
Wo mich ein schone frau anplickt,
So fellt mir in mein sin gar schir:
Jetz denckt sie: wer der mein in dir!

17 nemt auff: vernehmt.
18 So: da.
19 Wann: denn; pogen geschutz: Pfeil.
20 trutz: Kampf.
21 im: sich.
22 mugt: könnt.
23 dem sollt ihr sein Urteil fällen.
24 entsprechend seiner Schuld.
34a dicit: (lat.) spricht.
38 der mein: der Meinige, Penis.

Wo sie mir darnach wurd begegen,
So kan ich weder gatzen noch eyer legen,
So hebt sie selber auch nit an.
Des lauff ich als ein narr davon.

Der ander *dicit*

Mir offnet eynest eine ir gaden
Und wurd mich in ir petlein laden,
Da solt ich ir ein ygel stechen;
Da west ich nichtz an im zu rechen
Und greiff pald dar; da ward es sich strauben;
Ich ruckt mein degen bei der hauben.
Ich dacht: zuck ich, ich kum umb das gelt.
Ich hoff, das man mich kein narrn darumb zelt.

Der dritt

Ich tet mich auch zu einer nehen,
Das sie mich pat, ir wißlein zu meen;
Des han ich mich nu vil gerůmt
Und habs mit wortten nit verplůmt
Und unversunnen herauß lan farn.
Das man mich zelt darumb fur ein narrn,
Furwar so sol es nit mer geschehen,
Wolt man mir neur das ubersehen.

39 wurd begegen: begegnet.
40 gatzen: gackern.
43 gaden: Kammer.
45 ygel: Igel (für weibliche Scham).
46 west: wußte.
47 dar: hin; strauben: sträuben.
48 faßte meinen Degen (Glied) vorne an.
49 Ich dachte, ziehe ich zu schnell, komme ich um den Erfolg.
50 zelt: zählt.
51 nehen: nähern.
54 verplůmt: umschrieben.
58 neur: nur; ubersehen: nachsehen.

Abb. 5 Israhel van Meckenem ›Der Moriskentanz‹.
Kupferstich, undatiert

Der vierd *dicit*

So erwarb ich eine an eim ort,
Und als ich darnach von ir kort,
Ich weißt mein gut gesellen dar.
Darmit verplettert ichß so gar,
Das ich darnach nit torst darkumen,
Da ich die jungen vor auß hab genumen.
Darumb lauff ich in diesem leben und orden
Und bin auch zu eim narren worden.

Der funft

Ich bin je auch ertruncken darinn.
Mir lag ein weyp gar hart im synn,
Das ich ir wolt mein henßlein geben,
Der wer ir in die kuchen eben,
Da man das fleisch bey dem ars anricht.
Nu han ich lang nach ir getícht,
Piß sie mir zilet an iren laden,
Do wurd sie mich mit spul wasser baden.

Der sechst *dicit*

Secht, so bin ich geschickt von art:
Wo mir von einer je ein gruß wart
Und mich an lacht uber ein zan,
So dacht ich dann: die wil mich han!
Und wolt neur ubernacht do sein.

60 kort: zurückkehrte.
61 weißt . . . dar: schickte . . . dorthin.
62 verplettert: verdarb.
63 torst: wagte.
64 wo ich vorher das Nest geplündert hatte.
65 leben: Stand; orden: Synonym zu ›leben‹.
68 gar hart: sehr.
70 kuchen: Küche; eben: passend.
72 nach ir getícht: ihr nachgestellt.
73 bis sie mich zu sich einlud.
77 zan: Zahn.
79 wolt: ich wollte.

Darumb mir offt der rucke mein
Mit einem scheyt ward zu plauen.
Nu han mich solch fert offt gerauen.

Der sibent

So haißt man mich ein narren darumb,
Das ich ge mit den pein so krumb
Und mit den fuessen ge her geslorffen
Und mir das maul ist auff geworffen
Und mir die nass ist flach zu quetschtzt
Und auff dem antlitz ligt zu fletscht.
Wie ubel mir dasselb an stet,
Ich seh dennoch gern, das man mich liep het.

Der acht *dicit*

So bin ich stetigs in dem wan,
Mein pulschaft woll ein andern han.
Wo ir einer zum pusem nascht
Oder ein an den arß tascht,
So wirfft sie pald ein an ein want,
Damit ertzurnt sie ein zu hant,
Das er mit ir flux umb wirt gumpen;
So schwur ich, er schlug ir auff der trumpen.

Der neundt

Ich bin gar manche nacht umb kneten
Und meinet, mein narren schuch zu treten,

81 ward zu plauen: wurde blau geschlagen.
82 Jetzt reuen mich solche Taten oft.
85 geslorffen: geschlurft.
88 zu fletscht: zerfletscht.
94 tascht: tätschelt.
95 ein: denjenigen.
97 umb wirt gumpen: anfängt herumzutanzen.
98 trumpen: Trommel.
99 umb kneten: herumgeschlichen.
100 meinet: glaubte; schuch: Schuhe.

So sprachen all gesellen zu mir,
Die weil ich noch im schne hofir,
So sei mein geluck noch lang vermaurt.
Nu han ich nye umb sunst gelaurt.
Wie vast das fleisch mir ward verslossen,
So han ich doch albeg der prue genossen.

D e r z e h e n d t

Ich kam einßmals zu einer gangen,
Von der ward ich so wol enpfangen,
Ward heimlich auff mein fuß getreten
Und mit verdeckten wortten peten,
Das ich mich gen ir solt gelimpfen
Und solt ein wenig mit ir schimpfen.
Dennoch kund ich sein nit verstan
Und must als ein narr davon gan.

D e r a i n l i f f t *dicit*

So wird ich darumb ein narr geschetzt,
Umb das mein maul so vil schwetzt
Und das es mir als offen stet.
Wer fur mich hin und wider get,
Der sicht mich an und gutzt hin ein
Und wurff mir gern ein kue dreck darein,
So wurd ichß doch zu samen peissen,
Solt ich ymmer die zen bescheissen.

105 Wie vast: wie sehr.
111 daß ich mich ihr angenehm machen sollte.
112 schimpfen: scherzen.
113 Aber ich verstand das nicht.
114a Der ainlifft: der elfte.
117 als: so sehr.
119 sicht: sieht; gutzt: gafft.
121 Ergänze: täte er's . . .
122 es sei denn, ich wollte stets die Zähne mit Kot beschmutzen.

Der zwelfft

So wil ich mich darmit nit ruͤmen,
Wann ich kan meine wort wol pluͤmen,
Das mir keine versagen kan.
Dann wo ich wirff mein kletten an,
Die hangen fast; das macht mein gelt,
Des winckt mir manche in ir zelt,
Do man die wurst im ofen pret
Und mit zweien schellen hinden zu weet.

Der dreytzehent

Frau Fenus, edle konigin milt,
Die sach ist nu auff euch gespilt,
Wann ir im anfang seit der grunt,
Die weiß und thumme hertzen verwunt,
Junck, alt, reich und die armen gar.
Mit fliegen fliegt ir her und dar,
Eur stral verwunt manch starckes hertz;
Wenn eur salb nit wendt den schmertz,
Der muß in flammen gar vertoben.
Frau, urtailt, das man euch werd loben.

Frau Fenus *dicit*

Ich urtail: seit meins feures stral
Durch das weyp Adam pracht zu fal,
Die pracht mein list mit weibern umb:
Sampson und Virgilium,
Davit und Aristotilem,
Den Salomon und Socratem.

124 pluͤmen: ausschmücken.
129 pret: brät.
130 weet: Wind macht.
132 ihr seid jetzt an der Reihe.
134 Die: auf Venus zu beziehen; thumme: törichte.
138 Wenn: wenn jemandem.
139 vertoben: vergehen.
143 Die: außerdem die.

Das sie sich swerlich effen liessen,
Und wes wolt ir thummen dan genissen?
Seyt gen durch weiber sein toren worden,
So bleibt auch in dem selben orden.

Der außschreyer

Weycht ab, trett umb und last uns fur!
Wann als ich wol hor, merck und spur,
So sagt mir, frau, seidt ir es doch,
Frau Fenus mit dem stroem loch,
Von der ich so vil han vernumen
Und kundt doch lang nye auff euch kumen?
Doch hab ich eures schuß enpfunden,
Wann leiden, trosten, helen und wunden
Kundt ir, wem eur guet das gan.
Doch schauet mich gar eben an!
Mocht ir euch mein ein nacht betragen,
Ich wolt euch eins die pritschzen schlahen
Oder ein reyen mit euch springen,
Das man die schellen vor dem tor hort klingen.
Wol auff und last dem volk sein ru!
Wenn nit benugt, der eß kraut zu!

147/148 In Anbetracht der Tatsache, daß diese Männer sich nur schwer zum Narren machen ließen, wie wollt ihr Dummköpfe dann entkommen?
149 gen: jene.
152 als: alles.
154 stroem: strohernen, leicht brennbaren.
159 gan: gönnt.
161 Wollt ihr eine Nacht mit mir vorliebnehmen.
162 ich wollte euch eins pritschen.
166 Wenn es einem nicht genügt, so esse er Kraut dazu!

11

Vigil Raber

Der Prozeß gegen Rumpold

Consistory Rumpoldi
V⟨igil⟩ 1511 R⟨aber⟩

Incipit ludus pro tempore carnis brivy. Et primo precursor *proclamat ludum*

Huet und trett mir auss dem weg,
Das ich euch mein sach fur leg,
Dan wer sein sach nit recht furlegn kan,
Der nimpt oft schaden daran.
Und wan es wer gebesn nach meinem sittn,
So wolt ich her sein gerittn;
Ain pherd an gelt mocht ich nit kauffn,
Darumb muest ich herr zu fuessn lauffn.
Seyt das ich her pin kommen,
So will ich mich euch geben zu erckenen:
Ich pin genant prueder Eckardt,
Der die wurst in der vasnacht gessn hat
Und die guetn vaystn pratn
Und das kraut mit den langen zotten.

Üa Consistory: (Nom.) das Gericht, der Prozeß (Fremdwortbildung wie etwa bei ›Histori‹); Rumpoldi: lat. Gen.
Üc/d Hier beginnt das Spiel für die kurze Faschingszeit. Zunächst kündigt der Herold das Spiel an.
1 Huet: Achtung!
5 Und wenn es nach mir gegangen wäre; gebesn: gewesen (b für w ist typisch für den Text dieses Stückes, ebenso w für b, vgl. V. 33 Ewerhart).
7 an: ohne; mocht: konnte.
8 herr: her.
9 Seyt das: da.
13 vaystn: fetten.
14 Sauerkraut.

Nun merchkt, ir herrn, all geleich,
Peid arm und reich,
Reich und arm
Kalt und warm,
Klain und gross,
Nackhund und plosß,
Hoprat und knoprat,
Huckåt und zueckhet,
Wie ir her kumen seytt
Halb nachnt und weitt,
Hie woll wir haben ain spill,
Des ist wenig und kost nit vill.
Da pey latt euch nit verdriessn.
Ier sollt peutl und taschn zue schliessn,
Das ains nit unrecht vernem
Und ainem andern in sein taschen kem,
Und wer unser im spill spott,
Er sey Kuenczl oder Otht,
Jensl, Pårtl oder Ewerhart
Oder Jeckl mit dem valben part,
Got geb, das er sich erffall
Als dy federn ab dem genstall.
Wer dan nit schimpfh kan verstan,
Der soll pold von uns tretn hin dan,
Oder im wiert geschlagn ain neus pråckh

16 Peid arm und reich: Arme wie Reiche.
20 Nackhund: nackt.
21 pockennarbig und kropfig.
22 bucklig und diebisch.
24 von nah und fern.
26 wenig: kurz.
27 Dabei habt keinen Verdruß.
28 Ier: ihr.
29 ains nit: niemand; unrecht vernem: Böses tue.
34 valben: grauen.
35 erffall: herunterfalle.
37 schimpfh: Scherz.
38 pold: bald, schnell.
39 wiert: wird; pråckh: Gehirn.

Obm auff das alt genåckh
Oder obm auff den test
Ains als ein grosß huener nest.
Darumb hort zu diser frist
Der altn weiber zauber list.
Mich pat ain altz weib heur,
Das ich ir geb ain hauß steur,
Sy hiet genummen ain jungen knecht.
Ich sprach: ›du kumpst unmassn recht.
Seid ich dich pegabn soll,
So hab dir die rem in dem spitall
Und als ungluckh darczue‹.
Durch irn willn ich das thue.
Noch will ich ier gebn mer,
Das ir ain aug auss dem kopffh schber;
Das thet ich ainer jungen nicht,
Zu der het ich ain pessere zueversicht.
Darumb ho̊rt, lieben leut,
Merckht eben, wass ich euch pedeut!
Den vaschang sey wir trunckn und voll,
Das wirt uns dy fastn widrumb geltn boll.
Seyr geysslicz und das o̊ll gstanckh
Wirt uns machn in dem haupt kranch;
Dar zue wirt die speis so rauch

40 genåckh: Nacken.
41 test: Kopf.
42 eines so groß wie ein Hühnernest.
46 hauß steur: Aussteuer.
47 hiet: hätte.
48 unmassn: völlig.
49 Seid: da.
50 so möge dir ein Bett im Krankenhaus zuteil werden.
51 als: alles; darczue: obendrein.
54 schber: schwärt, eitert.
56 zueversicht: Erwartung, Hoffnung.
60 boll: wohl.
61 Seyr geysslicz: saurer Haferbrei; o̊ll: Öl.
63 rauch: grob, roh.

Und wirt uns machn das gerumpl im pauch.
Merckt ebn, was ich euch sag!
Jecz ist es vaschnacht, das ist bar,
Daran solt ir euch nit vergessn.
Ier solt das fleisch messlich essn;
Ich rat euch, seyt nit zu gach,
Das euch nit geschech, als ainst ainem gschach.
Der het sich in kurcz vermessn,
Und het ain kleul in ainer sulcz gessn;
Do man es her wider auss wandt,
Het es wol 72 underpandt.
Darnach merckht ir uppign paurn,
Ir gerumpfnen und ir saurn,
Ich will euch sagn neue mer
Von ainem frassigen paurn an gefer,
Der het sich gleczt im vaschang mit essn
Und het ain kalb mit sampt den fuessn gefressn.
Dem wart so we in dem magen,
Das thet er seinem weib klagen,
Ob sy im kund ainen radt gebm.
Sy sprach: ›das dein der teuffl muesse phlegn!
Do will ich ratz fragn,
Ob mir emancz kund sagn‹.

65 ebn: genau.
66 bar: wahr.
67 das sollt ihr nicht vergessen.
68 messlich: maßvoll.
69 gach: eilig.
70 geschech: geschehe.
71 . . . in der Hast übernommen.
72 kleul: Knäuel; sulcz: Sülze.
74 underpandt: Stränge.
75 uppign: maßlosen.
76 gerumpfnen: runzligen.
78 an gefer: ohne Falsch (bezieht sich auf das Subjekt).
79 gleczt: gesättigt.
84 der Teufel soll dich holen.
85 Do: dort; ratz: um Rat.
86 emancz: jemand.

Do kam zu ir ain altes weib,
Die hiess im schneiden den magen aus dem leib,
Sy solt den waschn und auf hachn.
Des was ain grosser rab her gachn
Und wass den magen fressn,
Dan das weib het in an dem zaun gancz vergessn.
Doch kauft sy pald ain kelbren magen
Und thet dem man nichtz davon sagen
Und seczet den an des altn magn stat
Nach des altn weibs rat.
Er gedacht im, wie er sollt essn prein und gerstn,
Als er het getan am erstn:
Do het in der teuffl psessen,
Er wolt nur hey und haber stro essn.
Ob jemant sprech, es wer nit war,
Des acht ich nit gancz umb ain har,
Und ob indert ainer wer,
Der mir ein posn hueren sun gåb,
Der hab im sibn oder acht;
Das erb auff im und sein geschlecht.
Damit will ich von der red schir lan
Und wollen das spill schier vachn an
Und will euch doch ee sagen,
Wie es nach ainander wiert ganckh haben:

89 auf hachn: aufhängen.
90 her gachn: herbeieilen.
91 wass . . . fressn: fraß auf.
93 kelbren magen: Kalbsmagen.
97 gedacht im: dachte bei sich daran.
98 am erstn: zuvor.
103 indert ainer: irgendeiner.
104 der mich einen bösen Hurensohn schimpft.
105 Der hab im: der habe selbst.
106 erb: möge sich vererben.
107 schir: schnell.
108 vachn an: anfangen.
109 ee: vorher.

Von erst kumpt der officziall
Mit ainem reichen schall,
Darnach sein offnbar schreiber,
Der ist aller frumcket ler,
Und zben woll perett man,
Der jetbeder maint, nempt mug in recht gbinen an;
Darnach fur recht kumen solt
Der Schmuczgaisl und sein sun Rumpolt
Und ain maid, haist Mareth Olhuet,
Die da mit dem knecht rechtnen tuet;
Auch ist ain altz weib dapey
Und ain junckfrau, die haist Rueley,
Dy werden zeuckhnus gebn zuhandt.
Darnach wirt euch werden bechandt,
Wer das recht wirt gebinnen.
Damit far ich von hinnen,
Und pleybent all, schbeygnt still,
Pis das verpracht wirt das spill,
Das ist des officzials will.

Pedellus vel precursor *dicens ad populum potest bene esse una persona*

Nun hort, ir herrn uberall,
Da siczt mein herr der officziall!
Het jemant icht zu klagen,

111 officziall: Richter des geistlichen Gerichts. (Die Kirche besaß die ausschließliche Ehegerichtsbarkeit.)
113 offnbar schreiber: Gerichtsschreiber, Notar.
114 der ist gänzlich untüchtig.
115/116 zwei redegewandte Männer, von denen jeder glaubt, niemand könne ihnen ihr Recht streitig machen.
120 rechtnen: prozessieren.
124 bechandt: bekannt.
125 gebinnen: gewinnen.
129a/b Der Büttel oder der Herold, die gut ein und dieselbe Person sein können, spricht zum Volk.
132 icht: etwas.

Der soll es pey zeytn sagen,
Das da antreff geystlich sachn,
Der mo̊cht sich jecz herfur machn.

Tunc servus nomine Rumpolt *accedit officialem grossis moribus et habitu quasi ad genua, portans litteram citacionis vel copiam in manibus dicens officiali*

Genediger herr offenall,
Ich pin so gar in grossem truebsall;
Ier habt mich gestern her ein geladen,
Des thuet mir halt noch heut zodn.
Nempt hin das klain priefflein,
Ich mein, es soll darauff geschriben sein.

Notarius *recipit litteram de manu rustici dicens*

Vere comparet.

Primus procurator *dicit*

Misterio non caret.

Secundus procurator *dicit*

Ipse est filius paupertatis.

134 abhängig von V. 132; antreff: betrifft.
135a–c Darauf tritt der Knecht mit Namen Rumpolt vor den geistlichen Richter, mit gewöhnlichen Sitten und in kniefälliger Haltung; er hält den Brief oder eine Abschrift der Vorladung in Händen und spricht zum Richter.
136 offenall: Verballhornung von ›official‹.
139 darüber zürne ich noch heute.
141a Der Gerichtsschreiber nimmt den Brief aus der Hand des Bauern und spricht.
142 Er erscheint zu recht (hier vor Gericht).
142a Der 1. Anwalt spricht.
143 Er entbehrt nicht der Gnadenmittel der Kirche (d. h., er ist prozeßfähig).
143a Der 2. Anwalt spricht.
144 Er ist ein Sohn der Armut.

Officialis *ad illos*

Amore dei, taceatis!
Et subiungit ad Rumpolt
Wer hat dich geladen herein?

Rumpolt *respondit*

Herr, ich kan nit latein.
Erlaubpt mir ainen vorsprech,
Der mich an meinem widersacher recht.

Officialis *ad illum*

Ja, den tuen ych dier erlaubm,
Magstu nur ain auffklaubm.

Primus procuratur *ad Rumpolt*

Ich will dein troier redner sein,
Gib mir nur den lonne mein,
Und main, ich well das recht gebinnen,
Oder ich sey dan nit pei pesinnen.

Notarius *ad Rumpolt*

Zell auff so pehendt
Vier grosschn an missewendt!
So hastu ain gebissn vorsprech,
Das man dier die recht nit prech.

144a Der Richter spricht zu ihnen.
145 Bei der Liebe Gottes, schweigt!
145a Und fährt fort, zu R. gewandt.
146a R. antwortet.
148 vorsprech: Anwalt.
149a Der Richter zu ihm.
151 wenn du nur einen bekommen kannst.
151a Der 1. Anwalt zu R.
152 troier: treuer.
153 lonne: Lohn.
155 pesinnen: Verstand.
155a Der Gerichtsschreiber zu R.
156/157 Zahle also schnell und ohne krumme Touren 4 Groschen!
158 gebissn: gewissenhaften. 159 dier: dir.

R u m p o l t *dat pecuniam dicens*
Set hin, das gelt gib ich euch dradt,
Gebt mir nur ain guetn radt.

P e d e l l u s *clamans ad populum*
Nun, wo ist nun der ander tayll?
Ist inderdt hie ain diern gayll,
Die den knecht thuet sprechen an,
Die soll her fur zu recht stan.

M a r e t h *procedit ad officialem quasi ad genua dicens*
Sim, schoͤner herr, ich pin auch hie
Und fall nider fur eur knie
Und pitt heut das heylig recht
Uber den daygn valschen knecht.
Der hat mir dy ee versprochn,
Das ist nun woll siben wochn,
Und hat sich des nit lang pedacht,
Er hat mich umb mein er pracht,
Aech in laster und in schand
Und er laugnt sein alls zuhand.

N o t a r i u s *dicit*
Nullis contestatur.

159a R. gibt das Geld mit den Worten.
160 Set: seht; dradt: unverzüglich.
161a Der Büttel ruft zum Volk hin.
162 tayll: Partei.
163/164 Ist hier irgendwo ein üppiges Mädchen, das den Knecht anklagt ...
165a M. tritt kniefällig vor den Richter und spricht.
166 Sim: ei!
169 den daygn: diesen da.
174 Aech: auch.
175a Der Gerichtsschreiber spricht.
176 Das wird durch nichts bewiesen.

Officialis
Et altera pars audiatur!

Mareth *dicit*
Ich mues auch ain vorsprech habm,
Hiet ich nur ain getreuen knaben.

Secundus procurator *ad illam*
Leich mir her sechczg pfenning.
Ich hoff, dier soll mit mir gelingen.

Mareth *dat pecuniam dicens*
Seth hin, das gelt soltz nit saumen!
Thuet mir nur recht auff gamenn,
Das wir den knecht verschtricken
Und in dem recht woll verzbicken.

Notarius
Fiat de columpna juramentum
In forma iuris et docentum.

Officialis *dicit ad partes*
Get her, yer paid persson,
Ruert das puech der ewangely an
Und schber ytlichs ain rechtn aid,
Das ir wo̊lt sagn dy warchayt.

176a Richter.
177 Auch die Gegenpartei werde gehört!
179 hätte ich nur einen zuverlässigen Mann.
179a Der 2. Anwalt zu ihr.
181a M. gibt das Geld mit den Worten.
182 am Geld soll es nicht liegen.
183 auff gamenn: aufpassen.
185 verzbicken: festnageln.
186/187 Man schreite zum Schwur auf die Bibel, wie es die Rechtsgelehrten vorschreiben.
187a Der Richter spricht zu den Parteien.
188 yer: ihr.
190 schber ytlichs: jeder schwöre.

Mareth *primo tangit librum*
So schberr ich heut auff das puech,
Das ich nur dy warchet suech.

Eodemmodo Rumpolt *iurat dicens*
Ich schber auch ain rainn aydt,
Es sey emantz lieb oder laid,
Ich will nur dy warchet sagen,
So pedarff man mich nit verrer fragen.

Secundus procurator *ad officialem*
Wirdiger herr officziall,
Eur weishet man lobt uberall,
Eur gerechtikait thuet man loben
In den landen unden und obm,
Auch hie in der ganczen stat
Pfligt man eurs weysn radt.
Da kumpt ain arme diern herr,
Sy spricht, sy sey peraubt ir err,
Und sagt, es habs der Rumpolt tan,
Und klagt in umb den schaden an;
Sy spricht auch darczue mer,
Er hab ir versprochn die ee.
Nun ruefft sy an eur gericht,
Das ier ier ain urtl ticht
Und gebt irn zu ainem elichn man,
Si bill in haben lieb und schon.

191a M. berührt zuerst das Buch.
193a Ebenso schwört R. und spricht.
195 emantz: jemandem.
197 verrer: weiterhin.
197a Der 2. Anwalt zum Richter.
203 Pfligt: achtet auf.
204 diern: Mädchen; herr: her.
211 damit ihr für sie ein Urteil fällt.
212 irn: ihr ihn.
213 sie will ihn lieben und achten.

P r i m u s p r o c u r a t u r *ad officialem*

Wirdiger herr, glert und weis,
Ir vernempt die sach mit fleis
Und merckht auch woll die ancklag.
Nun pit ich umb ainen andern tag;
Ein libell soll man uns geben,
So mugen wir rechte antburt gebn.

O f f i c i a l i s *dicit*

Das las ich nit an gen,
Dan es wurd zu vill gsten;
Das vermechtn nit die armen leut.
Nun hort, was ich euch mer pedeut:
Solich sach habm freihet vill,
Dy mag man richtn, wan man will;
Man pedarff nit strencket pflegen,
Das libell last man woll underbegn.

Et subiungit ad Rumpolt

Rumpolt, nun sag an,
Hastu disn schadn getan,
Oder willdu sy nemmen zu der ee,
Das nit ander ubll darauss gee?

R u m p o l t *respondit officiali*

Herr offnzagl, das thue ich nicht,
Oder ich sey ein verheyter postbicht.
Sy biert nimerr mein weib,
Und solt es geltn sell und leib

218 libell: Klageschrift.
221 da das zu teuer werden würde.
226 strencket pflegen: Strenge anwenden.
227 underbegn: beiseite.
227a Und fährt zu R. gewandt fort.
231a R. antwortet dem Richter.
232 offnzagl: Wortspiel mit ›official‹ (zagl: Schwanz).
233 oder ich will ein verfluchter Bösewicht sein.
234 biert: wird.

M a t e r p u e l l e *ad Rumpolt*

Ey, das dich der teuffl reytt,
Wie hastu mir mein tochter geheyt!
Nun muestus zu ainem weib habm,
Oder dich essn kran und rabm.

R u m p o l t *ad matrem*

Schbeig, du altz schern vell,
Oder ich schlach dich auff dy kell!
Deiner tochter nam ich nit ier eer.
Ir send woll zechn und denocht mer,
Die send pey deiner tochter gelegn
Und habn mit ir der unckheusch pflegn;
So wildu mir nun den hutl sackh
Erst vassn auff meinen nackh.

M a r e t h *ad Rumpolt*

Du leugst ot in dein maull,
O, du pist ain schnoͤder gaull!
Muess ich nun dein hutll sackh sein,
Es soll geltn das leben dein;
Du muest mir noch ain kheffer schlinten
Und an paidn augn erplintn.
Zeygstu mich mit zechn man,
Ich hab mit in unkeusch getan,
Das ist als erlogn.

235a Die Mutter des Mädchens zu R.
237 geheyt: geschändet.
239 kran: Krähen; rabm: Raben.
239a R. zur Mutter.
240 schern vell: geschornes Fell.
243 Es sind zehn und noch mehr.
246/247 jetzt willst du mir den Lumpensack aufbürden.
248 ot: nur.
252 kheffer schlinten: Käfer verschlucken.
254/255 Beschuldigst du mich, ich hätte mit zehn Männern Unzucht getrieben . . .

Das dir ain wurst durch zend werd zogen!
Du pist als ungluckh voll,
Siben schleppseckh hastu woll
Und pist in der haut ain schalkh.
Der teuffl varr in deinen palckh!

R u m p o l t *ad illam*

So pistu ain huerr in der haut,
Das sag ich dier uber laut.

M a t e r *ad illum*

So pistu ain loter und ain pueb!
Man soll dich redern auff ainer grueb
Und recken an ainem saill;
Der galgn ist dein erbtaill.
Nun pfui dich, du acker troll
Und du willder enczn knoll!
Du pringst mir mein kind in schand.
Se dir mein treu zu ainem pfand,
Ich will dir dy derr toen,
So magstu nimer mer dergruen,
Und dy rot scheyssn, dy gruen und dy gell,
Ranckhorn, nisß und leys und dy augnfell,
Schbindl, khulssen und das furspar,
Gelsucht, sfieber; der teuffl pscheyst dich gar.

257 zend: Zähne.
260 in der haut: durch und durch.
261a R. zu ihr.
262 huerr: Hure.
263a Die Mutter zu ihm.
268 acker troll: Tölpel.
269 enczn knoll: Erzgrobian.
271/272 Ich verpfände dir mein Ehrenwort, daß ich dich mit Schwindsucht verhexen werde . . .
273 dergruen: auf die Beine kommen.
275 Räude, Kopfjucken, Läuse und den Star.
276 Schwindel, Husten und Blähungen.
277 Gelsucht: Gelbsucht.

Pater servi *ad vetulam*

Schbeig, du altz saich vass!
Wetter teuffl lernt dich das?
Ich traut dir schir geben ainen stosß,
Wan du nur werest mein gnoss.
Du pist ain alte zaubrerin,
Du muest noch auff ainer hurd verprinen,
Und solt ich die hurd auff meinem kragn
Selb ain gancze meill weg darzue tragen.
Peyt, ich wills dem richter sagn!

Pedellus *ad illos*

Schbeygt und last eur sschallen
Und eurn zorn vallen!
Thuet uns jecz nicht petoͤrn,
Das man dy warchet meg gehorn.

Officialis *ad Rumpolt*

Sag an, Rumpolt, zu diser frist,
Ob du in den sachen schuldig pist.
Hastu ir junckfraschafft zuprochn
Und darczue die ee versprochn?

Rumpolt *respondit*

Herr, ich hab ir kains getan,
Das peczeug ich mit frauen und man
Und will mich sen mit dem rechten erberen
Und darzue hundert aid schberen.

277a Der Vater des Knechtes zu der Alten.
278 Schbeig: Schweig!; saich: Jauche.
279 Wetter: Welcher.
281 wenn du mir nur ebenbürtig wärest.
283 hurd: Scheiterhaufen; verprinen: verbrennen.
284 kragn: Nacken.
286 Peyt: Warte!
286a Der Büttel zu ihnen.
290 warchet: Wahrheit.
295 ir kains: nichts davon.
297 und will das durch diesen Prozeß von mir abweisen.

M a r e t h *ad illum famulum*
Rumpolt, schberr khain aydt,
Oder es wiert dir werdn laidt,
Wen du magst mein nicht entpern,
Wir sein albeg peyennander gern.
Du waist woll, wie es am erstn ergieng,
Vertn do man das hey auff fieng
Und wir auff dem schober lagn.
Nun hor, ich will dir mer sagen:
In dem wimmet under dem rain,
Do ich und du warn allain,
Du gabst mir dein valsche treu.
Ich sprach: ›schau, das es dich nit gereu!‹
Darnach an Sand Martens nacht
Da hastu mich umb mein er gepracht
Auff der dilln in dem peth,
Das weist noch die vorder red,
Und darnach testu oft betrachtn
Und voraus zun weinachten,
Wan mein mueter zu kirchn wasß,
So hastu geeylt zu meinem fass.
Das hat das gancz hauß volkh gesechn
Und mugen es fur ain warhet jechen.
Darczue in dem vaschang
Pistu offt ain gancze nacht lang
Pey mir in dem peth gelegen
Und kurczbeill mit nander phlegen.

298a M. zu jenem Jüngling.
301 Wen: denn.
304 Vertn: im vorigen Jahr; hey: Heu.
307 wimmet: Weinlese.
309 treu: Ehrenwort.
313 dilln: Diele.
314 das begründet den Anspruch.
315 testu . . . betrachtn: hattest du Verlangen.
316 voraus: besonders.
320 und können es als wahr bezeugen.

Rumpolt *ad illam*

O Mareth, Mareth,
Wass lugn dir auss deinem maul get!

Pedellus *ad illum*

Schbeig, das dich der hencker reyt!
Nun ist doch noch nit redn zeyt,
Thuestu so vill under klaffn,
Und wir habm woll anders zu schaffn.

Officialis *ad Maretam*

Ich sag dir warlich Mareth,
Das es also geschriben stet,
Ein jede zeucknus soll sein
Zu zbaer mund oder drein.
So pistu nur allain,
Und der spricht darczue nain;
Hastu aber icht zeugn mer,
Die zeuch herfur, das ist mein ger.

Mareth *ad officialem*

Herr, mein mueter was auch dapei
Und ain junckfrau, haist Rueley.

Officialis *ad matrem*

Sag an dy warhet, du altz beib,
Oder du verdampst sell und leib!

326 wass lugn: was für Lügen.
326a Der Büttel zu ihm.
329 under klaffn: Zwischenrufe.
334 zbaer: zwei.
335 So: nun aber.
337 icht: irgend.
338 zeuch: ziehe; ger: Begehr.
340a Der Richter zur Mutter.
342 verdampst: bringst in Verdammnis.

M a t e r *ad officialem*

Herr, ich schber pey meinem leben,
Ich will ein rechte zeucknus geben.
Es geschach an dem neuen jar,
Do geng ich von kirchn dar
Und kam haim in mein hausß;
Da hueb sich auff der dilln ein straus,
Ich hort auch das petlen krachn
Und gedacht, wass wirt sich da machn.
Do schaut ich zu einem lochlen ein,
Ich sach die liebste tochter mein
Nachkund in dem peth lign;
Ich wer haldt schier nider gesigen,
Also war ich erschrockhen.
Herr, da sag ich erst den rechtn prockhen:
Und Rumpolt lag oben auff yer.
Her, das solt ir gelauben mir.

R u m p o l d t *ad illam*

Du leugst, du alte flech reyschn!
Du wirst mich nit also teuschn.

P r i m u s p r o c u r a t u r *dicit*

So red ich pey des rechtn krafft,
Das vater und mueter noch frointschaft
Kain rechte zeucknus mugen geben,
Sich wellen dan neue recht anheben.

346 dar: weg.
348 hueb: erhob; straus: Kampf.
353 Nachkund: nackt.
354 gesigen: gesunken.
356 jetzt sage ich erst die Hauptsache.
359 flech reyschn: Flohkiste.
362 daß weder Vater und Mutter noch Freundeskreis.
363 rechte: rechtmäßiges; mugen: können.
364 es sei denn, daß neue Gesetze in Kraft treten.

Secundus procurator *dicit*

Es mag halt in solichn sachen
Vater und mueter zeugkhnus machen,
Schbester und prueder, weib und kind
Und das gancz haussgesind.

Primus procurator

In isto casu non est verum,
Nec est testimonium merum.

Secundus procuratur *in ira dicit ad illum*

Voß nescitis
Neque causam litis!

Primus procuratur *iracunde ad illum*

Hee sund vobis pause,
Intelligo causam cause.

Mater *dicit*

Ja, ja er ist ein rechter lauser!

Pater Rumpoldi *dicit ad circumstantes demonstrans procuratores*

Secht, dye daygen ton sich kriegn,
Das sy uns umb das gelt petriegn,
Und wan sy uns dy peytll schellen,
So werden sy dan guet gesellen.

365 halt: doch.
369/370 In solchem Fall ist das nicht Recht, auch keine einwandfreie Zeugenaussage.
370a Der 2. Anwalt antwortet ihm voll Zorn.
371/372 Ihr seid ein Ignorant und wißt nicht einmal, worum es in diesem Prozeß geht!
372a Der 1. Anwalt zornig zu ihm.
373/374 Solche Vorwürfe seien euch verboten; ich kenne den Prozeßgrund.
375a/b Der Vater R.s weist auf die Anwälte und spricht zu den Umstehenden.
376 Seht, die da bekriegen sich.
378 dy peytll schellen: die Beutel leeren.

O f f i c i a l i s *ad Růeley*

Nun sag an, junckfrau Rueley,
Ob den sachn also sey,
Als dy Mareth hat geredt.
Hastus icht gesechn in dem peth?

R u e l e y *ad officialem*

Herr, ich khan euchs sagn woll,
Als ain frumme junckfra soll.
Es ist nun woll ain halbes jar,
Da ich sein erst innen war,
Und habs mit meinen augen gesechn.
Herr, es ist halt offt geschechn,
Im wimmet und in dem heyrechen
Und in dem winter thet wir zechen;
Wan wir pey dem rockhn sassn,
Wie oft wir der spindl vergassn
Und eyltn auff dy dylln dratt,
Do man woll dreu pett hat,
Und wen wir seu geruglt hetten,
So lag er pey der Marethn,
Rumpoldt der dasig knecht.
Darumb mag man sprechn recht.

R u m p o l d *ad illam*

Ja, du lagst auch seltn allain,
Du pist gar ain peß huerrn pain!
Ich ken woll zechn knaben,
Die dich uberhoblårst haben.

383 Hast du sie nicht . . .
387 erst: zum erstenmal; war: wurde.
394 dratt: schnell.
396 und wenn wir sie verriegelt hatten.
398 dasig: hier anwesende.
401 peß: böse, huerrn pain: Hurenübel.
403 die mit dir verkehrt haben.

R u e l e y *ad illum*

Rumpolt, red mir nicht auff mein er,
Oder ich will dir sagn mer!
Du pist mir die zeyt lange
Umb meinen magtum nach gangen,
Du hast mir offt nach pfiffn
Und darczue in den puesn griffen.

R u m p o l d *ad illam*

Rueley, du pist nit frumm.
Sjeckles sun im nider drumm
Der nam dir den mayttam
Dortn in dem peth, des mich bol zam.

R u e l e y *ad illum*

Nun, wo ist das geschechn,
Oder wo hastus gesechn?

R u m p o l d *respondit*

Es geschach ott an dem selbigen tag,
Do ich pey der Marethn lag.

S e c u n d u s p r o c u r a t o r

Jam ipse confitetur!

P r i m u s p r o c u r a t u r *respondit*

Ex hoc verbo non sequetur.

O f f i c i a l i s *dicit*

Vere est suspectus.

411 Jeckels Sohn vom Talweg.
412 mayttam: Jungfräulichkeit.
413 des mich bol zam: das mir zugute kam.
416 ott: eben.
418 Schon bekennt er selbst!
419 Aus diesen Worten folgt das nicht.
420 Er ist in der Tat verdächtig.

Mater *dicit*

Ja freylech, herr, ist er ain leckher.

Secundus procuratur *ad notarium*

Werder schreiber, offnbar
Schreibt uns dise zeucknus gar,
Als die diern heut hie klagt
Und die mueter auch das sagt,
Und als Rueley hat genendt
Und der paur selber hat peckhent.
Das recht will ich gebinnen schier.

Primus procuratur *respondit*

Ja ist, das ich nicht appellier.

Notarius *dicit*

Nun, wer mocht das alles erschreiben,
Wasß sy heut klaffn und speyben,
Nun stuendz nicht auff ainer rosshaut!
Sy schelltn vast und schreien laut,
Do mit thuend sy uns peto̊rn,
Das ich der warchayt nicht mag horn;
Sy mainent etlich zeytt und stundt,
Und hat doch weder end noch grund;
Aber ain jeder weyser man,
Der dise sach erckhennen kan,
Der merckht zbairle fůrgab,
Die ich am erstn umfangen hab,

422 Werder: werter.
429 Ja ist: vorausgesetzt; appellier: Berufung einlege.
430 erschreiben: zusammenschreiben.
431 speyben: speien.
432 das ginge auf keine Roßhaut (wir sagen heute ›Kuhhaut‹).
435 mag horn: hören kann.
436 mainent: geben an; etlich: irgendwelche.
437 das hat weder Hand noch Fuß.
440 zbairle fůrgab: zweierlei Voraussetzungen.

Und dy ee und irs schaden,
Darumb der paur hat geschbaren
Und laugnet ir paider sandt.
Nun hat er selber das ain peckhant,
Darumb ist im ain aid todt.
Darzue andre zeuckhnusß gat
Von der mueter und von der maydt;
So merckht man, wasß die diern sait,
Das hat vast ain gleichn sin.
Nun fragt, wer zeucht das recht hin?

Secundus procurator *ad officialem*
Pater reverende,
Juste et metuende,
Postulo sentenciam
Processus et licentiam.

Mater *ad officialem*
Ja, herr, unser nachper der Lencz.
Nun woy, ir kent in auch woll,
Dan er ist aller puebrey und poshet voll.
Er hat mir mein kint verschnitn,
Das hiet ich lieber selb gelitn,
Und hat mirs pracht in laster und schant.
Das er durch dy zend werd geprandt!
Er hat es vor oft pedacht
Und hat woll zechn umb ir eer gepracht
Und hat ir jeder verhaissn dy ee.

442 sowohl die Ehe wie Mareths Schaden.
444 . . . beides zusammen.
447 Dazu kommt die andere Aussage.
449 sait: sagt.
451 wer zieht das Recht auf seine Seite?
452–455 Hochwürden, gerecht und furchtgebietend, ich fordere das Urteil und die Heiratsgenehmigung.
460 hiet: hätte.
462 zend: Zähne.

Nun we, nun we, nun we!
Subiungit ad Rumpolt
Das dich als ungeluckh angee!

P a t e r *ad officialem*
O lieber herr, mocht es gesein,
Geren geb ich euch zechn guldein,
Das mein sun mocht ledig werdn
Und ausß dem rechtn kem mit ern.
Ey, das er da von kåm
Und ain ander weib nåm,
Wan das ist ain pôsß geschlecht.
Gebt daruber pann und åcht!
Also hôrt ich all mein tag,
Das gelt und gab vill vermag
In dem rechtn und an dem ring,
Das oft ainem woll geling,
Der halt sunst hiet verlorn,
Dem wirt der pest tayll erckhorn.
Darumb wolt ich euch die hand schmieren,
Das er khåm von diser diern.

O f f i c i a l i s *ad illum*
Schmier an galgn, das ist mein radt!
Paur, ich will dir sagn dratt,
Du solt mich das nimmer lernen,
Das ich tue rechte recht verckeren.
Ja, ich lies dich woll erstinken

466a Zu R. gewandt fährt sie fort.
469 Geren: gern.
471 rechtn: Prozeß.
475 åcht: Acht.
478 bei Gericht und in der Versammlung.
484 radt: Rat.
486 lernen: lehren.
487 rechte: rechtmäßig, im Namen des Rechts.
488 erstinken: ersticken.

Und in deinem pluet ertrincken,
Solt ich nun nemen gelt;
Nun nem ich nit al disß welt,
Das ich wolt rechte recht zuprechn
Und ain valsch urtl sprechn.
Als pauren ich will dich pegabn:
Dein sun mues die diern haben,
Es sey im lieb oder laidt,
Das rat die recht gerechtikait.

Pedellus *ad populum*

Nun schbeygt, ir menschn, in dem sall!
Secht, mein herr der officiall
Und will sein gbissn pesichtn
Und gar ain recht urtl tichtn.

Tunc omnes persone et magis simul clamant se invicem vituperando, ne quis pre clamore et confusione possit percipere verbum. Iterum officialis loquens notario scribenti, quasi dictaret sentenciam, pedellus *adclamans*

Nun schweigt und last eur geschray!
Der khrieg ist nun entzbay,
Man wiert nun das urtl lesen,
So hort man, wer da ist gebesn.

491 nem: nähme; al disß welt: diese ganze Welt.
492 zu-: zer-.
494 pegabn: beschenken.
497a Der Büttel zum Volk.
500 will sein Gewissen erforschen.
501 tichtn: fällen.
501a–d Darauf fangen alle Leute, und zwar mehrere zur gleichen Zeit, an zu schreien und machen sich gegenseitig Vorwürfe, so daß niemand vor Geschrei und Verwirrung ein Wort verstehen kann. Der Richter dagegen spricht zu dem schreibenden Notarius, wie wenn er das Urteil diktierte; der Büttel ruft.
503 entzbay: aus.
505 wer: welcher Streit, Streit um welche Sache.

Tunc omnes attendunt; officialis *inchoat legere litteras dicens*

In nomini domini et cetera.

Pedellus *dicit*

Hec verba tangunt ethera.

Officialis *legit*

Presentem causam matrimony,
E finibus orta Posony,
Procuratoribus electis
Et testimonys bene inspettis
Discernendo judicamus
Hys scriptis, que sententiam damus,
Ut Rumpolt Margaretam
Recipiat uxorem letam
Anathematis sub pena,
Auctoritate nostra plena.

Notarius recipit litteram sentencie e manu; officialis *dicit ad Rumpolt*

Rumpold, hastu die red vernumen?
Es ist nun zu dem urtl kumen,
Aber du hast das recht verlorn,
Es sey dir lieb oder zorn.

505a/b Daraufhin hören alle gespannt zu; der Richter beginnt das Schriftstück vorzulesen.
506 Im Namen des Herrn usw.
506a Der Büttel spricht.
507 Diese Worte betreffen das Überirdische.
507a Der Richter liest.
508–517 Im vorliegenden Eheprozeß, entstanden im Gebiet von Preßburg, verkünden wir, nachdem Anwälte gewählt und die Zeugen genau vernommen wurden, und nach reiflicher Überlegung, mit diesem Schriftstück unser Urteil: daß Rumpolt die Mareth zu seiner fruchtbaren Gattin nehmen soll, bei Strafe der Verfluchung, kraft unseres Amtes.
517a/b Der Schreiber empfängt aus der Hand des Richters die Urteilsverkündung, der Richter spricht zu R.

Et subiungit ad Mareth

Frey dich, Mareth,
Das urtl hastu zu diser stett!
Nun gib dar fůr ain guldein,
Der Rumpolt muesß dein aigen sein;
Deinem redner thue auch darumb genueg,
Das ist als des rechtn fueg.
Wildu darnach scheden klagn,
Das magstu deinem vorsprech sagn.

Mareth *respondit*

Herr, den gulden gib ich gern,
Ich will auch meinen vorsprech ern
Mit ainem gulden gelt,
Das er mir scheden und zerung meld.

Mareth dat illis pecuniam, recipiens litteram ad manus; et procuratur *dicit ad Maretham*

Mareth, ich thuen dir danckh sagn;
Nun well wir umb dy zerung klagn.

Subiungit ad officialem

Herr, nun klag ich noch fur die diern,
Den Rumpolt soll man condempniern,
Dan er das recht verlorn hat,
Die zerung mues er gebn dradt.

521a Zu M. gewandt fährt er fort.
522 Frey dich: Freue dich.
523 zu diser stett: hier.
524 guldein: Gulden.
526 redner: Anwalt.
527 so will es das Recht.
528 Wildu: willst du; darnach: danach noch weitere.
529 vorsprech: Anwalt.
533 dafür, daß er für mich Nachteile und Unkosten geltend macht.
533a/b M. gibt ihnen Geld und empfängt das Schriftstück mit dem Urteil; der Anwalt spricht zu M.
535 well: wollen.
535a Er fährt zum Richter gewandt fort.
537 condempniern: verurteilen.

Officialis *dicit*

So sprich ich hie zu diser stundt
Fur dy zerung 4 pfundt;
Ob aber diser Rumpolt
Die diern gern nemen wolt
Und thet sich nit verrer dringenn,
So solt es im paß gelingen,
Ja, ich wolt mich kurcz pedencken
Und dise zerung alle schencken.

Secundus procurator

Nun han ich das recht gebunnen.
Zbar, es wer mir schier entrunen,
Aber ich han grosser weysset gepflegt
Und vill mue darauff gelegt.
Mit wiczn und mit sinnen
Thuen ich vill recht gebinnen,
Ich kan die warchet an den tag pringen
Und manlich kempfen in den dingen,
Ich merckh auch dy anckhlag
Und auff aller zeugn sag,
Mit antburt so pin ich pehendt,
Dem rechtn gib ich pald ain end,
Mit fleis verdien ich mein lon
Und trag heut des sig ain kron.
Ist jemant hie mit rechtn umfangn,
Dem soll auch nach mir pelangn,
Oder wolt emancz rechtn vachn an,
Dem will ich gern pey ston.

544 verrer dringenn: verdrücken.
547 alle: völlig.
548 gebunnen: gewonnen.
549 Zbar: wahrhaftig.
559 dem rechtn: dem Prozessieren.
561 des sig ain kron: die Siegeskrone.
562 mit rechtn umfangn: in einen Prozeß verstrickt.
563 pelangn: verlangen.

Rumpold *dicit*

Nun woy, nun woy, ich armer knecht!
Hab ich nun verlorn das recht,
Da ist mein redner schuldig an.
Sy zbar, ich gib im kainen lan.

Primus procuratur *dicit ad illum*

Paur, du sollt dich nit vergessn,
Wolstu mier dy schuld zue messn.
Dein maull sich verploderet hat,
Das hort man woll an diser stat;
Du hast es selber als peckhendt,
Wie dy daygn zue ergendt,
Das du pist bey der Marethn gelegen.
Was bedorftu nun vill rechten phlegen,
So du beckhenst, du hests getan?
Darumb, paur, gib mir mein lan
Und nim sye zu der ee,
Das nit mer mue darausß gee.
Wildu aber appelliern
Und lenger rechtn mit der diern,
Darczue so kan ich ratten woll,
Als ain weiser redner soll.

Rumpold *dat ei pecuniam dicens*

O herr, seth euch noch ain pfund,
So ich nur ledig wern kund.
Ich will appoliern geren
Und die sach gen Rom kheren.

569 Sy zbar: wahrlich; lan: Lohn.
572 verploderet: verplappert.
574 als peckhendt: alles bekannt.
575 wie die Leute hier bezeugen.
582 appelliern: Berufung einlegen.
585a R. gibt ihm Geld mit den Worten.
588 appoliern: Berufung einlegen.

Primus procuratur

Ein appellacian khan ich machen,
Als sich gepurd zu solhen sachen,
Von meinem herren officiall
Pis hin in des pischoffs sall
Und zu dem erczpischoff zu handt;
Ein primas wirt uns auch peckant
Und darnach der heylig stuell,
Der ist aller cristn schůll.

Secundus procuratur

Man appoliert zu kainem mall
Zum pischoff vom officiall,
Nur es sey ein verdackhte chaus,
Dan das ist ain gerechtz rechthaus.

Et subiungit primus *ad populum de secundo procuratore*

Nun secht, ich hab den daign gefelt;
Er hat mir vast nach gestellt
Und sich geruempt auf disem plan,
Er hab mir recht gewunnen an.
Nun hab ich nun appoliert,
Secht, waß nun darauß wiert.
Ich main, ich bell es noch gebinnen,
Oder mir můesß dy kunst zurinnen,
Dan ich hab in zechn jarn

590 appellacian: Berufung.
591 gepurd: gebührt.
595 primas: oberster Erzbischof eines Landes.
597 schůll: Autorität.
600 ausgenommen in einem verwickelten Fall.
601a Der 1. Anwalt fährt zum Volk hin gewandt fort über den 2. Anwalt.
602 ich habe den Kerl da umgelegt.
603 vast: sehr.
604 geruempt: gerühmt; auf disem plan: hier.
608 bell: werde.
609 zu-: zer-.

Kain recht nie verlorn.
Soll ich gen Rom hin ziechn,
Der warchet will ich nit empfliechen.

Secundus procuratur

Appelliern thue ich nit raten,
Dan es thuet vill pfenning schrotn,
Das die armen den nit vermugn.
Ich wollt, das sy sich nider schmuͤgn;
Nun hellfen doch nit hundert pfund,
Ee das recht kem zum grundt.

Pater *dicit*

Ja, ja, nun verste ich woll den sin!
Der sach ich gar zu arm pin,
Ich will ott nit verrer dringen.
Subiungit ad officialem
Herr officialem, thuet in den dingen
Und thuet seu za samen geben,
Das sy fuern ain eeleichs leben.

Mareth *ad Rumpold*

Rumpolt, man will uns zusamen geben.
Sag mir vor, was du mir zu einem heiret guet bild geben.

Rumpolt *ad Mareth*

Ich gib dir ott zbay lot und ain laugen pfeffer.

613 warchet: Wahrheit; em-: ent-. 615 thuet . . . schrotn: kostet.
616 den nit vermugn: dann nicht aufbringen können.
617 schmuͤgn: kuschen. 619 Ee: bevor nicht.
619a Der Vater spricht.
622 ott nit verrer: halt nicht weiter.
622a Er fährt fort zum Richter gewandt.
624 seu: sie; za: zu-. 627 bild: willst.
628 nur zwei Bleistücke und einen Laugenpfeffer (eine in Tirol hergestellte Sauce, vor allem aus eingedicktem Holunderbeerensaft). Die Wendung spielt wahrscheinlich auf die Genitalien an.

M a r e t h
Ja, du pist halt woll ain ginleffel.

R u m p o l d *ad Mareth*
Mareth, sag an, was verbilligestu myr zu geben,
Das du ymmer mit seld muest lebem?

M a r e t h
Thuttn und mundt
Fur zechn pfundt,
Fud und ars gering – vel krueg und magen drin
Fur zbelf schilling
Und mein prundl wisn dapey,
Das soll als dein aign sein.

O f f i c i a l i s *surgens dicit*
Kumpt herr, Rumpolt und Mareth,
Leicht mir her eur hend pedt!
Et recipiens ambas manus dicens
Welt ir tretn in die ee
Willickleich und ane we,
So sprecht alle payde ja.

Dicunt ambo ja. o f f i c i a l i s *dicit*
So gib ich euch zu ein ander da.

629 ginleffel: Schlafmütze.
630 verbilligestu: willigst du ein.
631 in Glück leben kannst.
632 Thuttn: Brüste.
634 wenig Scheide und Hintern – aber volle Krüge und Schwartenmagen drin.
636 prundl wisn: Brunnen- (bzw. Harn-)Wiese.
637a Der Richter erhebt sich und spricht.
639 Leicht: gebt; pedt: beide.
639a Er nimmt beider Hände und spricht.
642a Sie sprechen beide: ja; der Richter sagt.

Tunc occurrens unus laicus nomine Jans *et infestat anczillam dicens*

Ja, ja, herr, ja!
Ich pin eursß auffrueffn gar fro.
Ir nempt warlich ain groschn oder drey
Und gabt ainem altag ain beib
Und erfraget euch nicht der mer,
Ob halt die diern nit ledig wår.
Da verpeut ich sy auff disem plan,
Ich hab auch ain roting helbling dran.

Officialis *ad illum*

Gesell, wie laufstu so herr fuͤr?
Hat sie etbas versprochn dier?

Jans *dicit*

Sim, herr, es ist noch kaum 6 bochen,
Do hat sy miers versprochen.
Do kham ich in ier haus,
Do hert ich auff der dilln ain saus,
Ich wolt mich wider umkert habm,
Sy sprach zu mir: ›steig herr auff, du muest ruebn grabn!‹
Do grueb ich ain guete beill,
Sy sprach ståcz: ›aeyll, eyll!‹
Damit kamen ander knaben,
Dy woltn auch ruebn grabn.
Do grueb ich an allen hasß,

643a/b Darauf läuft ein Mann aus dem Volke mit Namen Jans herbei, greift die Magd an und spricht.
647 und gäbet einem jeden Tag ein Weib.
648 und fragt nicht weiter danach.
649 nit: überflüssige Verneinung.
650 verpeut: erhebe Anspruch auf.
651 roting helbling: roten Heller.
654 Sim: Ei!
662 Damit: inzwischen.
664 an allen hasß: ohne jeden Eifer.

Do sprach sy ståcz: ›pas, pas!‹
Ich sprach: ›pas hin oder herr,
Ich mag wårlich nit mer.‹

Mareth *ad illum*

Jans, ich thue dir verjechen,
Ich hab dich all mein tag nie gesechen.
Das red ich woll auff meinen aid,
Oder ich sey nicht ain frume maidt.

Jans *dicit*

Lieb, was thuestu nur sagn?
Mainst, ich mocht solich ding gedicht habm?

Officialis *dicit*

Jans, ich sag dir an allen zoren,
Du hast die dieren verlorn,
Wann du muesest ee sein khommen,
Ee ich recht het auff genommen.
Darumb ge fur dich, du junger leib,
Etbo pereth dich got aines andern beib.

Jans *dicit ad officialem*

Eur wort, mein lieber herr,
Der danckh ich euch gar ser.
Ich will sey mit nicht vast ierrn.
Auß an galgn mit der hueren!
Issy ain huerr, die pleibs;
Etbo peret mich got ains andern beibs.

665 pas: gründlicher.
667 wårlich: wahrlich.
668 verjechen: sagen.
674 an: ohne.
679 vielleicht versieht dich Gott mit einer anderen Frau.
682 Ich will ihr nicht im Wege stehn.
684 Issy: ist sie; pleibs: bleibt es.

Rumpold *dicit*

So, gesell, was darftu sey schentten?
Huet dich vor meinen hentten
Und thue dich vom plan heben,
Oder du kumpst umb dein leben,
Dan ich wils zu ainem weib habn,
Und soltn dich essn kran und dy rabm,
Und werstu nur vor ainer stund komen,
Ich hiet nit geacht, hiestus genommen.

Officialis *dicit*

Schbeigt, last euch geben zu der ee!
Ir seydt payde frum als ee.
Mit den henden gib ich euch zu hauffn,
Mit den fuessn migt ier von nander lauffn.
Et subiungit: Rumpold, sprich mir nach:
Ich Rumpold nim dich Mareth
Mir zu underzug meinem stolczn leib.
Et subiungit ad Mareth
Ich Mareth nim dich Rumpolt;
Ich pin dir von herczen holdt,
Ich will heint sein pey dir
Und morgn, wo es gefelt mir.

Tunc anplexantur se invicem; Mareth *dicit*

O mein lieber Rumpold,
Nun pin ich dier von herzen holldt!
Hab ich icht wider dich getan,
Da soltu nicht me gedenckhn an;

686 schentten: schänden.
693 hiestus: hättest du sie.
697a Und fügt hinzu.
699 underzug: Unterstützung.
702 heint: heute.
703a Darauf umarmen sie sich; M. spricht.
706 icht: etwas.

Ich will dich habn lieb und schon.
O, du pist ain frumer man!

R u m p o l d *respondit*

O mein liebe Mareth,
Dein schon mir durch das hercz get!
Du pist frum, das waisß ich woll,
Ja, du pist aller ern voll.
Nun ist heut der freydn tag
Und ist verschbunden all mein klag.

M a t e r *ad Rumpold*

O mein lieber, hercziger aidn,
Niemant mag enckh nun geschaiden;
Hayl, geluckh und selickayt
Sey enckh hie und dort perayt!

P e d e l l u s *clamans ad populum*

Nun hert, ir herrn, und last von eurem geschray ab,
Merckht, was ains dem andern vermorgngabt hab!

P e d e l l u s v e l n o t a r i u s *legens litteram*

Ich Jockhl von Jocklenstorff
und ich Kronschnabl von Eckhndorff,
auch Schlucken Prein mit sampt
dem Lern Pecher und sein nachpaur
der Sturzen Tegl, die zeit gesessn zum Arsleckhn
Pader, in Pranttsteter Pfarr, in Feistnecker Gericht, in

708 schon: aufmerksam.
716 aidn: Schwiegersohn.
717 enckh: euch.
719a Der Büttel ruft ins Volk.
721 vermorgngabt hab: als Morgengabe gegeben hat. (Das Folgende ist eine Parodie auf die zeitüblichen Vertragstexte.)
721a Der Büttel oder der Schreiber liest das Schriftstück vor.
726 die zeit gesessn: zur Zeit wohnhaft.

Dreckhschlindiger Herschafft, beckhennen mit diser gegenwirdign gampl und thuen kund allen den dasigen, dy den gegenwurtigen prieff heren, schmecken oder greyffn, singn, fidln oder pfeyffn, das der edl und erlos Fridl Hainffstumpf Krumpkragn, etban gesessn zu Kropling im saich veld auf dem nolpuchl, geben hat sein ausgedråte und wolversuechte tochter mit namen Mareth Olhuet, zu zeytten schayss unlust, zu lust unserem pharer und den gesanckherrn, zu nucz und zu underzug dem taůtschn Rumpold seinem wollgecziertem leib, darczue sy im vermacht hat zu rechter und redlicher verlorner morgn gab ain tagwerckh wissmaid, drey nadl leng ackher, 4 valb hennen, 1 weyssn han und ain grabe merchn; auch hat sy im mer zu rechten, redlichn und freyen heyret guet vermacht die verprant hofstat an der arsleůtn, dy dan ligt under dem nollpuchl, mit namen die vinster luckhn; den selbigen schbarczn fleckh mit sampt dem prunn und der laim stetn, also zu solicher angedråter mainung, das er den oft versuechtn fleckh mit sampt seiner zuegehorung nůczn und prauchn mag an des ob gemeltn pfarrer und gesanckherrn und all seiner studentn irrung und

729 gampl: Scherz, Possenspiel; dasigen: Anwesenden.
730 heren: hören.
731/732 edl und erlos: edle und ehrlose.
732 etban: ehemals.
733 saich veld: Pißfeld; nolpuchl: Schamberg.
734 ausgedråte: wohlgestaltete.
737 taůtschn: mundtot gemachten.
739 wissmaid: Futterwiese.
740 drey nadl leng: drei Nadeln lang; valb: hellfarbene.
741 grabe merchn: graue Mähre; mer: weiter.
743 arsleůtn: Arschabhang.
744 luckhn: Lücke.
745/746 laim stetn: Lehmstätte.
746 angedråter: unverfälschter.
748 an: ohne.
749 irrung: Hinderung.

hindernusß, und das selbig tagberch wismaydt, das sy im dan vermacht hat, hayst die průndl wisn, ligt in der wasserluckhn und wessert sich selber; auch hat sy im vermacht tuttn und mund fur 10 t., krueg und magn drin fur 12 schilling. Daentgegen hat er ir vermacht zu minnern, verlornem guet, in zu nemen treulas und erlos mit allem gefer. Item von erst 72 gueter hodn schleg mit seinem glacz an dem to̊ldrian, item ain joch ackher, hayst im scheisgrabm; bers tungt, des yss; item 12 gueter pechamisch grosschn und 22 pairischer harrmpfen und 62 sto̊s uber dy stiegn hinab und 2 eln tuechs des plabm pey den augn und 4 aicher und puecher schleg ungeverlich gueter landzwerung alle tag nuecht zu geben, auch 2 lot und ain laugn pfeffer. Darŭmb hat er fleyssig zu czeug gepettn, das der prieff in antreffenlicher mainung gancz beleib, des sein geczeugn und lieb nagst nachpern und froint Jans im Tropstall, Peter Jopsues sun, Lippl Mader, Cristan Pader, Hansl im Lettn, Gangl in der Gstettn, Veitl Krinnnagl, Steffl Schbalbmzagl, Haincz Fridnzaun, Olhart Schittnbaum, Fricz von Zeytnpach mit dem geschlicztn or hat auch darczue geratn, kust

750 tagberch: Tagwerk.
753 t.: Abkürzung für Pfund.
755 minnern: geringerem; nemen: nennen.
756 mit allem gefer: mit aller seiner Bosheit; Item: Ferner; von erst: erstens.
757 glacz: Glatze (Eichel?); to̊ldrian: Penis.
758 wer ihn düngt, dem gehört er.
759 pechamisch: böhmisch.
759/760 22 Gestelle zum Grastrocknen aus Bayern.
761 plabm: Blauen.
761/762 4 Schläge mit Eichen- und Buchenruten.
762 landzwerung: Landeswährung.
763 nuecht: nüchtern; laugn pfeffer: Vgl. zu V. 628.
764 czeug: Zeugen.
765 antreffenlicher: betreffender.
766 nagst: nächsten.
771 kust: küßt.

praut under zottn. Sy hat dier vill denst empotn und dy pfifferling hat sy in dem ars verpratn und den iern soltu mit den zenden schrotn, den selben schbemen pratn, damit die wurst desst pas geratn, und die all mit irem auffgedruckhtem pedschafft, dar under er sich verhudlwadlt hat, verplodert und verknipft. Das alles stet zu haltn, sam es nie geschriben wer, treulos und erlosß mit allem gefer, und der prieff ist gebm worden, do man zalt tausn air, funff hundert pratwurst auff ainem altn nusspaum, und in dem ailften schbein vand man dy pffynen an Sand Jagckn tag des andechtign spilers, der do rast zu Porlaffnickh, do man dye arslocher dråt, 3 meill von Ollvist, do die paurn auff den paumen waxsen, do zu zeytn Gloderificus der wirdig sauverschneider gemartert bart an ars, herr domine, pis auf dy knepf in ars griffn uncz an ellenpogn.

P a t e r *dicit*

Aller erst woll wir frolich sein,
Darum richt du dy lautn dein.
Hept an springen und tanczn
Und thuet waidlech umhin schbanczn!

772 zottn: Zotteln (möglicherweise Anspielung auf die Schamhaare); denst: Dienst.
774 zenden: Zähnen; schrotn: beißen; schbemen: (in Fett) schwimmend.
776 pedschafft: Siegel.
777 verhudlwadlt: verwickelt; verplodert: verknäult; verknipft: verknüpft.
782 ailften: elften; schbein: Schwein; pffynen: Finne (Wurmart); Sand: Sankt.
783 Porlaffnickh: »Anspielung auf die windischen Bergknappen, die drei Meilen von Sterzing . . . ihre Unterkünfte hatten« (Arch, S. 224).
784 dråt: dreht.
786 bart: wurde.
787 pis: bis; uncz: bis.
792 schbanczn: tanzen.

Persone huius ludi

Precursor, id est pedellus
Rumpold
Notarius
Primus procuratur
Secundus procuratur
Officialis
Mareth
Mater ancille
Pater Rumpoldi
Puella Ruelei
Servus Janns
Lutifigulus.

792a–m Die Personen dieses Spiels: Herold und Büttel, Rumpold, Gerichtsschreiber, 1. Anwalt, 2. Anwalt, Richter des geistlichen Gerichts, Mareth, Die Mutter der Magd, Der Vater Rumpolds, Das Mädchen Ruelei, Der Knecht Janns, Ein Töpfer.

12

Hans Sachs
Das Kälberbrüten

Faßnacht spiel mit 3 Personen:
Das Kelberbruten.

Die Peurin *tridt ein, redt wider sich selb unnd spricht*

Ach, was sol ich Arme nur than!
Ich hab ein liderlichen Man,
Vertrossn, hinlessig in aln dingen,
Ich kan in auß dem beth nit bringen,
So treg ist er und gantz mistfaul,
Unnd schnarcht die gantz nacht wie ein gaul.
Ich bat in nechtn, frů auff zu sthan,
Sagt, ich wolt heudt in die Stadt gahn,
Milch und Ayr in die Stadt nein tragen;
Ich stundt frů auff, eh es wolt tagen,
Das ich hienein kem in der fru,
Hab schon gemolcken meine Ku,
War schon fertig, int Stadt zu gohn,
So wil mein Narr noch nit auffsthon.
Nit wunder wer, das ich allein
Vor zoren sprung zu einem stein!
Ich wiln gehn bey dem har auffwecken,
Und wil dem dŏtschen ein sorg ein stecken,
Das ers Hauß thu ein weil versorgen.

Üc redt wider sich selb: führt ein Selbstgespräch.
1 than: tun.
3 hinlessig: nachlässig.
7 nechtn: gestern abend.
13 int: in die.
14 So: da.
16 aus Zorn zu Stein würde.
17 wiln: will ihn.
18 dŏtschen: Narren.

Der Paur *kummet, gienht auff, kratzt sich im Kopff unnd spricht*

Alta, Alta, ein guten morgen!
Was thust du heudt so frů auff sthan?

Die Peurin *spricht*

Wol einher, in des Teuffels nam!
Ich dacht, du kůnst heudt nit auffsthan;
Wolt dich zwar jetzt gewecket han,
Das dir het dein schwarten kracht.

Der Paur *spricht*

Das het ich mir baldt gnug gelacht.
Ey, liebe Gredt, es ist frů genug,
Weil noch kein Han noch Henn abflug.
Sag mir, was solt ich so frů than?

Die Peurin *spricht*

Was fragst, du fauler, loser Man?
Wer ich nit, du werst lengst gehangen.
Was sol ich nur mit dir anfangen?

Der Paur *spricht*

Ey schweyg! ich bin nit so gar arck.
Geh und bring viel gelts rauß vom marck,
So wil ich ein weil heußlich sein,
Die stuben kern und heitzen ein:
Das kan ich als so wol als du.

19a giehnt auff: gähnt.
22 Wol einher: Nur herein.
24 zwar: wahrlich.
25 schwarten: Haut.
30 loser: nichtsnutziger.
35 So: dagegen.
37 als: alles.

D i e P e u r i n *spricht*

Setz auch das kraut und fleysch hinzu;
Und merck, baldt der Schultheis thu blasen,
Das du Küe und Seu auß thust lasen,
Das es zeytlich auff die waidt kumb.
Sey auch sunst heußlich umbadumb,
Wenn ich von Marck kumb, das wir essen.

D e r P a u r *spricht*

Der ding wil ich gar keins vergessen;
Es sol als fein örnlich geschehen.

D i e P e u r i n *spricht*

Wenn ich heim kumb, wirt ichs wol sehen,
Wie du ein weil daheim thust hausen.
Felst, ich wil dir dein golter zausen!
Die Peurin gehet dahin.

D e r P a u r *spricht*

Geh hin, du darffst nichts darumb sorgen!
Es ist noch gar frů an dem morgen,
Ich wil gehn Heitzen und zu setzen;
Darnach meins unmuts mich ergetzen,
Wil mich ein stundt ins beth noch legen,
Biß das der Schultheis sich thut regen,
Das ich außlas mein Seu und Ku,
Weil es noch ist vor tag und fru.

39 baldt: sobald.
40 lasen: lassen.
41 es: das Vieh.
42 umbadumb: ganz und gar.
45 örnlich: ordentlich.
46 wirt: werde.
47 ein weil: inzwischen; hausen: haushalten.
48 Wenn du Dummheiten machst, werde ich dir dein Wams zausen!
51 zu setzen: das Essen aufs Feuer setzen.
52 um mich für meinen Ärger zu entschädigen.

Der Paur *geht auß unnd kumbt baldt wider unnd spricht*

Botz leichnam angst, ich hab verschlaffen!
Wie wirt mein Weyb nur schreien: waffen!
Wens kumbt. der Schultheiß hat außtriben,
Und ist mein Viech daheimen blieben,
Ich muß werlich kifferbes essen.
Botz mist, ich hab des krauts vergessen,
Das strudelt und prudelt bey dem Feur,
Ich muß gehn schauen die abentheur.

Der Paur geht auß.

Die Peurin *kumbt mit der půrden unnd spricht*

Nun bin ich nahet bey der Stadt.
Wie helt daheim Hauß mein unflat?
Denck wol, es wer der heyloß Man,
Was ich in heiß, kaum halber than,
Wie vormals ist wol mehr geschehen.
Ich werdt daheim mein jamer sehen,
Wenn ich kumb, wie er hauß hab ghalten.
Ich muß gleich als glůck lassen walten,
Er wirt nit anders bey sein tagen,
Biß in der schelm doch thut erschlagen.
Weiß mich am Narrn nit baß zu rechen,
Denn das ich ein seidlein Weins thu zechen
In der Stadt, baldt ich thu verkauffen.
Wil gleych dester flůchser hienein lauffen.

59 Wens kumbt: Wenn es zurückkommt.
61 ich werde sicherlich Schelte bekommen.
64b půrden: Traglast.
66 unflat: Scheusal.
67 wer: wird; heyloß: nichtsnutzig.
69 mehr: öfter.
72 Ich muß nun einmal den Zufall walten lassen.
74 schelm: die Pestilenz.
77 sobald als ich verkauft habe.
78 flůchser: schneller.

Ich bin nun von dem Thor nit weit.
Denck mir, es sey umb garauß zeyt.

Die Peurin troldt darvon

Der Paur *kumbt, kratzt im kopff unnd spricht*

O, Herr Gott, wie bin ich ein Koch!
So ich kumb fůr das offenloch,
Rindt die suppen gegn mir herauß,
Und sitzt die Katz hinten im Hauß
Und hat das fleysch als vertragen;
Der hab ich gleych die lendt eingschlagen.
Und so ich nimb das kraudt int hendt,
So ists an der ein seiten verbrendt
Und gar zu einem dreck versotten,
Das mir doch hat mein Weyb verbotten.
Ich fůrcht fůrwar bey meinen treuen,
Wenn sie heim kumb, sie werdt mich bleuen.
Jedoch ich mich noch eines freu,
Das Ku und Kelber und mein Seu
Ich hab in unsern garten than,
Darinn auch gnug zu fressen han.
Die wil ich wider all zumal
Ein jedes thun in seinen stal,
Eh wenn mein Frau kumb auß der Stadt,
Dieweil der mitten tag her gaht.

Der Paur *geht auß, kumbt baldt wider unnd spricht traurig*

Erst ist dem schimpff der boden auß!
So ich kumb in den garten nauß
Zu meinen guten Vichlein allen,

80 garauß: Läuten zu Sonnenaufgang.
82 fůr: vor.
85 vertragen: fortgetragen.
86 lendt: Hintern.
101 Jetzt hört der Spaß auf!

So ist mirs Kalb in brunnen gfallen
Und ist leider darinn ertruncken,
Wiewol mein Weib nach meim beduncken
Mit dem Kalb wolt zum Metzker lauffen
Und umb das gelt ein beltz ir kauffen.
Das ist nun fehl! wie sols mir gehn?
Wie wirdt ich mit meim Weyb besthen?
O, wie wirt sie fluchen und scharren!
Ich wil ir in dem Hauß nit harren,
Sie wirt mich, leychnam, ubel bern.
Ach, wie sol ich mein sach an kern,
Das ich ein ander kalb gewinn?
Es felt mir gleych in meinen sinn,
Weil Hůnr und Gens in meinem Hauß
Auß Ayren bruͤten junge auß,
So sie drob sitzen etlich tag,
So glaub ich je auch, das man mag
Kelber auß Kesen bruten wol;
Vorauß woes maden stecken vol,
Ohn das sindt halb lebendig sunst.
Was schatz, ob ich versuch die kunst?
Wil gleych die keß in korb nein schmitzen
Und auff die dillen darmit sitzen
Int finster, das mich niemandt sech,
Mich ir mach, wenn es mich ansprech
In der brut. wirt aus jedm maden
Ein Kalb, so kumb ich wol zu gnaden.

Der Paur sitzt in korb.

108 beltz: Pelz; ir: sich.
111 scharren: toben.
113 leychnam: beim Leibe Christi; bern: schlagen.
114 an kern: anfangen.
122 Vorauß woes: besonders wenn sie.
123 sie (die Käsestücke) sind ohnehin so halb lebendig.
124 Was schatz: was schadet es.
125 schmitzen: klatschend werfen.
127 Int finster: in die finstere Ecke; sech: sieht.
128 ir: irre.

Die Peurin *kumbt, brumbt wider sich selb unnd spricht*

Auß der Stadt ich heim kummen bin.
Ich glaub, der Teuffel hab mein Man hin.
Ich hab in gschrien ob und unden.
Hab kein funckn feurs im offen funden;
Das fleisch ist hin, der haffn zubrochen,
Das kraut verbrendt: auß mit deim kochen;
Die suppen schwimbt im offen umb.
Und so ich in den garten kumb,
Ligt das ein Kalb und ist ertrenckt.
Ich glaub, mein Narr hab sich erhenckt.
Nit wunder wer, ich thet mich verfluchen.
Ich wiln gehn auff der dillen suchen.

Die Peurin schreit: Hans! Hans!

Die Peurin sicht in im korb sitzen unnd spricht

Du Narr, was magst du auff der dillen?

Der Paur: ch, ch, wie ein Ganß.

Die Peurin *spricht*

Ich mein, es stechen dich die Grillen.

Der Paur spricht: ch! ch! pff! pff!

Die Peurin *spricht*

Wie hast du kocht? das dich Pock schendt!
Das fleysch verschůt, das kraut verbrent;
Die Katzn erschlagn, das Kalb ertrenckt!
Ich wolt und das du werst gehenckt.

Der Paur: zisch! zisch! pff! pff!

Die Peurin *spricht*

Wie? wolst zum schaden spotten mein?
Ich wolt dir wol die lende dein

135 haffn: Topf.
143 magst: machst.
145 Pock: Gott (Verballhornung im Fluch).
148 und das: daß.

So weich schlagen als deinen bauch.
Weist, wie ich dich offt nider stauch?

Sie thut die Erbel hindersich, eilt auff ihn, er schreidt: ch! ch! pff! pff!

Die Peurin *spricht*
Was machst du in dem korb, du Narr?

Der Paur: pff! pff.

Die Peurin *spricht*
Ich wil dich baldt rauß bringen, harr!

Der Paur: ch! ch! pff! pff!

Die Peurin *spricht*
Flux, droll dich! gieb den Seuen zuessen!

Der Paur: zisch! zisch!

Die Peurin *spricht*
Wie thust? bist mit eim Narren bsessen?
Halt, halt, ich wil den Pfarrer bringen,
Der selb kan baß zu diesen dingen.

Der Paur: pff! pff! ch! ch!

Die Peurin geht dahin.

Paur steht auff, thut ein Keß herauß, schaut in, legt in, setzt sich.

Die Peurin *bringt den Pfaffen unnd spricht*
O lieber Herr, es ist mein bit,
Ir wolt helffen und retten mit.
Ich hab gemarcket in der Stadt;

152a Sie krempelt die Ärmel hoch . . .
154 harr: warte!
158 weiß in diesen Dingen besser Bescheid.
161 gemarcket: bin auf dem Markt gewesen.

So ich nun heim kumb wider spadt
Ins hauß mit schnauden und mit schwitzen,
So findt ich meinen Man da sitzen
In einem korb hie auff der dillen,
Treibt so seltzam Egel und Grillen.
Was ich in frag: sprich, lieber Hans,
Speudt er mich ahn wie ein brutgans:
Pff! pff! pff! pff! und thut auch schattern
Mit armen, samb mit fluͤgel flattern;
Ich kan im gar kein wort abgwinnen.
Ich fuͤrcht, er sey kummen von sinnen.
Ich bit euch, helfft im wiederumb,
Das er zu seinen sinnen kumb.

Der pfaff *spricht*

Mein Gredt, in all meinem beduncken
Hat er sich vol brantweins getruncken,
Derselbig geht im umb im schopff.

Die Beurin *spricht*

Ey, trinckt er kein, der heyloß tropff;
Aber den unbrantn trinckt er gern,
Des kan er offt nit vol gnug wern.

Der Pfaff *spricht*

Nun ich wil gehn zu deinem Man,
Mit guten worten sprechen an.
Gluck zu, mein lieber Nachtbaur Hans!

Der Baur: ch! ch! pff! pff!

Pfaff *spricht*

Sie, pfeuffstu mich an wie ein Gans?

163 schnauden: Schnaufen.
166 Egel: Possen.
169 schattern: wedeln.
184 Sie: He!; pfeuffstu: fauchst du.

Der Baur: ch! ch! pff! pff!

Pfaff *spricht*

Sag ahn, was fehlt dir in dem hirn,
Das du also thust phantasirn?

Der Baur: pff! pff!

Pfaff *spricht*

Mein nachtbaur Hans, das taug gar nicht.
Was felt dir doch? du mir bericht.

Baur: pff! pff!

Pfaff *spricht*

Sag, hat dich ein gespenst erschreckt?
Aber was hat dich doch bewegt,
Das du treibst so seltzam geber?

Baur: pff! pff!

Der Pfaff *spricht*

Kanst nit reden, so deut doch her,
Ob du vielleicht durch zauberey
Bezaubert seyst, oder wie im sey.
Mich důnckt, du seist deinr sinn beraubt.
Ist dem also, so neig dein haubt.

Der Baur: pff! pff!

Der Pfaff *wendt sich zum Weyb unnd spricht*

Gredt, ich kan anderst nicht vermessen,
Denn das dein Mann sey gar besessen.

194 . . . oder wie immer es sich verhalten mag.
197 . . . ich kann nur schließen.

D i e B e u r i n *spricht*
Mein Herr, so helfft im durch eur bschwerung!
Wil euch darumb thun ein vererung.

P f a f f *spricht*
Gredt, du sagst wol: beschwert mein Man!
Wiewol ich wol beschweren kan,
So thu ichs doch warlich nit gern,
Fůrcht, er wůrt mir ein blatten schern.
Sichst nit, wie sicht dein man so heuͤnisch,
Tůckisch, Hemisch und Wetterleuͤnisch?
Sein augn gleissen im wie einr Katzen,
So er etwan auff mich thet blatzen
Und thet mir an dem Leyb ein schaden,
So list du mich schwimmen und baden;
Wenn der Teuffel ist grausam starck.

D i e B e u r i n *spricht*
Ach, mein Herr, es wirt nit so arck.
Drumb bschwert in und seit sorgen frey,
Fůr im steh ich euch treulich bey.
Hehn, Hans, du wirst dich nit wern?
Unser Pfarrer wil dich beschwern.

Baur: pff! pff! ch! ch!

D e r P f a f f *zeucht sein buch herfůr und list*
Ich beschwer dich auff diesen tag,
Du Teuffel, bey aller betlers blag,
Bey aller Pfaffen reinigkeyt,

200 vererung: Honorar.
204 ich fürchte, er wird mich zum Narren machen.
205 heuͤnisch: unheimlich.
208 blatzen: losfahren.
210 list: ließest.
215 Hehn: He!
218 blag: Mißgeschick.

Bey Schwiger und Schnur einigkeyt
Und bey aller Ehbrecher treu,
Bey aller schwartzen Magdt nach reu,
Bey aller Můnich Geistligkeyt
Und bey aller Lantzknecht frůmkeyt
Und bey aller Spiler unfal
Und bey aller Juden irsal,
Bey aller scho̊nen Frauen huldt,
Bey aller beginnen geduldt,
Bey aller Kauffleut warhafft schwern!
Du wolst von diesem Man ankern
In ein wildt rho̊rich in Behmr walt,
Und fahr baldt auß durch diesen spalt!

Der Paur ruckt mit dem arm, spricht pff! pff! pff! pff! ch! ch! ch! ch!

Der Pfaff wirfft ihm den stol an hals, zeucht, schreidt der Peurin, die felt hinden an Pfaffen, ziehen auß dem korb und fallen alle drey auff ein hauffen.

Der Paur *schreidt*

Was macht ir hie? das euch Pock schendt!
Und euch Roßhoden schendt und blendt!
Ir bringt mich heudt umb ehr und gut,
Das ir mich zicht von meiner brut.
Wie sehr ich mich verbarg dahinden,
Vermeint, kein Mensch wůrdt mich da finden,
Hat euch der Teuffel bracht ins Hauß.

220 Schwiger und Schnur: Schwiegermutter und -tochter.
222 . . . Zauberinnen Reue.
225 unfal: Mißgeschick.
228 beginnen: Beginen (Nonnen).
230 ankern: abkehren.
231 Behmr: Böhmer-.
232c den stol: die Stola (geweihte Schärpe des Priesters).
234 Roßhoden: Gottes Odem.

D e r P f a f f *spricht*
Mein Hans, was wolst du bruten auß?

D e r P a u r *schreidt, zeigt ihm ein keß unnd spricht*
Kelbr! Kelbr! da secht irs warzeichn wol,
Der Keß der stecket Maden vol,
Undn und oben, hinden und vorn;
Das weren eitel Kelber worn,
Het ir mich nit davon gerissen.

P f a f f *spricht*
Hans, ich wolt geren von dir wissen,
Wer dich die kunst geleret het.

D e r P a u r *spricht*
Forcht, sorg und angst mich lehren thet,
Welche ich het zu meiner Frauen.

D e r P f a f f *spricht*
Sag uns die warheyt her auff trauen,
Wie sich solchs alles hab verloffen.

D e r P a u r *spricht*
Die sach mag ich euch geren offen,
Doch das ich sicher vor dir sey.

D i e P e u r i n *spricht*
Ja, du solt sein quidt, ledig, frey;
Ich muß doch sein mit dir erschlagen.

D e r P a u r *spricht*
Ach, sol ich nit von unglůck sagen?
Ich verschlieff heint des Schulthessn blasen;

244 eitel: lauter.
251 hab verloffen: sich zugetragen hat.
253 Doch: vorausgesetzt.

Als ich das Viech erheim hab glassen,
Schlug ichs ein weil in unsern garten;
Und als ich wolt zum essen warten,
Wardt zu eim ungelůck uns allen
Ein weil das Kalb in brunnen gfallen.
Als ich das fandt darinn erdruncken,
Da war ich schier vor leidt versuncken
Vor dir. und in solchem gedens
Da viel mir ein, Hůner und Gens
Bruten junge auß ayren nur,
So wer es auch der keß natur,
Das man Kelber darauß mǒcht bruten;
Darumb außklaubt ich diese guten
Keß und hab mich darůber gsetzt,
Kelbr zu bruten. het ir zu letzt
Mich nit irr gmacht in meiner brut,
Ich het uberkummen groß gut.

B e u r i n *spricht*

Du bist, ach, der aller grǒst Narr,
So er ist in der gantzen Pfarr.
Khey nauß, hack Holtz, du fauler dropff!
Odr ich gieb dir ein drůschl an kopff!
Ich wil dirs Kalb vom hals noch schlagen!

P f a f f *spricht*

Nein, Gredt, du thest im gleidt zusagen!
Darbey wirst du in lassen bleiben.

258 erheim: zu Hause. 259 Schlug: trieb.
260 als ich mich um das Essen kümmern wollte.
261/262 Wardt . . . gfallen: fiel. 262 Ein weil: unterdessen.
265 gedens: Bedrängnis.
269 mǒcht: könnte.
274 uberkummen: erworben.
277 Khey: Troll dich.
278 drůschl: Dreschflegel.
280 gleidt: Schutz.

Beurin *spricht*

Wo̊lt ir das gspo̊t auch auß mir treiben,
Den unhilfflichen Man verdeidigen,
Der mich teglichen thut beleidigen
Mit ungeratner arbeyt viel?

Baur *spricht*

Herr, můscht euch nit in unser spiel!
Mein Weyb thut ahn das auff euch ziln,
Sie mo̊cht mit euch des růpffleins spiln.

Beurin *spricht*

Ge hin, hack holtz! und halt dein maul!

Pfaff *spricht*

Gredt, du bist ein grober acker gaul,
Weil deim Man so ubel mit ferst.

Baur *spricht*

Mein lieber Herr, und wist irs erst,
Ir scheldtwort ich ir gern vertrůg,
Wenn sie mich nur nit raufft und schlůg.

Pfaff *spricht*

Gredt, solchs hab ich eh nit erfarn.

Beurin *spricht*

Ja, ich thu im der streich nit sparn,
Wenn er mir etwan thut ein schaden.
Solt ich in erst darzu genaden?
Thu in offt in mein kammer spern
Und thu in als ein Laubfrosch kern.

283 unhilfflichen: unverbesserlichen.
288 růpffleins: Birnenschütteln (ein Gesellschaftsspiel).
293 ich ir gern vertrůg: ließ ich ihr gerne hingehen.
295 eh: vorher.
298 Soll ich ihm etwa dafür auch noch danken?

P f a f f *spricht*
Ey, Gredt, das thu ins Hertz dich schamen!
Du schendest aller Frauen namen.
Der Man sol je sein Herr im Hauß.

B e u r i n *zuckt die faust und spricht*
Pfaff schweig! und drol dich baldt hienauß!
Du hast gar nichts hinnen zu schaffen,
Allers laussing, stincketen Pfaffen!
Fetsch dich, eh ich dir geb den segen!

D e r p f a f f *wendt sich und spricht*
Ich bin hinnen von friedes wegen,
Du findst kein Haderman an mir.
Ich mein, der Teuffel steck in dir;
Ich glaub, Gredt, ich muß dich beschwern.

D i e P e u r i n *auff ihn zu unnd spricht*
Kumb, Pfaff, laß uns einander bern.

D e r P f a f f *laufft ab und spricht*
Nein, nein, ich scheid dahin mit wissen.

D i e P e u r i n *spricht zum Pauren*
Hat mich der Teuffel mit dir bschissen,
Du loser Mann? in Hoff nauß lauff!
Haust du mir heindt das holtz nit auff,
So wil ich dir nit zfressen geben
Und zal dir eins zum andern eben,
Wenn der Pfaff auff dem kopff dir seß.

301 das: dafür.
303 je: immer.
306 laussing: lausige.
307 Fetsch dich: Pack dich.
312 bern: schlagen.
318 und zahle dir entsprechend heim.
319 Wenn: selbst wenn.

Lang mir her den gebrůten keß!
Ich wolt dirn schier ins maul stossen.
Was hilfft, das ich mich thu erbossen,
Dieweil gar nichtssen hilfft an dir;
Den gro̊sten schaden thu ich mir,
Muß doch mit dir behangen sein.
Geh gleich inß Wirtzhauß, hol uns Wein,
Wo̊ln das heutig marckgelt verzechen,
Zu samb sitzen, am Wein uns rechen
Und vergessen als ungemachs.
Glůck bringt als wider, spricht H⟨ans⟩ Sachs.

Die Person in das Spiel

Der Paur	1
Die Peurin	2
Der Pfaff	3

Anno 1551. Jar. Am 7. Tag Octobris.

330 als: alles.
330e Octobris: des Oktobers.

Ein Faßnacht Spil

Der Farendt Schuler mit dem Teuffelbannen/mit vier personen/kürtzweylig zu hören/rc.

Hanns Sachs.

13

Hans Sachs

Das Teufelsbannen

Ein Faßnacht Spiln mit Vier Personen:
Der farend Schuler mit dem Teuffel pannen

Die Peurin *tritt ein und redt mit ir selbs und spricht*

Es ist mein Mann heut in den Waldt
Gefaren und kompt nit so baldt,
Wann er hat heut schon Suppen gessen,
Ein Brey und kalte Milch gefressen,
Auch ein ranfft brodts mit im genommen;
Er wirdt vor nachts nicht wider kommen.
O das es unser Pfarrherr west,
Der aller liebst vor alle Gest!
Ich weiß, das er mir eylents kem.
Nun darff ichs je nicht sagen dem,
Uns sicht on das der Nachtpaurn hauff
Im gantzen Dorff so spitzig drauff
Und treibn mit uns ir gespey,
Sam treib wir Bulerey all zwey.
Wiewols war ist, und thuts mir zorn.
Ich habs offt auß den augen gschworn

5 ranfft brodts: Brotkanten.
7 west: wüßte.
11/12 auf uns haben ohnehin alle Nachbarn ein scharfes Auge.
13 und schludern über uns.
15 und: gleichwohl.

Abb. 6 Titelseite des Druckes E″ aus dem Jahre 1561
von Spiel Nr. 13

Meim Mann, noch wil im der argwon
Und die Eyffersucht nicht vergon,
Sicht mich offt sauer an und spricht:
Der Hund geht mir umb vor dem licht;
Kom ich ein mal auff ware that,
Ich wil dein Palck dir striegeln glat.
Botz tropff, er schleicht gleich selb daher!
Seyt mir wilkom, mein herr Pfarrer!
Wie seyt ir hinden rein kommen?

Der buckelt Pfarrer *hinckt hinein und spricht*

Ich hab mir einen umbschwanck gnomen,
Bin ubern Zaun gstiegen beim Stadel,
Wann du weist wol, mein liebe Madel,
Die lausing Pauren sehen uns drauff;
Wann heut als ich vor tag stund auff,
Sah ich gen Holtz faren dein Man.

Die Peurin *spricht*

O mein Herr, wie recht habt ir than!
Wann mein Man hat vor den acht tagen
Ein faiste Sau ins hauß geschlagen,
Da můst ir Essen meiner Wůrscht;
Auff das ir darzu nicht erdůrscht,
Wil ich holen ein viertel Wein,
Und wǒllen gutes mutes sein.
Mein Herr, setzt euch ein weilen nieder.

Der Pfarrer *spricht*

Ja, du kom aber eylendts wider,
Das nicht dein Mann kom in das Hauß

17 noch: dennoch.
20 in der Bedeutung ›Ich wittere Unrat‹.
26 umbschwanck: Umweg.
34 ins hauß geschlagen: hausgeschlachtet.
39 ein weilen: inzwischen.

Und dresch mir den hundshabern auß,
Wann er sicht mich so sauer an,
Wann er etwan thut für mich gan,
Tregt allmal ein verpotne Wehr,
Derhalben trau ich im nicht mehr.
Er stecket vol tückischer list;
Solt mich wol pleuen auff seim Mist;
Er hat mir das gar hart gedrot,
Nechst da er mir das hauß verpot.

Die Peurin *spricht*

Herr, last euch dieweil nicht lanck sein,
Ich bring bald Semel, Würscht und wein.

Die Peurin geht ab, der Pfaff *redt wider sich selbs und spricht*

Und wenn halt ytzt der Pauer kem
Und mich bey meinem halse nem
Und setzet mir ein alte schmurrn,
Dennoch dörfft ich darumb nicht murrn,
Dörfft in beim Pfleger nicht verklagen,
Ich must gleich dise schmurren tragen
Und must stillschweigendt in mich fressen.
Ich bin zwar mit eim Narrn bsessen,
Das ich weyt lauff nach Huren auß,
Hab doch selb eine in dem hauß.

Die Peurin *bringt Würscht, Seml und Wein, spricht*

Nun Esst und Trinckt! seyt guter ding
Und sorgt nicht das uns misseling,
Vor nachtes kommet nicht mein Man.

42 und mich verprügelt. 43 Wann: denn.
44 wenn er bisweilen an mir vorbeigeht.
45 Wehr: Waffe.
50 Nechst: jüngst.
55 alte schmurrn: erhebliche Verwundung.
60 zwar: in der Tat.

Der Pfaff *spricht*

Ho̊r, wer thut durch den Gattern gan?
Ich ho̊r klingen die Ků glocken.

Die Peurin *geht, schaut, spricht*

Mein Herr, seyt nicht so gar erschrocken.
Es geht ein Bettelman herein;
Es wirdt ein farender Schuler sein.

Der Pfaff *spricht*

So gib im resch und las in gehn
Und las in nicht lang hinnen stehn!

Der farent Schuler *kompt und spricht*

O mutter, gib dein milte steur
Mir armen farenden Schuler heur,
Wann ich sammel mit diesen diengen,
Das ich mein erste Meß můg singen.

Der Pfarrherr *spricht*

Du sammelst leicht zu einem Schalck.
Heb dich hinauß, du laster balck!

Der farend Schuler *spricht*

Mein Herr, von wegen aller Buler,
Steuert mir armen farenden Schuler,
Der ich im Land hin und her fahr.

Der Pfarrer *spricht*

Du wirst so lang faren fůrwar,
Biß du zu letzt ferst an den Galgen.

66 Gattern: Gittertor.
71 resch: schnell.
73 steur: Unterstützung.
77 leicht: vielleicht; Schalck: Betrug.
79 im Namen aller Liebhaber.

Der Farent Schuler *spricht*
Mein herr, ich kan mit euch nicht palgen,
Sonder mir ein bar Kreutzer leicht;
Und wenn ich ein mal werd geweicht,
Mo̊chte ich euer Caplan wern.

Der Pfarrer *spricht*
So muß man dir vor ein plattn schern
Draussen auff dem Rabenstein.
Du stertzt umb auff dem Land gemein,
Thust nichts, denn die Paurn bescheissen
Mit Lůg und listigs maul auffspreissen
Und stielst ein wenig auch darzu;
Was nicht wil gehn, das tregestu
Als Flachs, Ayer, Schmaltz und Kåß.

Der farent Schuler *spricht*
Ach mein Herr, seyt mir nicht so reß.
Ich bin je auch ein guter schlucker.

Der Pfarrer *spricht*
Du bist ein rechter Beutel rucker!
Heb dich nauß! hab dir drůß und peuln!

Der farent Schuler *spricht*
Mein herr, thut euch nicht ob mir meuln
Gebt mir armen Schuler euer steur.

85 leicht: gebt.
86 geweicht: zum Priester geweiht werde.
88 plattn: Tonsur.
90 stertzt umb: strolchst herum.
92 auffspreissen: aufsperren.
93 stielst: stiehlst.
96 reß: scharf.
97 jedenfalls ein guter Kostverwerter.
98 Beutel rucker: frecher Bettler.
99 drůß und peuln: Pest.
100 zürnt nicht meinetwegen.

D i e P e u r i n *stoͤßt in und spricht*

Heb dich nauß! hab dir das plab Feur,
Du unverstandner grober puͤffel!
Du fauler Stertzer und du Schlůffel!
Und las mich ungheit in meim hauß.

D e r f a r e n t S c h u l e r *spricht*

Nun ich wil geren gehn hinauß,
Doch sag ich euch bey meinen treuen,
Der hochmut wirdt euch beide reuen.
Ich wil mich in dem hauß versteln
Und sehen, was sie machen wo̊ln,
Heimlich in ein winckel verporgen.
Kombt der Pauer heint oder morgen,
Ich wil zu richten ein feines spiel,
Mich redlich an in rechen wil.

Der farend Schuler geht ab.

D e r P f a r r e r *spricht*

Geh! sperr die Haußthůr eben zu,
Das nicht ein jeder Bettler thu
Uns uberlauffen in der Stuben.

D i e P e u r i n *spricht*

Habt ir nicht geho̊rt von dem Puben,
Wie er die Haußthůr hat eingschlagen?

D e r P f a f f *spricht*

Ey, das wer recht! erst wo̊ll wirs wagen,

102 plab Feur: Frostbeulen (vgl. M. Höfler: Deutsches Krankheitsnamen-Buch. München 1899. S. 135, 1).
103 unverstandner: unverständiger; puͤffel: Rindskopf.
104 Stertzer: Landstreicher; Schlůffel: Tagedieb.
105 ungheit: ungeschoren.
106 geren: gern.
109 versteln: verstecken.
112 heint: heute.
120 erst: jetzt erst recht; wo̊ll: wollen.

Essen, Trincken und froͤlich sein.
Mein Madl, es gilt dir sovil Wein!

Der Pfaff wil trincken; der Pauer klopfft an.

D e r P f a f f *hoͤrt auff und spricht*
Botz leichnam, Madl, wer klopfft dauß
So ungestům an deinem hauß?

D i e P e u r i n *geht, schaut, spricht*
Botz leichnam angst, es ist mein Man!
Wie soͤll wir unsern dingen than?

D e r P f a f f *spricht*
Botz Kůren marter, wo sol ich hin?

D i e P e u r i n *spricht*
Mein lieber Herr, bald schlieffet in
Den Ofen, so wil ich untern Parn
Den Wein, semmel und Wůrscht bewarn.
Und so bald heint entschlefft mein Man,
Wil ich euch helffen wol darvan.

Der Pfaff laufft auß.

Die Frau thut auff. D e r P a u e r *kompt und spricht*
Wie, das du das hauß sperrest zu?

D i e P e u r i n *spricht*
Mein Man, wiß, das ichs darumb thu,
Wann unsers Nachtbarn seu mit hauffen

122 auf dein Wohl!
123 Botz leichnam: beim Leibe Gottes; dauß: draußen.
125 bei Gottes Todesfurcht.
126 . . . mit der Sache fertig werden.
127 bei der Marter des hl. Quirinus.
128 bald: schnell; schlieffet: schlüpft.
129 Parn: Krippe.
131 heint: heute nacht.

Mir teglich an den Tennen lauffen
Und thun mir schadn. wie, das so bald,
Mein Man, heut kommest auß dem wald?

Der Pauer *spricht*

Sol ich dir nicht von unglůck sagen?
Wir haben beide Hackn zerschlagen;
Nun kundt wir fellen mehr kein Beum.
Da must ich wol wider erheim.
Der hunger trieb mich auch darzu.
Mein, prat mir ein Wurscht oder zwu,
Gib mirn Seusack mit feistn grieben,
Der nechten znacht ist uberblieben,
Und las mich weidlich darinn schroten.

Die Peurin *spricht*

Ich thu dir fůr die Wurscht ein Knotten!
Habn erst vor acht tagn die sau gschlagn,
Hast je die Wůrscht schier gar vertragn.
Wir můssn auch aufffressn die knocken.

Der Pauer *spricht*

Ich hőr klingen die Kůglocken;
Schau wer geht durch den Gattern rein!

Die Peurin *laufft und spricht*

Es wirdt ein Farender Schuler sein.
Ich wil in bald fertigen ab,
Nicht gern solch Leut im Hauß ich hab.
Die Peurin laufft, wil im geben.

144 Mein: Liebe; zwu: zwei.
145 mirn: mir einen; Seusack: Schwartenmagen.
146 nechten znacht: jüngst beim Abendessen.
147 laß mich ein tüchtiges Stück herausschneiden.
150 schier gar vertragn: beinahe völlig aufgegessen.
151 knocken: Knochen.

Der Schuler *tritt zum Paurn und spricht*
Ein guten abent, lieber Vatter!
Ongfer so stund offen dein Gatter,
Da gieng ich Farender Schuler rein;
Bitt, vergůnn mir, im Stadel dein
Im Heu zu schlaffen diese nacht.

Die Peurin *spricht*
Hat dich der Teuffel wider rein bracht!

Der farent Schuler *spricht*
Mutter, schweig, so schweig ich auch.

Der Pauer *spricht*
Mein Schuler, sag, was ist eur brauch,
Das ir also umbfart im Land.

Der farend Schuler *spricht*
Es ist uns auffgesetzt allsand,
Das wir stetigs im Land umbwandern
Von einer hohen Schul zu der andern,
Das wir lernen die schwartzen Kunst
Und dergleich ander Kůnste sunst;
Wo man eim etwas hat gestoln,
Das ko̊nnen wir eim wider holn;
Wen Augenwe und Zanwe krencken,
Dem ko̊nn wir ein Segn an halß hencken,
Vors Gschoß wundsegen wir auch haben;
Wir ko̊n Warsagn und Schåtz graben,
Auch zu nacht auff dem Bock außfarn

Der Pauer *spricht*
Hab ich doch wol geho̊rt vor jarn,
Ir Schuler ko̊nt den Teuffel pannen.

158 Ongfer: zufällig.
175 Vors Gschoß: gegen Rheumatismus.

Der farendt Schuler *spricht*

Ich wolt in wol beschwern und spannen,
Das er uns alles das můst sagen,
Was wir in nur moͤchten gefragen,
Darzu brat Wuͤrscht, Semmel und wein
Leibhafftig uns must bringen rein
In dise Stuben in ein Kreiß.

Der Paur *spricht*

Mein Man, kein ding auff Erd ich weiß,
Das ich wolt lieber, mag ich jehen,
Wann den Teuffel leibhafftig sehen.

Der farent Schuler *spricht*

Ey, so schau nur dein Frauen an.

Der Paur *spricht*

Las schertzen liegen, lieber Man.
Kanst, so bring uns den Teuffel her.

Der farent Schuler *spricht*

Ja, wenn es nicht so gferlich wer.
Wann wo ich in brecht an das ort
Und euer eines redt ein wort,
So doͤrfft er uns wol all zureissen.

Die Peurin *spricht*

Es solt uns wol der Teuffel bscheissen!
Last den Teuffel dauß, das ist mein rath.

Der Pauer *spricht*

Was schadts? es ist ind nacht gar spat.
Lieber, bring in her in das hauß.

180 spannen: fassen.
187 mag ich jehen: wenn ich es sagen darf.
193 das: diesen.
198 ind: in der.

Der farend Schuler *spricht*

So geht beyde årßling hinauß
Und steigt auch årßling auff die Dillen,
So wil ich bschwern durch die Prillen
Den Teuffel. bald ich schrey: kompt wider,
So steyget årßling herab wider,
Als denn ich euch zu bringen weiß
Den Teuffel herein in den Kreiß.

Baur und Peurin gehen årßling hinauß.

Der farent schuler *bringt den Pfaffen und spricht*

Pfaff, Pfaff, sol ich dein vorigs schelten
Dir ytzt auff deinen Kopff vergelten?
So bald ich ruff den Pauren rab,
Der wirdt dir weidlich keren ab.
Nu ich wil gehn, dem Pauren schreyen.

Der Pfaff *zittert und spricht*

Ach mein Freund, was wôlstu mich zeihen.
Ich bit dich sehr, hilff mir darvon.
Ich gib zwôlff taler dir zu lon;
Und bleib den affter Winter bey mir,
Wil ich gut herberg geben dir.

Der farent Schuler *spricht*

Pfaff, so gib die zwôlff Taler her,
So hilff ich dir auß dem gefer.

Der Pfaff *gibt im die Taler, spricht*

Se, ich wil dir daheim mehr schencken.

200 årßling: rückwärts.
201 Dillen: Speicher.
205 Als denn: dann.
210 keren ab: Prügel geben.
212 zeihen: beschuldigen.
215 affter Winter: Nachwinter.
218 gefer: Gefahr.

Der farent Schuler *spricht*

Pfaff, so thu dich nicht lang bedencken.
Geh, zeuch dich Mutter nacket ab,
Berůß dich Kolschwartz wie ein Rab
Und schick dich eylendts in den handel;
Nimb untern Parn Wůrscht, semel und kandel,
Nimb an den tennen die roßhaut,
Da wickel dich einn; und wenn ich laut
Schrey zum dritten mal: Teuffel komm,
So kom bald geloffen und promb
Gleich eben wie ein wilder Beer,
Setz Semmel, Wůrscht und Kandel her
In Kreiß; und wenn ich dich heiß gon,
So nimb dein gwentlich, schmitz darvon
In der Roßhaut hinden hinauß,
So kompst mit frieden auß dem Hauß.

Der Pfaff *spricht*

Ich wil mich růsten aller gstalt,
Hilff mir nur hinauß schnell und balt.

Der Pfaff get ab; der schuler *schreit*

Nun steiget beide årßling rab!
Den Geist ich schon beschworen hab!

Sie gehen beyde årßling ein.

Der farent Schuler *spricht*

Nun setzt euch nieder und euch nicht růrt,
Kein wort zu reden euch gepůrt!
Doch wo eur eines reden wolt,
Mit fingern ir das deuten solt.

221 Mutter nacket: splitternackt.
225 an den tennen: auf der Tenne.
228 promb: brumme.
232 gwentlich: Gewändlein; schmitz: eile.
235 Ich will mir jedes Aussehen geben.

Sie setzen sich.

Der farent Schuler *macht mit dem schwerdt ein kreiß, stellt sich darein und spricht*

Nun růff ich dir zum ersten mal:
Komb her auß dem hellischen Sal,
Bring mir in Kreiß ein Kandel mit Wein,
Wůrscht und Neupachne Semmelein!
Zum andern mal so růff ich dir,
Das du kompst in den Kreiß zu mir!
Zum dritten mal beschwer ich dich,
Du wo̊lst nicht lenger saumen mich
Und komb in den Kreiß zu mir her,
Und bring mir, was ich hab begert!

Der Teuffel laufft hinckent unnd pucklet einn, prumbt, setzt kandel, semel und wurscht in Kreiß.

Der farent Schuler *spricht*

Nun, Teuffel, las von deim rumorn!
Las dich wol schaun hinden und forn!

Der Teufel geht im kreiß herumb.

Der farent Schuler *spricht*

Teuffel, nun hab wir dein genung.
Thu nur bald auß dem Kreiß ein sprung
Und schmitz denn hinden auß dem hauß
Oder far zu dem first hinauß
Oder im Kůstall durchs kuloch;
Das jederman on schaden doch!

Der Teufel springt auß dem kreiß.

Der Bauer *spricht*

Mir geht vor engsten auß der schweiß.

255 genung: genug.
259 kuloch: Fenster im Kuhstall.
260 doch das für jedermann ohne Schaden!

Ach, lieber, wisch bald ab den Kreiß,
Das nur der Teufl nicht wider kumb.

Der farent schuler *spricht*
Mein lieber Sun, sag mir, warumb
Thetstu doch sein so starck begern?

Der Bauer *spricht*
Ich dacht nicht, das die Teuffel wern
So schwartz zottet und ungeschaffen;
Er war gleich bucklet unserm Pfaffen,
Hanck auch also auff einem pain.
Ja, wer ich gwesen hinn allain,
Ich glaub, ich wer von sinnen kommen
Mit seinem scharrn, gronen und prommen;
Mich daucht er het gleich Eberzeen,
Die thetten im zum maul außgehn.

Die Peurin *spricht*
Sol aber ich die warheit jehen,
Den Teuffel möcht ich wol öffter sehen
In unserm Hauß on alle scheu.

Der farent Schuler *spricht*
Ich glaub dirs gar wol auff mein treu.
Ey, frisch auff, frisch auff, lieber Man!
Wiltu, so wöl wir schlaffen gan.

Der Pauer *spricht*
Ich förcht mich warlich in geheim,
Mir kom der Teuffel für im Träum;
Ich hab mirn wol einbildt so starck.

269 Hanck: hinkte.
270 hinn: hier drin.
272 gronen: Murren.
275 jehen: sagen.

Der farend Schuler *spricht*

Mein Mann, die sach ist nicht so arck.
So henck den Segen an den Halß,
So versprich ich dir gwiß nachmals,
Der Teuffel kompt nicht in dein hauß,
Es sey denn sach, das du seyst drauß.
Er war fro, das ich in ließ hin.
Er fôrcht dich ûbler denn du in.

Der Pauer *spricht*

Ey lieber, forcht der Teuffel mich?

Die Peurin *spricht*

Komb mein Mann und leg schlaffen dich.
Laß farn den Teuffel, lieber Gsell;
Er sitzt lengst wider in der Hell.

Der Paur *henckt den Segen an Halß und spricht*

Ich wil den Segen an Halß hencken
Und dir zu lohn den Gûlden schencken,
Das ich forthin sicher und frey
Vor dem hinckenden Teuffel sey.
Ein gute nacht, ich geh dahin!
Der Paur get ab.

Die Peurin *spricht*

In engsten ich gewesen bin,
Het immer sorg, ir wûrd was sagen.
Mein Man den Pfaffen het erschlagen;
Er ist im wol so spinnen feindt.

Der Farent Schuler *spricht*

Ja, Frau, der Pfaff verhieß mir heint,
Ir wûrdt mir zlon fûnff Gûlden geben,

288 Es sey denn sach: ausgenommen.

Das ich im fristen hůlff das leben;
Derselben wart ich ytzt von euch.

D i e P e u r i n *spricht*

Mein Mann, nur diese Nacht verzeuch.
Morgen frů soltu sie gwiß haben;
Ich habs Gelt hinterm hauß eingraben.
Ein gute nacht, ich leg mich nieder!

Die Beurin geht ab.

D e r f a r e n t S c h u l e r *nimbt semmel, wůrscht und Kandel und spricht*

Wůrscht, semmel, Wein, die nem ich wider,
Wil mit hinauß gehn auff das Heu,
Essen und trincken. O, ich freu
Mich der Kirchwey! ich bring darvon
Achtzehen Gůlden. mehr gwins ich hon,
Den Pfaff, Pauer, Peurin all drey;
Wann ich gedenck mir auch darbey,
Der Pfaff hab auch umbs gelt nit troschn,
So hab die Peurin die alten Groschn
Dem Pauren auch heimlich abtragen.
Was sol ich vons Paurn Gůlden sagen?
Bhelt mein Segen den Teuffel dauß,
Das er im nicht mehr kombt zu hauß,
So unterkem er viel ungemachs.
Tregr Marckt wird offt gut, spricht Hans Sachs.

307 wart: erwarte.
308 verzeuch: warte.
317 Den: als.
319 troschn: ehrlich gearbeitet.
320 So: ebenso wie.
323 Bhelt . . . dauß: Hält . . . draußen.
325 unterkem er: bliebe ihm erspart.

Die Personen in das Spiel

Der hincket, bucklet Pfaff	1
Der farend Schuler	2
Der Pauer	3
Die Peurinn	4

Anno salutis 1551. Jar.
Am 5. Tag Novembris.

326f/g Im Jahre des Heils, dem 1551. Jahr, am 5. Tag des November.

14

Hans Sachs
Der gestohlene Schinken

Faßnacht spiel mit 4 Personen:
Der gestolen Pachen

Heintz Knol *gehet ein, redt wider sich selb und spricht*

Der kopff thut mir so mechtig weh,
Das ich kaum auff den fůssen steh,
Wann ich war nechten aber truncken,
Das ich an wenden heim bin ghuncken.
Ich bin die nacht heindt schier erdůrst,
Und wo nicht endt nemen die wůrst,
Die Faßnacht sambt den rohtsecken
Wirt mir mein kopff int leng nit klecken.

Cuntz Drol, *der ander Paur, kumbt und spricht*

Ein guten morgen, mein Heintz Knol!

Heintz Knol *spricht*

Danck dir Gott, mein nachtbaur C⟨untz⟩ Drol!

Cuntz Drol *spricht*

Du sichst gleich, sam habst nit außgschlaffen.

Üb Pachen: Schinken.
Üc redt wider sich selb: hält ein Selbstgespräch.
3 Wann: denn; aber: wieder.
5 die nacht heindt: diese Nacht.
7 rohtsecken: Blutwürste.
8 klecken: aushalten.
11 Du siehst aus, als . . .

Heintz Knol *spricht*
Ich zecht nechten mit unserm Pfaffen,
Gieng heim schier umb den Hannen krat.

Cuntz Drol *spricht*
Ey lieber, giengst du heim so spat?

Heintz Knol *spricht*
Ja, und war eben stůdtfol.

Cuntz Drol *spricht*
Das selb glaub ich dir werlich wol!
Hast im sein grosse wůrst helffen essen.
Hőr, lieber, ich het schier vergessen:
Weist du nit, wie vor zweyen tagen
Herman Dol hat sein Sau geschlagen
Vier finger hoch mit speck durch spicket?

Heintz Knol *spricht*
Hat er dir seiner wůrst geschicket?

Cuntz Drol *spricht*
Nein! und hab im doch alle Jar
Geschicket meiner wůrst fůrwar;
Doch schickt er mir kein wůrst nie wider.

Heintz Knol *spricht*
Er ist ein filtz, das merckt ein jeder!
Er ist einer der spinting fladen!
Ich hab in auch all Jar geladen
Vast zu all meinen Seusecken,

13 Hannen krat: Hahnenschrei.
15 stůdtfol: stockvoll.
26 filtz: Geizhals.
27 der spinting fladen: der speckigen Fladen, der ›Pfeffersäcke‹.
29 Seusecken: Schwartenmägen.

Und er hat mich nit lassen schmecken
Ein zipffel wuͤrst von seiner Sau,
So filtzig ist er, karg und gnau!
Wurst wider wurst, das alt sprichwort,
Hat er gar offt von mir gehort;
Er lest aber red fuͤr ohren gehn.

C u n t z D r o l *spricht*

Wie, wenn wir heindt zu nacht all zwen
Hůlffen einander zu den sachen
Und stelen im sein Schweinen bachen,
Sein grosse karckheyt mit zu rechen?

H e i n t z K n o l *spricht*

Das selb hab ich auch wo̊llen sprechen.
Wie wolt wirs aber greiffen ahn?

C u n t z D r o l *spricht*

Da wolt ich selber zu im gahn
Und bitten, mir etwas zu leichen;
Dieweil so mustu heimlich schleichen
In sein kammer hinden ins Hauß
Und im ein bachen nemen auß
Dem schaff, da die Sau ligt im saltz;
Und streich damit heim und behalts.
Darmit wo̊llen wir zwen uns speissen.

H e i n t z K n o l *spricht*

Es solt uns wol der Teuffel bscheissen,
Wenn er sollichs auff uns wuͤrt innen!

32 filtzig: schäbig; karg: knauserig; gnau: geizig.
35 fuͤr ohren: an den Ohren vorbei.
36 zwen: zwei.
41 greiffen ahn: anfangen.
43 leichen: leihen.
44 in der Zwischenzeit mußt du . . .
47 schaff: Faß.
48 streich: schleiche.
51 wenn er uns dabei ertappt.

Cuntz Drol *spricht*

Wir wo̊llen wol ein sinn erfinnen,
Das mans in einem schwang auffnem;
Wann es gleich fůr den Pfleger kem,
Er ließ uns beid darumb nit hencken,
Wann im ist wol mit guten schwencken,
Wie ers hilfft treiben ubers Jar.

Heintz Knol *spricht*

Ja, mein Cuntz Drol, das ist je war,
Der Pfleger weiß sein filtzig art.

Cuntz Drol *spricht*

So machen wir uns auff die fart.
Auff heindt, wenn man da anzůndt das Liecht!
Ich hoff, wir wo̊llen fehlen nicht.

Die zwen gehen beide auß.

Herman Dol, *der karg Paur, geht ein und redt wider sich selb und spricht*

Nun hab ich je ein feistes Schwein
Gestochen und gesaltzen ein.
Ich hab der Sau stets zu gestossen,
Drumb hat sie ein Schmerlaib ein grossen.
Itz erstlich wil ich mich betragen
Und der Schweinen knocken ab nagen.
Der Metzker hat sich nit wol bedacht,
Die brodtwůrst viel zu lang gemacht,
Zwo hetn sich wol zu dreien gschickt;

52 sinn erfinnen: Weg finden.
53 daß man es als einen Ulk aufnimmt.
54 Wann: Wenn; fůr den Pfleger: vor den Landrichter.
56 Wann: denn.
57 ers: er sie.
61 Auff heindt: bis heute abend.
65 stets zu gestossen: immer ordentlich Futter gegeben.
67 Zunächst will ich genügsam sein.

Hat den Seusack zu vol gespickt,
Het wol erspart halben speck.
Ich solt etlich wůrst schicken weck,
Die nachtbaurn zu verehren mit.
Ich wil thun, samb versthe ichs nit,
So hab ich die wůrst all zu gwin,
Die sie mir heimschickten vorhin.
Wil mein wůrst wol essen allein,
So reich ich dester weiter nein
Mit meinen wůrsten in die fasten.
Das fůget mir am aller basten.

C u n t z D r o l *geht ein und spricht*

Ein gutn abendt, mein Herman Dol!

H e r m a n D o l *spricht*

Danck dir Gott, mein lieber Cuntz Drol!
Was wilt du, das du kumbst so spadt?

C u n t z D r o l *spricht*

Mein Knecht mir heindt zerschlagen hat
An dem holtzhauen einen schlegel,
Und ich hab am dreschen ein flegel
Zerschlagen; derhalben ich kumb,
Auff das ich morgen wiederumb
Můg dreschen und auch holtzhauen,
Bit, wỏlst mir leihen auff vertrauen
Ein holtzschlegel und ein flegel noch.

78 vorhin: neulich.
80 nein: hinein.
81 fasten: Fastenzeit.
82 Das paßt mir am allerbesten.
86 heindt: heute.
87 schlegel: Werkzeug zum Schlagen.
91 Můg: kann.

Herman Dol *spricht*
Ja, ich leich dirs; aber jedoch
Schau, das sie mir nit wern zerschlagen.
Schaff mirs wider in zweyen tagen,
Ich kan ir lenger nit geraten.

Cuntz Drol *spricht*
Lieber, laß ein bar wůrst uns braten;
Laß michs versuchen, wie sie schmecken.
Ich sie es hangen vol wůrst all ecken.

Herman Doll *spricht*
O, ich darffs vor meim Weyb nit than!
Sie legt mich drůß und peulen ahn,
Ich verlůr all ir huldt und gnadt.

Cuntz Drol *spricht*
Es ist doch jetzt dein Weyb im Badt.
Wer meinst, ders deinem Weyb wolt sagen?

Herman Dol *spricht*
Sie hats gezelt vor zweyen tagen.
Ich darff nit thun wider ir Regel.
Kum, nimb den flegl und holtzschlegel.

Sie gehen beide ab.

Knol unnd Cuntz Drol gehn ein; Drol *spricht*
Knol, hast du den bachen erschnappet?

Heintz Knol *spricht*
O, ich wer schier wordn erdappet!
Ich hab in tragen in mein Hauß.

97 ich kann nicht länger auf sie verzichten.
98 bar: paar. 100 sie: sehe.
102 Sie bringt mir die Pest auf den Hals.
106 hats: hat sie (die Würste).

Cuntz Drol *spricht*

Wo wo̊l wir mit dem bachen nauß?

Heintz Knol *spricht*

Wir wo̊llen zu dem Pfarrer tragen;
Ich thet im heut frů darvon sagen.
Ach, wie lacht sein der fro̊lich Man!
Er wil auch mit uns hangen ahn;
Er spricht, er wo̊l mit seiner kunst
Dem Herman machn ein bloben dunst,
Das er muß meinen unverholen,
Er hab im selb den bachen gstollen.
Schweig, dort geht Herman Dol daher!
Sicht gleych, sam hab geweinet ehr.

Herman Dol kumbt traurig; Heintz Knol *spricht*

Wann her, wann her, in solchem traurn?

Herman Dol *spricht*

Ach, es steht ubel, lieben nachtbaurn!
Ich hab verloren heindt mein bachen.

Cuntz Drol *spricht*

Ach, ich muß der abweyß lachen.
Ich glaub nit, dast in habst verlorn,
Du hest sůnst baß darzu geschworn.

Herman Dol *spricht*

Heindt die nacht mit verschloßner thůr,

112 nauß: hin.
115 sein: darüber.
116 hangen ahn: gemeinsame Sache machen.
118 bloben: blauen.
120 im selb: sich selbst.
122 Sicht gleych, sam: Sieht aus, als . . .; ehr: er.
123 Wann her: woher.
126 abweyß: seltsame Art.
128 hest: hättest.

Und war auch noch der rigel fů̊r,
Ist mir mein bach woren gestolen.

C u n t z D r o l *spricht*

Du hast in etwan selb verholen.
Weil niemandt kůndt hat in dein Hauß,
Hast du in selber tragen auß;
Wirst in der Strigel Christen schencken.

H e r m a n D o l *spricht*

O, der wort thu nit mehr gedencken,
Du bringst mich sunst von meinen sinnen!
Ach, helfft mir wiederumb gewinnen
Mein bachn! mich wirt der rit sunst bscheisen.
Wie wirt mein Frau mich schlagn und reisen!
Sie hat mir trot wie einr feisten hennen.

H e i n t z K n o l *spricht*

Schau, da kumbt zu uns an den tennen
Der Pfarrer, der kan wol darzu;
Er geht umb mit der schwartzen Ku.

D e r P f a r r e r *kumbt unnd spricht*

Ir Nachtbaurn, was thůt ir rahtschlagen?

H e r m a n D o l *hebt sein hendt auff unnd spricht*

Ach, lieber herr, sol ich nit klagen?
Ich hab in dieser nacht verlorn:

132 etwan: vielleicht; verholen: verhehlt, versteckt.
133 kůndt: gekonnt.
135 Strigel Christen: Christa Strigel (Konkubine des Hermann Dol, vgl. V. 205); Strigel: Penis.
139 rit: Teufel.
140 reisen: zausen.
141 trot: gedroht.
142 an den tennen: auf die Tenne.
143 kann dabei sicherlich helfen.
144 schwartzen Ku: schwarzen Kunst, Zauberei.

Mein bach ist mir gestolen worn.
Ich bit euch, hab ich euer gunst,
Ir woͤlt durch euer schwartze kunst
Den bachen dieb noͤten und zwingen,
Mein bachen mir wider zu bringen.

Der Pfarrer *spricht*

Mein Herman, das selb ich nit kan!
Wil aber durch mein kunst zeygen ahn
Den Dieb, der dir in gstolen hat.

Herman Dol *spricht*

Herr, das thuͤt, eh es wert zu spadt!
Hab ich urkundt von diesen dingen,
Wil den bachen vom Dieb wol bringen,
Es sey der Dieb, gleych wer er woͤl.

Der Pfarrer *spricht*

Wenn ich den Dieb anzeygen soͤl,
So ist zu dieser kunst auch noht
Ein gruͤner Ingwer auff drey lot,
Den leg ich auff ein platz alwegen,
Sprich darob meiner bschwerung segen.
Denn nimbt ein zehen jede Persan;
Wer denn sein Ingwer niesen kan
Ohn bitterkeyt, der selbig ist
Des Diebstals quit loß in der frist;
Wem aber der Ingwer ob allen
Im Muͤndt wirt bitter wie ein gallen,

157 urkundt: Kenntnis.
162 auff drey lot: von drei Lot Gewicht.
163 alwegen: immer.
164 bschwerung: Beschwörung.
165 Denn: dann; zehen: Zehe, Stückchen.
166 niesen: genießen.
168 quit loß: frei; in der frist: auf der Stelle.
169 Wem . . . ob allen: wem von allen.

Der selbig ist der bachen Dieb.
Mein Herman Dol, ist es dir lieb,
So wil ich dir die kunst zu richten.
Jedoch so thu ich solchs mit nichten,
Du gebst mir denn fůnff batzen her,
Als denn ich diese kunst bewer,
Ob dein bach noch mo̊cht werden dir.

Herman Dol *spricht*

Ich hab warlich kein gelt bey mir,
Mein Pfarrer, ich habs graben ein
Im garten vor der Frauen mein;
Ich wils außgrabn und bringen her
Die fůnff batzn nach eur beger.
Richt nur die kunst ein weilen zu.

Der Pfarrer *spricht*

Fůrder dich baldt herwider du
Und forder zammen die Nachtbaurn
Alhie her in die Kirchoff maurn,
Das wirs auff dem gweichten probirn.
Mir felet nicht mein Calculirn.

Herman Dol lauffet hin.

Heintz Knol *spricht*

Mein Pfarrer, wie geht die kunst zu?

Der Pfarrer *legt die Ingwer auß unnd spricht*

Heintz Knol, also must mercken du:
Auff diese drey zehen hab acht,
Die sindt mit zucker eingemacht;
Die erst nimb ich fůr mein Persan,

176 Als denn: danach.
184 Komm schnell zurück.
187 gweichten: geweihten Boden.
188 felet nicht: geht nicht fehl.

Und du, Heintz, nimb die andern ahn,
Und du, Cuntz, aber nimb die drit;
Die zehen so ligt in der mit,
Die muß der Herman nemen weck,
Ist von Aloe und Huntzdreck
Gmacht und mit zucker uberzogen,
Darmit der Herman wirt betrogen.
Mags nit nein essen, wirt mit diesem
Außspeyen klerlich uberwissen,
Das er muß glauben unverholn,
Er hab im selb den bachen gstoln
Und geben seiner guten dirn.
Als denn thut in nur wol vexirn
Und thut euch ernstlich gehn im steln,
Darmit, ob wir in mo̊chten feln
Und mit eim solchen schwank zu decken,
Im einen gulden abzuschrecken;
Den wolt wir zu dem bachen verzern
Stil schweigendt fein mit Gott und ehrn.

Heintz Knol *spricht*

Still! ho̊r, jetz kommet eilent der
Herman Doll dort gelauffen her.

Herman Doll *kompt, gibt dem Pfarrher das Gelt und spricht*

Herr Pfarher, da sint die fůnf Batzen,
Die ich thet auß der erden kratzen.
Erfardt ir mir den rechten Dieb,
Fůnff batzen noch darzu ich gieb.
Thut mir der kunst mit fleysse pflegen!

198 Aloe: eingekochter Saft von Aloepflanzen mit sehr bitterem Geschmack.
206 vexirn: zum besten haben.
207 und macht ihm gegenüber ein ernstes Gesicht.
208 feln: hinters Licht führen.

Der Pfarrer *nimbt den blatz mit dem grůnen Ingwer und spricht*

Nun hőrt mir zu den starcken segen:
In Narribus phantastibus
Nequamque et in diebibus
Hanges in galgare Fane
Rabiquenagare pame!
Nun setzt euch all zusammen nider.
Da nembt nach einander ein jeder
Ein Ingwer zehen, ir liebe Kindt.
Welcher sein keuet und verschlindt,
Der ist unschuldig an dem bachen;
Wellicher aber in sein rachen
Den grůn Ingwer nit bringen kan,
Derselb den Diebstal hat gethan.
Nun diese kunst frey zu probirn,
Wil ich zum ersten mich burgirn.

Der Pfarrer ist ein Ingwer zehen.

Herman Dol *spricht*

Mein Herr, euch hab ichs vor nicht ziegen!

Heintz Knol *spricht*

Sol ich die meinen lassen liegen,
Oder zeichst mich auch des bachen dein?

Herman Doll *spricht*

Nimb hin die Ingwer zehen fein!

221/223 verballhorntes Latein. Sinn ungefähr: Bei den betrügerischen Narren und Nichtsnutzen sollst du einst am Galgen an einem Strick hängen.
224 reines Wortgeklingel.
227 zehen: Stückchen.
228 verschlindt: hinunterschluckt.
234 burgirn: reinigen.
235 euch habe ich vorhin des Diebstahls nicht beschuldigt.
237 zeichst: beschuldigst.

Dein unschuldt wird sich in dem finden,
Wenn du sie keust und thust verschlinden.

Heintz Knol *ist die ingwer zehen und spricht*
Itzt sichst, das ich unschuldig bin.

Herman Dol *spricht*
Cuntz, nimb du auch die deinen hin.

Cuntz Drol *spricht*
Ich wils thun. bin ich abr unschuldig,
Du wirst mich machen ungeduldig,
Das du mich thust des Diebstals zeyen.

Der Pfarrer *spricht*
Ey, man sol unser keinen freyen,
Das der gut Mann hindern bachn kumb.

Cuntz Drol *nimbt sein ingwer, isset den und spricht*
Nun sie du, das ich auch bin frumb!
Nun nimb du selbert auch die viert,
Das dein frůmkeyt auch werdt probiert.

Herman Doll *greifft zu unnd spricht*
Das wil ich unerschrocken than,
Ich weyß mich wol unschuldig dran.
Herman Dol wůrfft den ingwer im maul hin unnd wider, sicht saur.

Der Pfarrer *spricht*
Ich hoff, der Dieb werdt sich baldt finden;
Herman kann sein Ingwer nit schlinden.

246 freyen: frei gehen lassen.
247 damit der wackere Mann wieder an seinen Schinken kommt.
250 frůmkeyt: Redlichkeit.
252b macht ein saures Gesicht.
254 schlinden: schlucken.

Herman Dol *speits als auß unnd spricht*

Er hat mirs maul so gar verbittert,
Mein gantzer leyb bidmet und zittert
Und thut mirs wassr zun augn außtreiben.
Solt ich ein Dieb mein lebtag bleiben,
So wils nit nein; es muß als weck,
Es schmeckt gleich wie ein Hundsdreck,
Es wil mir gleich zum Hertzen stechen,
Ich hab sorg, ich muß mich kotzn und brechen.

Cuntz Drol *greifft int wehr und spricht*

Ach, du verheiter Bo̊ßwicht,
Was hast fůr ein spiel angericht?
Stilstu dir selb dein bachen heudt
Und zeichsts darnach frumb Biederleudt
Und tregst den bachen zu den kotzen.
Ich do̊rst dich wol mit meiner blotzen
Haun, das die Sunn durch dich můst scheinen.

Heintz Knol *feret undter unnd spricht*

Nein, Cuntz, das thu ich euch verneinen!
Wir wo̊llen in wol herter hauen.
Wir wo̊llens sagen seiner Frauen,
Er hab den bachn außtragen eben
Und den der Strigel Christen geben;
Sie wirt im wol den golter lausen
Und im den groben bart erzausen.
Kein herter straff ich im wůnschen wil.

256 bidmet: bibbert.
261 zum Hertzen stechen: übel bekommen.
263 verheiter: verfluchter.
267 kotzen: Dirnen.
268 do̊rst: möchte; blotzen: Gurtmesser.
269a feret undter: fährt dazwischen.
275 golter: Wams.

H e r m a n D o l *hebt beidt hendt auff unnd spricht*

O lieben Nachtbaurn, schweyget stil!
Und gebt die ding nit von mir auß,
Ich dorfft fůrwar nicht mehr zu Hauß,
Wiewols war ist, ich kans nit laugen,
Weils die kunst klar zeigt unter augen.
Hab mein tag gstolen mancherley,
Ich war abr selb allmal darbey.
Ich hab gestolen mir den bachen?
Kan mich nit richten auß den sachen,
Wie, wo und wenn ichs hab gethan;
Und mich auch nit besinnen kan,
Wenn ich der Christn den Bachn hab geben.
Mein frau die wůrt es glauben eben,
Wenn ir von Striegel Christen sagt,
Darmit sie ubertag mich blagt;
West sie erst, das sin Bachen het,
Die Hellisch marter sie mir ahn thet.
Ich bit, macht mir kein bose Eh!

D e r P f a r r e r *spricht*

Sein Eh ist vor boß, ich versteh.
Darumb so thut den sachen recht,
Wiewol er uns alsam hat gschmecht
An unsern ehrn; jedoch wol wir
Das selbig als verzeyhen dir.
Jedoch wirst du zu buß uns allen
Ein gulden deins gelts lassen fallen,
Den wir vertrincken, wenn uns důrst.

284 ich war sonst aber immer selbst dabei.
286 Ich kann es mir nicht erklären.
292 ubertag: tagaus, tagein.
293 West: wüßte; sin: sie den.
296 vor: ohnehin schon.
297 Darum laßt die Kirche im Dorf.
298 gschmecht: geschmäht.

Auch gieb darzu zweintzig brodt wůrst,
Auff den unmuht in freudt zu leben.

Herman Dol *spricht*

Ich wil euch gern zwen gulden geben,
Doch mich der brodt wůrst ledig zelt,
Darob mein Frau so důckisch helt.
Ich do̊rst ir keine růren ahn.
Nun ich wil nauß in garten gahn
Und die zwen gulden graben auß,
Euch, Pfarrer, bringen in eur Hauß.
Und saget nur meimb Weyb verholn,
Ein Dieb hab ir den Bachen gstoln,
Sey zu dem Kůfenster nein gstigen.

Der Pfarrer *spricht*

Ge hin! wir wo̊ln all helffen liegen.

Herman Dol laufft ab.

Der Pfarrer *spricht*

Also muß man schuchen die Affen
Und die filtzingen geitzhels straffen.
Die Wimmer muß man mit keiln klieben,
Ir lebtag sie sunst Wimmer blieben.
Die schantz ist uns nur wol geraten.
Nun kumbt, so wo̊l wir siedn und braten
Und von dem kargen Pauren zechen.
West ers, im mo̊cht sein Hertz zerbrechen.

304 . . . 20 Bratwürste.
305 unmuht: Ärger.
307 doch erlaßt mir die Bratwürste.
309 do̊rst: wage.
313 meimb: meinem; verholn: heimlich.
315 Kůfenster: Kuhstallfenster.
317 schuchen: scheuchen.
319 Wimmer: knorriges Holz; klieben: spalten.
321 Wir haben vollen Erfolg gehabt.

Nun wo̊l wir trincken guten Wein
Und mit einander fro̊lich sein
Im Pfarrhoff, biß es heindt wil tagen,
Den Herman lassn an knocken nagen,
Weil er seins guts selb nit geneust
Und es vergrebet und beschleust.
So hat er uns das gelt eingraben;
Ein sparer muß ein zerer haben,
Das der geltsack zu groß nit wachs
Bey kargen Leuten, wůnscht H⟨ans⟩ Sachs.

Die Person inn das Spiel

Herr Hans, Pfarrer 1
Herman Doll, der karg Paur 2
Heintz Knol, der Paur 3
Cuntz Drol, der Paur 4

Anno 1552. Jar.
Am sechsten Tag
Decembris.

330 beschleust: verschließt.

Abb. 7 Titelseite des Druckes A IV vom Jahre 1578
mit Portrait des Hans Sachs

Das vierdt Poetisch Buch.

Mancherley artliche Newe

Stück/ schöner gebundener Reimen/

in drey vnterschidliche Bücher getheylt.

Inhaltent: Tragedi/ Comedi/ warhaffte schöne Historien/ Geistlich vnd Weltlich/ Item: Schöne Gesprech/ Merckliche Ritterliche Thaten hoher Personen/ Gewaltige Kriegsübungen/ Victorien vnd Niderlag grosser Potentaten: Dergleichen auch kurtzweilige Spil vnd Sprüch/ Lustred vnd Fabeln/ darinnen gantz höflich/ das gut vnd löblich/ auch das arg vnd schendlich/ erkennt wird/ nützlich/ ohn alle ergernis zu lesen.

Durch den wolerfarnen/ sinreichen vnd weitberümbten Hans Sachssen/ fürnemsten Teutschen Poeten/ mit höchstem fleiß vnd lust/ in diß vierde Buch zusammen getragen/ Doch alles New/ vnd in den vorigen drey Büchern nicht gedruckt.

Also war ich Hans Sachs gestalt
Gleich ein vnd achtzig Jare alt/
Zehen Wochen/ darzu fünff Tag
Da ich von hinn schmertzlich mit klag
Durch die allmechtig Gottes wohl
Ward gfordert auß dem jammerthal

Vnd von den lieben Engeln bleß
Getragen in Abrahams Schoß.
Leb nun im frid/ deß mich vergwiß
Mein lieber Heyland Jesus Christ
Im sechs vnd sibentzigsten Jar
Der neuntzehende Jenner war.

M. D. LXXVIII.

Mit Röm: Kay: May: Gnad vnd Priuilegio.

Sum Joh. Georgii a Werdenstein, 1579.

15

Hans Sachs

Der Eifersüchtige

Ein Faßnachtspiel mit 4 Personen und wird genennet der groß Eyferer, der sein Weib Beicht hôret.

M a r g a r e t h a , *die Frau, gehet ein mit Ursula, ihrer Mayd, und spricht*

Ach, weh mir armutseling Weib!
Geângstet wird mein seel und Leib
Von meinem Mann arg und verflucht,
Wellicher hat die Eyfersucht.
Eyfert umb mich, doch umb unschuld,
Deß trag ich heymlich ungedult.
Ich bin beschlossen in meim Hauß
Gleich wie ein Nunn, darff nit herauß
Weder auff Kindtauff noch Hochzeit,
Zu Pancketen, zu Lieb noch Leyd
Vor meinem Eyfrer unerlaubt:
Ich bin gleich aller freud beraubt.
Dôrfft nicht zu eim Fenster außsehen.
Ach, Herr Gott, wie sol mir geschehen?
Sol ich vertreiben mein jung Tag
Bey dem Eyfrer in solcher plag,
So wolt ich, daß ich schon todt wer;
Sein hut ist mir zu hart und schwer,
Der ich mich je nit wehren thar.

Üb Eyferer: Eifersüchtige.
5 ist meinetwegen eifersüchtig, doch ohne meine Schuld.
8 Nunn: Nonne.
11 ohne Erlaubnis meines Eifersüchtigen.
18 hut: Aufsicht.
19 ich . . . thar: ich wage.

U r s u l a , *die Meyd, spricht*

Frau, so macht im sein Eyfern war!
Schad ist es, daß der grobe Mann
Ein frommes Biderweib sol han.
Schaut euch umb nach einer Bulschafft,
Darmit sein Eyfer werd gestrafft
Und ir euch eurs unmuts ergetzt.

D i e F r a u *spricht*

Du sichst wol, wie er mir zů setzt
Und allzeit hat auff mich sein spůr:
Ich darff kein tritt thun fůr die Thůr;
Ach, wie koͤndt ich denn Bulschafft treiben?

D i e M e y d *spricht*

Frau, ir moͤgt in dem Hauß wol bleiben:
Da neben in dem nechsten Hauß
Da geht ein Jůngling ein und auß;
Nembt euch umb denselbigen an.

D i e F r a u *spricht*

Du sichst doch wol, daß ichs nicht kan;
Ich lig samb gfencklich in einr grufft.

D i e M e y d *spricht*

Ach Frau, unser Hauß hat ein klufft,
Die in Philipsen Kammer geht;
Hab selbst mit im dardurch geredt.
Da moͤgt ihr ihn wol reden an
Und euer gesprech mit ihm han
Heymlich, so offt und ir nur wolt.

20 war: wahr.
25 und ihr euch für euren Verdruß schadlos haltet.
30 moͤgt: könnt.
35 ich liege gefangen wie in einer Gruft.
36 klufft: Spalte.
41 und: wie.

Die Frau *spricht*

Urschel, du warhafft růffen solt.
Ich hab mich fromb ghalten bißher
An ihm. dieweyl und aber er
Seins eyfern je nit ab wil lassen,
So beweiß ich ims solcher massen,
Daß im erst eyfern not muß thon.
Doch wil ich mein Ehr bhalten schon
Und aller Bulrey můssig gehn,
Als ein fromb, ehrlich Weib bestehn
Und in meim Ehling stand beharren,
Doch den Eyfrer machn zu eim Narren.

Sie gehen beyd auß.

Der Eyferer *geht ein und spricht*

Herr Gott, wie weh ist einem Mann,
Der ein schôn, junges Weib ist han,
Der jedermann zur lieb begert!
Hartselig ist der Mann auff Erdt!
Sein Hertz vor ångsten weynt und wůtt,
In grossen sorgen er ir hůtt.
Und hilfft doch nit; dann Weibes list
Unerforscht und ungrůndlich ist,
Verschmitzt, verschlagn mit manchem ranck.
Gleich in dem Spital lig ich kranck;
Mir hat Gott grosse Reichthumb geben,
Auch ein schôn, junges Weib darneben,
Umb die ich eyfer nacht und tag,
Der ich nachschleich, schau, forsch und frag.

42 Du solltest eine Kupplerin werden.
43 fromb: ehrbar.
54 ist han: hat.
56 Hartselig: jammervoll.
57 wůtt: tobt.
58 er ir hůtt: paßt er auf sie auf.
62 Gleich: wie.

Hab doch dergleich nie ghört noch gsehen
Von ir, die warheit muß ich jehen.
Jedoch reitt mich der Eyfer sehr
Und das je lenger und je mehr.

Die Frau *kombt und spricht*

Mein Mann, morgen frů wolt ich beichten
Und mein Hertz von sůnden erleichten;
Ich bitt, wölst das erlauben mir.

Der Eyferer *spricht*

Was sůnden hast du jetzt auff dir,
Daß du gleich beichten wilt auff morgen?

Die Frau *spricht*

O, meine sůnd die sind verborgen.
Meinst drumb, daß ich im Hauß stets bleib,
Ich derhalben kein sůnde treib
Mit wort, werck und gedancken mein?

Der Eyfrer *spricht*

Nun, es sol dir erlaubet sein.
Doch solt keim andern beichten gar,
Denn unserm Caplan hinderm Altar.
Solchs richt unter der Frůmeß auß,
Darnach fůg dich bald heym zu Hauß.

Die Frau geht ab.

Der Eyferer *spricht*

Das wird eben ein spiel fůr mich!
Beym Caplan wil entlehnen ich
Ein Pfaffenrock und Kappenzipffel,

69 reitt: reitet.
75 daß du schon morgen beichten willst.
81 solt: sollst du.
86 entlehnen: leihen.
87 Kappenzipffel: Kapuze.

Den schlag ich umbs maul mit dem gipffel
Und setz mich hintern Altar rund,
Nimb kleine steinlein in den Mund,
Daß sie mich an der Red nicht kenn.
Wenn mein Weib kombt zu beichten denn,
Da wil ich gwissen grund erfahrn,
Was sie hat than bey iren Jarn,
Auch was sie noch treib uber tag.
Die kunst mir gar nit fehlen mag.
Der Eyferer geht ab.

Die Frau geht ein. Die Meyd *kombt und spricht*
Frau, ich wil euch was heimlichs sagen:
Heut frů, als ich thet Wasser tragen,
Gieng unser Herr auß Caplans Hauß
In einem Pfaffenrock herauß
Und hett verhůllt sein Angesicht.
Was das bedeut, das weiß ich nicht.

Die Frau *spricht*
Er wil mich warlich selbst beicht hôren!
Neyn, neyn, er sol mich nicht bethôren!
Ich wil im machen einen Rappen,
Dem groben, eyferenden Lappen,
Daß er ein weyl zu lauffen hat,
Dieweyl er im selber nachgaht.
Komb, laß uns in die Kirchen gehn,
Zu einem Narren machen den.

Sie gehn beyd auß.

88 gipffel: Ende.
95 uber tag: täglich.
96 kunst: List.
105 Ich werde ihn reinlegen.
108 im selber: sich selbst.

Der Eyferer *kombt im Pfaffenrock, setzt sich und spricht*

Nun man hat gleich Frůmeß geleut.
Hab kaum erwart deß Tages heut,
Da ich erfahren wil den grund,
Das ich vor nie erfahren kundt,
Von meiner Frauen Bulerey.
Dort eben so tritt sie herbey.

Die Frau *kombt, knyet nider und spricht*

Herr, ich beklag mich meiner sůnd,
Die seynd so groß und unergrůnd.

Der Eyferer *spricht*

Mein liebe Tochter, so sag an,
Heltst du dich auch an deinen Mann?

Die Frau *spricht*

Ja; und hab auch lieb einen Pfaffen.

Eyferer *spricht*

Sag, was hast du mit im zu schaffen?

Die Frau *spricht*

Ja, er schlefft fast all Nacht bey mir.

Eyferer *spricht*

Ligt denn dein Mann nit selbst bey dir?

Die Frau *spricht*

Der Pfaff ist da, wenn mein Mann schlefft,
Und richt als denn auß sein geschefft.

Eyferer *spricht*

Wie kommet denn der Pfaff ins Hauß?

118 unergrůnd: bodenlos.

Die Frau *spricht*

Dasselb kann ich nicht sinnen auß;
Er kann auffsperren alle Gmach:
Seins gleichen ich doch nie gesach.

Eyferer *spricht*

O Frau, entschlagt euch solcher lieb
Und meidet disen Ehrendieb!
Ir werd sonst ewiglich verdampt.

Die Frau *spricht*

Mein Hertz in seiner Lieb erflampt;
Ich glaub, daß er mich zaubert hab,
Ich kan von ihm nicht lassen ab,
Weyl ich und er haben das leben.

Eyferer *spricht*

Ey, ey, du hast zu weit dich geben
In dises Pfaffen Bulerey!
Mein Tochter, nenn in, wer er sey.

Die Frau *spricht*

O mein Herr, ich darff in nicht nennen;
Ir wůrd in warlich gar wol kennen.
Sprecht mir Ablaß und last mich gohn!

Eyferer *spricht*

Dich ich nicht Absolvieren kon,
Weyl du nicht lassen wilt darvon.

Die Frau *spricht*

Den Pfaffn muß ich lieb haben stet.

Eyferer *spricht*

Nun ich wil sprechen mein Gebet
Fůr dich, solch sůnde ab zu wenden.

137 Weyl: solange.

Wil je mein Schuler zu euch senden,
Dich lassen fragen widerumb,
Ob der Pfaff auch noch zu dir kumb.

D i e f r a u *spricht*

Ja, mein Herr, das mo̊gt ir wol than;
Doch wenn zu Hauß nicht ist mein Mann,
Wann er eyfert ob allen dingen,
Sonst wůrds im noch mehr eyfers bringen.

Die frau steht auff und geht ab.

D e r E y f f e r e r *spricht*

Ey, ey, potz Hirn, Kro̊ß und angst!
Mich hat geantet wol vor langst,
Die sache die geh nicht gleich zu
Mit meim Weib. nun hab ich kein rhu;
Weyl ich nun den grund hab erfahrn,
Wil ich kein můh noch fleiß mehr sparn,
Biß daß den Pfaffen ich erschleich
Und im weidlich die Flo̊h abstreich.
Nun ich wil ein list fahen an,
Daß mir der Pfaff nicht sol entgahn.

Der Eyferer geht ab.

Die Frau und Meyd kommen. D i e F r a u *spricht*

Ich hab dem Herrn auffgsetzt die Ho̊rner.
Sein Hertz im tausent scharpffer Do̊rner
Durchstechen gar ohn alle rhu;
Erst hab ich im geholffen zu

154 Wann: denn.
156 Kro̊ß: Gedärm.
157 Mir schwante schon seit langem.
158 gleich: richtig.
163 die Flo̊h abstreich: verhaue.
164 fahen an: anfangen.
169 Erst: jetzt erst richtig.

Eyfern; wann ich hab beichtet lang,
Wie ich an einem Pfaffen hang,
Welcher bey mir alle nacht schlaff.
Er aber ist derselbig Pfaff.

Die Meyd *spricht*

Ir habt dem Eyfrer recht gethan.
Was wunders wird er fahen an,
Der wunder seltzam Egelmeyer,
Auß zu brůten solch Lappeneyer,
Die ir im habt unter gelegt?
Dort kombt er und ist hart bewegt.

Der Eyferer *kombt und spricht*

Margaretha, koch nicht auff mich,
Wann heint werd zu Gast essen ich
Bey Herr Wilhelm, auff seinem Sitz
Die nacht drauß bleiben. das merck jetzt:
Versperr wol uberal das Hauß,
Daß niemand ein mo̊g oder auß!
Dergleichen die Thůr an der stiegen!

Die Frau *spricht*

Wie? wilt du heint nicht hinnen ligen,
So werd ich zu todt fo̊rchten mir.

Der Eyfrer *spricht*

Ey, so leg die Urschel zu dir.

Die Frau *spricht*

Was wilt du neues fahen an?

176 Egel . . .: Raupe.
177 Lappeneyer: Narreneier.
179 hart: sehr.
181 heint: heute abend.

D e r E y f e r e r *spricht*
Bey Herr Wilhelm ich zschaffen han;
Morgen fruͤ so komb ich erst wider.
Drumb iß zu nacht und leg dich nider.
Thu weiter nit fragen nach mir!

D i e f r a u *spricht*
Nun geh nur hin, glůck sey mit dir!

Er geht auß.

D i e f r a u *spricht*
Der Pfaff, der wird in lauffent machen.
Ihm gschicht nicht unrecht in den sachen;
Was er hat gsucht, das hat er funden,
Sein Eyfer hat in uberwunden,
Er geht mit halbem Wind zu segeln;
Im Kopff so stechen in die Egeln,
Die Hurneusel, Hundsmuckn und Grilln,
Sein Eyfer ist nicht mehr zu stilln.
Wie ubel sol er heimlich fluchen!

D i e M e y d *spricht*
Ich wil hinauß gehn in die Kuchen
Und wil zusamb rechen das Feuer
Und mercken auff sein Abentheuer,
Heimlich auff in horchen und losen.

D i e f r a u *spricht*
Ich wil auch mit, dir helffen dosen,
Was nur der Halbnarr an werd fangen;
Er ist je auß dem Hauß nit gangen.

201 er hat Raupen im Kopf.
202 Hornissen, Schnaken und Grillen.
204 sol: wird.
208 losen: hören.
209 dosen: lauschen.

Sie gehn beyd auß.

D e r E y f e r e r *kombt im Harnisch und spricht*
Nun wil ich nab, sammer botz jammer!
Am Thennen stehn in die Holtzkammer
Und auff den Pfaffn haben mein spůr.
Sperrt er auff, schleicht rein durch die thůr,
Ich wil in schlagen auff sein Platten.
Solt ich verschlagn hundert Ducaten
Und kommen gleich in schweren Bann,
Doch ich ims nit vertragen kan.
Ob ich den Schelm gleich zu todt schlag,
Ich in vor tags ins Wasser trag
Und laß in schwimmen, den Ehrndieb.
Wenn er nur heint nit aussen blieb!
Der Eyferer geht ab.

Die Frau geht ein. D i e m e y d *kombt und spricht*
Frau, der Herr hat sein Harnisch an
Und ist in der Holtzkammer stahn
Mit blossem Schwerdt und Hellenpartn
Und thut auff eurn Pfaffen wartn;
Ich hab in hőrn husten und kreisten.

D i e f r a u *spricht*
Er handelt zwar nit nach dem weisten.
Laß in nur undn die Nacht erfriern.
Du aber geh hin, liebe Diern,
Und sperr die Stiegenthůr wol zu,
Darnach schleich wider auff her du

216 Platten: Schädel.
217 verschlagn: verwirken.
219 so kann ich's ihm doch nicht verzeihen.
220 Ob: wenn.
228 kreisten: schreien.
229 nach dem weisten: sehr weise.

Und laß den Eyfrer unden warten
Auff den Pfaffn mit seinr Hellenparten.

Sie gehen beyd auß.

D e r E y f e r e r *kombt und spricht*

Ich bin die nacht heint schir erfrorn.
Het ich den Pfaffen in meim zorn
Ergriffn, hett im außglescht das liecht.
Nun weiß ich aber endtlich nicht,
Ob der Pfaff da sey gwest die nacht.
Ja, eines Rancks bin ich bedacht:
Ich wil ein Schuler zu ir senden,
Der mir die sach gar hilfft vollenden.

Er geht auß.

Meyd und Frau kommen. D i e M e y d *spricht*

Frau, es ist ein Schuler daniden,
Ist von dem Caplan her beschiden.

D i e F r a u *spricht*

Geh, laß den Schuler auffher gahn.
Ihn thut nur her schicken mein Mann.

D e r S c h u l e r *kombt und spricht*

Frau, eur Caplan der schickt mich her,
Zu fragen bey euch, ob heint der
Pfaff auch bey euch gewesen sey.

D i e F r a u *spricht*

Heint bin ich gwest deß Pfaffen frey.
Geh, sag dem Caplan widerummen,
Der Pfaff sey auff die nacht nit kummen.
Sprich, Daß er vom Bet nit ablaß,
Ich wǒl im schon schencken etwas.

241 Rancks: List.
254 Bet: Gebet.

Der Schuler geht ab.

Die Meyd *spricht*
Frau, den Schuler sah ich vor stehn
Bey unserm Herren und all zwen
Einander ligen in den Ohrn.

Die frau *spricht*
Mich wundert an dem grossen Thorn,
Daß er meynt, ich sols mercken nicht,
Wil blenden mein gut scharpff gesicht.
Wil nur than, samb thu ichs nit mercken,
Sein groben Eyfer mit zu stercken,
Ihn volent machen zu eim Narren;
Er muß ziehen im Eselskarren.

Sie gehen beyd auß.

Der Eyferer *kombt und spricht*
Ich merck, es hilfft gleich wol mein hut,
Weyl der Schalckspfaff nit kommen thut.
Daß der Pfaff all Nacht auß muß bleiben,
Wil ich mein hut den Winter treiben,
Solt mir erfrieren Hend und Fůß.
Gott geb dem Pfaffen Beul und Trůß!
Wol richt er mir ein unrhu zu;
Weyls hilfft, ichs alles willig thu,
Wil wider mich auff dise wacht
Gehn růsten auff die heintig Nacht.
Er geht auß.

Meyd und Frau kommen. Die Meyd *spricht*
Frau, jetzund mőcht ihr sicher frey
Wol treiben euer Bulerey,

266 hut: Aufpassen.
271 Beul und Trůß: Pest.
272 unrhu: Unannehmlichkeit.

Weyl sich der Herr lest selbst versperrn,
Der euch mit dem Eyfer thut kerrn.

Die frau *spricht*

Ja, Urschel, bey geschworem Eyd,
Solch buln wer mir im Hertzen leyd.
Hab im mein lebtag nie nach dacht,
Wiewol ers offt wol hett gemacht
Mit seiner grossen Eyfersucht;
Wann ich warhafft in scham und zucht
Von mein Eltern erzogen bin.
Wiewol er aber fůr und hin
Mich Huret, såcket, raufft und schlug
Und wie ein Fußhadern umbzug,
Zieg mich mit jenem, denn mit disem
Ohn alle schuld, unůberwisen,
Noch wil ich ims nit machen war,
Daß er mit ehren eyfern thar,
Weiß doch nit, wo es hangt noch leyt.
Geh, schau zum essen! es ist zeit.

Die Meyd geht ab.

Der Eyferer *kombt und spricht*

Hőr, Weib, ich wil wissen von dir,
Daß du allhie thust sagen mir,
Wer doch der lausig Pfaffe sey,
Der mit dir treibet Bulerey.

279 kerrn: quälen.
282 habe mein Lebtag nicht daran gedacht.
287–292 Wiewol . . . Noch: obgleich . . . dennoch.
287 fůr und hin: beständig.
288 Huret: eine Hure nennt; såcket: schikaniert.
289 Fußhadern: Fußlappen.
290 Zieg: beschuldigte.
293 daß er zu Recht eifersüchtig sein darf.
294 . . . woran es liegt.

Die frau *spricht*

Mein Mann, ich weiß nit, was du sagst.

Eyferer *spricht*

Du Ildesbalck, ey warumb fragst?
Ist dir vergessen deiner Beicht?

Die frau *spricht*

Mein lieber Mann, es hat villeicht
Auß der Beicht geschwatzt der Caplan?

Der Eyferer *spricht*

Sag her! ich wil ein wissen han,
Wer der Pfaff sey. oder ich wil
Mit dir anfahen ein solch spiel,
Daß du dhend obn kopff zsamb must schlagen.

Die frau *spricht*

Ja, mein Mann, das wil ich dir sagen:
Ich hab dir beichtet, lieber Aff,
Da du sasst wie ein ander Pfaff
Im tunckel hinder dem Altar,
Doch ich dich bald erkennen war,
Da beicht ich dir von einem Pfaffen,
Welcher all Nacht bey mir thett schlaffen:
Derselbig Pfaff der bist gleich du.
Auch sagt ich dir nemlich darzu,
Der Pfaff all gemach kǒndt auffsperrn:
Das bist du auch; und thest mich kerrn
Mit dem Schuler all morgen, ob der
Pfaff nicht bey mir gewesen wer;
So sagt ich allmal neyn darzu,
Dieweyl dieselb Nacht allmal du
Dich thetst int Holtzkammer verstecken,

301 Ildesbalck: Hure.

Den Pfaffen im eingang zu schrecken,
Und hetst gelegen nicht bey mir.
Hab ich nicht gsagt die warheit dir?
Merck, wolt ich seyn ein Bulerin,
Ich wolt durch mein scharpfflistig sinn
Dich mit gsehenden Augen blenden!
Darumb thu dein Eyfersucht enden;
Sie ist vergebens und umbsunst!

Der Eyferer *beschleust*

Mein Frau, ich bitt umb gnad und gunst!
Erst merck ich wol in einer sumb,
Daß du bist auffrichtig und frumb.
Wil dir vertrauen nun in allen,
Mein Eyfersucht gar lassen fallen.
Daß uns kein unrhat darauß wachß,
Wůnscht uns zu Nůrnberg H⟨ans⟩ Sachs.

Die Personen in das Spiel

Der alt Eyferer	1
Margaretha, sein Weib	2
Ursula, die Meyd	3
Der arm Schuler	4

Anno Salutis 1553. Am 14. Tag Januarii.

330 dich vor deinen Augen betrügen.

Der drunckenen und der trunckenheit
vom scheffeler der spricht allzeit
Es ist die edel massikeit
Ein uberkluge maisterin
guter vernunft und weiser sin
Verschwilder schwenck das der jugent
massikeit sey ain schrein der tugent
Dadurch als guet zu nem und mehr
in menschlichem leben spricht hans sachs

Anno salutis 1553
am 14 tag decembris
180 vers

Ein fasnacht spiel mit 4 personen
Eulenspigel mit dem pfaffen
kellerin und dem pfert

Eulenspigel get allein ein

ich lauff da her uber das felt
Den winter hab ich hab kain gelt
wo sol ich armer schlucker nein
Den aftterwinter halten hain
ich wil gleich auf praunschwaick zu draben
Da wil ich winterleger haben
Dem fürsten seltzam possen reissen
So kleit er mich drencket und speist
pis das der summer einher drit
Darnach so pleib ich sein nit

Eulenspigel get ab
hertzog von praunschweick get
ein redt wider sich selb

Das kam mir ein solcher pfert herein
Der mir ab stercht die werbung mein
ich weis im lant kain edelman
Der mir ein solchs het kunden thon
kan ich ich wil in wider straffen
Den lausing pfaffen narren und affen

Der fürst setzt sich trauring legt
Den kopf in die hent

16

Hans Sachs

Eulenspiegel und des Pfaffen Haushälterin

Ein fasnacht spiel mit 4 personen:
Eulenspigel mit der pfaffen kellerin und dem pfert.

Eulenspigel *get allein ein*

Ich lauff da her ůeber das felt,
Den winter kalt ich hab kain gelt.
Wo solt ich armer schluecker naus,
Den after winter halten haus?
Ich wil gleich auf Praunschweick zu draben,
Da wil ich winterleger haben,
Dem fůrsten selzam possen reissen,
So thuet er mich drencken und speissen,
Pis das der sumer einher drit.
Darnach so pleib ich pey im nit.

Eulenspigel get ab.

Herzog von Praunschweick *get ein, ret wider sich selb*

Das kan mir ein stolczer pfaff sein,
Der mir ab schlecht die werbung mein!

Üb pfaffen kellerin: Haushälterin beim Pfarrer.
4 after winter: Nachwinter.
5 Praunschweick: Seit dem Volksbuch von 1515 und den weiteren Ausgaben gilt Eulenspiegel als »geboren uß dem Land zu Brunßwick«.
10 so: aber.

Abb. 8 Neuntes Spruchgedichtbuch des Hans Sachs (SG IX), Autograph, Beginn von Spiel Nr. 16

Ich wais im lant kain edelmon,
Der mir ein solchs het tůerffen thon.
Kan ich, ich wil in wider dreffen,
Den lausing pfaffen nerrn und effen.

Der fůerst seczt sich traurig, legt den kopff in die hent.

Eulenspigel *get ein, spricht*

Gnediger her, wie so allain?
Ir seit gancz traurig, als ich main.
Eur gnad war frőlicher vurwar,
Als ich pey euch war vor eim jar.
Seit gueter ding, eur unmuet verkert,
Eur schwiger guet ist noch unferzert.

Der herzog *spricht*

Mein Eulenspigel, sol wir dir nit sagen,
Wir haben leicht vor zwayen tagen
An pfarer von Rissenpurg pegert,
Das er uns geben wolt sein pfert
Zu kauffen, und wolten im eben
Wol sechzig daler darumb geben.
Das hat der pfaff kains wegs wőln thon,
Sein gaul versagt; und schau, darfon
Sint wir vertrosen und unwillig
Auf den pfaffen, und nicht unpillig,
Und thuet uns auf in we die schmach.

13 wais: kenne.
14 der mir so etwas hätte tun dürfen.
15 dreffen: treffen.
16 lausing: lausigen.
21 unmuet: Ärger.
22 schwiger guet: von der Schwiegermutter ererbtes Gut.
24 leicht: etwa.
25 An: vom; Rissenpurg: Gemeint ist der Ort Kissenbrück bei Wolfenbüttel.
31 vertrosen: verdrossen.
32 unpillig: zu Unrecht.
33 auf in: von ihm.

Eulenspiegel

Gnediger herr, ein schlechte sach
Ist das. ich wolt wettn, mit eim ringen
Wolt ich den gaul zu wegen pringen.
Ich kenn den pfaffen und er mich;
Und het nur ain par daler ich,
Darmit ich kůnt pey im ein wochen
Zeren, und list mich darnach kochen,
Ich wolt im frey sein gaul abschwaisen.

Der herzog

Wo du das entst, wir dir verhaisen,
Mit zwainczg dallern dich zu verern.
Nem das par daller zu verzern
Peim pfaff. pringstu uns das pfert,
So solt pey uns auch sein gewert,
Was du pitest in allem stůeck.
Far hin, ich wůnsch dir darzu glůeck.

Der fůerst get ab.

Eulenspigel *ret wider sich, spricht*

Das wirt ein rechte sach vůr mich!
Und pring das pfert zu wegen ich,
So erdapp ich ein guete schenck.
Ich wil versuechen list und renck,
So ich mein lebtag hab gelert,
Pis ich zu wegen pring das pfert.

35 mit eim ringen: ohne viel Umstände.
36 zu wegen: herbei.
40 Zeren: den Lebensunterhalt bestreiten; und list mich darnach kochen: und hätte ich entsprechend freie Hand zum Handeln.
41 frey: ohne viel Umstände; abschwaisen: abnehmen.
42 entst: mit Erfolg zuwege brächtest; verhaisen: versprechen.
46 so sollst du von uns erhalten.
51 schenck: Geschenk.
52 renck: Betrügereien.
53 gelert: gelernt.

So hab ich den winter fuetr und mal,
Ich acht nit, wer das gloch pezal.
Eulenspigel get ab.

Der pfarrer *zu Rissenpurg get ein mit seinr kellerin und spricht*

Margret, lieber haicz pas ein;
Ich sol petten die horas mein,
So sint mir gleich die hent erstart,
Es hat heint daus gefroren hart.

Die kellerin *spricht*

Ja, werlich, es sint dem pader worn
Zwo entn auf der obern panck erfrorn.
Wie seit ir nur so leis gepachen!
Ich mus mir gleich der abeis lachen.
Wie, wen man euch neet in ein pet,
Das euch nur nit erfriren det
Der ayerstock, mein lieber herr?

Der pfaff *spricht*

Ey, was sol das unůecz geschnerr!
Mein Margret, was hab wir heut zessen?

Die kellerin

Hab etwan auf ein seidlein kressen,
Die wil ich halb sieden und halb pachen,

56 gloch: Zeche. 57 pas: besser.
58 petten: beten; horas: Stundengebete.
60 heint: heute nacht; daus: draußen.
61 pader: Bader.
61/62 worn . . . erfrorn: erfroren.
63 Was seid ihr doch ein zartes Gebäck!
64 abeis: Unart.
65 pet: Bett.
68 geschnerr: Geschwätz.
70 seidlein: Seidel (war früher eine Maßeinheit).
71 pachen: backen.

Ein prente suppen darzu machen.
Mein herr, habt ir nit gnug daran?

Der pfaff
Schau, wer am pfarhoff klopffet an.

Die kellerin *schaut naus, spricht*
Es wirt der Eulenspigel sein.

Der pfaff
Ge, lieber so las in herein;
Er treibet wol so guete schwenck
Und seltzam abgerieben renck.

Kellerin *get und spricht*
Wie habt ir nur den narrn so gern?
Euch wirt ein mal des narren wern.

Eulenspigel *kumbt*
O mein herr pfarrer, bona dies!

Pfaff *spricht*
Ah, mein Eulenspigl, semper quies!
Wan her des lands im staubing weter?
Pist uͤbern walt kumen so speter,
Hast darin hoͤrn huesten kain hasen?

Eulenspigel
Jo! ir drey auf eim paumen sasen
Und pfiffen auf ainer sackpfeuffen,

72 Ein prente suppen: eine Suppe aus geröstetem Mehl.
76 So geh und laß ihn bitte herein.
80 Ihr werdet noch mal zu einem Narren werden.
81 bona dies: guten Tag!
82 semper quies: leb immer in Frieden!
83 Wan her: woher; staubing: übel.
84 speter: spät.
87 sackpfeuffen: Dudelsack.

Ich kunt ir aber kain ergreuffen.
Mein herr, ich trab her uͤebers felt,
Pin icz auch reich an parem gelt.
Wen ir mirs verguͤenet in ern,
Pey euch im pfarhoff zu verzern,
Pies das die grose kelt nach lies?
Als den ich ein federn auf plies,
Wo die hin fluͤeg, da zuͤeg ich hin.

Der pfaff *spricht*

Mein Eulenspiegel, darzu ich pin
Willig ein tag, zwen oder drey,
So lang das lieb uns paidn sey.
Doch muestu auf dem poden liegen.

Eulenspiegel

Da wil ich in das hay mich schmiegen.
Wil liebr aufn poden liegn, den hangen.

Die kellerin

Was wôlt ir mit dem lappn anfangen,
Der stecz vol schalkeit stecken det,
Das er gleich oben ueberget?

Eulenspiegel *spricht*

Ich ge zu zeittn auch unden uͤeber,
Du hiltst ungern dein nasen druͤeber.
Kochin, heb die zwen daler auff,
Das ich nit mit der zech entlauff.

Der pfaff *spricht*

Schau, Eulenspiegel der ist guet,

94 Danach puste ich eine Feder in die Luft.
100 hay: Heu.
102 lappn: Narren.
106 hiltst: hieltest.

Dir pas den mir vertrauen thuet.
Ge, richt uns schir das essen zu.

Sie get ab.

Eulnspigl, was wilt machen du?
Ich mus hinein gen kor sten.

Eulnspigel

Ich mag nit in die kirchen gen,
Weil ich schir in der stuebn erfreur,
Auch hat die kirch ein alt gemeur,
Es mocht etwan auf mich fallen.

Der pfaff *spricht*

Du kanst ein obdrauff in allen.
Nun ge zumb offen und werm dich,
Pis das ambt hab verichtet ich;
Den wollen wir zu morgen essen.

Eulenspigel *spricht*

Ziecht hin, der wil ich kains vergessen:
Des ofens kan ich nit entpern,
Wil auch mit helffen essen gern.

Der pfaff get ab.

Eulenspigel *ret mit im, spricht*

Nun ich lieg hie etliche tag.
Wie sol ich nun auf mein zu sag
Das ros zwegen pringn? sol ichs steln?
So gehoͤrt mir ein strick an keln,

110 pas den: eher als.
111 schir: schnell.
115 schir: fast schon; erfreur: erfriere.
118 Du hast gegen jeden das letzte Wort.
121 Den: dann.
127 zwegen pringn: herbeischaffen.

Das wer mein lon und rechter dail.
Nun ist im auch das ros nit fail.
Wie mus die sach ich greuffen on?
Icz wais ich, wie ich im sol thon!
Ich wil mich legen auf die panck
Und stelen, sam sey ich dot kranck.
Das selb sol mir der anfang sein
Zu dieser abenteuer mein.
Ich wil dem pfaffn ein posen reissen,
Ob ich in kůnt umbs ros pescheissen.
Er legt sich auf die panck.

Die kellerin *kumpt, spricht*
Sich, Eulenspiegel, wie ligst alhie?

Eulenspiegel
O Margret, ich war krencker nie.
Ich pit dich, mach mir ein piersuppen.
Greuff, wie duet mein herz echczn und schnuppen.
Ich hab noch vier daler pey mir;
Die wil ich all 4 schaffen dir,
Wen ich sterb, mein darpey zu dencken.

Kellerin *get und greufft in an, spricht*
Mein Eulenspiegel, was thuet dich krencken?
Hast nechten zu vil pier getruncken?

Eulenspigel
Ich las mich sein gleich wol geduncken.

129 rechter dail: rechtmäßiger Anteil.
134 stelen, sam: stellen, als ob.
137 posen: Posse.
139 Sich: Sieh.
142 Fühl mal, wie mein Herz ächzt und sich verkrampft.
145 dencken: gedenken.
148 Egal, mich hat's gepackt.

Kellerin *spricht*

Ey, wie pistu so gar erplichen?

Eulenspigel

Es sint mir all mein kreft entwichen,
Solt ich mich den nit drob entpferben?
Ich fuͤrcht warlich, ich muͤes noch sterben.

Kellerin *spricht*

Es sint dir schon dein hent erkalt.
Ach, mein Eulnspigel, dich warm halt.

Der pfaff *kumpt, spricht*

Was da? was da? was macht ir zway?

Kellerin *spricht*

Ach, lieber herr, last euer gschray,
Wol ist der Eulenspigel so schwach.

Pfaff *get hin zu, spricht*

Mein Eulenspiegel, wie stet dein sach?

Kellerin get ab.

Eulenspigel *spricht*

Mein sach stet nit, sunder sie leit.

Pfaff *spricht*

Sag mir, wo hastu dein kranckheit?

Eulenspigel

O herr, oben auf der panck,
Da pin ich also leichnam kranck,
Ich fuͤercht, ich muͤes gen himel farn.

149 erplichen: bleich geworden.
159 leit: liegt.
162 leichnam: sterbens-.

Der pfaff *spricht*

So muestu vor dein sel pewarn.

Eulnspiegel

Mus ich der sel ein panczer anlegen?

Der pfaff

Mein sun, es wirt dir sten entgegen
Der deuffel, den muest uber winden
Mit kampff und in fahen und pinden.

Eulen⟨spiegel⟩ *spricht*

Mein herr, ich lieg in solchen no̊ten,
Das ich icz kaum ein floch ků nt do̊tten.
Wie ků nt ich mit dem deuffel kempfen?

Der pfaff

O, der deuffel ist guet zu dempfen:
Du muest hie thon ein gancze peicht,
Zu stund der deuffel von dir weicht.

Eulenspigel

Mein herr, euch mag ich peichten nit.
Es ist an euch mein grose pit,
Wolt nach eim andren pfaffen schicken,
Mit dem wolt ich mein sel erquicken.
Ich hab ein sů nt, ist wider euch.

Der pfaff *spricht*

Du darfst ob mir haben kain scheuch;
Peicht was du wilt, ich mus verschweigen.
Wo ichs eim menschen an det zeigen,
So kem ich umb mein priesterlich ambt

164 pewarn: wappnen.
170 floch: Floh.
180 ob: wegen; scheuch: Scheu.

Sampt meiner pfarr und allesambt,
Und wo ich auch nit thet entpfliehen,
Det man mir zungen zumb nack ausziehen
Pey dem pischoff zu Mersenperg.

Eulenspigel

Weil ich pey euch lieg zu herberg,
Und wolt darob habn kein unwillen
Und die sach halten gar in stillen,
So wil ich euch gleich peichten her.
Doch ains allain das ist mir schwer.

Der pfaff

Sag her und las nit unterwegen!

Eulenspigel

Ach, ich pin pey der Margredn glegen.

Der pfaff

Pey welcher Gredn? pey meiner maid?

Eulenspigel: herr, ja.

Der pfaff

Ey, das wer die drues undz herczlaid!
Ey, du verheiter eren dieb!

Eulenspigel

Ey, lieber herr, sie het mich lieb
Und mauset haimlich stecz umb mich.

185 und wenn ich nicht entfliehen würde.
187 Mersenperg: Merseburg.
193 Sag es und unterdrücke es nicht!
196 drues: Pest.
197 verheiter: verfluchter.

P f a f f *spricht*

Ey, ey, der deuffel holle dich!
Mustu mir drumb ein solichs thon?

E u l e n s p i g e l

Ey, herr, ir zaiget mir vor an,
Ich solt her peichten, was ich wolt,
Kain gfer ich von euch warten solt.

D e r p f a f f

Nun, nun, ich darff mit dir nit palgen.
Zumb nechsten nem herberg am galgen!
Und nimer in mein pfarhoff kumb!

E u l e n s p i e g e l

Mein lieber herr, zůrnt nit darumb,
Ich wil gleich iczunder aufsten
Und wil versuechn, ob ich mŏcht gen,
Wil auf den poden legen mich,
Ob da selben mŏcht ruen ich.

Eulenspigel stet auf, get hin.

D e r p f a f f *rett wider sich*

Gehin! und das du můest erkrumen!
Wolt, du werst mir ins haus nie kumen.
Ey, sol ich nit von wunder sagen?
Der schlepsack thet vor zwayen tagen,
Sam het sie Eulenspigl nit gern.
Harr, kumptz, ich wil ir drucken schern!
Margret, Margret! kumb herein!

204 gfer: Gefahr; warten: erwarten.
213 erkrumen: krumm werden.
216 schlepsack: Dirne.
217 Sam: als.
218 Warte, wenn sie kommt, kann sie was erleben!

Kellerin *kumpt, dregt ein loͤffl, spricht*

Ich hab zu schaffn! was wolt ir mein?
Ich mus ein suppen machn dem krancken.

Der pfaff *spricht*

Ey, des mues dir der deuffel dancken!
Ist dir der narr lieber wan ich?

Die kellnerin

Ey, er hat fleissig petten mich,
Ich sol im ein piersuppen machen,
Wil im gleich streublein darzu pachen.

Der pfaff *spricht*

Ey, ey, da schlag der deuffel zu!
Peim narren pist gelegen du,
Noͤtten warczt du sein so wol.
Ich red es von dir unferhol,
Er sagt es von dir selber fein.

Die kellerin

Das ist erlogn ins maul hinein!
Ich wolt mir nit wuͤnschen des narrn.

Pfaff *spricht*

Widarfft mich also an schnarrn,
Du scheuczlicher pueben sack, du gelber?

Die kellerin

O pfaff, du pist leicht an dir selber;

224 petten: gebeten.
226 streublein: eine Mehlspeise.
229 Noͤtten: notwendigerweise, natürlicherweise; warczt: wartest, pflegst.
230 unferhol: unverhohlen.
234 Wieso darfst du mich so anschnauzen . . .
236 leicht: leichtfertig.

Wan du pist selb mit hurn zu leczt
Gleich wie ein Jacobs prueder pseczt
Mit Jacobs muscheln fru und spat.

D e r p f a f f

Du leugst mich an, du unflat!

Kellnerin: du leugst.

Der pfaff: du dreugst.

E u l e n s p i g e l *kumbt, wie sie einander rauffen und schlagen, spricht*

Ey, was hapt ir fuͤr ein geschrȧy?
Als ob der deuffel in euch sey!
Wie habt ir mich so uͤebl erschreckt,
Aus meinem senften schlaff erweckt?
Warumb schlacht ir euch miteinander?

D i e k e l l e r i n *lauft auf in*

Ey, das machestu allesander,
Du unendlicher pueb vertrogen,
Du hast mich schentlich angelogen.
Sag, wo pin ich pey dir gelegen?

E u l e n s p i e g e l

Ey, Margret, wer thet darnach fregen?

K e l l n e r i n *spricht*

Da mues ichs hoͤrn vom lausing pfaffen,
Du sagst, du hast pey mir geschlaffen.

237/239 denn du hast schließlich selbst von früh bis spät Huren um dich, so wie der Stab eines Pilgers, der nach St. Jakob de Compostella wallt, mit Jakobsmuscheln voll besetzt ist.
240 leugst: lügst.
240b dreugst: drohst.
246 allesander: alles.
247 vertrogen: betrügerischer.
248 angelogen: verleumdet.
250 fregen: fragen.

Eulenspigel

O domine, ir habt vileicht
Etwas gesaget aus der peicht,
Macht mich und dye frumb maid zu schanden?
Ich schwer ain aid mit mund und handen,
Das ich es wil dem pischoff clagen,
Das ir aus euer peicht thuet sagen;
Wan ich pin wol pekant zu hoff
Zu Mersenpurg pey dem pischoff.
Darob wirt euch der deuffel pscheissen,
Man mus euch zungn zumb nack aus reissen.
Was gilcz? ich wil euch machen tanczen!

Der pfaff

Ach, mein Eulnspiegel, mach weng cramanczen,
Nem die sach auf in gueten schwencken,
Ich wil dir ein dueczet daler schencken.

Eulenspiegel

Ein dueczet daler klecket nit,
Es hilft euch weder fle noch pit,
Ir gebet mir den euer pfert.

Der pfaff *spricht*

Es ist wool achzig daler wert!
Der fůerst wolt mir sechzg drumb geben.

Eulenspigel

Was ir wolt; es gilt mir gleich eben.

253 domine: Herr.
255 es macht mich und das brave Mädchen ...
262 zungn: die Zunge.
264 weng cramanczen: keine Possen.
265 faß die Sache als Scherz auf.
267 klecket nit: reicht nicht aus.
269 es sei denn, ihr gebt mir euer Pferd.
272 Wie ihr wollt; mir ist es egal.

Gebt ir mirs pfert, so wil ich schweigen;
Wo nit, so wil ichs anzeigen
Dem pischoff; ich ge schon da hin.
Der Eulenspigel get.

D e r p f a f f *kraczt im kopff*
In grosen angsten ich icz pin!
Nun, pesser ist, ich verlir das pfert,
Den das ich abgestosen wert
Zu Rissenpurg von meiner pfarr.
Gehin, nem das pfert, du schalcks narr,
Und sag kaim menschen nichs darfon.

E u l e n s p i g e l *get hin, spricht*
Ja, mein herr pfarrer, das wil ich thon.
Ich reit das ros da hin. alde!

D e r p f a f f *wider sich selb*
Reit hin, das dich die plag peste,
Du arger schalck ob andern allen!
Wolt, das du thest ein pain abfallen,
E das du aus dem dorff dest kumen.

D i e k e l l e r i n *kumpt, spricht*
Her, Eulenspigl hatz ros genumen
Und reut darfon, der arge schalck.

D e r p f a f f
Das richstu zu, du iltes palck,
Du pringst mich umb das ros verwegen,

278 Den das: als daß.
284 . . . daß dich Gottes Strafe treffe!
285 ob: vor.
286 pain: Bein.
289 reut: reitet.
290 richstu zu: verschuldest du; iltes palck: ehrloses Weib.

Weil du pist peym poswicht glegen;
Ich wil dirs ros vom hals noch schlagen.

Kellerin

Ir thuet aber kain warheit sagen,
Das ich pey im gelegen pin.

Der pfaff

Ge mir nur aus den augen hin,
Ich mag dich nit mer ansehen!

Kellerin *spricht*

Mein pfaff, das sol gleich pald geschehen.
Ich wais schon ein pfaffen, ein andern,
Zu dem wil ich gestrax hin wandern,
Pey dem ich ungeschlagen pin.

Sie get.

Der pfaff *schreit*

Ach, Margret, liebe kellerin,
Pleib! es so̊l als verziegen sein.

Die kellerin *get dahin, spricht*

Nain, nain! ich kumb nit mer herein,
Phalt die zwen daler fůr mein lon.

Sie get dahin.

Der pfaff *spricht*

Erst pin ich ein elender mon,
Glaub, kein elender sey auf ert,
Pin kumen umb mein guetes pfert,
Kumb icz auch umb mein kellerin.
Vileicht get Eulenspigel hin

303 verziegen: verziehen.
305 Phalt: behalte.
306 Jetzt bin ich erst richtig ein elender Mann.

Und offenwart mein sach, der narr,
So kumb ich darzu umb die pfarr.
Es kumbt allain kein ungelůeck,
Ains pringt das ander auf dem růeck;
Ich kůnt nit unglůeckhafter sein.
Ich wil mich gen sauffen vol wein,
Das ich nur meins unglůecks verges
Und mich nit haimlich darumb fres.

Der pfaff get aus.

D e r h e r z o g *get ein, spricht*

Eulenspiegel ist lang daus;
Hoff, er werd etwas richten aus,
Vom pfarrer pringen mir das pfert,
Es ist wol achzig daler wert.
Pringt ers, so ist es je ein wunder.
Mich důnckt, ich sech reitten pesunder
Den frumen Eulenspigl dort her.
Er is! und reit des pfaffen pfer!
Er thuet auch gleich im hoff absten;
Ich wil im gleich entgegen gen.

Eulenspigel kumpt, d e r h e r z o g *spricht*

Glůeck zu, mein Eulenspigl, glueck zu!
Sag, hast das ros erdappet du?
Wir wőln dir sein ein gwisser zaler.
Sehin, da hastu zwainzig daler
Und pleib zu hoff, als lang du wilt.

316 gen: gehen.
318 darumb fres: deswegen zu Tode gräme.
324 sech: sehe; pesunder: allein.
325 frumen: tüchtigen.
326 is: ist es; pfer: Pferd.
327 absten: absteigen.
330 erdappet: erlangt.
331 gwisser: zuverlässiger.

Eulenspiegel

Gnediger herr, ich danck eur milt,
Das ir mein thuet in gnad pedencken.

Der herzog

Wir wőln dir auch ein hoffklaid schencken.
Sag, wie hast das ros ueberkumen?

Eulenspiegel

Ich hab vil schreckens drob ein gnumen
Und erstanden ser gros gefer,
Darfon gar lang zu sagen wer;
Ich wil das selb icz fallen lasen;
Wan man hat gleich zu disch plasen,
Vor hunger thuet der pauch mir prumen
Und wen wir von dem essen kumen,
Wil ich eur gnad die handlung sagen,
Was sich peim pfaffen zu hat tragen.

Der herzog

Nun fůer uns for hinab zum pfert,
Des wir so lang haben pegert.
Nach dem so wőll wir gen zu disch,
Essen vogel, wiltpret und fisch.
Nach dem wől wir den handel hőrn,
Wie du den pfaffen thest pethőrn
Umb sein ros durch dein schwinde list,
Dem nit fast unrecht gschehen ist,
Das er uns zu verkauffn absagt,
Das es im wert umb sunst abjagt.

337 ueberkumen: bekommen.
339 und sehr große Gefahr ausgestanden.
342 Wan: denn; gleich: eben gerade.
347 for: vorher.
353 schwinde: überlegene.
355 Das: das (bezieht sich auf ›ros‹ V. 353).
356 Das: daß (abhängig von V. 354).

An im ist erfuͤelt an dem ort
Das alte warhaftig sprich wort,
Das sagt: wer nit muͤeg ruͤeben essen,
Der muͤes zu leczt den grebel fressen,
Dardurch im spot und schaden wachs.
So gschicht dem pfaffen, spricht Hans Sachs.

Die person in das spil

Herzog von Praunschweick	1
Pfarrer zu Rissenpurg	2
Margreta, sein kellerin	3
Eulenspigel	4

Anno salutis 1553,
am 16. tag Decembris.
362 vers.

357 an dem ort: ganz und gar.
360 grebel: Strunk.
362 gschicht: geschieht.

17
Hans Sachs
Der Tod im Baumstumpf

Ein spiel mit fuͤnf personen:
der dot im stock

D e r e n g e l *hat den prologum*

Ir cristen, hort und schweiget stil
Und merck ein erschrocklich pey spiel
Von aim waltprueder und darpey
Von verwegener morder drey,
Wie die all 4 in ainer sum
Prachten einander selber um
Ob eim schacz aus geiczigem muet,
Welcher doch kainem kam zu guet;
Welch pey spil uns die alten eben
Haben zu ainem spiegel geben,
Was uͤebels noch zu aller zeit
Sich durch den schnoͤden geicz pegeit
Allerley art! wo er regirt,
Alle goczforcht verachtet wirt,
Und pringt ain ubel und ungluͤeck
Das ander uͤebel auf dem ruͤeck,

Üb dot: Tod; stock: Wurzelstock, Baumstumpf.
Üc prologum: (lat. Akk.) Vorrede.
2 merck: beachtet. Zum Dentalabfall, der außerdem in V. 36, 156a u. 168 begegnet, vgl. Moser, Historisch-grammatische Einführung, S. 166 unter: Konsonantenschwund.; pey spiel: Der literaturwiss. Terminus technicus dafür ist ›Exemplum‹; vgl. einschlägige Lexika.
3 waltprueder: Eremit.
7 Ob: wegen; muet: Gesinnung.
12 pegeit: ereignet.
13 Allerley art: (abhängig von ›uͤebels‹ V. 11) wieviel Übel von vielfältiger Art.

Wie in dem pey spil ist geschehn.
Nun schweigt! so wert irs hörn und sehn.
Der engel get ab.

Der waltprueder *get ein an einem stecklein, dregt ein pater noster, spricht*

Ich pin heut lang im wald umdreten,
Mein degliche tagzeit zu petten,
Wie ich das trieben hab vil jar.
Von der welt abgeschieden gar
Hab ich got dint in allen sachen
Mit vasten, petten und mit wachen,
Mit vil kestigung und hart liegen;
Hab mich aller wolůest verziegen,
Dar zu aller weltlichen er,
Keiner reichtům geachtet mer.
Allain mich noch erfreuen thuet
Got, das pest und aller höchst guet.
Nach dem allein thuet mich verlangen.
Hab mich gleich můed im wald umbgangen,
Wil mich gleich seczen und haben ru,
Den walt fogelein horen zu,
Wie sie mit gsang den schöpfer loben
In seinem hochsten tron dor oben,
Der in ir narung hat peschert
Und alle creatur ernert.
Er setzt sich nider.
Da secz ich mich. ich merck gar wol,

18b dregt: trägt.
18c pater noster: Rosenkranz.
19 umdreten: umhergegangen.
20 um meine heutigen Stundengebete zu beten.
23 dint: gedient.
25 kestigung: Kasteiung.
26 wolůest: Weltfreude; verziegen: enthalten.
32 gleich: jetzt.
36 dor: dort (s. V. 2 unter ›merck‹).

Dieser stock ist inwendig hol.
Ich wil aufsten und schauen nein,
Was darin mag verporgen sein.
Er steht auff, schaut hinein unnd spricht
Da ligt ein schacz, des pehuet mich got!
Warhaft steckt darinen der dot,
Wan Salomon sagt, das reichtumb
Seim herren oft zu schaden kumb.
Doch iderman reichtumb erwelt
Und im so pegierlich nach stelt
Paide mit recht und mit unrecht.
Drumb wil ich in nit haben schlecht,
Auch nit lenger darpey verziehen,
Sunder als vor dem dod in fliehen.
Er get darfon, stet, kert widerumb und spricht
Wie, wen ich ain dail des schacz no̊m,
Wo mir ein armer mensch peko̊m,
Das ich in darmit mocht pegaben,
Das er sich mo̊cht speisen und laben?
Das wer je auch nit uebel thon.
Ich wil wider zumb stock hin gon.
Er get wider zumb stock, greuft hinein, rauscht im gelt, spricht
Es felt mir aber in mein muet:
Dis gelt im stock ist frembdes guet;
Darfon kan ich kain almus geben.
Wil mich des gleich verzeyhen eben,

45 Vgl. Prediger Salomo 5, 12 f.
47 erwelt: zieht vor.
49 Paide . . . und: sowohl . . . als auch.
50 nit haben schlecht: keinesfalls haben.
51 verziehen: verweilen.
52 Sunder: sondern; als: wie.
53 no̊m: nähme.
54 Wo: falls; peko̊m: begegnete.
57 je: gewiß.
61 almus: Almosen.
62 Ich will davon auf der Stelle ablassen.

Den stock sambt dem schacz lassen sten
Und eillent in mein zelen gen.

Der waltprueder get ab.

Drey mo̊rder kumen und Dismas, der erst morder, *spricht*

Wir haben lang kain peut erdappet.
Gester hetten uns schier erschnappet
Die reuter und uns gfangen gnumen;
Und wer wir in gefencknus kumen,
So het es sich nit wol geschanczt,
Man het uns auf den schinpain danczt,
Uns gelont unser morderey.

Barrabas, der ander mo̊rder

Es waren fůnff an unser drey.
Pocz kraft, wir weren unterglegen!
Drumb wolt wir warten nit den segen
Und gaben gen holcz versen gelt.

Jesmas, der drit mo̊rder

Ich psorg, wir drey sint hart vermelt;
Man wert uns lenger mer nach steln,
Pis man uns doch gfencklich thu feln
Und uns hernach an all genad
All drey richte mit ainem rad.
Drumb wer zeit, wir liesen darfon.

64 zelen: Zelle.
68 wer: wären.
69 so hätte es sich nicht gut getroffen.
72 an: ohne.
73 weren: wären . . . gewesen.
74 den segen: auf den letzten Segen (beim Sterben).
75 und flohen in den Wald.
76 hart vermelt: ganz verraten.
77 wert: wird.
78 gfencklich thu feln: gefangennimmt.
79 an: ohne.

D i s m a s , d e r 1. m o̊ r d e r

O du verzagter goͤgelmon,
Weil mein mueter lebt, pin ich frey
Vor gfencknus durch ir zauberey.
Pocz marter, wens gleich aufs ergst ist gon,
Is umb ain pose stund zu thon,
Als den hat ent all unser marter.

J e s m a s , d e r d r i t m o̊ r d e r

Ja, nit also, mein lieber zarter!
Waist nit, das erst die arme sel
Dort leiden mus die pein der hel,
Das sie mus ewig sein verlorn?

B a r r a b a s , d e r 2. m o̊ r d e r

Kain sel ist nie verloren worn.
Wo sie pey got nit selig wern,
So hat sie der deuffel gleich gern..
Der mus sie doch halten so pscheiden,
Das sie es auch kuͤnen erleiden.
Es ist nit so heftig geschaffen,
Wie darfon sagen muͤnch und pfaffen,
Die also gros straich darfon sagen,
Das man in sol dest mer zu tragen.

J e s m a s *spricht*

Ey, der ding ist zu spoten nicht!

82 goͤgelmon: Hanswurst.
83 Weil: solange.
85 ist gon: kommt.
86 ist eine schwere Stunde zu überstehen.
87 Als den: danach.
89 sel: Seele.
90 hel: Hölle.
95 pscheiden: zurückhaltend.
96 kuͤnen: können.
99 gros straich: Plagen.

Scharpff und streng ist gottes gericht,
Darfor all menschen muͤessn erscheinen,
Geurteilt zu freud oder peinen.

Dismas, der 1. mo̊rder

Ey, nichs, Jesmas, mein lieber gsel!
Es ist weder himel noch hel,
Auch ist weder deuffel noch got!
Wen wir sterben, so sint wir dot
Eben gleich wie ein ander fiech.

Jesmas, der 3. mo̊rder

Mein Dismas, der red scheme dich!
Du pist erger den juedn und haiden,
Die denoch gelauben peschaiden
Nach diesem lebn ein ewigs leben,
Darauf sie alle hoffen eben,
Das ich auch glaub und hoffen pin.

Barrabas, der 2. mo̊rder

O, du hast ain kindischen sin.
Solche ding fechten mich nit an.
Hetten wir ein reichen kauffman,
Den wolt wir von der merhen schlagen
Oder ein kugel durch in jagen
Und im den zum reitwetschger sehen.
Der hunger dut mirn magen plehen.
Drumb het wir zu fressen darfůer!
Secz nur die sel auft uberthůer
Und sag uns nur nit mer darfon!

112 peschaiden: bestimmt.
119 merhen: Pferd.
121 den: dann; reitwetschger: Mantelsack.
123 darfůer: dagegen.
124 Laß nur die Seele beiseite.

Dismas, der 1. mo̊rder, *deut und spricht*

Schaut, schaut! dort lauft ein alter mon
Im holcz forchtsam und sicht oft umb.
Ich glaub, er hab ein grose sum
Gelcz im rock vernet mit im tragen.
Kumpt mit! so wo̊ll wir in erschlagen,
In plůndern, darnach schicken spat
Umb prot und wein hinein int stat;
Den wo̊ll wir schlemen und liegen im lueder.

Jesmas *sicht hinaus, spricht*

Ach, es ist ein alter wald prueder.
O, er tregt weder gelt noch guet,
Er lebet in ho̊chster armuet.
Was wolt wir den den armen zeyen?

Barrabas

Schweig sdeuffels nam! wilt uns den kheyen?
Wilt gaistlich und parmherzig sein?
So kumb in ein kloster hin ein
Und uns im wald zu frieden las!
Kumbt, last vůrlauffen im die stras!

Der waltpruder kumpt, sie lauffen in an. Dismas *spricht*

Alter, wan her? peschaide mich!
Warumb schaust so oft hintersich?
Sag an! eyllet dir imant nach?

126 mon: Mann.
129 Gelcz: Geldes; vernet mit im: eingenäht bei sich.
131 schicken: ergänze ›einen von uns‹.
133 Den: dann; liegen im lueder: herumsumpfen.
137 zeyen: vorwerfen.
138 wilt uns den kheyen: willst du uns etwa zum besten haben?
142 vůrlauffen: versperren.
144 hintersich: rückwärts.
145 imant: jemand.

W a l t p r u d e r *deut auf den stock und spricht*

In genem stock den dot ich sach;
Vor dem so fleuch ich also vast.
Derhalb mein weg mich lauffen last
Und hůet euch auch vor diesem stock!

D i s m a s *zeucht von leder und spricht*

Du muest mir halten ainen pock.
Ich merck, du dreibst aus uns den spot.
Ich wil dir warmachen den dot.

W a l t p r u e d e r *felt auf seine knie, hebt paid hent auf und spricht*

Las mich mit fried, pistu ain crist!
Du waist, dotschlagn verpoten ist.
Wer menschen pluet vergiesen thuet,
Dem wirt vergossen auch sein pluet.

Er schlecht in nider, d e r w a l p r u d e r *spricht liegent*

Got wirt mich an euch allen rechen
Und euer junge tag abrechen!

B a r r a b a s, d e r 2. m ů r d e r

Kumbt! lat den alten kueten pueben
Im holcz dort werffen in ain grueben,
Der uns warnt vor des stocks ungnad,
Hat uns darmit drot auf das rad.
Nun das ist der achzehent mon,
Den wir im wald haben abthon.

146 genem: jenem.
147 vast: sehr.
149a zeucht von leder: zieht vom Leder, d. h. die Waffe aus der Scheide.
150 Du mußt mir Rede stehen.
156a walpruder: ›Waldbruder‹ = Eremit (s. V. 2 unter ›merck‹).
158 und eure jungen Tage abzählen, d. h. euer junges Leben beenden.
159 kueten pueben: Mönch.

Sie dragen in ab.

Sie kumen wider, Dismas *spricht*

Kumbt! wo̊llen zu dem stock uns nehen
Und den dot auch darin pesehen.
Der dot hat den alten erpissen.

Jesmas, der 3. mo̊rder

Mich painig haimlich mein gewissen
Umb dieses frumen mannes sterben.
Fuercht, wir muͤesen all drob verderben.

Sie kumen all 3 zumb stock, sehen hinein.

Dismas *spricht*

Pocz marter, schaut! hie ligt kain dot,
Sunder pey dausent guelden rot.
Die hat der alt pertling geschent
Und sie den pitern dot genent.
Got geb dem nolhart noch die truͤes!
Der dot wirt uns dreyen gar suͤes,
Das wir darfon drincken und essen.
Der hunger het uns gar pesessen.
Lat uns pald lo̊ssen, welcher spat
Unter uns nein lauff in die stat
Und pringe uns prot unde wein,
Darpey wir muͤegen frolich sein,
Das man darnach den schacz austail,
Der uns dreyen kumbt wol zu hail.

Sie knocken all drey nider, werffen mit zway wuͤerffeln.

167 erpissen: totgebissen.
168 painig: peinigt (s. V. 2 unter ›merck‹).
173 pertling: bärtiger Philister.
174 pitern: bitteren.
175 nolhart: Waldbruder; truͤes: Pest.
179 lo̊ssen: losen.
184a knocken: hocken.

Barr⟨abas⟩ *spricht*

Dich, Jesmas, hat das los getroffen.
Nem den gueldn und kumb geloffen,
Pring uns drumb wein und prot wie for,
Nembs zu aller nechst peim stator,
Auf das du nit werst ausgespecht,
Das dich ergreuffen die stat knecht,
Sunst koͤm wir all mit dir in not.
Den wer im stock gewest der dot.

Jesmas *nembt den gulden und die flaschen und spricht*

Ich ge hin und sag uberlaut:
Vor forcht grueselt mir gleich die haut.
Fuercht stet, mir kumb auf meinen ruͤeck
Ein unfuͤrsehens ungeluͤeck
Auf dem weg oder in der stat,
Wie uns der alt erwuͤnschet hat.

Jesmas get ab mit der flaschen.

Dismas *spricht*

Barrabas, was duͤnckt dich des gseln?
Er dut sich gar hundz fuͤetisch steln
Und gancz verzagt zu unsern daten.
Fuͤercht, er werd uns ain mal veraten
Und uns paid pringen in ungluͤeck.
Nun zu fuerkumen solche stuͤeck,
So wais ich ainen gueten rat:
Pald er darnach kumbt aus der stat
Und thuet uns prot und wein zu tragen,
So woll wir in duͤeckisch erschlagen.

186 kumb geloffen: komm schnell zurück.
187 for: zuvor schon.
188 Nembs: nimm es; stator: Stadttor.
189 werst ausgespecht: erkannt wirst.
192 Den: dann.
199 B., was hältst du von dem Kerl?
200 hundz fuͤetisch: hundsföttisch.

So dů̊rff wir uns nit mer pesorgen,
Das er von uns heut oder morgen
Secze ainen flů̊echtigen fues.

B a r r a b a s, d e r 2. m ŏ̊ r d e r

Deim rat ich auch zu fallen mues,
Mein Dismas, und ist mir auch eben.
Sein dot dut noch ein nucz uns geben,
Das wir diesen schacz uns zu hail
Nur dů̊erffen dailen in zwen dail,
So wirt unser aim pey fů̊nfhundert;
So man aber drey dail ausundert,
Wů̊rt aim drey hundert drey undreissig.

D i s m a s, d e r 1. m ŏ̊ r d e r

Du rechnest die sach aus gar fleissig.
Nun wŏ̊l wir in den thun von prot,
So glob on, in zu schlagen dot.

Sie geloben einander an.

B a r r a b a s *spricht*

Ja, das hab dir die treue mein!
Hŏ̊r lieber! noch ains felt mir ein.

D i s m a s, d e r e r s t m ŏ̊ r d e r

Was? mein Barrabas, thu mirs sagen!

B a r r a b a s, d e r 2. m ŏ̊ r d e r

Den nolhart, den wir habn erschlagen,
Der wirt noch haben etlich gelt
Im rock eingnet. das selb nit felt.
Lieber kum, las uns in pesuechen!

213 eben: recht.
217 unser aim: einem jeden von uns.
221 thun von prot: vom Brote tun, umbringen.
222 glob on: gelobe.
228 das selb nit felt: das trifft sicher zu.

D i s m a s *spricht*

Ja wol! find wir nichs, ich wird fluechen.
Kumb! ge! ich wil gleich mit dir hin.
Find wir etwas, ist lauter gwin.
Můs wir uns aber gelcz verwegen,
Fůnd wir etwan ain wund segen,
Solch alte pertling kůnen vil
Segen und der gleich affen spil.
Die weil kumpt unser gsel herwider,
Den stech wir wie ein sau darnider,
Pald er nur von im seczt den wein,
Auf das der schacz uns pleib allein.

Sie gent paide ab.

J e s m a s *kumbt mit wein und prot, schaut hin und her und spricht*

Wo sint mein zwen geselen hin?
Ich glaub vůrwar, es schwindel in
Aus der stat vor der zukunft mein,
Wan ich hab in das prot und wein
Mit ainem herben gift vergift,
Weil sie vil mortz haben gestift
Und hetten auch solicher massen
Ir lebtag nit darfon gelassen.
Des fůercht ich mich der sunden minder,
Ob ich gleich diese zway mo̊rt kinder
Mit herbem gift geschwind und resch
Von diesem ertpoden auslesch,
Das vor in sicher sey weib und mon.
Als den das gelt allain ich hon,
Darmit ich raůmen wil das lant

233/234 Müssen wir aber auf Geld verzichten, finden wir vielleicht . . .
234 wund segen: Beschwörungsformel zur Heilung von Wunden.
242 es schwindel in: ihnen sei schwindelig, unwohl.
243 zukunft: Ankunft. 251 resch: schnell.
255 Darmit: danach; raůmen: verlassen.

In ein gegent mir unpekant.
Da wil ich puͤesen und werden frumb,
Ob mich got zu genad aufnumb
Durch Cristi, seines sunes, sterben,
Das ich nit ewig muest verderben
Hie mit dem leib, dort mit der sel
In des helischen feuers quel.

Die zwen kumen gelauffen. D i s m a s *zeucht von leder, spricht*

Wie pist so lang aus, du poswicht?
Ich glaub, du hast uns vor gericht
Haimlichen in der stat veraten.
Wir woͦllen lonen deinen daten.
Wer dich, du poswicht! du must sterben,
E wan wir mit dem rad verderben.

J e s m a s *spricht*

Ich pin unschuldig in den dingen!
Ir moͦrder, wolt ir mich umpringen?

Sie schlagen in nider.

B a r a b a s *spricht*

Kumb, las den veretrischen pueben
Zumb alten werffen in die grueben
Und in mit dan reis decken zu!
So hab wir vor im rast und ru.

Sie tragen in naus, kumen wider. D i s m a s *spricht*

Nun secz dich! las uns drinckn und essen
Und unsers umuez gar vergessen!
Se hin, ich pring dir diesen drunck.

258 Ob: damit vielleicht.
262 quel: Pein.
268 E wan: bevor.
273 dan reis: Tannenzweigen.

Er drinckt.

Wen wir habn gessn und druncken gnunck,
Den wollen wir dailen den schacz
Im stock, dem dot zu drucz und dracz.
Den schacz hab wir mit gueten eren;
Darfan hab wir gar lang zu zeren.

Barrabas *drinckt auch, spricht*

Ich rat, das wirs gelt dailen pald
Und uns mit heben aus dem wald,
Zern weit von hinen in ainr stat
Koͤstlich nach allem luest und rat
Mit doppel spil und schoͤnen frauen.

Dismas, *der erst moͤrder, greuft und reipt sein pruest und spricht*

O gsel, wie uͤebel thuet mir grauen
Und thuet mich gleich ein frost an stosen!

Barrabas *ruͤempft sich auch und spricht*

Und mir auch; hab dir die franczosen!
Wie wirt mir so eng umb das hercz!
Mein ganczer leib pidmet vor schmercz.
Mich duͤnckt, es greuff mir nach dem leben.

Dismas, der erst morder, *spricht*

Ich glaub, der schalck hab uns vergeben
Paide in prot und auch in wein,

279 Den: dann.
280 drucz: und dracz: Trotz.
285 Zern: leben.
286 rat: wie es die Verhältnisse erlauben.
287 doppel spil: Würfelspiel.
289a ruͤempft sich: windet sich.
290 die franczosen: Franzosenkrankheit, Syphilis.
292 pidmet: zittert.
294 vergeben: vergiftet.

Auf das im pleib der schacz allein.
Ich wil aufsten, gen hin und her.
Er stet auff, get lancksam, spricht
Wie sint mein schenckel mir so schwer!
Kan nit mer auf den fuesen sten!
Mir wil geleich die sel ausgen.
Er felt nider sam dot.

Barrabas, der ander mo̊rder, *felt auch und spricht krencklich*

Der alt schalck in dem graben rock
Hat noch war gsagt, das in dem stock
Der greulich dot verporgen sey,
Seit darfon er und wir all drey
Absterben hie von dieser erd.
Erst ist mein gwissen hart peschwert,
Das ich doch vor pey all mein tagen
Veracht, hab in den wint geschlagen,
Wie gros ůebel ich hab gethon.
Zu got ich nun kain hoffung hon,
Far verzweifelt in nobis haus;
Da schlecht das feur zum giebel aus,
Vol ungemachs und ewigs laids.
O we meins elenden abschaids!
Er ligt gestreckt sam dot.

Der engel *kumbt und peschleust*

Ir lieben cristen all gemein,
Last euch dis spil ein warnung sein,
Das ir aus lieb des zeitling guet

301 graben: grauen.
302 noch: doch.
304 Seit: da ja.
306 Erst: jetzt erst richtig.
307 vor: früher.
308 Veracht· verachtete.
311 nobis haus: Hölle.
317 zeitling: irdisch.

Nit solch gros sůnt und unrecht thuet!
Wan geicz ist ein wurczl aller suͤent,
Wie den sant Paulus uns verkuͤent,
Weil auch kurcz ist das menschlich leben.
Darfon wir muͤesen antwort geben
Dem richter am strengen gericht,
Auf das aus solchem uebel nicht
Uns ewige pein auf erwachs.
Vor dem uns got phuͤet, wunscht Hans Sachs.

Die person in das spiel

Der engel	1
Der waltprueder	2
Dismas, der 1. moͤrder	3
Barrabas, der 2. moͤrder	4
Jesmas, der 3. moͤrder	5

Anno salutis 1555,
am 8. tag Augusti.
326 vers.

319 geicz: Habgier.
320 Vgl. 1. Tim 6, 10.
326 phuͤet: behüte.

18

Hans Sachs

Der Neidhart mit dem Veilchen

Ein fasnacht spiel mit 8 person:
Der Neidhart mit dem feyhel; hat 3 actus

D e r n a r r *drit ein und spricht*

Nun seit gegrueset all gemein!
Auf guet trauen kumb wir herein,
Zu machen euch ein frolikeit,
Die weil es icz ist fasnacht zeit,
Wie der Neidhart in Oestereich
Fand den ersten feyel geleich
Und stůrczt darueber seinen huet,
Holt darzu die herzogin guet;
In mitler zeit von Zeiselmaur
Der Engelmair, ein grober paur,
Den feyel im aprochen hat
Und im gepferchet an die stat;
Als die fůerstin den merdrum fant,
Pestund Neidhart mit spot und schant.
Auch wie Neidhart die selben schmach
An diesen groben pauren rach,
Die sich auch wider wolten rechen,
Das doch Neidhart durch list det prechen,

Üb feyhel: Veilchen.
9 In mitler zeit: inzwischen.
11 aprochen: abgebrochen.
12 gepferchet: hat einen Haufen hingemacht.
13 merdrum: Kothaufen.
14 Pestund N. mit: erntete N.
16 rach: rächte.
18 det prechen: verhindert hat.

Das wert ir hören und noch vil.
Derhalb seit fein züechtig und stil
Und höret zu dem Neidhart spil.
Der narr get ab.

D e r N e i d h a r t *kumpt und spricht*

O du greulicher, kalter winter,
Der lencz hat dich gedruckt hin hinter,
Der du erfrörest laub und gras
Und machest traurig alles, was
Lebt in wasser, erden und lueft.
Ent hat reiff, schne und kalter dueft.
Die sumer wun die nehet sich,
Die weil ich hör so wunsamlich
Singen die clain walt fogelein,
Die sich freuen der sunen schein,
Loben got mit iren gesengen,
Die weil sich nun der tag thuet lengen.
Des mag ich auch zu hoff nit pleiben,
Mein zeit in der thuernicz vertreiben,
Sunder ich wil ein weil spaciren
Vor grüenem wald, da umb refieren
Durch die auen und durch die wissen,
Da die zinlautern pechlein fliessen,
Ob ich etwan ein feyel fünd,
Den ich möcht pringen zu urkünd
Der edlen, zarten herzogin,
Der treuer hofftiener ich pin.

23 der L. hat dich vertrieben.
27 dueft: Nebel.
28 wun: Wonne; nehet: nähert.
35 thuernicz: geheizte Stube.
37 refieren: lustwandeln.
38 wissen: Wiesen.
39 zinlautern: hell wie Zinn.
41 urkünd: Kenntnis.
43 hofftiener: Diener.

Was ich irn gnadn zu dinst kan thon,
Da wil kain muͤe icz sparen on.
Dort sich ich schon etliche weslein
Auf schiessen mit den gruͤenen greslein.
Mich dunckt vuͤr war darin ich hab
Ersehen ainen feyel plab!
Ja, ja, ich hab gesehen recht!
Wie, wen ich in der fuerstin precht?
Ach nain, e ich in precht hinein,
Wůert der feyel verdorret sein.
Drumb wil ich in icz lassen sten,
Der herzogin ansagen den,
Das sie heraus far in der nech
Und den feyel selber aprech
Froͦlich mit andrem hoffgsind guet,
Und wil die weil den meinen huet
Daruͤber decken in der stil,
Den nechsten gen hoff lauffen wil.
Neidhart deckt sein huet uber den veyel und get ab.

Die drey pauern kumen.

Ulla Seufist *spricht*
Ir lieben nachtpaurn, hoͤrt frembde mer:
Neidhart, der hoffschrancz, kom da her
Uber mein wissn, da er zu stund
Den ersten plaben feyel fund;
Den thet er mit seim huet zu decken.

45 muͤe: Mühe; icz: jetzt.
46 sich: sehe; weslein: Rasenflecken.
49 plab: blau.
51 precht: brächte.
56 in der nech: gleich.
57 aprech: pflücke.
61 Den nechsten: den nächsten Weg; gen: gegen, zum.
62 frembde: unbekannte; mer: Geschichte.
63 kom: kam.
64 wissn: Wiese; zu stund: soeben.

Ich stund zu nechst in ainer hecken
Und hoͤrt pey meinem aid vurwar,
Er wolt die fuͤrstin pringen dar
Mit ander iren hoffschranczn,
Die wuͤrden umb den feyel danczn.
Rat, wie wir in die freud zustoͤrn!

E n g e l m a y r , *der pauer*

Mein Ulla Seufist, thu mich hoͤrn!
Wie, wen wir in den feyel steln,
Den auf unsern danczplacz verheln
Und danczeten selber daruͤmb?
Und ob gleich sech der Neidhart kruͤmb,
Koͤm und wolt vil gspais darzu sagn,
So wolt wir im sein haut vol schlagn,
Weil im der kittl vor dem ars gnappet.

H a i n c z S c h e u e n f r i d

Mein Engelmayr, sey nit so lappet,
Das du den feyel schlecht stelen wolst,
Sunder darzu du im auch solst
Ein waidhoffer seczen an die stat,
Der fuͤnff pfund an die suppen hat,
Daran ein sau moͤcht haben wol
Zehen schlick und neun maulfol.
Wen Neidhart precht die herzogin
Und sie danczt darumb her und hin,

72 zu-: zer-.
74 steln: stehlen.
75 verheln: heimlich bringen.
77 sech: sich; kruͤmb: krümmte, wände.
78 Koͤm: käme; gspais: Geschrei, Krach.
80 kittl: Hemd; ars: Arsch; gnappet: wackelt.
81 lappet: blöd.
82 schlecht: einfach.
84 waidhoffer: Haufen Menschendreck.
85 . . . ohne den Urin wiegt.
87 schlick: Schluck.

Det darnach den merdrum auf decken,
Der feyel wůrt ir nit wol schmecken,
Den wůrt dem Neidhart dieser schimpff
Raichen zu grosem ungelimpff
Pey der furstin zu Ostereich
Und pey dem herzogen der gleich.
Wan Neidhart thuet mit seim gejaid
Gros schaden uns an wein und traid,
Das kůnt wir nit pas an im rechen.

Der Engelmair *spricht*

Nun den feyel wil ich aprechen
Und im selb pferchen an die stat,
Wan ich gleich eben nechten spat
Den meinen grosen seusack as,
Der mit grieben gespicket was,
Von dem wil ich wol legn ein ay
In ainem drueck an als geschray,
Daran ir euern luest solt sehen,
Wie ichs so waidlich raus wil drechen.
Nun rat ir das, so wil ichs thon.

Ulla Seufist *spricht*

Sie, scheis nur nidr und kumb darfon,
E das dir wert zu kurz das trumb
Und dir Neidhart herwider kumb,
Das wir nit ůeber eylet wern.

92 Den: dann; schimpff: Scherz.
93 ungelimpff: Schmach, Schande.
95 der gleich: ebenso.
96 Wan: denn; gejaid: Gejage.
97 traid: Getreide.
98 pas: besser.
102 seusack: Schwartenmagen.
105 an: ohne.
107 drechen: drechseln.
109 Sie: He!
110 bevor dir die Kräfte schwinden.
112 ůeber eylet: überrascht.

Haincz Scheuenfried

Potsch gluet! mich důnckt, ich sech von fern
Das hoffgsind dort faren und reitten.
Mein Englmayr, thu nit lenger peitten,
Hauch nur nider und druͤeck pald ab!

Der Engelmayr *haucht nider, legt den merdrum, stet auf, deut auf den merdrum, spricht*

Sie, schaut, liebn nachtpaur, ich main, ich hab
Ein ay in aim muff ausgepruͤet,
Das rauchet wie ein kolen gluͤet!
Deckt mit dem huet das wider zu,
Das der feyel nit ausriechn thu.

Die pauern stůrczen den huet uber den dreck, gent mit dem feyel darfon.

Der Neidhart *kumbt mit der herzogin und dem narrn und spricht*

Gnedige frau, unter dem huet
Da stet das mayen plůmlein guet,
Das uns den sumer zaiget on,
Darfon ich eur gnad gesaget hon.

Die herzogin *spricht*

Neidhart, der dinst pedanck ich mich!
Wil in gnaden pedencken dich
Gehabter můe, das du pist kumn,
Uns anzaigt die erst sumer plumn,
Welche entsprungen in dem mayen.
Darumb wol wir haben ein rayen,

115 peitten: warten.
116 Hauch: hocke.
118 in aim muff: mit einem Furz.
119 gluͤet: Glut.
121a gent: gehen.
128 kumn: gekommen.
131 rayen: Tanz.

Frolich singen mit suessem thon.
Nun hanget an einander on!

Sie machen ein rayen umb den feyel. die herzogin *singt vor, die andern nach*

Der mayen, der mayen, der pringt uns pluemlein vil.
Ich trag ain freis gemůete, got wais wol wem ichs wil,
Got wais wol wem ichs wil.

Ich wils eim freyen geselen, der selbig wirbt umb mich,
Er tregt ein seiden hemat an, darein so preist er sich,
Darein so preist er sich.

Er maint, es sůng ain nachtigal, da wars ein junckfrau fein,
Und kan sie im nit werden, trauret das herze sein,
Trauret das hercze sein.

Die herzogin *lest den rayen faren und spricht*

Nun hab wir den feyel pesungen
Und ain rayen darumb gesprungen,
Nun wöllen wir da in der nehen
Die edlen sumer wun pesehen
Und seinen suesen schmack entpfahen,
Der uns zaiget den sumer nahen.

Jeckel narr *spricht*

Fraulein, las mich den feyel schmecken,
E wan du thuest den huet ab decken.
Er schmeckt zum huet, spricht
Der feyel schmeckt gleich wie leutzdreck!

133 Hakt euch ein! 135 freis: freies.
137 hemat: Hemd.
139a lest den rayen faren: hört auf mit dem Tanz.
142 in der nehen: aus der Nähe.
144 schmack: Geruch; entpfahen: aufnehmen.
146 schmecken: riechen.
147 E wan: ehe. 148 leutzdreck: Menschenkot.

Neidhart *stőst in mit aim fues und spricht*

Narr, halt dein maul und drol dich weck!

Die fůerstin *hebt den huet auf, sicht den waidhoffer und spricht*

Neidhart, Neidhart, was hastu thon?
Die schmach thuet mir zu herczen gon.
Dast uns so weit fuerst aus der stat,
Zaigst uns für feyel den unflat,
Solchs gehort zu kaim edelmon.
Und hecz ain grober pauer thon,
So wer es denoch vil zu grob;
Du hast sein weder er noch lob.
Ich schwer dir des pey meinen treuen,
Die dat sol dich von herzen reuen!
Ich wil dem fuerstn uber dich klagen,
Wan mir ist pey all meinen tagen
Kein grosser arbeis nie geschehen,
Das thu ich auf mein warheit jehen.

Neidhart *felt ir zu fues und spricht*

Ach, gnedige frau, pegnadet mich!
An der dat pin unschuldig ich.
Ein feyel ich gefunden hab!
Ist mir seit worden prochen ab!
Wolt got im soltn paid hent erkrumn,
Der mir den feyel hat genumn!
Denck wol, es habs gethon ein paur
Aus genem dorff von Zeiselmaur,

151 gon: gehen.
152 stat: Stadt.
155 hecz: hätte es.
157 sein: davon; er: Ehre.
158 schwer: schwöre.
162 arbeis: Ärger.
163 jehen: sagen.
167 seit: danach.

Welche mir all sint spinen feint.
Erfar ich den morgn oder heint,
Ich wil in umb sein unzuecht straffen,
Das er sol schreyen zetter waffen!

Der narr *spricht*

Freulein, las mich den feyel auch sehen!
Hab ich nit vor die warheit jehen?
Ey, wie ein waidlicher dreck, ir lieben!
Wie wol ist er durchspickt mit grieben;
Er ist faist, er wer guet zu schlindn,
Ist neu pachen und hat kain rindn;
Er hat ein grose stat ein gnumen;
Er ist von kainem kind her kumen.
Wer in halt da her hat getragn,
Er hat in lang kift und genagn.
Glaub wol, das man im an dem ort
Das loch hab mit einr deichsel port.
Wie thuet er so wol riechn und schmeckn!
Ich wil gleich den fannen drein steckn
Als dem groͦsten; wen aber koͦm
Ein groͦser dreck, der diesem noͦm
Den fann, wie wuͦrn die dreck sich reissn,
Umb den fannen ein ander peissn!
Ich mus gleich auch danczen darumb.
Nun singt mir alle nach: mumb, mumb.
Wie retst, freulein, ich wil es wagen

173 heint: heute.
180 schlindn: schlucken.
181 pachen: gebacken.
182 stat: Platz.
185 kift: gekaut.
189 fannen: Siegesfahne.
190 wen: wenn; koͦm: käme.
191 groͦser: größerer; noͦm: nähme.
192 wuͦrn: würden.
196 Wie retst: Was meinst du?

Und wil in dem hoffgsind haim dragen,
Und welcher in den ubergint,
Der ist gewis ein ekint.
Er nempt den dreck in geren.

Die herzogin *spricht*
Last uns auf sein, wan es ist weit
In die Wien stat, es ist hoch zeit.

Jeckelnarr
Ja, last uns nur pald auf sein,
Wolln zum herrlein gen Wien hinain!
Mich hungert, wolen zu nacht essen
Und woln uns umb den dreck nit fressen,
Sunder sein gancz und gar vergessen.
Sie gent alle ab.

Actus 2

Die drey pauern kumen, Engelmayer *spricht*
Wir pauren wollen auf dem plon
Aufrichten unsern mayen schon;
Obs gleich der Neidhart inen wirt,
Das selb uns pauern gar nit irt;
Kumpt er gleich mit etlichen knechten,
Wol wir mit im schirmen und fechten,

198 ubergint: übertrifft.
199 ekint: Kind von ehelicher Geburt, d. h. hier: ein Mensch von dieser Sorte.
199a in geren: in den Gewandsaum.
201 hoch zeit: höchste Zeit.
205 umb: wegen.
207 plon: Platz.
208 mayen: Maibaum.
210 irt: macht irre.
212 schirmen: die Klingen kreuzen.

Woln sie von unserm tanczplacz pleun,
Das sie ir hochmuet mus gereun.

Haincz Scheuenfrid

O, ko̊m er nur und wer so keck,
Wolt uns den feyel nemen weck,
Wir woltens dueckisch dannen pringen.
Ich hab ein neu geschliffne klingen,
Darmit haut ich in durch die schwarten
Und umb das maul schramen und scharten;
Ich wo̊lt in hauen sambt den seinen,
Das die sunen muͤest durch sie scheinen,
Das manchem lung und leber entpfiel.

Ulla Seufist

Ich pin auch nit der wengst im spil!
Ich wil auch hauen zu in allen,
Das die stueck von in muͤesen fallen,
Das mans in ain korb zam mus klauben.
Ich hab ein guete peckelmans hauben
Und auch guet plodermans hentschuech,
Hab auch an ein panzere pruech.
Zum hader pin geruestet ich.

Engelmayr

Schecz auch nit gar fůr huͤelzen mich!
Hab auch an ein alte rais joppen,
Die wil ich auch mit hau auschoppen,

213 pleun: schlagend davontreiben.
217 woltens: würden es; dueckisch: listig.
224 der wengst: der Harmloseste.
227 zam: zusammen.
228 peckelmans hauben: Pickelhaube.
229 plodermans hentschuech: Fausthandschuhe.
230 pruech: Hose.
233 rais joppen: Waffenrock.
234 hau: Heu; auschoppen: ausfüttern.

Wil auch mein krumb holz richten zu,
Und wen der Neidhart kumen thu,
So reib ich pald auf aller ding
Und schmicz in in ein fiderling,
Das sein sel mus im gras umb hůepfen.
Nun helft, so wol wir vor der schůpffen
Aufrichten unsern feyel mayen,
Darumb auch haben ainen rayen,
Und lat dort niden die hoff schranczen
Die weil umb den pauren dreck danczen.

Sie richten den feyel auf.

Der Engelmayr *spricht*

Du, Uell Seufist, vor allen dingen
Mustu im rayen uns vorsingen.

Haincz Scheuenfrid

Ja wol, so wol wir singen nach!
Hengt an! mein Seufist, nun anfach!

Ulla Seufist *singt vor*

Was wőll wir von den dolppen sagen
Und die die kelbren hosen antragen,
Am tancz so reckens iren kragen
An feyertagen,
So las wűrs umherschwayffene.

Da drat der krőtn albel da her
Und der het an ein panczer schwer,

237 dann schlag ich alles kurz und klein.
238 schmicz: werfe; fiderling: Schwung.
240 schůpffen: Schuppen.
243 lat: laßt.
248 anfach: fang an.
249 dolppen: Tölpeln.
250 kelbren: Kälber-.
251 reckens: recken sie.
253 also lassen wir sie herumtanzen.
254 krőtn albel: der Weißling der Kröten, Krötenalbino (?); albel sonst nur als Fischart ›Weißling‹ belegt.

Sein messer sterczt er uber zwer,
Prumbt wie ein per.
So las wůrs umer schwaiffane.

D e r N e i d h a r t *kumpt mit dem Jeckel narren, spricht*

Ir dolppn, ir habt mir feyel gnumn,
Ich wil euch auf die hoch zeit kumn!
Wert euch! ir můest ein kaczen halten!

H a i n c z S c h e u e n f r i d *greuft an die wer und spricht*

Kumb her! der deuffel mus dein walten!
Hast gleich wie ich ein waichen pauch;
Schlechstu mich, so triff ich dich auch.

Sie schlagen einander pis die pauren flihen; der narr lauft in nach hinaus.

N e i d h a r t *nembt den feyel von der stangen, spricht*

Den feyel wil ich vor alln dingen
Gen hoff nein der herzogin pringen;
Darpey erkens die unschueld mein,
Las mich ir gnaden diner sein.

J e c k e l n a r r *kumpt, spricht*

Altz herlein, drey pauern lieg peim pader,
Die sint gestůmlt in dem hader:
Engelmayr hat hinden ein schramn, mein,
Einr legt im ein zwerch hant darein;
Tregt schon ein arm auch in dem pant,
Sein weib die stet pey im und zant.

256 sein M. hielt er quer in die Höhe.
261 es wird euch dreckig gehen!
267 erkens: erkennt sie.
269 pader: Wundarzt.
271 mein: ich meine.
272 zwerch: quer.
274 zant: heult.

Hab im auch, die warheit zu sagen,
Zwen zen mit meinem kolbn ausgschlagen.
So hat ainer auch gehaun den
Seufist, dem sicht man all sein zen.
Auch so hat der selb fraidig dropff
Zwo groser schramen in dem kopff.
Dem Scheuenfried ist ein platn gschorn,
Als ob er sey ein mů̊nich worn
Und mus auch gen on zwayen kruckn.
Duet sie der puckel wider juckn,
Mů̊gen sie sich mer an uns lainen.
Die peurin thun rocz und wasser wainen,
Winden ir hent und rauffn ir har.

D e r N e i d h a r t *spricht*

Mein Jecklein, sagstu aber war,
Wolauff so wollen wir darfon!
Haben unsern eren gnueg gethon,
Redlich an pauren uns gerochen,
Sie gstů̊emelt, ghauen und gestochen,
Ir ains dails auf die stelzn gericht.
Wie wol wirt gfallen die geschicht
Dem herzogen und der herzogin
Und auch dem andrem hoffgesin!
Nun las uns pald gen unser strasen,
Man wirt pald zu dem nachtmal plasen.

Neidhart get mit dem narrn ab.

278 sicht: sieht; zen: Zähne.
279 fraidig dropff: kühne Tropf.
281 platn: Glatze.
283 on: an.
285 lainen: halten.
293 einen Teil von ihnen an Krücken gebracht.

Scheuenfrid kumpt auf zwayen kruecken, Seufist hat ain pindn umb den kopff, Engelmayr *dregt ein arm im pant, spricht*

Ir lieben nachpaurn, wie sol wir rechen
Am Neidhart, dem listigen, frechen,
Der uns so schentlich zu hat ghricht?

Ulla Seufist

Wir durffn uns an in richten nicht
Mit hader, wie wir haben thon;
Wir prechten noch mer wundn darfon,
Eer ist uns zu glenck mit der wer.
Mit schirmn erlangen wir kain er;
Wir mů̊essen ein andern sin anfahen,
Das wir in nur mit listen schlahen.
Darzu rat, lieben nachtpaurn mein!

Haincz Scheuenfried

Ir lieben nachtpaurn, mir felt ein,
Der Neidhart hat das schȯ̊nest weib
Im ganczen lant, gancz zart von leib;
Das wȯ̊l wir dem herzogen sagen.
Was gilcz? er wirt in kurzen tagen
Im darnach puelen umb sein weib
Und zu schand machen iren leib,
Wan im ist wol mit puelerey.
Mit dem woll wir im kumen pey.
Dardurch wert wir gerochen all.

Engelmayr

Ja, deinem rat ich auch zu fall.
So wil ich und Ulla Seufist
Uns auf machen in kurzer frist
Und hinein zu dem fuersten gon

305 wer: Waffe. 307 sin: Plan.
323 gon: gehen.

Und diese ding im zaigen on.
Aufs aller pest uns rechen thon!

Sie gent all drey ab.

Actus 3

D e r f ů e r s t *get allain ein, ret mit im selb, spricht*

Nun můs wir uns des Neidharcz lachen,
Der mit so riterlichen sachen
Sich an den pauern hat gerochen,
Die im den feyel habn abprochen
Und im gepfercht unter den huet,
Dardurch er pracht het in umuet
Sich in der herczogin ungnaden;
Das hat er als von im geladen.

E n g e l m a y r *kumpt mit Ulla Seufist und spricht*

Gnediger herr, ain edel weib,
In Ostereich die schönst von leib,
Die lest euch sagen ainen grues,
Weils euer lieb geraten mus,
Euer hueld sie herzlich geren het.

D e r h e r z o g *spricht*

Wer ist das weib, darfon ir ret?

U l l a S e u f i s t

Es ist halt gleich des Neidhartz weib.

325 thon: tun (solche Verwendung von ›tun‹ nhd. nur noch mundartlich).
330 gepfercht: Vgl. zu V. 12.
333 im: sich.
337 geraten: entbehren.
338 geren: gern.
339 ret: redet.

D e r h e r z o g
Und ist sie denn so schoͤn von leib?

E n g e l m a y r *spricht*
Pey meim aid, die schoͤnst aller frauen!

D e r f ů e r s t
So wil ich sie auch kurzlich schauen.
Set, habt euch ein drinckgelt zu lon,
Get, sagt mein grues ir wider on.

Die pauren nemen das gelt, gent ab; d e r h e r z o g *spricht*
Weil Neidhartz weib mein ist pegern
In lieb, so wil ich sie gewern.

N e i d h a r t *get ein, der fuerst spricht*
Hor, Neidhart, du reit haim geschwind!
Ich wil mit meinem hoffgesind
Morgen im alten forste jagen;
Und thu es deinem weib ansagen,
Das sie auf uns koch und hab acht,
Du wirst uns herwergn uber nacht.

D e r N e i d h a r t *spricht*
Gnediger her, das wil ich thon.

D e r f u e r s t *spricht*
Neidhart, mir ist gesaget an,
Wie du hast gar ain schoͤnes weib.

N e i d h a r t *spricht*
Ja, sie ist schon und zart von leib.
Ir aber ist vor kurzen jarn

343 kurzlich: demnächst.
347 gewern: befriedigen.
353 herwergn: beherbergen.

In einer kranckheit wider farn,
Das sie ghort ubel und nit wol;
Und wer nun mit ir reden sol,
Der mus ir zu schreyen gar laut.

D e r f ů e r s t
Ey, ey, so dauert mich die traut,
Und ist auch umb sie imer schad.

D e r N e i d h a r t *spricht*
Nun ich wil gen, euer genad,
Ausrichten all euer pegern
Und gueter herberg euch gewern.
Neidhart get ab.

D e r f ů e r s t *spricht*
Nun ich wil anrichten das jaid,
Ob ich krigt freuntlichen peschaid
Von der edlen, schonen und zarten.
Wil gen spaciren in ir garten.
Der herzog get ab.

Die 3 pauern kumen, d e r S c h e u e n f r i d *spricht*
Ir nachtpaurn, was habt ir ausghricht?

E n g e l m a y r
Ich hoff, es sol uns felen nicht:
Neidhardz weib mus das pad ausgiesen.
Der fůerst hat genczlich thun peschliessen,
Er wolt aufs peldest pey ir sein,

360 ghort: hört.
363 traut: Liebste.
365 gen: gehen.
368 jaid: Jagd.

Enpuͤet ir seinen grues hinein.
Da wirt der petlers tancz sich machen!

Ulla Seufist

Ich mues der narren weis gleich lachen,
Das wir dem Neidhart hinterueck
Uberlisten durch dises stuͤeck.
Wir kuͤnten uns rechen nit pas,
Trueg wir im noch so grosen has.
Wie wirt die eyffersuecht in fressen!
Kumbt und lat uns das fru mal essen.

Die pauren gent ab.

Der Neidhart *kumbt*

Der fuerst wil pey mir keren ein;
Ich merck, zu lieb der frauen mein,
Wan er ain groser pueler ist.
Hab in gefertigt ab mit list,
Das er laut mit ir reden sol,
Wan mein frau die gehor nit wol.
Nun ich der gleichen liste prauch
Wil meiner gmahel sagen auch,
Der herzog gehoͤr auch nit wol,
Das sie laut mit im reden sol.
Als den kuͤnens zwischen in peden
Nichts haimlichs mit ein ander reden;
Dardurch mir den mein piderweib
Vor dem fuͤrsten pey eren pleib.

378 petlers tancz: Bettlerstanz, Tanz in der Weise des Volksliedes vom Bettler, hier in der Bedeutung von ›Spaß‹.
379 weis: Weise.
385 fru: Früh-.
392 prauch: Anwendung.
396 kuͤnens: können sie; zwischen in peden: untereinander.

Femia, Neidharcz weib, get ein; er *spricht*

Mein Femia, ich hab vernumen,
Der fuerst der wert heint zu uns kumen,
Herberg nemen in unserm schlos.
Richt zu ain mal herlich und gros;
Der nachtsel mů̊s wir in gewern.

Femia, Neidhartz weib, *spricht*

Mein gemahel, das thu ich gern.
Er ist ain schô̊ner junger fů̊erst,
Freuntlich, holtselig und gethů̊erst,
Ich wil in gern haben zu gast,
Auf das er pey uns hab sein rast.
Das ich nur gnug mit im sol reden.

Neidhart *spricht*

Wen ir wolt redn zwischen euch peden,
So must du, meines herzen draut,
Im in die oren schreyen laut,
Wan er hô̊rt sunst kain wort von allen,
Wan er ist von aim pferd gefallen,
Darfon ist er unghô̊ret worn.

Femia, Neidhartz frau, *spricht*

Mir ist laid umb den hoch geporn.
Nun ich wais mich zu halten wol,
Laut gnug ich mit im reden sol.

Neidhart *spricht*

Hô̊r, hô̊r, ich hô̊r die jeger horn!
Es kumet der fů̊erst hoch geporn.
Pald er get in den sal, verste,

399a Femia: Kurzform für ›Euphemia‹ (die Gutbeleumdete, Züchtige).
404 nachtsel: Nachtruhe. 407 gethů̊erst: mutig.
416 unghô̊ret worn: schwerhörig geworden.
422 Pald: sobald als.

Gar frolich im entgegen ge
Und entpfach in mit lauten worten;
Ich wiln entpfahen vor der pforten.

Neidhart get ab.

D e r F u r s t *kumpt, sie get im entgegen, er umbfecht sie; laut*

Got grues euch, edle fraue fein!

S i e *schreit laut*

Got danck eur gnad! o herre mein,
Seit mir zu dausent mal wil kumb.

D e r h e r z o g *spricht*

Ach edle frau zart, schoͤn und frumb,
Wolt ir uns heint herberg gewern?

D i e f r a u

Gnediger herr, von herzen gern!
Eur gnad ist mir ain lieber gast,
Pey mir zu haben euer rast.

D e r h e r z o g

Ich freu mich, das ich euch sol sehen;
Ich hoͤr euch groses lobe jehen,
Ir seit die schoͤnst in Ostereich.

D i e f r a u *spricht*

Gnediger her, ich hab der gleich
Das hohest lob euch horen geben
Vur alle fuͤersten, so icz leben.
Ir solt mir dester lieber sein.

425b umbfecht: umarmt.
429 frumb: brav.
435 ich höre, daß ihr sehr gelobt werdet.

Der fuerst *geit ir ain ringlein, spricht*

Frau, nempt von mir dis vingerlein,
Das tragent nun umb meinen willen
Und seit auch haimlich in der stillen
Meinr liebe darpey ingedenck.

Die frau *spricht*

Gnediger herr, der euren schenck
Danck ich aufs hoͤchst zu dausent mal.

Der narr *spricht*

Herlein, wie schreistu in dem sal,
Eben sam seistu ein zanprecher
Oder ein pfanen flicker, ein frecher,
Oder sam lockstu ainem fuͤel
Oder seist in einer dratmuͤel?
Es wer gnug, wen du werst ein paur,
Der doͤlppen ainr von Zeisselmaur.
Wie schreist? dustus dahaim doch nit.
Lieber, sag, was mainst doch mit?
Ich wils da haim dem freulein sagen,
Die mus dir ubert gamilln zwagen.

Der herzog *spricht*

Jecklein, sag nichs von den sachen,
Wil dir ein neuen kolben machen.

Der Neidhart *get ein, spricht*

Eur gnad, kumb auf den inern sal,

441 vingerlein: Ring.
445 schenck: Geschenk.
448 sam: gleich; zanprecher: Zahnbrecher.
449 pfanen flicker: Pfannenflicker.
450 fuͤel: Füllen.
451 dratmuͤel: Drahtziehmühle.
454 dustus: tust du es.
457 die muß dich mal ordentlich vornehmen.
459 kolben: Narrenkolben, -pritsche.

Da woͤll wir essen das nachtmal
Und darnach ainen schlaff drunck thon,
Nach dem zu ru ins pete gon.

J e c k e l n a r r *spricht*

Ghey hin ein, wir woln nach hin kumn!
Vor hunger thuet der pauch mir prumn.
Ge, hais den koch nur richten on,
Wil mit eim seusack ain vortancz hon;
Zvolff semel und ein virmas wein,
Das solen mein dancz junckfrau sein.

Sie gent alle ab.

N e i d h a r t *kumpt, rett mit im selb*

Der fuerst hebt wol zu puelen on.
Ich hab im ein knopff darfuͦer thon,
Wan sie nichs haimlichs zwischn in peden
Da kuͤnen mit ein ander reden,
Sunder schreyen ein ander on,
Das es mag horen ider mon.
Ich mus pald wider gen hinein,
Sie haisen alle froͤlich sein.

Neidhart get ab.

D e r n a r r *kumbt und spricht*

Mein herlein ist wilpret und fisch
Und schreit auch so laut uber disch,
Mich duͤnckt, er woͤll gleich narrat wern.
Das sech und hort ich nit vast gern,
Wan wen er gar wuͤrt zu aim lappen,

468 virmas: Viertelmaß.
469b rett: redet; im: sich.
471 darfuͦer: davor.
477 haisen: auffordern.
478 ist: ißt.
481 vast: sehr.
482 Wan: denn; lappen: Narren.

So nem er mir kolben und kappen
Und trueg sie darnach selber on
Was wolt ich armer Jecklein hon?
Der Jegkl narr get ab.

Der fuerst *kumpt, ret mit im, spricht*
Ich kan warlich nach meim gedingen
Kain pfeil pey der frauen aufpringen.
Ich schrey laut, laut schreit sie hinwider,
Das unsre wort horet ain jeder.
Meinr puelrey mus ich mich verwegen.
Ich wil gen, den Neidhart gesegen
Und auch sein edle frauen zart,
Darnach mich machn auf die haimfart,
Dem puellen nit weiter nach hossen,
Die weil ich hab ain trappen gschossen.
Mus mir selb lachen dieses possen.

Sie gent alle in ordnung ab.

Der narr *kumbt und peschleust*
Also ent sich das Neidhart spil.
Und ob wir im hetten zu vil
Gethon mit wercken oder worten,
Pit wir verzeyhung an den orten,
Wan Jecklein und die paurn gemein
Die kunt je nit hốfflicher sein;
Retten von der sach, wie die was,
Und kunten nit peschneiden das,
Wie man den icz zu fasnacht thuet.
Drumb pit wir, nembt hie mit verguet!

486 gedingen: Erwartung.
490 auf meine Buhlerei muß ich verzichten.
491 gesegen: lebewohlsagen. 494 hossen: rennen.
495 da ich einen Bock geschossen habe.
503 Retten: redeten.
506 verguet: vorlieb.

Das uns kain unwil daraus wachs,
Das peger wir, mit uns Hans Sachs.

Die person in das spiel

Herzog Fridrich zu Ostereich		1
Eufronia, sein gemahel		2
Der Neidhart		3
Femia, Neidhartz gemahel		4
Jeckel narr		5
Engelmayr	3 pauern	6
Haincz Scheuenfrid	3 pauern	7
Ulla Seufist	3 pauern	8

Anno salutis 1557,
am 9. tag februari.
508 ⟨vers⟩

508 peger: wünschen.
508j im Jahre des Heils . . .

19

Jakob Ayrer

Der abhanden gekommene Jann

Ein Faßnachtspil, der verlohren Engellendisch Jann Posset, mit vier Personen

S i m p l i c i u s , *der alt, geht ein, schůttelt den Kopff, ficht mit den Hånden und spricht*

Man helt mich fůr ein weisen Mann;
Doch hab ich warlich unrecht than,
Daß ich mir fůr mein alten Leib
Hab gnommen so ein junges Weib.
Die ist so fůrwitz, gail und frech,
Daß ich warhafftig gar gern sprech,
Das sie es mit mir main nit gut.
Im Fenster sie stets sitzen thut
Und sicht auff die fůrgeher nauß,
Verricht gar wenig in dem hauß,
Manchem schlegt sie ein blechlein an,
Manchen sie nicht gnug loben kan,
Und lest ir machen, was nur sicht.
Der Hund geht mir umb vor dem Liecht,
Das sie mit mir den blinden fůhr.
Drumb will ich baß nachschleichen ir.

Üa verlohren: verloren gegangene; Engellendisch: englische; Posset: Name nach dem in England seinerzeit beliebten Würzbier ›posset‹.
5 gail: ausgelassen.
9 fůrgeher: Vorbeigehenden.
11 manchen verspottet sie.
13 und läßt sich den Hof machen von allem, was (= jedem, der) sie nur sieht.
14/15 Ich habe den vagen Verdacht, daß sie mich an der Nase herumführt.
16 baß: besser.

Ergreiff ichs auff eim faulen Pferd,
So will ich sie, bin ich ehrnwerth,
Dermaß zurichten und zerschlagen,
Sie soll ir lebtag darvon sagen.
Er geht zum Auffgang und schreit
Jann, Jann, balt kumm du zu mir schir!

J a n n *schreit im entgegen*
Ja, was wolt ir, daß ir schreit mir?

S i m p l i c i u s *sagt*
Ey, Jann, kumm eilend zu mir rauß!

J a n n *schreit wider und sagt*
Ich kan itzund nit kommen nauß!
Ich hab da was anders zu than!

S i m p l i c i u s *sagt*
Lecker, wolst nicht rauß zu mir gahn,
So will ich dir dein Haupt zerpern!

J a n n *schreit*
Wart! ich will gar balt fertig wern!
Er kommt gezogen.

S i m p l i c i u s *sagt*
Ich dacht, ich muß dich tragen rauß.

J a n n *sagt*
Nein, ich saß drinn auff dem sprachhauß.
Ich wer sonst eher kommen herein.

17 Erwische ich sie beim Ehebruch . . .
21 balt . . . schir: ganz schnell.
26 Lecker: Schelm.
27 zerpern: zerschlagen.
28 wern: werden.
30 sprachhauß: Abort.

Simplicius *sagt*

Mit dir muß ich erschlagen sein.
Hör, Jann, ich muß itzt ziehen auß!
Dieweil thu du wol halten hauß
Und mit allem fleiß auffschauen.
Laß gar keine Leut zu der Frauen,
Biß ich kumm Morgen wider her.

Jann *sagt*

Daß Hauß zu halten, ist mir zu schwer;
Es steht vor vil stercker als ich.
Ir heist auff die Frau sehen mich:
Wer weiß, ob sies lest geschehen?
Und wer wird dann auff mich sehen?
Ich weiß nit, was das ding bedeut.

Simplicius *sagt*

Wenn zu ir wolten frembte Leut,
Es seind gleich Männer oder Frauen,
Da solst du inen nicht vertrauen
Und sie gar nicht lassen zu ir,
Was sie sagen, anzeigen mir,
Daß ich mich darnach richten kan.

Jann *besind sich, geht ein wenig weg und sagt wider zum Herrn*

Hort ir, mein Herr? was soll ich than?
Ich sol sehen auff eur Frauen?

Simplicius *sagt*

Ja, dann ich thu ir nicht vertrauen,
Fürcht, sie hab ander lieber dann mich.

44 frembte: fremde.
45 Es seind gleich: egal ob.

Jann *lacht und sagt*
Ja, und das soll verrathen ich?
Er besind sich und sagt
Ja, verrathen! sols verrathen?
Das wůrd mir an mein ehrn schaden.
Ich wolt lieber selbst bulen mit.

Simplicius *sagt*
Ey, vor dir fůrcht ich mir nit.
Ich trau dir alles gutes zu.

Jann *sagt*
Mich selbst ich auch nicht fůrchten thu,
Aber ich fůrcht mich eurer Frauen,
Wenn ich als hőrn solt und schauen,
Was sie heut und auch morgen thet,
Ob sie nit drob ungfallen het
Und mich der Teufel mit ir bschiß,
Daß sie mich mit der Gabel schmieß,
Wie sie mir auch hat neulich thon.

Simplicius *sagt*
Ey, du darffst nichts sagen davon!
So bleibstu von ir ungschmissen.

Jann *sagt*
Sieh, der alt Narr will all ding wissen.
Und ich sols im zu ohrn tragen;
Sol gleichwol nichts davon sagen.
Daß reůmet gleich zusamen sich,

55 sols: soll ich das.
64 daß sie daran keinen Gefallen finden könnte (abhängig von ›fůrcht‹ V. 61).
66 Daß: so daß.
67 thon: getan.
69 bleibstu: bleibst du.
73 reůmet: reimt.

Als wie mein hosen und Fridrich.
Ich weiß nicht, was ich machen soll.

S i m p l i c i u s *sagt*
Ach du mein Jann, verstehst mich wol:
Du solst daheim haußhalter sein.

J a n n *sagt zornig*
Haußhalter sein? ich bin zu klein!
Daß hauß zu halten, vil zu schwach.

S i m p l i c i u s *sagt*
Ey merck, wie ich vor zu dir sprach:
Wenn Leut rein wolten zu der Frauen,
So solstu in bey Leib nit trauen,
Sonder sie schaffen auß dem hauß
Und von in fleissig forschen auß,
Was sie bey ir haben zu thon.
Ir darffstu nichts sagen davon,
Sonder mir sags, wenn ich heim kumm.
So weiß ich sie zu straffen drumm,
Wenn sie hat etwas unrechts than.

J a n n *sagt*
Ey ja! also kan ichs verstahn.
Er geht wegk, kommt balt wider unnd spricht
Hört, Herr! ja ich solt zuschauen,
Was die Leut sprechn mit eur Frauen,
Das sol ich euch wider sagen?

S i m p l i c i u s *sagt*
Ja.

J a n n *sagt*
Wolt euch liebr den Korb nachtragen.

88 dann kann ich sie dafür bestrafen.

Ein Frau ist erger als ein Dieb.
Hett ich viel Augen wie ein Sieb,
Kan sie mich dannoch betriegen.
Ein bőß Ambt thet ich jetzt krigen,
Daß ich auff die Frau sehen sol.
Nun ich wil es verrichten wol,
So viel ich kan, erfahr und weiß.

Simplicius *sagt*

Ja, mein Jann, schau! brauch allen fleiß,
Daß du die sach nur wol richst auß!
Und wenn ich morgen komm zu hauß,
So bring ich dir ein Kirchwey mit.

Jann *sagt*

Ich wils thun. doch vergest mein nit!

Sie gehn mit einander ab. Jann *kommt balt wider, lacht und spricht*

Ein alter Mann hat viel zu schauen,
Wenn er nimmt ein jung Frauen.
Dann wenn er sie hat wert und lieb,
So gibt die Lieb ein solchen trib,
Daß er stracks muß eyfern mit ir.
Nun hat er wol befohlen mir,
Daß ich fleissig auff sie sol sehen.
Was ich nun kan, das sol geschehen.

Jann steht still, besind sich, verkehrt das Gsicht und lacht.

Amator *geht ein unnd spricht*

Dieweil ich dann vernommen han,

97 betriegen: betrügen.
105 Kirchwey: Geschenk zur Kirchweihe.
111 eyfern mit ir: ihretwegen eifersüchtig sein.
114b Amator: (lat.) Liebhaber.
115 dann: also.

Daß heut der Duplicia Mann
Sey außgezogen uber Land,
Wie sie mir machen ließ bekand,
So möcht ich gar gern bey ihr sein.
Da steht Jann; hilfft mir der hinein,
So gieng all mein fürhaben fort.
Ich wil ihm geben gute Wort,
Mein Hut abziehen, Herr ihn heissn.
Villeicht thut er mir hilff beweissn,
Daß ich durch ihn komm zu ihr nein.

Er geht zu Jannen, zeicht den Hut ab und spricht

Mein Herr, was macht ihr hie allein?
Ich wünsch dem Herrn ein guten Tag.

J a n n *sagt*

Was ists? und wem fragt ihr hie nach?
Was seid ihr? und was wolt ihr han?

A m a t o r *sagt*

Den Herrn wolt ich gern reden an
Nur umb ein Wörtlein in geheim.

J a n n *sagt*

Ey, der Herr ist jetzt nicht daheim;
Derhalb möcht ihr eur Strassen gahn.

A m a t o r

Wolt mich der Herr nicht hören an
Nur mit einem vertrauten Wort?

J a n n *sagt*

Mein Freund, geht eurs wegs jetzt nur fort!
Mein Herr der ist daheimen nit.

121 so hätte mein Vorhaben Erfolg.

Amator *sagt*

Euch, den Herrn, ich doch freundlich bitt,
Er vernemm doch die rede mein.

Jann *sagt*

Wie, sol ich dann nun ein Herr sein?
So hab ichs warlich vor nicht gwist.
Ich bitt, ihr Leut, sagt, obs war ist,
Ob ich, wie er sagt, sey ein Herr!

Amator *sagt*

Mit euch zu reden, ich beger;
Dann zu euch steht all mein vertrauen.
Wolt gern sein bey eurer Frauen
Und was mit ihr reden allein.

Jann *sagt*

Ja, ihr kůnt aber nicht hinein!
Darumb ziecht jetzt nur eurs wegs hin!

Amator

Ey wist, daß ich ein Goldschmid bin
Und ich solt von ko̊stlichen sachn
Eur Frauen etwas heimlichs machn.
Drumb wolt ich gern zu ihr hinein.

Jann *sagt*

Was sol aber das heimlich sein,
Daß ihr der Frauen machen wolt?

Amator *sagt*

Wenn ich es euch je sagen solt,
So ist es halt: ein bar Armband

141 gwist: gewußt.
145 Dann: denn.
148 kůnt: könnt.
157 ein bar: einige.

Solt ich ihr machen umb die Hand;
Da wolt ich mich bereden mit ihr.

J a n n *sagt*

Nein, ihr kuͦnt gar nicht kommen fuͦr
Mit eurn heimlichen Armbanden.
Hab eur Schelmerey verstanden:
Ihr wolt buln mit meiner Frauen!

A m a t o r *sagt*

Ey, wolt ihr mir solch ding zutrauen?
Nein fuͦrwar, last mich nur hinnein!

J a n n *sagt*

Ey, key dich wegk! es kan nicht sein!
Mein Herr befahl und haben wolt,
Daß ich niemand nein lassen solt.
Das muß ich thun. darumb geh hin!

A m a t o r *sagt*

Fuͦrwar ein guter Gsell ich bin!
Last mich nein! zu einer zehrung
Gib ich euch ein gut verehrung.
Jedoch last mich auch unvermelt.

J a n n *sagt*

Seyt ihr ein Junckherr und habt Gelt,
Moͤcht ich euch baß bewogen sein.

A m a t o r *greifft in Hosensack und spricht*

Fuͦrwar, ich hab den Beutel mein
Daheim vergessen; drumb borgt mir,

160 Nein, ihr könnt an mir nicht vorbeikommen.
166 key dich wegk: hau ab!
172 verehrung: Trinkgeld.
173 unvermelt: unverraten.

Biß daß ich wider komme schir,
So zahl ich euch. glaubt mir, wolan!

Jann *sagt*

O du Schelm, du bist außgethan!
Hast du kein Gelt, so pack dich wegk!
Umb dein bulen geb ich ein Treck!
Du redst prechtig von den sachen
Und wilt heimlich Armband machen,
Hast kein Gelt nicht außzugeben.

Amator *sagt*

Ey schweygt! so war als ich thu leben,
Morgen, so balt es thut tagen,
Euch ein Verehrung hertragen.
Zeigt mich nur eurer Frauen an!

Jann *sagt*

Ja, ich hab sorg, ich wers nicht than.
Habt ihr kein Gelt, zu geben mir,
So hab ich kein Stiegen noch Thůr,
Dardurch ihr kommt zu meiner Frauen.

Amator *sagt*

Ey, wolt ihr mir so viel nicht trauen?
Ich wil euch zahln, bey meinen Ehrn!

Jann *sagt*

O nein, ich kann jetzt nicht wol ho̊rn.
Er geht stoltz auff der Brucken hin und wider.

178 schir: bald.
180 außgethan: in dem wahren Wesen erkannt.
188 Ergänze: thu ich.
189 Zeigt . . . an: meldet.

Amator *sagt*
Mein Herr, ich bitt: last mich doch nein!
Es sol euch wol vergolten sein.

Jann schůttelt den Kopff und sagt nichts.

Amator *sagt*
Ich kan dem Kerl kein red angwinnen.
Wil suchen, ob ich Gelt moͤcht finnen.
Er stůrt lang im Sack und sagt ferners
Ich mein ja, ich hab Gelt bey mir.

Jann *geht hin und wider; balt sagt er*
Hast du gleichwol noch Gelt bey dir,
So doͤrfft ich etwas bey dir than.

Amator *sagt*
Kein Gelt ich bey mir finden kan;
Aber Morgen wil ichs euch bringen.

Jann *sagt*
Last mich zufriden mit diesen dingen!
Er besind sich ein weil und spricht
Aber hoͤrt noch eins! verhalt mir nit:
Sol ich sagen, daß der Goldschmid
Wolt gar gern bey der Frauen sein?

Amator *sagt*
Wenn ihr das sagt, so lests mich nein,
Dann sie weiß gar wol von den sachn.

199 Ich kann von dem Kerl keine Antwort bekommen.
200a stůrt: kramt; Sack: Tasche.
203 doͤrfft: traute ich mich; bey dir: für dich.
207 noch eins: noch einmal; verhalt: verheimlicht.
210 lests: läßt sie.

J a n n *sagt*

Daß ihr wolt heimlich Armband machn?
Ihr werd wol sehen, wenn es geschicht.

Er geht ab.

A m a t o r *sagt*

Schau, wie der Fandast abgericht,
Wie er so fleissig acht drauff hat,
Wenn sein Herr ist nicht in der Statt!
Wie komm ich zu der liebsten mein?
Mein Hertz ist voller Noht und Pein,
Dann nach ihr ist mir lang die Zeit.

D u p l i c i a *laufft ein, gibt ihm die Hand und sagt*

Hertzlieb, mir Gott wil kommen seit!
Fro bin ich, daß ich euch hie find.
Auff dißmal ihr verrichten ků̊nd,
Darnach ihr habt viel gång gethan,
Weil heut ja nicht heim kommt mein Mann.
Er ist auff ein Marck zogen auß.

A m a t o r *sagt*

Es ist aber eur Knecht im Hauß,
Vor dem wir uns hart fǒrchten mǔssen.
Er hat mich schimpfflich abgewisen,
Daß ich meins wegs fort ziehen solt.
Zu euch er mich nicht lassen wolt,
Also daß wir mǔssen besorgn,
Wenn eur Mann kåm heut oder morgn,
So wůrts der Lecker ihm als sagn.
Er thet mich wol so gnau außfragn,
Daß ich ihm warlich traue nicht.

214 Fandast: Narr; abgericht: dressiert ist.
225 Marck: Markt.
227 hart: sehr.
233 als: alles.

D u p l i c i a *sagt*
Ach, mein Hertzlieb, ich euch sehr bitt,
Ihr wolt michs nicht entgelten lahn.
Der alte Eyferer, mein Mann,
Der wird den Lecker und Bo͡ßwicht
Wider mich haben abgericht,
Er sol mir auff die Garn schauen;
Dann ich weiß, er thut mir nicht trauen,
Damit ers zwar nur erger macht.
Ich hab mir schon ein ranck erdacht,
Damit ich wil plenden den Narrn.
Darumb zicht hin, thut nicht lang harrn
Und leget solche Kleider an,
Gleich wie sie antra͡gt mein Knecht Jann,
Und bringt ein Kandel Weins mit euch,
Stelt euch auch in allem ihm gleich
Und klopffet kecklich an am Hauß;
So wil ich ihn den schicken auß,
Daß er mir holen sol ein Wein;
So wil ich euch dann lassen ein,
Als ob ich meinet, daß ers wer,
Und muß vor der Thu͡r warten er,
So langs uns gfelt und eben ist.

A m a t o r *gibt ihr die Hand und spricht*
Fu͡rwar, das ist ein guter List!
Ich wil gehn und mich ru͡sten zu,
Daß ich, wie ihr mir schaffet, thu.
Er geht ab.

237 lahn: lassen.
238 Eyferer: Eifersüchtige.
241 er soll mir auf die Finger schauen.
242 Dann: denn.
243 zwar: wahrlich; erger: schlimmer.
244 ranck: List.
249 Kandel: Kanne.
252 So: ebenso; den: dann.
254 So: auf diese Weise.
257 eben ist: paßt.
260 schaffet: befehlt.

D u p l i c i a *sagt*
Halt, Narr, will dir ein Nasen drehen,
Solst nicht wissen, wie dir ist gschehen!
Sie geht zum Auffgang und schreyt: Jann, und spricht
Jann, Jann, komm balt zu mir herauß!

J a n n *schreyt und sagt*
Da wart ich eur hinn in dem Hauß;
So darff ich euch nicht weit nachgehn.

D u p l i c i a *sagt*
Komm, Jann, ich kan daher nicht stehn!
Ich muß eylend außschicken dich!

J a n n *geht ein und sagt*
Wenn ihr ein stund nicht sehet mich,
So wist ihr schon nicht, wo ich bin.

D u p l i c i a *gibt ihm Gelt und spricht*
Da hast du Gelt. darumb geh hin,
Hol bey der Cronen ein maß Wein.

J a n n *zeicht das Paret ab und sagt*
Ja, wo sol ich ihn fassen ein,
Weil ihr mir gebt kein gfeß darzu?

D u p l i c i a *sagt*
Ey, geh fein nein und hol dir du
Ein Kandel und schwanck sie fein auß!

J a n n *sagt*
Ich darff aber nicht auß dem Hauß,
Dann der Herr hat mirs befohlen.

264 Da . . . hinn: hier drinnen.
266 daher . . . stehn: warten.
271a zeicht: zieht; Paret: Barett (schirmlose Kopfbedeckung).
275 schwanck: spüle.

Duplicia *sagt*
Geh hin! den Wein laß ich holen,
Wenn der Herr kommt, daß er ihn hab.

Jann *sagt*
Fůrwar, hőrt ihr? der Herr mir gab
Befelch, zu bleiben in dem Hauß.
Und ihr wolt mich jetzt schicken auß?
Das ist nicht billich oder recht.

Duplicia *sagt*
Du bist ja mein und deß Herrn Knecht.
Was ich dich heiß, das must du than.

Jann *sagt*
Euch zweyen ich nicht recht thun kan.
Der Herr hieß mich im Hauß bleiben,
Ihr wolt mich mit gwalt drauß treiben.
Ich weiß nicht, welches ich thun sol.

Duplicia *zugt die Faust und spricht*
Geh du balt hin! den Wein mir hol!
Oder ich wil dirs anderst sagn!

Jann *sagt*
Ja, ich muß dennoch vor recht fragn.
Er geht zum abgang, kehrt balt wider, sagt zu der Frauen
Hőrt, ihr! habt ihr gsehen noch nit
Den, der bey mir war? ein Goldschmit,
Wolt euch ein heimlichs Armband machn.

Duplicia *sagt*
Was hast du zu fragn nach den sachn?
Geh du deins wegs und bring den Wein!

289a zugt die Faust: droht mit der Faust.
291 anderst: anders.

E r *geht wider ein wenig fort, kehrt wider umb und sagt*
Muß ein rottr oder Weiser sein?
Dasselbig ich auch wissen sol.

D u p l i c i a *sagt*
Geh fort! und nur ein weisen hol!
Der Herr trinckt den roten nicht gern.

E r *geht fort, kehrt wider umb und spricht*
Sol ich ihn holen bey dem Bern?
Dann ich hab es vergessen schon.

D u p l i c i a *sagt*
Du solst ihn holen bey der Cron,
Du Narr! wie offt muß ich dirs sagn?
Ich wil dich balt an Schedel schlagn!

Er geht ab.

D i e F r a u *sagt*
Wiewol der Narr noch weiß von nicht,
Doch steht ihm der Hund vor dem Liecht,
Daß er nicht gern nach dem Wein geht.
O, wenn er hundert Augen hett
Und wer so gscheid als Salomon,
Dennoch ich ihn bedören kan,
Dann was ich hab für ein fürschlag,
Derselbig mir nicht fehlen mag.
Sie geht auch ab.

Kommt J a n n *mit der Kandel, schüttelt den Kopff und sagt*
Was, all die Teuffel, sol das sein?

298 rottr: roter. 302 Bern: Bären.
308 so hat er doch einen dunklen Verdacht.
312 bedören: betören.
313 fürschlag: Anschlag.

Hat dann sonst in der Statt kein Wein,
Dann eben der Wirth zu der Cron,
Da man zu ends der Statt muß gahn?
Dasselbig ein groß wunder wer!
Ich willn versuchen, wie schmecket er.

Er trinckt einmal oder zwey; in dessen schleicht der Amator in einem Jannen Kleid hinein, hat ein Kandel, stelt sich zur Thůr. Jann *sagt*

Der Wein ist gut, das ist wol war.
Wer mir schier hinein gefahrn gar.
Nun wil ich nein zu meiner Frauen,
Der mein Herr thut gar ubel trauen.

Er wil abgehn. Sicht den Amator bey der Thůr stehn und spricht

Hoͦrt doch, mein Freund! balt saget mir:
Was macht ihr hie und wer seid ir?

Amator *sagt*

Sag mir zuvor, wer du denn bist.

Jann *sagt*

Deß Herrn Diener, deß das Hauß ist,
Der bin ich und hab gholt ein Wein.

Amator *sagt*

Ich bin Knecht, ghoͦr in Hauß hinein,
Hab meiner Frauen ein Wein gholt.

Jann *zeigt ihm die Kandel und spricht*

Dasselbig ihr nicht reden solt.
Ich hab meiner Frauen gholt Wein.

318 wohin man bis ans Ende der Stadt gehen muß.
322 Die ganze Menge wäre mir beinahe die Kehle heruntergelaufen.
325 balt: gleich.
328 dem das Haus gehört.

Amator *zeigt ihm auch die Kandel und spricht*
Dieser Wein ghōrt der Frauen mein,
Inmassen sie mir hat befohln.

Jann *sagt*
Den Wein thet ich der Frauen holn,
Und zum Warzeichen bey der Cron.

Amator *sagt*
Den Wein ich auch da gholet han.

Jann *sagt*
So laß ihn nur versuchen mich!
Mein laß ich auch versuchen dich,
Ob es doch sey einerley Wein.

Sie versuchen die gegen einander. Amator *sagt*
Mein Wein der schmecket wie der dein.
Wie heist du denn? das zeig mir an!

Jann *sagt*
Wie sol ich heisen? ich heiß halt Jann.
Wie heist dann du? berichte mich!

Amator *sagt*
Wie sol ich heisen? Jann heiß ich
Und bin da drinn deß Herren Knecht.

Jann *sagt*
Ich kan mich selbst nicht kennen recht,
Ob ichs bin oder ob dus seist,
Dieweil du eben auch Jann heist.
Hast gleich eben wie ich ein Kleid
Und haben Wein geholt allbeid

335 Inmassen: wie.

Und seind all zween deß Herren Knecht.
Ich bitt euch, ihr lieben Leut, secht,
Welcher sey der recht Jann geborn,
Ob unser zween auß mir seind worn.
Ich kann mich nicht besinnen schir.
Er geht wider zu Amator und spricht
Schelm, pack dich hinwegk von der Thůr,
Oder ich will dich davon jagn!

Amator *sagt*
Schelm, sol ich dich von der Thůr schlagn?
Dann du gehőrst nicht in das Hauß.
Ich kehr rein und bin gangen drauß.
Darumb geh deins Wegs immer hin!

Jann *sagt*
Auß dem Hauß ich gegangen bin,
Meiner Frauen geholt ein Wein,
Darumb so kehr ich wider drein.
Du aber hast nichts drinn zu thon.

Amator *sagt*
Diß Hauß das geht dich gar nichts an.
Schau! dort geht gleich mein Frau herein.

Duplicia *geht zum Amator, nimmt die Kandel und sagt*
Sich, Jann! hast du mir bracht den Wein?

Jann *regt sein Kandel dar und spricht*
Nein, Frau! ich bin Jann, wie ihr secht!

354 secht: seht.
356 ob aus mir wir zwei geworden sind.
357 schir: sogleich.
362 kehr rein und: kehre dorthin zurück, von wo.
370 Sich: Sieh da.
370a regt . . . dar: hält hin.

Duplicia *sagt*

Nein, dieser Jann, der ist mein Knecht!
Du, Pracher, geh deins Wegs von mir!
Dann ich hab nichts zu thun mit dir.
Ich laß kein frembte Månner ein.

Jann *sagt*

Sol ich dann nicht mehr eur Jann sein?
Den Wein hab ich gholt bey der Cron.

Duplicia *sagt*

Weil du mit Gůt wilt nicht weg gahn,
Jann, so hilff mir ihn vom Hauß schlagn.

Sie fallen uber ihn, pern ihn wol ab und gehn ab. Jann *weint und spricht*

Ach, sol ich nicht mein Jammer klagn?
Daß ich Jann wer, das hett ich gschworn.
So seh ich wol, ich bin verlorn
Und ist ein andrer worn auß mir,
Den hat die Frau nein gfůhrt mit ir,
Und mich ubel geschlagen auß.
Wo sol ich armer nun hinauß?
Vor Hertzleid mòcht ich wol versinckn.
Ich wil folgents den Wein außtrinckn.

Er trinckt den Wein auß. So kommt sein Herr, der Simplicius. Inmittels steckt man oben ein Zeiger rauß. Simplicius *klopfft vor seim Hauß und spricht*

Sich, Jann, was machst du vor der Thůr?

373 Pracher: Prahler, Angeber.
379a pern: schlagen.
384 ir: sich.
388 folgents: also.
388b Inmittels: inzwischen; Zeiger: Schild.

J a n n *sagt*

Hőrt, hőrt! wer hat geschrihen mir
Und mich bey meinem Namen nennt?

Er sicht sein Herrn, zicht ab, stelt sich klåglich, weint und sagt

Ach, mein Herr, sagt, ob ihr mich kennt!
Dann ich bin seither gwest verlorn.

S i m p l i c i u s *sagt*

Ey, hab dir S⟨ant⟩ Valtin, du Dorn!
Wie solst du kőnnen verlorn sein?

J a n n *sagt*

O ja! ich solt holen ein Wein
Zu nechst bey dem Thor zu der Cron,
Und als ich wider heim thet gohn,
Stund ein anderer vor dem Hauß,
Der war wie ich gekleid durchauß,
War auch eur Knecht und hieß auch Jann,
Hett auch ein Wein gholt bey der Cron.
Der thet mich von der Thůr wegk stossn.
Die Frau die hat ihn eingelassn
Und hat gesprochen, er wer ich.
So kan ich nicht besinnen mich,
Dann daß ich verlorn worden sey.

S i m p l i c i u s *sagt*

Komm du eylend mit mir herbey!
Laß mich die sach besehen recht!

Sie gehn zum Hauß. Simplicius klopfft an. J a n n *sagt*

Ach umb Gotts willen, mein Herr, secht!

391a zicht ab: zieht die Mütze.
394 der hl. Valentin (Patron gegen die Pest) komme über dich, du Schwachkopf (euphemistisch für: Möge dich die Pest befallen).
407 Dann: als.

Mir seind da vor einem Wirthshauß,
Dann es henckt je ein Zeiger rauß.
Das Hauß kan warlich nicht eur sein.

Simplicius *klopfft an und spricht*

Hoscha, Duplicia, laß mich nein!

Duplicia *schreyt oben*

Es ist kein Duplicia hinnen.

Simplicius *sagt*

Kan ich denn mein Hauß nicht finnen?
Das ist mein Hauß, hett ich geschworn!

Jann *sagt*

O Herr, wir seind all zween verlorn,
Weil ihr eur Hauß nicht finden koͤnd.

Simplicius *klopfft wider an und spricht*

Mein liebs Weib, mach mir auff geschwind!

Amator *sagt*

Du Lecker, laß uns unverworn!

Jann *schreyt*

O, wir seind verlorn! wir seind verlorn!
O lieber Herr, was fang wir an?

Simplicius *sagt*

Frau, wirst du mir nicht balt auffthan,
So wil ich dich tretten mit Fuͤssen!

411 Mir seind: wir sind.
416 finnen: finden.
421 unverworn: in Ruhe.

Amator *sagt*

Sol ich dich mit Wasser wegk giessen?
Du hoͤrst, daß da ein Wirthshauß ist
Und daß du nicht recht gangen bist,
Noch thust du klopffen und rumorn.

Jann *schreyt*

O ho, fuͤrwar, Herr, ihr seyd verlorn!
Ihr kommt auch nicht ins Hauß hinein.

Simplicius *klopfft unnd spricht*

Warlich, warlich, das Hauß ist mein.
Duplicia, wirst nicht auffthon?

Jann *sagt*

Wir seind allbeyd verloren schon.
Ich habs Hauß auch nicht finden kuͤnnen.

Simplicius geht mit dem Jannen ab. So wird der Zeiger wegk gethan. Simplicius und Jann gehn wider ein. Simplicius *sagt*

Mein Jann, geh mit und hilff mirs finnen,
Dann es wil sich je gar nicht fuͤgen,
Daß wir da auff der Gassen ligen.
Seltzamers ding hab ich nie ghoͤrt.
Ich glaub fuͤrwar, ich sey bedoͤrt.

Sie gehn hin und her. Simplicius *sagt*

Sichst du, Jann? das ist gwiß mein Hauß!
Es henckt alda kein Zeiger rauß.
Duplicia, bitt dich, wolst auffthon.

Duplicia *thut auff, beut dem Mann die Hand und sagt*

Seid mir wil komm, hertzlieber Mann!

429 Noch: und dennoch.
443a beut: bietet.

Ey, wie ist mir gewest so pang,
Daß ich euch klopffen ließ so lang.
Uber einer Arbeit ich stund,
Davon ich je nicht lauffen kund,
Und ist auch eben eur Knecht Jann,
Der faule schlingel, schuldig dran.
Den schick ich noch einem Wein auß,
So bleibt er zwo stund damit drauß.
Der hett kônnen warten der Thûr.

Jann *sagt*

Ja, wie lang bin ich gstanden darfûr,
Da ihr nicht nemen wolt mein Wein,
Sonder liest einen andern ein!
Darumb hab ich glaubt und geschworn,
Es sey ein andrer auß mir worn
Und ich selbst sey verloren gar.

Duplicia *sagt*

Du loser Lecker, es ist nicht war!
O, solt ich Herr uber dich sein,
Ich wolt dich lernen holen Wein!
Du solst dein lebtag dencken dran.

Simplicius *sagt*

Es wer nicht recht, hast du das than.

Die Frau drohet dem Jannen, schlågt die Hånd zusammen unnd geht ab. Jann *winckt seim Herrn unnd spricht*

Hôrt! weil ich wider funden bin,
So kommet mir gleich in mein Sinn,
Warumb mich die Frau schickt nach Wein:
Ein Goldschmid wolt zu ihr hinein;
Denselben ich abweisen thet,

445 pang: bange.

Weil ich hört, daß er willens hett,
Der Frauen zu machen an die Hand
Zwey schöner heimlicher Armband.
Da hat sie mich geschicket auß,
Daß sie ihn bracht hat in das Hauß,
Und hat uns alle beyd bedört,
Dergleich vor kein Mensch nie erhört.
Wie, wenn derselbig Buler Mann
Hett Janns Kleider geleget an
Und sich darinn für mich außgebn?

Simplicius *sagt*

Ach Gott, und sol ich das erlebn!
Ich hieß dich bleiben in dem Hauß!

Jann *sagt*

Ja, die Frau aber schickt mich auß!
Wie könt ich euch beyden recht thon?
Und da ich auch nicht balt wolt gan,
Da trohet sie, mich zu schlagen.

Simplicius *sagt*

O schweig! du darffst mir nicht mehr sagen!
Ich hab der Birn eben genug.
Ich kan wol mercken den betrug.
Der sach wil ich nachforschen baß,
Nicht thun, samm ich verstanden das.
Und werd ich dergleich mehr erfahrn,
Meim Weib recht kommen hinder die Garn,
So wil ich sie zum Krüpel schlagn.
Du aber thu nichts davon sagn
Und trag den Wein rein in das Hauß.

Jann *sagt*

Was?

487 Ich habe genug von den Dingen. 492 Garn: Schliche.

Simplicius *sagt*

Den Wein!

Jann *sagt*

Ja, er ist schon rauß.
Dann weil ich bin gewest verlorn,
Ist der Wein außgetruncken worn.

Simplicius *sagt*

Ja, wer hat aber das gethon?

Jann *sagt*

Glaub, das thun hat der verlorn Jann,
Den die Frau in das Hauß glassen.

Simplicius *sagt*

Pack dich balt zu Hauß dein strassen!
Hab einander mal besser acht!
Gott geb euch alln ein gute Nacht!

Sie gehn ab.

Die Personen in das Spil

Simplicius: der alt, einfältig, reich Burger	1
Duplicia: sein jungs, falsch Weib	2
Amator: der Buler	3
Jann Posset: deß Simplicii einfältig Knecht	4

496 rauß: verbraucht.

Abb. 9 Melodie von ›Venus, du und dein Kind‹ zu Spiel Nr. 20

20

Jakob Ayrer

Die Erziehung des bösen Weibes

Ein schöns neus singets Spil von dem Knörren Cůntzlein mit vier Personen

Im Thon:
Venus, du unnd dein Kind
Seind alle beyde blint, etc.

Knörren Cůntzlein, der Baur, *geht ein und singt*

1. Ach weh der grossen Pein,
Daß ich, Knörren Cůntzlein,
Im Dorff der schönst Knecht ware,
Mich ungfehr vor eim Jare
So ubel hab versehen,
Dergleich vor kaum ist gschehen.

2. Dann mein Weib ist gar faul
Und hatt ein böses Maul.
Beym Tag thut sie umbleyern,
Wil wol fressen und feyern
Und biß an Mittag schlaffen,
Lest sich nicht ziehen noch straffen.

3. Der Pfaff, ihr Vatter, wol an
Derselb ist schuldig dran;

Üa singets Spil: Singspiel.
Üe Seind: ihr seid.
3 Ergänze: der ich . . .
7 Dann: denn.
9 umbleyern: herumlungern.
12 ziehen: erziehen.

Der wil mit nichten leiden,
Daß ich mit ihr thu streiten.
Und thu ich sie anschnarren,
So heist sie mich ein Narren.

4. Nun schwer ich auff mein Eyd:
Es ist im Dorff kein Meyd,
Die mich nicht gern hett gnummen.
Hett wol eine bekommen,
Die mich fůr gut hett ghalten.
Der Teufel sol der Walten!

5. Dann ich verthu mein gut,
Hab weder Freud noch Muht,
Muß stets in trauren schweben.
Der Pfaff hett mir sie geben,
Diese seine faule schlumpen
Mit ihren Haderlumpen.

Claus Glockenthon *geht ein, sicht sich umb und singt*
6. Sich da, Kno̊rren Cůntzlein!
Was machst du hie allein?
Kratzt dich stets hindern Ohren,
Als habst du was verlohren.
Ist dir was, thu mirs sagen!

Kno̊rren Cůntzlein *singt*
Ach sol ich dir nicht klagen?

7. Ich glaub, du wist vorhin,
Und daß ich gwesen bin

19 schwer: schwöre.
26 Muht: Lust.
28 hett: hat.
29 schlumpen: Schlampe.
30 Haderlumpen: schlampige Kleidung.
31 Sich: sieh.
37 . . . du wüßtest es ohnehin.

Im Dorff der schőnst Baursknechte,
Am Gelt und Gut nicht schlechte;
Viel Magd mich wolten haben
Vor andern Bauersknaben.

Claus Glockenthon

8. Ja, Cuntz, das thet dein Gelt;
Daß liebet alle Welt.
Dein Weib het dich nit gnommen,
Wenn sie nit het bekommen
Zu dir so gute nahrung
Und deiner Eltern sparung.

9. Jedoch, bitt ich, sag mir:
Wie lebest du mit ir?
Lernet sie auch haußhalten?
Bey dem Pfaffen, dem alten,
Hat sie nichts dőrffen sorgen,
Hat gschlaffen lang an Morgen.

Knőrren Cůntzlein *singt*

10. Da schlag der Teuffel zu!
Mein Glockenthon, hőr du,
Wie ich darzu bin kommen,
Daß ich sie hab genommen:
Einmahl hab ich gesehen,
Daß sie so wol kund nehen.

11. Da het ich ein Ayd gschworn,
Ich wer unsinnig worn
Und het mir kost das Leben,
Wenn man mirs nicht hett geben;

43 thet: machte.
44 Daß: das.
48 sparung: Vermögen.
53 brauchte sie sich um nichts zu kümmern.
62 wer: wäre; worn: geworden.
64 mirs: mir sie.

Dann ich dacht in mein sinnen,
Sie wůrd als gar wol kůnnen.

12. Aber das faule Thier
Ligt die gantz Nacht bey mir,
Thut sich nicht wendn noch regen,
Lest sich auch nicht bewegen
Und schnarcht dahin ohn sorgen
Biß an den hellen Morgen;

13. Und wenn sie thut auffstahn,
Richts ir ein Suppen an,
Und kommt deß Tags kein Mahle
Zu meim Vih in Kůhstalle,
Daß sie mit thet zuschauen;
Dem Gsind muß ichs vertrauen.

14. Und wenn ich sie ansprich,
Sie solt bedencken sich,
Die Arbeit selbst angreiffen,
So thut sie balt auff pfeiffen,
Heist mich ein Thorn und Narren,
Und muß drauff lenger harren.

15. Sie sey kein Bauers Maid,
Wůnscht mir das hertzen Laid,
Deß ich lengst bin vol woren
Biß nauff uber die Ohren.
O, het ich das erfahren
Von ir – vor zweyen Jahren!

Claus Glockenthon *singt*

16. O Cuntz, es gschicht dir recht;

66 als: alles.
74 kocht sie sich eine Suppe.
75 kein Mahle: nie.
77 um mit nach dem Rechten zu sehen.
82 auff pfeiffen: aufbegehren.
87 Deß: dessen, wovon.

Bist gwest ein stoltzer Knecht,
Wolst nur stechen und hauen.
Itzt kanst du selbst dein Frauen
Nicht zwingen und regiren.

Kno̊rren Cůntzlein *singt*

Mein, thu mich nicht Vexiren!

17. Ich bin ein armer Mann!
Wenn ich mein Weib schnarr an,
So klagt sie das dem Pfaffen,
So hab ich gnug zu schaffen,
Daß ich es ir abbitte
Und wider mache fride.

Clauß Glockenthon *singt*

18. So wiß: drinn in der Stadt
Es einen Doctor hat,
Den thut man gar hoch loben
Im Land unten und oben,
Er kůnn all Kranckheit heilen;
Den heiß dir rath mittheilen,

19. Helffen der Frauen dein.

Kno̊rren Cůntzlein *singt*

O, so lauff mit mir rein!
Drey Creutzer will ich wagen
Und den Doctor rath fragen.
Denn kan ich kein rath finnen,
So komm ich doch von sinnen.

Clauß Glockenthon *singt*

20. Ey, es thuts also nit!

96 Vexiren: quälen.
108/109 den bitte um Rat, wie deiner Frau zu helfen sei.
113 finnen: finden. 115 Halt, so geht's nicht!

Du must auch nemen mit
Den Harm wol deiner Frauen.
Laß ihn den Doctor schauen,
So kan sein Kunst nicht fehlen.

Kno̊rren Cůntzlein *singt*

So muß ich ihn erst stellen.

21. Ich darff ihrs sagen nit;
Ich komm in groß unfrid,
Wenn ich sie ansprech drummen.
Muß heimlich ihn bekummen,
Wenn sie ein Scherm voll misset,
Unaußgeschůtt vergisset.

Sie gehn ab.

Kommt Lampa, deß Kno̊rren Cůntzlein Weib, *und singt*

22. Ey, wo ist Narr, mein Mann?
Ich bin auffgstanden schon
Und hab schon Suppen gessen
Und lang vorn Offen gsessen
Und mein Mann noch nicht gsehen.
Ach, wie wil ich ihn schmehen!

23. Ich hab gar nårrisch than,
Daß ich hab gsehen an
Sein Gelt und auch sein Gute,
Gibt mir kein Freud noch muhte;
Denn ich hab nicht gelehret,
Wie man sich ehrlich nehret.

117 Harm: Harn.
120 stellen: stehlen.
123 drummen: deswegen.
125 Scherm: Topf.
136 muhte: Lust.
137 gelehret: gelernt.

24. In meines Vatters Hauß
Hett ichs gut uberauß;
Leget mich zeitlich nider
Und stund spatt auff herwider,
Hett all Tag vier mal zessen.
Daß kan ich nicht vergessen.

25. Auch arbeit ich nicht viel.
Mein Mann jetzt haben wil,
Ich sol zu frů allmale
Zu der Magd in Kůhstalle
Und sol darinn zusehen,
Solt helffn, heuen und mehen

26. Und grasen auff der Heyd.
Ich bin kein bauren Meyd!
Und laß mich gar nicht heisen,
Mein Hånd und Schu bescheisen,
Sonder, wil er mich bhalten,
Muß er mich ehrlich halten,

27. Oder ich lauff davon,
Zeigs meinem Vatter an.
Der wirds ihm wol verweisen,
Daß er mich nichts darff heisen,
Auch nicht also vexiren;
Es wil ihm nicht gebůren.
Sie geht ab.

Kno̊rren Cůntzlein *kommt, tregt in eim Glaß ein Harm und singt*

28. Mein Frau ist nicht im Hauß.
Wo wird sie sein hinauß?
Dieweil ich hab bekommen,
Ihr diesen Harm genommen,

153 heisen: befehlen.
156 ehrlich: in Ehren.

Den ich in d'Statt hab tragen,
Den Doctor raht zu fragen.

Emilius, der Doctor, *geht ein und singt*

29. Mein Båurlein, dritt herzu!
Was sagst vom Doctor du?
Was hat er dir genommen?

Kno̊rren Cůntzlein *singt*

Herr, ich bin herein kommen
Zu euch auff grosen trauen:
Solt mir, mit urlaub, schauen

30. Diesen Harm in dem Glas,
Wenns mich schon kost etwas;
Wenn ihr mir raht in treuen,
Ein Batz sol mich nicht reuen.
Darumb gut fleiß an kehret
Und mich etwas guts lehret!

Emilius, der Doctor, *singt*

31. Mein Mann, von wann kommst rein?
Wie heist der Name dein?
Das wolt ich gern wissen.

Kno̊rren Kůntzlein *singt*

Der Teuffel hat mich bschissen
Und ich bin schon betrogen,
Mit euch worden belogen.

32. Darumb ich zu euch gieng,
Ich meint, ihr wist all ding,
Kůnts als in dem Harm sehen,
Was, mit urlaub, wer gschehen;

174 mit urlaub: mit Verlaub.
177 raht: ratet.

So seyt ihr nicht so weisse,
Daß ihr wist, wie ich heisse.

33. In meim Dorff kein Baur ist,
Der mein Namen nicht wist.
Solt ir ein Doctor seine?
Wist nicht, daß die gantz Gmeine
Mich nur gar wol thun kennen,
Den Kno̊rren Kůntzlein nennen!

Emilius *singt*

34. Ey mein Kno̊rren Kůntzlein,
Wie weit hast du herein
Und bist du heut rein gangen?

Kno̊rren Kůntzlein *singt*

Mit euch ist nichts anzfangen.
Drey meil ich herein sappet.
Wie seit ihr nur so lappet!

35. Ich habs gemeinet dauß,
Ihr kůnts sehen darauß
Alles, was ihr begeret,
Ein erfahrner Mann weret;
So thut ihrs alls erst fragen,
Mit urlaub, euch zu sagen.

Emilius *singt*

36. Ja freilich, lieber Mann,
Sonst ichs nicht wissen kan.

194 wist: wüßte.
196 gantz Gmeine: ganze Gemeinde.
203 Ich ging drei Meilen hierher.
204 lappet: dumm, närrisch.
205 dauß: draußen, vor der Tür.
206 darauß: nämlich aus dem Harn.
208 Ergänze: und daß ihr.
210 euch zu sagen: damit man es euch sagt.

Darumb thu mir auch sagen,
Wes Harm thust du her tragen,
So will ich in den schauen.

Kno̊rren Kůntzlein *singt*

Mit urlaub, meiner Frauen.

37. Die ist so mechtig kranck,
Sitzt den gantzen Tag lang,
Die Hend in die Schoß leget,
Kein Arbeit sie beweget,
Daß sie die nur růrt ane,
Sie will gar nichssen thone.

38. Wenn ich sie etwas heiß,
So pfucht sie wie ein Gaiß,
Thut mich ůbel anschnarren,
Heist mich ein Pengl und Narren.
Das thu ich euch jetzt klagen,
Umb ein Artzney zu fragen.

Emilius *singt*

39. Mein Kuntz, hab kein verdruß!
Noch eins ich wissen muß:
Thut der Schlaff dein Weib bschweren?

Kno̊rren Kůntzlein *singt*

Sie schlefft, mit urlaub, geren,
Thut die Nacht nit erwachen.
Drumb solt ihrs enlich machen.

215 dann will ich ihn ansehen.
222 nichssen thone: nichts tun.
224 pfucht: faucht.
228 um nach einer A. zu fragen.
231 Schlaff: Schlaf; bschweren: Beschwerde machen.
232 geren: gern.
234 enlich: endlich, rasch.

Emilius, der Doctor, *singt*

40. Du sagst vom machen wol!
Noch eins ich fragen soll:
Hat sie auch viel Stůl genge?

Kno̊rren Kůntzlein *singt*

Ihren Harm ich euch brenge;
Darauß werd ihrs wol sehen!
Jedoch muß ich auch jehen,

41. So balt sie frů auffsteht,
Sie in die Stuben geht,
Thut sich zum Offen setzen
Und, irs unmuts ergo̊tzen,
Setzet sich auff ein Kůssen.
Jedoch kan ich nicht wissen,

42. Was sie gebrauchet hat
Heut zu ihrer Sitzstatt,
Ein Stul oder ein Pencke.

Emilius *singt*

Du hast vil seltzam schwencke!
Des hab ich nicht begeret.
Sag, ob sie den Bauch leret!

Kno̊rren Kůntzlein *singt*

43. Ach, was fragt ir darnach?
Mein Frau hat heut vor tag
Ein hauffen, solt ir wissen,
Auff meinen Mist geschissen;

238 brenge: bringe.
240 jehen: sagen.
244 um sich für ihren Ärger zu entschädigen.
249 Pencke: Bank.
250 schwencke: Späße.
251 Danach habe ich nicht gefragt.

Wie er ist bey ir glegen,
Hett wol vier Pfund gewegen.

Emilius *singt*

44. Ach du Kindischer Mann!
Itzund so merck ich schon,
Du darffst nicht meine Kunste.
Artzney hast du umb sunste,
Wechsset in deinem Garten
Fůr dein Frauen, die Zarten.

45. Nimb du fůnfffinger Kraut,
Reib ihrs wol auff die Haut
Und ungebranten Aschen!
Darbey solst du erhaschen
Der dicken Pengelbiren,
Solst sie damit wol schmiren.

46. Und wenns nicht helffen will,
So nimb ein pesen stil,
Ein starcken, nicht zu kleine,
Darzu ein Sesselbeine,
Damit kanst du sie salben
Am Leib und allenthalben.

Knörren Cůntzlein *singt*

47. Ach, Herr, mich baß bericht!
Dann ich verstehe es nicht,
Was diese Artzney seye,
Daß ich mein Frau erfreue,
Wenn ich heim komm zu Hause,
Und sie mich nicht zerzausse.

261 darffst: bedarfst.
269 Pengelbiren: ›Bengelbirne‹, Prügelkeule (vgl. V. 404/405).

Emilius *singt*

48. So nimb der red und weiß!
Denck der sach nach mit fleiß!
Wirst du ihr recht nach sinnen,
So wirst du wol rath finnen.
Ich kan nicht lenger harren
Bey dir, dem groben Narren.

Der Doctor geht ab.

Knorren Kuntzlein *singt*

49. Ach, was ist der Doctor?
Ich weiß so weng als vor.
Nun muß ich mein Weib fragen,
Daß sie mirs recht thu sagen,
Was sey der unbrand aschen,
Damit ich sie solt waschen.

Knorren Kuntzlein geht ab.

Kommt Lampa, sein Weib, *und singt*

50. Wo ist mein grober Droll
Ewig hinkommen wol?
Er ist dolpisch und knollet.
Wenn in der Teuffel holet,
Wer ich gar wol zu friden;
Dorfft mich so vil nit nieden.

51. Wenn mir sturb mein Unflatt,
So heurat ich in d'Statt,
Daß ich nur blieb zu friden,
Dorfft nicht mehr so hart striten,

283 Behalte die genannte Prozedur!
290 weng: wenig.
295 Droll: Narr.
297 knollet: bäurisch.
300 brauchte mich nicht so viel zu plagen.
304 brauchte mich nicht mehr so sehr anzustrengen

Der Kůhe und der Seu warten,
Noch grasen in den Garten,

52. Wies mein Mann haben will,
Wiewol ich treibs nicht vil.
Ich hab es auch nicht gwonet.
Hett gmeint, er het mein gschonet,
Solchs nicht an mich gesunnen.
Guts gnug het er vor gwunnen.

Kommt Claus Glockenthon *und singt*

53. Ach, Nachbaurin, sagt mir,
Ich glaub, eur Mann und ir
Seit beyde uneins woren,
Habt einander verschworen,
Daß er nit ist im Hause.

Lampa *singt*

Es bringt mir manchen strausse.

54. Mein Mann, der grobe Knopff,
Hat ein nårrischen Kopff,
Hat gar vil Gelts und Gutes
Und aber wenig muthes,
Daß ich mein junge Tage
Einbůß in leid und klage.

55. Von im leid ich all tag
Vil schwerer noth und plag,
Heist mich ein faule Schlumpen

306 grasen: Gras mähen.
308 obgleich ich es auch nicht oft mache.
309 hab: bin.
311 und nicht solch Ansinnen an mich gestellt.
312 vor: dafür; gwunnen: gewonnen.
318 strausse: Streit.
322 muthes: an Verstand.
323 Daß: so daß.
324 Einbůß: büßend verbringe.

Und ein boßhaffte Lumpen.
O, solts mein Vatter wissen,
Der Teuffel het in bschissen.

Kno̊rren Kůntzlein *geht ein und singt*
56. Was macht ihr zwey beysamm?
In aller Teuffel Nam,
Geh du heim in dein Hause,
Wart deiner Arbeit ausse!
Du loses, faules Weibe,
Bey deim Haußhalten bleibe!

Lampa *singt*
57. Was solt im Hauß ich thon?
Bist selbst ein loser Mann.
Thust du doch selber feyren
Und weiß nicht, wo umbleůren.
Wilt mich schenden und straffen?

Kno̊rren Kůntzlein *singt*
Schweig! ich will dir Rath schaffen.

58. Der Doctor in der Statt
Hat mir geben ein Rath,
Dein Faulkeit zu vertreiben:
Soll dir dein Haut wol reiben,
Mit guten Pengelbiren
Dich wol und dapffer schmiren;

59. Deßgleich auch deine Haut
Wol mit Fůnfffinger Kraut
Und ungebrander Aschen
Abreiben und wol waschen.

334 tu deine Arbeit draußen!
340 und weißt nicht, wo du überall herumlungern sollst.
341 Mich willst du aber schmähen und schelten?

Dem hab ich nachdacht seider,
Ob du nicht kenst die Kreuter.

Lampa *singt*

60. Daß dich der Hagel schlag
Und den Doctor darnach!
Du loser Schelmschinder,
Den Sommer und den Winder
Thust du mich tribuliren!

Kno̊rren Kůntzlein *singt*

Ich thu dich nicht vexiren!

61. Der Doctor sagets mir,
Wie man soll helffen dir.
Noch ander ding er nennet,
Die ich alle nicht kennet,
Dich damit zu Artzneyen.
Drumb thu ich mich erfreyen,

62. Daß die Kreuter kenst du.

Lampa *greifft nach dem Pesen und singt*

Du Schelm, laß mich mit ruh!
Und mach nur nicht vil wesen!
Oder ich nim den Pesen,
Thu dir dein Kopff erschmiren,
Du solst dein Sinn verliren.

Kno̊rren Kůntzlein *singt*

63. Ey, mein Lamp, thu gemach!
Du verstehst nicht die sach.
Ich thus im besten meinen.
Wir wolln uns baß vereinen.

353 seider: seitdem.
359 tribuliren: plagen.
373 thu gemach: beruhige dich.

Nimbst du die Artzney eine,
So wird dir besser seine.

Lampa nimbt den Pesen, schmirt den Mann weidlich ab.

Claus Glockenthon *singt*

64. O dran, dran, Nickel, dran!
Die Frau die schlegt den Mann,
Sie schlegt in mit eim Pesen;
Ich mein, sie hab ein wesen.

Lampa *laufft auff ihn und singt*

Du Schelm, halt das Maul zu,
Ehe ich dir auch so thu!

Sie schlegt ihn auch unnd geht ab.

Der Kno̊rren Kůntzlein *singt*

65. Der Teuffel, was solts sein?
Ich komm in guten rein,
Will mein Frauen Artzneyen,
So thut sie mich abbleyen.
Und habs gar nit verschulte.
Bringt mir groß ungedulte.

66. Die Kreuter kenn ich nit.
O Nachbaur, ich dich bit,
Thust du die Kreuter kennen,
Die ich dir vor thet nennen,
So sag mirs, wo ichs finde.
Hilff meiner Frauen gschwinde!

Claus Glockenthon *singt*

67. Du Narr, so wiß: dein Hend

382 . . . sie ist besessen.
386 in guten: im guten.
388 abbleyen: blau schlagen.
395 ichs: ich sie.

Die fünfffinger Kraut send!
Und der Angebrand Aschen
Thet dein Frau selbst erhaschen;
Dasselbig ist gewesen
Der ungebrente Pesen.

68. Und daß du sie solst schmirn
Mit guten Pengelbirn,
Dasselb bedeut ein stecken,
Solst ihr die Haut mit pecken,
Daß sie dich fürchten lehre
Und sich zur Arbeit kehre.

Knörren Küntzlein *verwundert sich und singt*

69. Ey, ey, ey, was ich hör!
Danck dir Gott deiner lehr!
Die Artzney will ich mercken,
Mein Gemüth und Hertz stercken.
Will mich mein Weib nicht ehren,
So will ich sie es lehren.

Kompt die Lampa *wider mit irem Pesen, würfft in dem Mann für und singt*

70. Geh du nein in das Hauß!
Kehr mir die Stuben auß!
Thu es drinn als auffraumen!
Und wirst du dich lang saumen,
So will ich dich Artzneyen,
Schwer ich bey meinen treuen.

Knörren Küntzlein *nimbt den Pesen und singt*

71. Wolst du Artzneyen mich?
Die Artzney ghert für dich.

398 send: sind.
406 pecken: durchschlagen.
407 lehre: lerne.
420 Schwer ich: das schwöre ich.
422 ghert: gehört.

Ich hab sie in der Hende,
Schmir dir sie umb dein Lende
Und will dich damit reiben,
Dein Faulkeit dir vertreiben.

Der Knörren Küntzlein schlegt sie weidlich herumb mit dem Pesen, sie felt auff die Knye. Lampa *singt*

72. O Cuntz, ich bitt dich durch Gott,
Wolst mich nicht schlagen todt!
Thu dich über mich Armen
Dißmals Christlich erbarmen.
Ich will arbeiten geren
Ennlich und frümmer weren.

Knörren Küntzlein *singt*

73. So globs an an Aids statt!
Oder ich folg dem rath,
Den mir der Doctor gabe:
Schmir dir die Lend durch abe;
Mit einem guten Pengel
Dich noch besser, thierengel!

Lampa *singt*

74. O hör auff, lieber Mann!
Ich will gern nach Graß gahn,
Helffen melcken und schneiden,
Kein Arbeit nimmer meiden,
Zu morgens frü auffstehen
Und mit dir schlaffen gehen.

Knörren Cüntzlein *singt*

75. Wilt du auch werden frumm

432 Ennlich: fleißig; frümmer; braver.
433 globs an: schwöre es.
436 durch abe: gründlich durch.
438 bessere ich dich schon noch, du Tier in Engelsgestalt.

Und mich nicht widerumb
Mit Worten so anschnarren
Und halten fuͤr ein Narren
Und mich auch nimmer schmehen,
Als bißher ist geschehen?

Lampa *steht auff, fellt ihn umb den Hals und singt*

76. O ja! von Hertzen gern
Will ich auch fruͤmmer wern,
Dir folgen in alln sachen.

Claus Glockenthon *singt*

Soll denn einer nicht lachen,
Daß dise schlechte Kreuter
Machen die Weiber gscheider!

Lampa *singt zu dem Glockenthon*

77. O loser Mann, doͤrfft ich
Mich jetzt reiben an dich!
Denn ich thu es schon hoͤren:
Du hasts mein Mann thun lehren,
Die Artzney zu gebrauchen.
Ich mein, ich wolt dich stauchen.

Claus Glockenthon *singt*

78. Liebe Nachbaͤurin, schweigt!
Euch nicht zornig erzeigt.
Solt es eur Mann ersehen,
Daß ihr mich auch thet schmehen,
Wird er schmiren eur Haute
Auch mit fuͤnfffinger Kraute.

Knoͤrren Cuͤntzlein *singt*

79. Hoͤr, Claͤßlein Glockenthon!
Laß mir mein Fraͤulein gahn,
Welcher die Artzney gute

So gar wol helffen thute,
Daß sie ist so fromm woren;
Dann hin ist aller zoren.

80. Darumb kompt beide rein!
Ich kauff ein viertel Wein,
Den frieden zu bestetten,
Den wir jetzt machen theten.
Daß er dest lenger were,
Gibt es kein mengel mehre.

81. Die Narren seind im Hauß,
Fůrchten der Weiber drauß,
Die kommen auch herbeye!
Ich lern sie die Artzneye,
Welche die Weiber machte
Arbeitsam und geschlachte.

Die Personen in das Spil

Emilius: der Doctor der Artzney 1
Kno̊rren Cůntzlein: der reich, versuffen Bauer 2
Lampa: sein Fauls, bo̊ß Weib 3
Clauß Glockenthon: der ander Bauer 4

474 Dann: denn.
477 bestetten: bestätigen.
481 Die: diejenigen, die.
482 drauß: Fessel (die normale Wortform ist drauch).
486 geschlachte: gesittet.

Anhang

Editorischer Bericht zu Auswahl und Textgestalt

Eine Fastnachtspielauswahl vom Umfang der vorliegenden erschien zuletzt vor mehr als einem halben Jahrhundert; eine Fastnachtspielanthologie, die wie die vorliegende die Spiele des 15. Jahrhunderts neben denen des 16. Jahrhunderts gleichmäßig berücksichtigt und deren Texte, philologisch verantwortet, auf der Überprüfung der gesamten greifbaren Überlieferung beruhen, erschien meines Wissens noch nicht.

Zwar verdanken wir Forschern des 19. Jahrhunderts, allen voran Adalbert von Keller, der die bisher einzige Gesamtausgabe der Spiele des 15. Jahrhunderts schuf, die Begründung der Fastnachtspielforschung, doch hütete man sich einer gewissen Prüderie wegen ängstlich, bestimmte Spieltexte einem breiteren Publikum bekanntzugeben. Das Verdikt, mit dem man einen wesentlichen Teil der Spiele des 15. Jahrhunderts belegte, kristallisiert sich besonders treffend in dem Urteil des Germanisten Karl Goedeke: »Jeder Sprechende ein Schwein, jeder Spruch eine Roheit, jeder Witz eine Unfläterei«[1]. Autoren, die den Gehalt der Spiele nüchtern, nicht moralisierend, zu werten wußten, bleiben die Ausnahme. Ich denke an E. Haueis, der die Materie immerhin in einem Schulprogramm traktierte, und E. Fuchs, den Verfasser der berühmten Sittengeschichte. In der ersten Hälfte unseres Jahrhunderts wird die Vorliebe der Literaturwissenschaft für hohe Literatur einläßlichere Bemühungen um das frühe Fastnachtspiel verhindert haben. Nur das Interesse für Hans Sachs, den fraglos bedeutendsten Fastnachtspieldichter überhaupt, der schon der Liebling des 19. Jahrhunderts gewesen war, blieb erlaubt. In der gleichzeitigen volkskundlichen Forschung kam das Spiel des 15. Jahrhunderts zu Ehren, weil man in ihm die Zeugen einer weit zurückreichenden germanischen Kontinuität greifen zu können glaubte. Nach dem Zweiten Weltkrieg hat sich die Situation gewandelt. Vor allem seit den sechziger Jahren sind vielfältige Bemühungen in Gang ge-

1. Karl Goedeke: Grundriß zur Geschichte der deutschen Dichtung aus den Quellen. Erster Band: Das Mittelalter. 2. Aufl. Dresden 1884. S. 325.

setzt worden, die den Blick für die zahlreichen noch anstehenden Fragen der philologischen wie interpretatorischen Erschließung geschärft haben. Die germanistischen und volkskundlichen Studien von E. Catholy (1961 u. 1966), L. Schmidt (1962), H. U. Roller (1965), W. Lenk (1966), H. Moser (1967 in dem Band *Masken zwischen Spiel und Ernst*), H. Rosenfeld (1969) und G. Simon (1970) seien besonders hervorgehoben.

Hält das gegenwärtige Interesse innerhalb der Germanistik für Denkmälerheuristik, Edition und für Fragen der Gebrauchsliteratur an und setzt anderseits die in der Nachkriegszeit ebenfalls zum Neuansatz gelangte Volkskunde die faktenbezogene Aufarbeitung kulturgeschichtlicher Phänomene fort, dann dürften die Zeichen für eine künftige adäquate Erschließung des frühen Fastnachtspiels günstig stehen. Sollten die Bemühungen eines Tages zu einem Handbuch von der Solidität führen, wie Hanns Fischer es unlängst zur mittelalterlichen Versnovellistik unter dem Titel *Studien zur deutschen Märendichtung* (Tübingen 1968) vorgelegt hat, wäre ein bedeutender Schritt nach vorn getan. Umsichtige Aufarbeitung der Probleme bisher vernachlässigter Literatur des 15. und 16. Jahrhunderts wird gewiß zu einem neuen Verständnis der Zeit beitragen können. So erscheint beispielsweise schon jetzt durch Fischers editorische Leistungen und Forschungen zur Märendichtung sowohl die Obszönität der frühen Fastnachtspiele als auch die vielgescholtene Frivolität deutscher Humanisten in einem neuen Licht.

In dieser Situation, die vielleicht zu Hoffnungen berechtigt, in der aber die Aufmerksamkeit bereits zu ausschließlich auf das frühe Fastnachtspiel gelenkt ist, soll mit der vorliegenden Auswahl gleichsam frisches Öl in das Feuer gegossen, sollen möglichst vielfältige Anregungen vermittelt und soll die *ganze* mehr als hundertfünfzigjährige Geschichte des Fastnachtspiels als Aufgabe in den Blick gerückt werden. Der auch für literatursoziologische Untersuchungen interessante Komplex der Einwirkung des Fastnachtspiels auf andere literarische Gattungen seit dem 16. Jahrhundert und das Fortwirken der Spieltradition bis in unsere Zeit konnten nicht eingehender dokumentiert werden. Mit der Aufnahme eines Ayrerschen Singspiels (Nr. 20) und mit einigen vor allem bibliographischen Hinweisen wird wenigstens versucht, ihn der Aufmerksamkeit zu empfehlen. Wort- und Sachkommentar, Bibliographie und Nachwort wollen die Wege zu einem umfassenden Verständnis des Phänomens ›Fastnachtspiel‹ offenhalten und nach

Möglichkeit zu Nachforschungen anreizen. Sie wurden in einer Gesinnung erarbeitet, die Forschung als lebendiges Gespräch versteht.

Jede Auswahl stellt einen Kompromiß dar, zumal wenn vom Umfang her verhältnismäßig enge Grenzen gesetzt sind. Die vorliegende beschränkt sich daher darauf, für den Zwecktyp des heiteren Fastnachtspiels einigermaßen repräsentativ zu sein. Das bedeutet zwangsläufig, daß die Nürnberger Spieltradition ihrer überragenden Bedeutung für diesen Spieltyp wegen fast ausschließlich zu Wort kommt (Ausnahme ist Nr. 11, ein Sterzinger Spiel). Die Entscheidung ging auch deshalb in diese Richtung, weil nach meiner Meinung allenfalls das heitere Fastnachtspiel heutzutage bei einem breiten Publikum auf Interesse hoffen darf. Auf den Zwecktyp des ernsten Fastnachtspiels wird durch die Aufnahme des Spieles *Der Tod im Baumstumpf* von Hans Sachs (Nr. 17) wenigstens exemplarisch hingewiesen, ein Spiel, das entgegen dem eben Behaupteten gewiß auch heute noch sehr lesenswert ist. Vollends Ausgleich versuche ich durch das Nachwort zu schaffen, indem ich mich darin nachdrücklich für die Einbeziehung des ernsten Fastnachtspiels in die Gattung ausspreche. Es sei zudem daran erinnert, daß mit Gengenbachs *Totenfressern* wenigstens ein weiteres Beispiel eines ernsten Fastnachtspiels in einem andern Reclam-Band leicht zugänglich vorliegt.[2]

Die Charakterisierung dieser Auswahl als »einigermaßen repräsentativ« für das heitere Fastnachtspiel bedarf näherer Erläuterung. Einen Eindruck von der Entwicklung des Fastnachtspieles zu geben wurde nur im Großen angestrebt, insoweit die Auswahl eben Texte von der Rosenplüt-Tradition bis Jacob Ayrer umfaßt. Innerhalb der Abschnitte, die einzelnen Autoren zugeordnet sind, ging es nicht um Entwicklungen. Hier ging es um für die Gattung in ihrer Gesamtheit typische Formen und Gehalte. Ein Beispiel: Da Texte der Rosenplüt-Tradition und des Folz den Formtyp Reihen- oder Revuespiel hinlänglich belegen, wird nicht noch außerdem der Versuch gemacht zu zeigen, wie dieser Typ bei Sachs und Ayrer aussieht. So möge man jeden der zwanzig Texte als Exempel für bestimmte Formen und Gehalte nehmen. Der Sachkommentar gibt entsprechende Hinweise. Der Leser wird es hof-

2. Das Zürcher Spiel vom reichen Mann und vom armen Lazarus. Pamphilus Gengenbach: Die Totenfresser. Hrsg. von Josef Schmidt. Stuttgart: Reclam 1969. UB Nr. 8304.

fentlich begrüßen, daß einige Texte Motivähnlichkeiten oder -gleichheiten aufweisen. An solchen Beispielen lassen sich Konstanz und Wandel der Gattung vielleicht besonders gut studieren. Bei der Auswahl der Sachs-Spiele war übrigens darauf zu achten, daß keine Überschneidungen mit dem speziell Sachs gewidmeten Bändchen der Universal-Bibliothek[3] auftreten.

Diese Ausgabe richtet sich an einen großen Kreis interessierter Laien, an Schüler und Lehrer, an Studenten der Literatur- und Theaterwissenschaft sowie der Volkskunde. Sie möchte daher einerseits vergnügliche Unterhaltung bieten und vielleicht zum Spiel anregen. Andererseits will sie in den Problemkreis ›Fastnachtspiel‹ einführen und womöglich eigene wissenschaftliche Weiterarbeit initiieren. Bei der Edition mußte daher auf weitgehende historische Treue und Zuverlässigkeit der Texte, auf Durchsichtigkeit der Textkonstituierung und gleichzeitig auf leichte Verständlichkeit geachtet werden. Um dem zu entsprechen, wurde die Überlieferung der ausgewählten Spiele eigens zu dem Zweck dieser Edition kritisch geprüft, wird die Überlieferung mit ihren Lesarten im Apparat ausgebreitet und moderne Interpunktion eingeführt, werden reichliche Wort- und einige Sacherklärungen unter den Texten sowie kommentierende Hinweise im Anhang geboten.
Bei der Textherstellung diente als Orientierungsprinzip das Leithandschriftenverfahren – wo eine Handschrift fehlt, ist der früheste gedruckte Text die Editionsgrundlage –, doch ohne kleinliche Strenge: Abgesehen von den angegebenen Normalisierungsregeln wurde der zugrundegelegte Text buchstabengetreu, soweit das an Hand von Xerokopien, die hier benutzt werden mußten, möglich war, wiedergegeben. Wo Eingriffe in den Text für das Verständnis notwendig oder von den übrigen Überlieferungsträgern her sinnvoll schienen, wurden sie vorgenommen und im kritischen Apparat vermerkt.
Bei mehreren Überlieferungsträgern galten als Entscheidungskriterien 1. Alter und 2. Textzustand.
Der kritische Apparat gibt über folgende Punkte Auskunft:
1. Eingriffe der Herausgeber in den Text.
2. Sinnschwere Varianten anderer Überlieferungsträger (z. B. zu-

3. Hans Sachs: Meistergesänge. Fastnachtsspiele. Schwänke. Ausgewählt, erläutert und mit einem Nachwort versehen von Eugen Geiger. Stuttgart: Reclam 1951 u. ö. UB Nr. 7627.

sätzliche oder fehlende Verse), aber nicht über deren orthographische oder grammatische Varianten, wenn der Text der Leithandschrift verständlich ist. Der Apparat ist jedoch nicht so angelegt, daß unterschiedliche Spielfassungen aus ihm rekonstruierbar wären (vgl. die Bemerkungen zu den Spielen 7 und 9).

3. Über abweichende Lesungen anderer moderner Editionen, soweit diese nicht rein orthographischer Art sind oder auf bewußte Textglättungen zurückgehen, die z. B. bei Keller stillschweigend und recht unsystematisch vorgenommen wurden. (Vgl. unter Hans Sachs die besonderen ›Vorbemerkungen zur Textgestalt‹ auf S. 348 f.)

Bei der Gestaltung des kritischen Apparates wurde wie folgt vorgegangen: 1. Angabe der Verszahl, 2. Lesart des Textes, 3. Sigle des diese Lesung stützenden Überlieferungsträgers; fehlt, wenn Lesart der Herausgeber vorliegt, 4. die von der Lesart des Textes abweichende(n) Lesart(en) und 5. die Siglen der Überlieferungsträger dieser Lesart(en).

Die kommentierenden Hinweise im Anschluß an den textkritischen Teil sollen die Orientierung innerhalb des Gesamtkomplexes der Fastnachtspiele erleichtern und auf weiterführende Fragestellungen aufmerksam machen. Von diesem Gesichtspunkt aus wurden die Literaturhinweise gegeben. Die bibliographischen Angaben über bearbeitete Fassungen sollen – das gilt besonders für Hans Sachs – eine Andeutung von der Volkstümlichkeit der einzelnen Stücke geben; sie beruhen auf Stichproben im Deutschen Bücherverzeichnis und erheben (wie auch die sonstigen Literaturhinweise) keinen Anspruch auf Lückenlosigkeit.

Im übrigen wird diese Auswahlausgabe die schwierige Lage, in der sich die Fastnachtspielforschung befindet, deutlich machen: es fehlen dem neuesten Stand der Forschung entsprechende kritische Gesamtausgaben, es fehlt ebenso eine umfassende Geschichte des Fastnachtspiels, die das erschließbare Material zusammenstellt und in seiner Gesamtheit deutet.

Wenn nicht anders in den textkritischen Hinweisen zu den einzelnen Spielen vermerkt, gelten für die Textwiedergabe folgende allgemeine Regeln:

Verszählung: Gezählt werden nur die Verse. Wenn Sprecherangaben oder Regieanweisungen kommentiert werden müssen, werden sie mit der Verszahl, auf die sie folgen, und den Buchstaben a, b, c

usw. gezählt; die Überschriften werden mit Ü und den Buchstaben a, b, c usw. gezählt.
Die Zeilenanordnung der Überschriften und Regieanweisungen der Originale wird aus drucktechnischen Gründen geändert.
Orthographie: Bei Texten, die nach einer Handschrift ediert werden, ist durchgängig Kleinschreibung hergestellt; nur Versanfang, Anfang der Überschriften und Regieanweisungen sowie Eigennamen werden groß geschrieben. Spiele, die nach einem Druck ediert werden, bewahren dagegen, mit Ausnahme von Stück 11, dessen Groß- und Kleinschreibung (betrifft die Stücke 12, 13, 14, 15, 19, 20). Die Rechtschreibung wird in folgenden Fällen normalisiert: v und w erscheinen in vokalischer Funktion als u; u in konsonantischer Funktion als v; y und i in konsonantischer Funktion als j, j in vokalischer Funktion als i.
Die Verbindung von Schaft-ſ und geschweiftem ʒ wird in ß, Schaft-ſ in Rund-s überführt; geschweiftes ʒ erscheint als z.
Römische Zahlen werden durch arabische wiedergegeben.
Zusammen- und Getrenntschreibung folgen der Leithandschrift bzw. der Druckvorlage; nur die Präfixe ver-, un-, der- werden stets mit dem zugehörigen Wort verbunden. Eigennamen und die Bezeichnungen der Sprecher in den Regieanweisungen werden stets zusammengeschrieben.
Abkürzungen sind aufgelöst worden. Es gibt folgende Fälle: Nasalstrich ¯ oder ⌒ für m, n, en, em; Abkürzung un̄ für und, m̄ für mb, ˀ für r, ꝛ für -er, ꝰ für -us; dʒ für das; dt für dicit; s. für spricht, sagt oder singt; die Kürzel ꝭ für spr*icht*, fr*au*, fr*auen*, salut*is*.
Übergeschriebenes Umlaut-e und -o werden beibehalten; ebenso Längung anzeigendes übergeschriebenes e. Der diakritische Doppelpunkt über dem y und der in seiner Bedeutung nicht geklärte Haken ˇ über dem u werden weggelassen. Sonstige diakritische Zeichen, also Doppelstrich ″, einfacher Strich ′, Doppelpunkt ¨ und ˙˙, erscheinen als übergeschriebenes e. Die akzentartigen Zeichen der Handschrift G bleiben unberücksichtigt. Bei den Stücken 16, 17, 18 von Sachs, die nach einem Spruchgedichtbuch (SG) ediert werden, bleiben die diakritischen Zeichen unberücksichtigt; übergeschriebenes e bezeichnet dort also immer den Umlaut (über das Problem s.: Hans Sachs. Hrsg. v. A. v. Keller u. E. Goetze. Bd. 26. S. 33).
Zeichensetzung: Die Textvorlagen weisen entweder keine oder nur spärliche Zeichensetzung auf. Zur Erleichterung der Lektüre ist

daher ohne allzugroße Strenge moderne Zeichensetzung eingeführt worden.
Zusätze der Herausgeber werden durch spitze Klammern ⟨ ⟩ gekennzeichnet.
Die hier angegebenen Regeln gelten aus drucktechnischen Gründen auch für die Lemmata des kritischen Apparates. Bei den Literaturhinweisen wird so verfahren, daß die allgemeinere Literatur zu den einzelnen Verfassern unter den Viten ungekürzt, die Fastnachtspielliteratur jedoch gekürzt angegeben wird; letzteres gilt auch für die Literaturangaben in den kommentierenden Hinweisen; um das Verifizieren in der Allgemeinen Bibliographie (3. Teil), die am Ende des Anhangs steht, zu erleichtern, werden die Verfassernamen durch Hinweise auf das Druckjahr oder, wo dies nicht ausreicht, durch Andeutung des Titels ergänzt.

Für die Bereitstellung von Handschriften und frühen Drucken, die Anfertigung und Übersendung von Mikrofilmen und Xerokopien sowie für die Erteilung von Auskünften bin ich folgenden Institutionen dankbar verpflichtet: Staatsbibliothek der Stiftung Preußischer Kulturbesitz Berlin, Deutsche Staatsbibliothek Berlin, Museum für Deutsche Geschichte Berlin, Kirchen-Ministerial-Bibliothek Celle, Sächsische Landesbibliothek Dresden, Universitätsbibliothek Göttingen, Stadt- und Universitätsbibliothek Hamburg, Universitätsbibliothek Leipzig, Bayerische Staatsbibliothek München, Stadtgemeinde Sterzing, Universitätsbibliothek Tübingen, Herzog August Bibliothek Wolfenbüttel. Besonderen Dank schulde ich Herrn Dr. Walter Wuttke, Tübingen, für beständige und tatkräftige Hilfe speziell bei der Herstellung der Texte und Apparate, des Wort- und Sachkommentars sowie der Bibliographie.

Abkürzungsverzeichnisse

Die im textkritischen Teil der Stücke 1–10 benützten Abkürzungen:

I. Handschriften:

D: Dresden, Sächsische Landesbibliothek, M 50. Beschreibung bei Brandis (1964) S. 47–58. (Betrifft Spiele 3 u. 6.)

F: Nürnberg, Germanisches Nationalmuseum, Hs. 5339a. Beschreibung bei Brandis (1964) S. 76–85. (Betrifft Spiel 6.)

G: Wolfenbüttel, Cod. Guelf. 18. 12. Aug. 4°. Beschreibung bei G. Simon (1970) S. 107–118. (Betrifft Spiele 3, 4, 5, 7, 8, 9, 10.)

K: Wolfenbüttel, Cod. Guelf. 76. 3. Aug. 2°. Beschreibung bei G. Simon (1970) S. 91–107. (Betrifft Spiel 1.)

M: München, Bayerische Staatsbibliothek, Cgm 714. Beschreibung bei Brandis (1964) S. 58–76; das Register abgedruckt bei Roth (1805) Sp. 332 ff., G. Simon (1970) S. 90 f. (Betrifft Spiele 1, 2, 6.)

P: Hamburg, Cod. ms. germ. 13. Beschreibung bei G. Simon (1970) S. 15 ff. (Betrifft Spiel 3.)

R: Wolfenbüttel, Cod. Guelf. 29. 6. Aug. 4°. Beschreibung bei G. Simon (1970) S. 18. (Betrifft Spiel 6.)

II. Drucke:

e: Siehe Stück 7.

h: Siehe Stück 7.

Ke: Fastnachtspiele aus dem 15. Jahrhundert. [Hrsg. v. A. v. Keller.] Teil 1–3 [u.] Nachlese. Darmstadt 1965/66. (Nachdruck der Ausgabe Stuttgart 1853–58.) Die näheren Angaben (Seitenzahlen) s. jeweils unter ›Ausgaben‹ s. v. Keller.

o: Siehe Stück 7.

q: Siehe Stück 9.

Die im textkritischen Teil der Stücke 12–18 benützten Abkürzungen:

Reg.: Fastnachtspielregister von Hans Sachs. Abdruck bei Schumacher (s. hier unter Schu) S. 158 ff. (Betrifft Spiele 12, 13, 14, 15, 16, 17, 18.)

SG IX: Manuskript des 9. Spruchgedichtbuches von H. Sachs (früher Leipzig, jetzt) im Museum für Deutsche Geschichte, Berlin. (Betrifft Spiele 16 u. 17.)

SG XI: Hans Sachs. Spruchgedichte elfter Band. Faksimileausgabe der Zwickauer Originalhandschrift von 1557. Hrsg. vom Stadtrat Zwickau. Mit einem Nachwort v. K. Hahn. Leipzig 1927. (Betrifft Spiel 18.)

A II: Das ander Buch || Sehr Herr- || liche Schône || Artliche vnd gebundene Gedicht || mancherley art. . . . Durch . . . Hans || Sachsen . . . Gedruckt zu Nůrmberg durch Christoff Heußler || Anno Salutis M.D.LX. Jar. [Expl. Universitätsbibliothek Tübingen.] (Betrifft Spiel 13.)

A III: Das dritt vnd letzt Buch. || Sehr Herr- || liche Schône || Tragedi / Com̄edi vnd schim̄pf Spil || . . . Durch . . . Hansen Sachsen . . . Getruckt zu Nůrmberg bey Christoff Heußler. || M.D.LXI. [Expl. Universitätsbibliothek Göttingen.] (Betrifft Spiele 12, 14, 17.)

A IV: Das vierdt Poetisch Buch. || Mancherley || artliche Newe || Stůck / schôner gebundener Reimen / || . . . Durch . . . Hans Sachssen / . . . M.D.LXXVIII. [Am Schluß:] Gedruckt zu Nůrnberg durch Leon- || hardt Heußler / In verlegung Joachim Lochners. [Expl. Universitätsbibliothek Tübingen.] (Betrifft Spiele 15, 16, 18.)

B II: Zweite Auflage von A II. Nürnberg 1570. [Expl. Staatsbibliothek München.] (Betrifft Spiel 13.)

B III: Zweite Auflage von A III. Nürnberg 1577. [Lag nicht vor.] (Betrifft Spiele 12, 14, 17.)

C II: Dritte Auflage von A II. Nürnberg 1591. [Expl. Universitätsbibliothek Göttingen.] (Betrifft Spiel 13.)

C III: Dritte Auflage von A III. Nürnberg 1588. [Expl. Staatsbibliothek München.] (Betrifft Spiele 12, 14, 17.)

K II: Das ander Bůch. || Sehr Herrliche, || Schöne vnd Warhaffte / mancherley || Art gebundne Gedicht . . . Durch . . . Hans Sachsen . . . Getruckt in deß H. Reichs Statt Kempten / bey Christoff || Krausen / In verlegung Johann Krugers. || Buchhandlers in Augspurg. || M.DC.XIII. [Expl. Universitätsbibliothek Göttingen.] (Betrifft Spiel 13.)

K III: Das dritte Bůch. || Sehr Herrliche, || Schöne vnd Warhaffte Tragedi / Comedi || vnd Schimpff spil / . . . Durch . . . Hansen Sachsen . . . Getruckt in deß H. Reichs Statt Kempten / bey Christoff || Krausen / In verlegung Johann

Krugers || Buchhandlers in Augspurg. || M.DC.XIV. [Expl. Staatsbibliothek München.] (Betrifft Spiele 12, 14, 17.)

K IV: Das Vierdt Poetisch Buch. || Mancherley Art- || liche Newe Stuk, schöner || gebundener Reimen ... Durch ... Hans Sachssen ... Getruckt in deß Heyligen Reichs Statt Kempten / durch || Christoff Krausen. In verlegung Johann Kruger / Buch- || fůhrer in Augspurg. Im Jahr Christi || M.DC.XVI. [Expl. Staatsbibliothek München.] (Betrifft Spiele 15, 16, 18.)

Keller/Goetze: Hans Sachs. Hrsg. v. A. v. Keller u. E. Goetze. Bd. 1–26. Tübingen 1871–1908.

Goe: Hans Sachs. Sämtliche Fastnachtspiele. Hrsg. v. E. Goetze. 1.–7. Bdchen. [1. in 2. Aufl. 1920; 2. in 2. Aufl. besorgt v. R. Schmidt-Wiegand 1957]. Halle 1881–1957. Die näheren Angaben über Bd. u. Seitenzahlen s. jeweils unter Hans Sachs (Ausgaben s. v. Goetze).

Goetze: s. Goe.

Schu: Hans Sachs. Fastnachtspiele. Ausgew. u. hrsg. v. Th. Schumacher. 2., neubearbeitete Aufl. Tübingen 1970.

Die im textkritischen Teil der Stücke 19 und 20 benützten Abkürzungen:

F: Jacob Ayrer: Folgen nun hernach etliche kurtzweilige Faßnacht oder Possenspil / welcher an der zahl 36. seindt. [angeb. an:] J. A. Opus Thaeatricum ... Gedruckt zu Nürnberg durch Balthasar Scherffen. Anno 1618. [Expl. Universitätsbibliothek Tübingen.] (Betrifft Spiele 19 u. 20.)

Ke: Ayrers Dramen. Hrsg. v. A. v. Keller. 5. Bd. Stuttgart 1865. S. 2907–2927. 3077–3092.

Die in der Bibliographie benützten Abkürzungen:

ADB Allgemeine Deutsche Biographie. Bd. 1–56. Leipzig u. München 1875–1912.

AfdA Anzeiger für deutsches Altertum und deutsche Literatur.

DBV Deutsches Bücherverzeichnis. Eine Zusammenstellung der im deutschen Buchhandel erschienenen Bücher, Zeitschriften und Landkarten. Bd. 1 ff. Leipzig 1916 ff.

DNL Deutsche National-Litteratur. Hrsg. v. J. Kürschner.

DVjs. Deutsche Vierteljahrsschrift für Literaturwissenschaft und Geistesgeschichte.
FuF Forschungen und Fortschritte.
Georg C. Georg u. L. Ost: Schlagwort-Katalog. Verzeichnis der Bücher und Landkarten in sachlicher Anordnung. Bd. 1 ff. Hannover 1889 ff.
Goedeke K. Goedeke: Grundriß zur Geschichte der deutschen Dichtung aus den Quellen. 2. ganz neu bearb. Aufl. 2. Bd.: Das Reformationszeitalter. Dresden 1886.
GRM Germanisch-romanische Monatsschrift.
Hans Sachs-Forschungen s. Abt. 3 unter Hans Sachs-Forschungen.
Kayser Chr. G. Kayser: Vollständiges Bücher-Lexicon. Th. 1 ff. Leipzig 1834 ff.
MDU Monatshefte für deutschen Unterricht, deutsche Sprache und Literatur.
MGG Die Musik in Geschichte und Gegenwart. Hrsg. v. F. Blume. Bd. 1–10. Kassel u. Basel 1949–62.
MLN Modern Language Notes.
MLR Modern Language Review.
MVGN Mitteilungen des Vereins für Geschichte der Stadt Nürnberg.
NDB Neue deutsche Biographie. Bd. 1 ff. Berlin 1953 ff.
NDL Neudrucke deutscher Literaturwerke.
PBB Beiträge zur Geschichte der deutschen Sprache und Literatur.
PMLA Publications of the Modern Language Association of America.
RAC Reallexikon für Antike und Christentum. Bd. 1 ff. Leipzig 1950 ff.
RGG Die Religion in Geschichte und Gegenwart. 3., völlig neu bearb. Aufl. Bd. 1–6 [u.] Registerbd. Tübingen 1957–65.
SB Sitzungsberichte.
Verf.-Lex. Die deutsche Literatur des Mittelalters. Verfasserlexikon. Hrsg. v. W. Stammler u. K. Langosch. Bd. 1–5. Berlin u. Leipzig 1933–55.
ZfdA Zeitschrift für deutsches Altertum.
ZfdPh. Zeitschrift für deutsche Philologie.

Bei Literatur, die nicht persönlich eingesehen werden konnte, ist die Titelangabe am Ende mit * versehen; bei den Texten (Teil 2) wird in spitzen Klammern 〈 〉 die Fundstelle angegeben.

HANS ROSENPLÜT

Die ersten sechs Spiele dieser Sammlung gehören der frühen Tradition des Nürnberger Fastnachtspiels an, in deren Mittelpunkt die Person von Hans Rosenplüt oder Hans Schnepperer (= Schwätzer) steht. Über sein Leben gibt es nur wenige sichere Orientierungsdaten: 1426 Aufnahme in die Bürgerschaft der Stadt Nürnberg, 1427 Meister der Harnischmacher. Sein frühestes datierbares Gedicht, *Der Spruch von Böhmen*, weist auf das Jahr 1427, das späteste datierbare, der Lobspruch auf Herzog Ludwig von Bayern, auf das Jahr 1460. Urkundlich belegt ist, daß Rosenplüt 1444 Büchsenmeister der Stadt Nürnberg wurde. Über sein Lebensende gibt es keine sicheren Nachrichten: Eine Version läßt ihn 1468 als Glockengießer in München leben, nach einer anderen soll er in das Dominikanerkloster St. Sebald in Nürnberg eingetreten sein. Außer Fastnachtspielen verfaßte Rosenplüt Priameln, politische und geistliche Sprüche, moralisierende Lehrsprüche, (oft sehr deftige) schwankhafte Erzählungen, kleinere Gelegenheitsdichtungen (Grüße, Weinsegen).

Wichtige Ausgaben:

K. Euling: Das Priamel bis Hans Rosenplüt. Breslau 1905.
H. Fischer: Die deutsche Märendichtung des 15. Jahrhunderts. München 1966.
H. Fischer: Schwankerzählungen des deutschen Mittelalters. Ausgew. u. übers. v. H. F. München 1967.
R. Frh. v. Liliencron: Die historischen Volkslieder der Deutschen vom 13. bis 16. Jahrhundert. Bd. 1. Leipzig 1865.
Ferner: Demme (1906), Keller (1965).

Literatur zu Rosenplüt:

K. Euling: Das Priamel bis Hans Rosenplüt. Breslau 1905.
M. Faber: Hans Rosenplüt ein Rothschmied. In: Germania 35 (1890) S. 407–412.
H. Filip: Untersuchungen zu Hans Rosenplüt. Phil. Diss. München 1952. [Masch.]
H. Fischer: Studien zur deutschen Märendichtung. Tübingen 1968.
R. Marggraf: Kaiser Maximilian I. und Albrecht Dürer in Nürnberg. Ein Gedenkbuch ... Nürnberg 1840.

A. Mihm. Überlieferung und Verbreitung der Märendichtung im Spätmittelalter. Heidelberg 1967.

H. Niewöhner: Hans Rosenplüt. In: Verf.-Lex. 3 (1943) Sp. 1092 bis 1110.

G. Roethe: Hans Rosenplüt. In: ADB 29 (1889) S. 222–232.

K.-H. Schirmer: Stil- und Motivuntersuchungen zur mittelhochdeutschen Versnovelle. Tübingen 1969.

H. Schletter: Die poetischen Werke Hans Rosenplüts in Handschriften von fünf deutschen Bibliotheken nachgewiesen. In: Serapeum 2 (1841) S. 353–358.

H. v. Schüching: Vorstudien zu einer kritischen Ausgabe der Dichtungen von Hans Rosenplüt. Phil. Diss. Harvard 1952.

C. Wendeler: Studien über Hans Rosenplüt. In: Archiv für die Geschichte deutscher Sprache und Dichtung 1 (1874) S. 97–133. 385–436.

D. Wuttke: Methodisch-Kritisches zu Forschungen über Peter Vischer d. Ä. und seine Söhne. In: Archiv für Kulturgeschichte 49 (1967) S. 208–261, hier S. 256–260.

Ferner: Demme (1906), Jördens Bd. 4 (1809) S. 391–398, Keller (1965), Michels (1896), G. Simon (1970); weitere Literatur in den Anmerkungen zu den einzelnen Spielen.

Nr. 1

Textkritik

Überlieferung:
M fol. 335v–338r; K fol. 142r–144r.
Der abgedruckte Text folgt der Handschrift M.

Lesarten:
Üc⟨Prologsprecher⟩] *fehlt M. Da die Zuweisung der Prologe zu einem bestimmten Sprecher in den einzelnen Handschriften unterschiedlich gehandhabt ist, wird in den Fällen, in denen eine Sprecherangabe fehlt, die neutrale Bezeichnung* Prologsprecher *eingefügt; vgl. die Stücke 2 u. 6.* – 18 dar *M*, daß *Ke.* – 45 Faßnacht] faßnt *M.*

Ausgaben:
Keller: Fastnachtspiele. 2. Teil. S. 628–631 (= Nr. 73); nach M.
Karl Goedeke: Deutsche Dichtung im Mittelalter. Hannover 1854. S. 977 f.; nach K.

Kommentar

Das vermutlich nach 1445 geschriebene Stück gehört zur frühen Fastnachtspieltradition (G. Simon [1970] S. 69 u. 88). Michels (1896) zählt das Stück zu einem Kreis »von Stücken, die deutlich mit Rosenplütischem Material arbeiten« (S. 194).
Zum Motivvergleich sind die Stücke 51, 71 u. 72 bei Keller und das XII. Sterzinger Spiel heranzuziehen; die Parallelen zwischen dem hier abgedruckten Stück und Kellers 72. Stück notiert Michels (1896) S. 202.
Weitere Bearbeitungen des Stoffes bei Keller, S. 1516, u. Nachlese, S. 347, sowie Creizenach Bd. 1 (1911) S. 462 f.
Zur Personifikation von Fastnacht und Fastenzeit vgl. Glier (1965).
Die Form des Prozesses findet sich sehr häufig in den Fastnachtspielen, z. B. in den Stücken 4 u. 11 dieser Ausgabe; über seine literarische Verwendung vgl. Klibansky (1925), Rosenthal (1932), Schirmer (1969) Sachregister s. v. ›genus iudicale‹ u. ›Streitgespräch‹, Strothmann (1930). Zum rechtsgeschichtlichen Hintergrund s. Conrad (1962), Espig (1937), His (1935), Knapp (1892. 1896).
Zu ›Fastnacht‹ und ›Fastenzeit‹ mit weiterführender Literatur s. Bammel/Schmidt-Clausing (1958), Fasnacht (1964), Urner (1958), Sartori (1929/30).

Nr. 2

Textkritik

Überlieferung:
M fol. 389ᵛ–392ᵛ.

Lesarten:
Zu Üb *s. Apparat zu Stück 1 unter* Üc. – 14 anm *M*, am *Ke.*

Ausgabe:
Keller: Fastnachtspiele. 2. Teil. S. 696–699 (= Nr. 85).

Kommentar

Das Register der Handschrift M zählt das Spiel zu den Stücken »Schnepers«. G. Simon (1970), S. 88, rechnet es der Rosenplüttradition zu. Die Verse 85 u. 86 stimmen wörtlich überein mit dem Rosenplüt zugeschriebenen 45. Stück bei Keller, S. 349,31.32 (Michels [1896] S. 203 f.). Der Reim »plapphart« ... »tapphart« begegnet noch in Stück 39 (Keller, S. 304,4.5), das Michels S. 185 als »sicher Rosenplüt gehörig« hervorhebt, und in Stück 99 (Keller, S. 760,10.11), das ebenfalls Rosenplüt zugeschrieben wird (Michels, S. 207 f.).

Der Arzt ist ein beliebtes Thema des Fastnachtspieles, z. B. bei Keller in den Stücken 6, 21, 48, 57, 82, 98, 101, 114 (vollständige Fassung in: Mittelniederdeutsche Fastnachtspiele, hrsg. v. W. Seelmann. 2. Aufl. Neumünster 1931), 120; in der Sammlung der Sterzinger Spiele: Nr. IV, VI, XIX, XXI, XXII, XXIV; bei Hans Sachs: Nr. 11, 16, 17, 76, 79 (Gewürzkrämer mit Namen Ypocras), 80, 83; bei Ayrer Nr. 32, 38, 62 (in dieser Ausgabe Nr. 20), 65; bei Peter Probst (hrsg. v. E. Kreisler) Nr. VI, VIII; Jacob Frey, *Ein schönes und kurtzweiliges Faßnacht Spil ..., sagt von einem Krämer ... und zwey Mägdlen, deren die eine mit einem Kind gieng, und die andere die faul Kranckheit het ...* (Straßburg o. J.).

Schweizer Fastnachtspiele zu diesem Themenkreis bei J. Baechtold (1892), S. 333 f. u. Anmerkungen, S. 86: Wie man alte Weiber jung schmiedet. S. 336: Die Inszenierung des Schwankes von dem »Wunderdoktor« durch Zacharias Bletz. Näheres bei R. Brandstetter (1885) S. 429 ff. Das Personenverzeichnis und die Inhaltsangabe der einzelnen Akte vom *Luzerner Fastnachtspiel vom Jahre 1592* gibt R. Brandstetter (1885) S. 347–365. Das Fastnachtspiel *Bractica, calculiert durch Doctor Roßschwanz* aus Freiburg (Schweiz) druckt J. Baechtold (1890) S. 208–227 ab. Über die Frage des literarhistorischen Zusammenhangs dieser Arztspiele mit den Salbenkrämerszenen der mittelalterlichen Oster- und Passionsspiele s.: Arch (1948) S. 61–83, Bäschlin (1929) bes. S. 98–104, de Boor (1962), Brinkmann (1930), Brooks (1918), Bühler/Selmer (1948), Dürre (1915), Erlauer Spiele, S. XLI–XLIX, Hammes (1911), Heinzel (1896), Höpfner (1913), Krüger (1931), Lier (1889) S. 147–152. 116 ff., Menčik (1909), Michels (1896) S. 54 bis 65, Niedner (1932), Seelmann (1926), Wirth (1889) S. 168 ff. Zum medizinhistorischen Hintergrund der Arztspiele und zum Thema ›Arzt‹ in der Literatur vgl.: Brand (1923/24), Carsten (1931), Diepgen (1949), I. Fischer (1937), Finckenstein (1864), Hammer (1971), Hellmann (1920), Holländer (1905), A. W. Müller (1927), Peters (1900), G. Wagner (1918), Wüthrich (1967).

Nr. 3

Textkritik

Überlieferung:
D fol. 192r–195r (= S. 372–378); G fol. 373r–376v (= Gb), G fol. 234r–234v (= Ga), fol. 235r–237v (= Gd), fol. 238r–238v (= Ga); P S. 117–127.
Da der Schreiber von Gd, der das fehlende Mittelstück (V. 19–119) von Ga ergänzt, mit dem von P identisch ist, wird für diese beiden Überlieferungsträger die Sigle PG eingeführt.
Der abgedruckte Text folgt der Handschrift D, die, abgesehen von einigen Regieanweisungen, die vollständigere Fassung bietet.

Lesarten:
5 die frau *Ga Gb P*, und sie *D*. – 7/8 *in dieser Reihenfolge Ga Gb P*, *Reihenfolge 8/7 D*. – 13 eren *alle Hss.*, oren *Ke*. – 17 gotebilkum] gotebilkumen *D*. – 48 fůren] furen *D*. – 63 oder *Gb PG*, und *D*. – 78a *nach PG*, der herre *D*. – 86a *PG, fehlt D*. – 91 Das *Gb PG*, Und *D*. – 94a *nach PG, fehlt D*. – 102a *nach Gb PG, fehlt D*. – 128 leyb] leybe *D*. – 144 daran] daraner *D*. – 150 varn] varen *D*. – 156a–176 *fehlt Ga Gb PG*. – 162 den *D*, dem *Ke*.

Ausgaben:
J. Chr. Gottsched: Des nöthigen Vorraths ... zweyter Theil ... Leipzig 1765. S. 75–80; nach D.
Deutsches Theater. Hrsg. v. Ludewig Tieck. 1. Bd. Berlin 1817. S. 12–16.
Keller: Fastnachtspiele. 1. Teil. S. 351–358 (= Nr. 46); nach Ga u. Gd.

Kommentar

Schon Gottsched (Nöthiger Vorrath ..., S. 75 ff.) schrieb das Stück Rosenplüt zu; so auch u. a. Michels (1896) S. 184 u. S. 193 f. Zur Überlieferung s. G. Simon (1970) S. 47 f.
Unter den hier abgedruckten Spielen der Rosenplüttradition hebt sich dieses Stück durch seine Struktur als ›Handlungsspiel‹ von den übrigen ›Reihenspielen‹ ab (vgl. Michels [1896] S. 185–194, bes. S. 192 ff.). Catholy (1961), S. 233, liest Michels ungenau, wenn er schreibt, daß Michels »nur« die Stücke 19 und 46 bei Keller als Handlungsspiele ansehe; Michels spricht davon, daß

diese beiden Stücke »ebenfalls eine kleine Handlung enthalten« (S. 192); zum Reihenspiel und Handlungsspiel vgl. Catholy (1961) passim, bes. S. 142–163; zur Problematik von Catholys literarhistorischer Einordnung dieser beiden Fastnachtspieltypen vgl. Strohbach (1962), Wuttke (1965) S. 259 f. und Lenk, Das Nürnberger Fastnachtspiel (1966) S. 37–40.

Zum Bauernstand und zum Thema ›Bauer‹ in der Literatur: Bartels (1900), Bolte (1890), Catholy (1961) S. 259–275, Frenzel (1953), Hirsch (1910), Hügli (1929), Martini (1944), Möller (1902), Radbruch (1961), Schirmer (1969), Schmitt (1965) S. 23 ff.

Zum Thema ›Frau‹: Brietzmann (1912), Gattermann (1911), Schirmer (1969) Sachregister, R. Schmidt (1917), Schmitt (1965) S. 65 ff., Wachendorf (1934), Weinhold (1882). Zu dem Motiv der von Frauen geäfften großen Weisen in den Versen 79–110 s.: H. Fischer (1968) Register, Held (1945), Lenk, Das Nürnberger Fastnachtspiel (1966) S. 56, Maurer (1953), Michels (1896), Reinmar v. Zweter (1887) Spruch 103 u. S. 569 f., H. F. Rosenfeld (1933), Schirmer (1969) S. 8 f., S. 90 f. u. Register s. v. ›sapienter amare‹, Schneider (1960), Springer (1968), Stammler in: Wort und Bild, S. 12–44 (in den Anmerkungen zahlreiche Literaturangaben). Zu den Themen ›Liebe als Krankheit‹ (V. 87 ff.) und ›Fisch als Sexualsymbol‹ (V. 138) vgl.: Crohns (1905), Schirmer (1969) S. 167 ff. u. S. 206 ff., Eisler (1914).

Über weitere Behandlungen des diesem Stück zugrunde liegenden Stoffes s. Keller, Fastnachtspiele, S. 1505 (zu 351, 1) u. Nachlese S. 340 (zu 351).

Nr. 4

Textkritik

Überlieferung:
G fol. 143ᵛ–146ᵛ.

Lesarten:
34 ist *G*, ir *Ke*. – 37 die ⟨die⟩] die *G*, diu diech *Weinhold (bei Keller, Fastnachtspiele, S. 1491)*. – 54 uns *Ke*, und *G*. – 64 lan *G*, lon *Ke*. – 81 heur *G*, heut *Ke*. – 107 schan *G*, schon *Ke*.

Ausgabe:
Keller: Fastnachtspiele. 1. Teil. S. 219–223 (= Nr. 24).

Kommentar

G. Simon (1970), S. 90, vermutet, daß dieses Stück zur Rosenplüttradition gehört.
Literatur über Prozeßform und Rechtsgeschichte s. beim 1. Stück; zum Sexuellen und Obszönen s. Catholy (1961) S. 232–275, Englisch (1927), Filzeck (1933), Fuchs (o. J.), Gorsen (1969), Kratz (1949), Rabenalt (1965), Stempel (1968), Vorwahl (1933). Zu V. 74 (Hofzucht) u. 107 ff. (Bauer als Ritter) s. de Boor (1966) S. 215 bis 220, Curtius (1965) S. 506–521, Schirmer (1969) S. 271 ff., Schultz (1889), Wernher der Gartenaere (1968).

Nr. 5

Textkritik

Überlieferung:
G fol. 160v–163v.

Lesarten:
26 snuder] *Lesung übernommen von Keller, Nachlese, S. 339*, sunder *Ke (im Text)*. – 52 im *Ke*, eim *G*. – 74 Wie] Wio *G*.

Ausgabe:
Keller: Fastnachtspiele. 1. Teil. S. 247–251 (= Nr. 30).

Kommentar

Nach G. Simon (1970), S. 90, steht das Stück »vermutlich« in der Rosenplüttradition. Michels (S. 241, bes. S. 242) dagegen hält das Stück für »Folzische Schule«; dem schließt sich an Catholy (1961) S. 173. 188.
Zum Motiv vgl. den Schwank *Die hausmaid im pflug* von Hans Sachs (Sämtliche Fabeln und Schwänke hrsg. von E. Goetze. 2. Aufl besorgt v. H. L. Markschies. 1. Bd. Halle 1953. S. 89–93). Zum Thema ›Rüge der sitzengebliebenen Mädchen‹ vgl. die Fastnachtspiele 76, 77 und 91 bei Keller.
Dieses Stück ist wegen seines Inhaltes für die Diskussion um die Herkunft des Fastnachtspieles aus dem Brauchtum heranzuziehen. Siehe dazu und zum Brauch selbst folgende Literatur: Bausinger

(1968) S. 225 ff., Dörrer (1949) S. 184–202, Emmerich (1968) S. 199 ff., Fasnacht (1964) Sachregister, Greuèl (1949), Höfler (1934; sollte ergänzt werden durch einen 2. Bd. mit dem Titel: »Totenheer- Kultbund- Fastnachtspiel«; s. S. XI A. 1), Handwörterbuch des deutschen Aberglaubens, Bd. II, Sp. 561–564 (s. v. Egge), u. Bd. VII, Sp. 6–9 (s. v. Pflugziehen), Klier (1953), Lenk, Das Nürnberger Fastnachtspiel (1966) S. 25–30, Mannhardt (1904/05), Rudwin (1920), Scheunemann (1937), Spamer (1936), Stumpfl (1934. 1936. 1937).

Nr. 6

Textkritik

Überlieferung:
D fol. 167^v–170^r, M fol. 436^v–440^r, F fol. 353^r–357^r, R fol. 29^r–32^v. Der abgedruckte Text folgt der Handschrift M.

Lesarten:
Üa Ein vaßnachtt spil von den syben meistern *D*, Die siben frey kunst *R*, Ein spil *F*. – Üb ⟨Der erst⟩] *entsprechend zu 36a* Der ander *hergestellt; s. auch krit. App. zu Nr. 1 unter* Üc. – 3 Pey *nach D F R*, Von *M*. – 12 Euclytes] Euclites *D*, Euclides *F R*, Anclytes *M*. – 36a Der ander *M*, Der Jungklingk *D*, Der Jüngling *F*, Der frawen diener hat drey reymen / Der erst *R*. – 54 irn *M*, iren *D R F*. – 69 große ru] große unru *D*, gute ru *M F R*. – 84 thun] *fehlt M F*. – 99 freuden *D R*, frauen *M F*. – 102 wie *M*, und *D R F*. – 143 *nach* alls *fügt M* wol *über der Zeile hinzu.*

Ausgaben:
J. Chr. Gottsched: Des nöthigen Vorraths ... zweyter Theil. Leipzig 1765. S. 43–48.
Keller: Fastnachtspiele. 2. Teil. S. 740–745 (= Nr. 96); nach D.

Kommentar

Verfasser des Stückes ist nach Michels (1896), S. 210, »sicher« Rosenplüt; unter dessen Namen hatte es auch Gottsched veröffentlicht (Nöthiger Vorrath, Th. 2, S. 43–48). Das Register von M bringt das Spiel unter »Schneper«. Zur Überlieferung s. G. Simon (1970) S. 47.

Der Anlage nach ist das 84. Stück bei Keller zu vergleichen, in dem ein »Jung Maister« sechs »Maister« um Beratung in Sachen Liebe bittet. Die Artes Liberales erscheinen z. B. auch im Meistergesang als Thema; vgl. dazu Sobel (1968); nicht in diesen Zusammenhang gehört die Sage von den Sieben Weisen Meistern; darüber z. B. Klapper (1943).
Zum sachlichen Verständnis vgl. folgende Literaturhinweise: Allgemein: Artes Liberales (1959), Curtius (1965), Eis (1967), Kristeller (1965). Zu den im Prolog vorkommenden Namen s. Lexikon der Alten Welt, zu deren Fortwirken und den von ihnen vertretenen Fächern im Mittelalter: Priscian: Robins (1951); Aristoteles: Stammler (in: Festschr. Lützeler 1962), Grabmann (1936); Euklid u. Pythagoras: O. Becker (1951), S. Günther (1887); Cicero: C. Becker (1957); Boethius: R. Wagner (1952); Ptolemaios: Boll (1966), Keil (1957).
Zum Thema ›Trauern verkürzt das Leben‹ und zur Bewertung des Lachens im Mittelalter im Epilog V. 145 ff.: Curtius (1935), Kremer (1961), Wenzel (1967).
Zu der Verwendung von Fachtermini der Artes als Metaphern s. Curtius (1965) S. 416 ff.

HANS FOLZ

Geboren wahrscheinlich zwischen 1435 und 1440; Wundarzt in Worms; zog 1459 (nicht 1479!) von dort nach Nürnberg, wo er im Januar 1513 (nicht 1515!) starb. Folz, der seine Werke zum Teil auch selbst druckte, schrieb außer Fastnachtspielen Spruchdichtung medizinisch-naturwissenschaftlichen, historisch-politischen und moralischen Inhalts, schwankhafte Erzählungen und Meisterlieder; seine einzige Prosaschrift ist ein Traktat über die Pest. Für Hans Sachs war Folz ein »durchleuchtig poet«.

Wichtige Ausgaben:

H. Folz: Die Meisterlieder . . . hrsg. v. A. L. Mayer. Berlin 1908.
H. Folz: Die Reimpaarsprüche. Hrsg. v. H. Fischer. München 1961.
Keller (1965).

Literatur zu Folz:

K. Bartsch: Hans Folz. In: ADB 7 (1878) S. 151 ff.
H. Fischer: H. Folz. Altes und Neues zur Geschichte seines Lebens und seiner Schriften. In: ZfdA 95 (1966) S. 212–236.
H. Fischer: Studien zur deutschen Märendichtung. Tübingen 1968.
K. Hannemann: Hans Folz (Nachtrag). In: Verf.-Lex. 5 (1955) S. 223.
U. Hellmann: Die naturwissenschaftlichen Lehrgedichte des Hans Folz. Phil. Diss. Berlin 1920. Auszug in: Auszüge aus noch nicht gedruckten Dissertationen der Berliner Philosophischen Fakultät. Dekanatsjahr 1919/20. S. 153–161.
R. Henß: Studien zu Hans Folz. Berlin 1934.
W. Hofmann: Stilgeschichtliche Untersuchungen zu den Meisterliedern des Hans Folz. Berlin 1933.
G. W. K. Lochner: Urkunden Hanns Folz betreffend. In: Archiv für Litteraturgeschichte 3 (1874) S. 324–329.
A. L. Mayer: Quellenstudien zu Hans Folz. In: ZfdA 50 (1908) S. 314–328.
A. Mihm: Überlieferung und Verbreitung der Märendichtung im Spätmittelalter. Heidelberg 1967.
A. W. Müller: Hanns Folz, ein arzneikundiger Meistersänger. In: Apothekerzeitung 42 (1927) S. 1377 f.
H. Oppenheim: Hans Folz. In: Verf.-Lex. 1 (1933) S. 628–636.
Chr. Petzsch: Hans Folz. In: NDB 5 (1961) S. 288 f.
Chr. Petzsch: Studien zum Meistergesang des Hans Folz. In: DVjs. 36 (1962) S. 190–247.
K.-H. Schirmer: Stil- und Motivuntersuchungen zur mittelhochdeutschen Versnovelle. Tübingen 1969.
I. Spriewald: Hans Folz – Dichter und Drucker. In: PBB 83 (1961) S. 242–277.
D. Wuttke: Die Histori Herculis des Nürnberger Humanisten und Freundes der Gebrüder Vischer, Pangratz Bernhaubt gen. Schwenter. Materialien zur Erforschung des deutschen Humanismus um 1500. Köln u. Graz 1964. [Siehe Register s. v. Folz.]
Ferner: E. F. Clark (1917/18), Heinen (1966), Jördens Bd. 3 (1808) S. 510 f., Kirchhof (1951), Lomnitzer (1963), Stiefel, Ein Fastnachtspiel des H. Folz (1893); weitere Literatur in den Kommentaren zu den einzelnen Spielen.

Nr. 7

Textkritik

Überlieferung:
G fol. 44r–47v (= Gb in dieser Ausgabe, bei Keller = α), fol. 211v–216v (= Ga in dieser Ausgabe, bei Keller = β).

Außerdem müssen die folgenden beiden Drucke herangezogen werden:

Ein hübsch faßnachspil || von einer gar pewrischen pawrn heyrat || seer kurczweylig vnd gut zu lachen. [Am Schluß:] Gedrůckt zu Nůrnberg || durch Jobst Gutknecht || M.CCCCC. vnd XXj. (= o)
(Exemplar der Staatsbibliothek Berlin, Sign. Yd 7820 [Nr. 5].)

Ein hübsch Faßnacht || spiel / von einer gar Pewrischẽ || Pawrn heirat / sehr kurcz || weilig vnd gut zu || lachen. [Am Schluß:] Gedruckt zu Nůrnberg durch || Georg Merckel. [o. J.] (= h)
(Exemplar der Staatsbibliothek Berlin, Sign. Yp 7106.)

Keller (Fastnachtspiele S. 66, S. 1465–1468 u. S. 1483) nennt vier Drucke (e, h, o und den auf S. 1483 erwähnten Druck: Nürnberg durch J. Gutknecht 1521); letzterer ist mit dem Druck o identisch. Der Druck e (Gedrůckt zu Nürnberg / durch Jobst Gutknecht / Anno. [M.CCCC. Xix.: so bei Keller S. 66; aber berichtigt S. 1465 u. S. 1483:] 1519) konnte durch den Fernleihverkehr der Deutschen Bibliotheken nicht nachgewiesen werden. Es scheint nicht berechtigt zu sein, M.CCCCC.Xix als Verschreibung für M.CCCCC. XXi (also 1521 statt 1519) anzusehen, so daß e mit o identisch wäre, da sich nach den Textvarianten, die Keller im Apparat zu St. 7 (S. 66 ff.) bringt, folgende Unterschiede zwischen e und o ergeben: V. 67 Darumb *o*, Dorumb *e (Keller S. 70,4)*; 77 beym *o*, peim *e (Keller S. 70,16)*; 119 huczel *o*, hutzel *e (Keller S. 72,15)*; 136 zerknischen *o*, zu knischen *e (Keller S. 73,10)*; 146 Erfůrst *o*, Erfurst *e (Keller S. 73,26)*; 165 stecz *o*, stetz *e (Keller S. 74,19)*; 168a Ausschreyer *o*, außschreyer *e (Keller S. 74,23)*; 176 Folcz Barbierer *o*, Foltz barbierer *e (Keller S. 74,31)*.

Ingeborg Spriewald (Hans Folz. Auswahl, Berlin 1960, S. 268, Nr. 70 u. S. 271, Nr. 89; Hans Folz – Dichter und Drucker, S. 274, Nr. 45a u. S. 275, Nr. 45b) kennt ebenfalls nur die Drucke o und h; nach ihr ist o »frühester überlieferter Druck« (Auswahl, S. 268).

Der abgedruckte Text folgt der Fassung Ga, der gegenüber die Fassung Gb von Keller (S. 66) als »eine art concept« charakterisiert wird; über die beiden Fassungen s. auch Heinen (1966) S. 76–79. Da die Fassung Gb in den Abdrucken Kellers und Spriewalds vorliegt (s. u.) und Spriewald zudem die Lesarten von o hinzufügt, wurde der folgende Apparat äußerst knapp gehalten. Er gestattet also keinen Fassungsvergleich. Diesen müßte der interessierte Leser unter Heranziehung der Überlieferung selbst erarbeiten.

Lesarten:
Ü Ein spil ein hochtzeit || zu machen etc *Gb, die Überschriften in den Druckfassungen s. o.* – 6 *in Gb folgen noch 2 Verse, die in Ga o h fehlen:* Und laßt uns pald ein leyckauff machen || Und dann trincken, das uns die kopff krachen. – 11 Wir sollen *Gb*, Und wo̊llen *Ga o h.* – 17–18 *fehlen Gb.* – 24 *fehlt Gb.* – 38 *in Gb folgt noch ein Vers, der in Ga o h fehlt:* Das nit mer unfals darein kum. – 45 kem *o h*, kom *Ga*, komm *Gb.* – 116 *in Gb folgen noch 2 Verse, die in Ga o h fehlen:* Wann es wirt offt etwas ubersehen, || Als mir villeicht auch mocht geschehen. – 130 *in Gb folgt ein Vers, der in Ga o h fehlt:* Das sag ich euch furwar. – 140 *in Gb folgen noch 2 Verse, die in Ga o h fehlen:* Ich wil mein wort furder paß plůmen || Und mit keiner solchen keckheit berůmen. – 145–168 *fehlen Gb.* – 171 bis 172 Es wurd sich sunst die ee ein reissen, || Uns mocht der teufel noch domit bescheissen *Gb.* – 173–176 *fehlen Gb.*

Ausgaben:
Keller: Fastnachtspiele. 1. Teil. S. 66–74 (= Nr. 7); nach Gb.
Hans Folz: Auswahl. Bearb. v. Ingeborg Spriewald. Berlin 1960. S. 31–37; nach Keller unter Hinzufügung der Lesarten von o (vgl. S. 236).

Kommentar

Wie V. 176 zeigt, ist Hans Folz Verfasser dieses Stückes, dessen Thema ›Bauernhochzeit‹ z. B. in den Spielen 58, 65, 66 bei Keller und in Stück 5 bei Peter Probst (Ausgabe von E. Kreissler, S. 75 bis 90) wieder begegnet. Außer auf die unter Nr. 3 zu ›Bauer‹ u. ›Frau‹ genannte Literatur sei auf folgende Arbeiten verwiesen: H. Baechtold (1914), H. Fischer (1968) Register, Jegel (1953), Köbner (1911), Steinberg (1956), Taylor (1939) S. 165–172 (ausführliche Bibliographie), Wießner (1937. 1908. 1956). Vgl. auch einschlägige Lexika unter dem Stichwort ›Grobianismus‹. Zur Metrik s. Heinen (1966) S. 76–91. 127.

Nr. 8

Textkritik

Überlieferung:
G fol. 176v–178r.

Lesarten:
3 *vor oder nach V. 3 fehlt ein Vers.* – 14 5] 2 *G.* – 19 *nach V. 19:* Der erst *G, getilgt nach Ke.* – 20a Aber der erst *G.* – 22 dreyzehen] *Vorschlag von Michels (Studien, S. 232),* der gewin *G.* – 24 sie kupfrein seyen] so k. seyen *Vorschlag von Michels (Studien, S. 232),* sie k. sehen *G.* – 30 xiiij und ij hast [du] do *Vorschlag von Michels (Studien, S. 232),* xij und ij hast du do *G.*

Ausgaben:
Keller: Fastnachtspiele. 1. Teil. S. 271 ff. (= Nr. 35).
Bernhard Ihringer: Alte Deutsche Fastnachtsspiele. Stuttgart o. J. S. 143 ff.

Kommentar

Michels (1896), S. 231, möchte bei diesem Stück »an Folz denken«, der sich auf die Gestaltung solcher Szenen verstehe. Dem schließt sich Catholy (1961), S. 150 u. S. 188, an. Keller, Nachlese S. 340, erinnert zu diesem Spiel daran, daß man »dem feilschen und mäkeln am gelde öfter in dem alten deutschen schauspiel« begegne und daß es »daher auch in die passionsspiele eingedrungen« sei, »wo Judas an den 30 silberlingen mäkeln muß«. Belege s. dort; ferner Bäschlin (1929), Brinkmann (1930), S. 28, Creizenach (1911 bis 1923) Bd. 1, S. 417. Literatur zum Thema ›Bauer‹ s. Nr. 3.

Nr. 9

Textkritik

Überlieferung:
G fol. 376v–388v.
Zur Textherstellung wurde die von G stark abweichende Druckfassung (q) »Uon dem kunig Salomon || Vnd Marckolffo / vnd einem narrn / ein || hůbsch Faßnacht spil new gemacht. [Am Ende des Stückes:] Gedruckt zu Nůrenberg || durch Johannē Stůchs. [o. J.]«

herangezogen (Exemplar der Staatsbibliothek Berlin, Sign. Yd 7820 [Nr. 11]); hier benutzt die Ausgabe v. D. Wuttke: Die Druckfassung des Fastnachtspieles »Von König Salomon und Markolf«. In: ZfdA 94 (1965) S. 141–170.

Es sei ausdrücklich darauf hingewiesen, daß der folgende Apparat keinen Vergleich der Fassungen G und q gestattet. Diesen müßte der interessierte Leser unter Heranziehung der Überlieferung selbst erarbeiten. Im Gegensatz zu dem bei Spiel Nr. 7 angewandten Verfahren ist es hier noch nicht einmal möglich, die Plus- und Minusverse zu verzeichnen, wenn sie für die Textkritik von G nicht von unmittelbarer Bedeutung sind.

Lesarten:

20a Marckolffus wirdt husten und q^{29}, *fehlt G.* – 23 deym q^{33}, dem G. – 57 Knoll gepar Troll, Troll gepar Lappen q^{80}, Paur Trol paur Knoll gepar Lappen G. – 60 *nach* q^{83}, *fehlt G.* – 64 uber *G Ke (im Text)*, unter *Ke (Fastnachtspiele, S. 1513).* – 70 alle q^{108}, allen G. – 74 gab q^{114}, geb G. – 80 pfipft *Ke*, pfiffpt G. – *125* entschuͤff nuͤtzers q^{162}, schaffet nutzes G. – 130 Wo q^{167}, So G. – 146 bin q^{426}, wil G. – 268 krieg q^{576}, konig G. – 270a den] der G. – 274 Des] Das G. – 285 doch mir *Ke (anmerkungsweise S. 535)*, doch was und mir *G Ke (im Text; so auch Wuttke, Druckfassung, S. 166)*, sag mir q^{599}. – 287 ungerechters q^{602}, ungerechtes G. – 302 *nach* q^{619}, *fehlt G;* Bezeuͤg *q.* – 353 unseligen *G*, unsaligen *Ke.* – 369 *vor oder nach V. 369 scheint ein Vers ausgefallen zu sein, wie das fehlende Reimwort zu* ubersehen *nahelegt.* – 371 ein *Ke (S. 1513)*, eim *G;* schweigern] schweigren G. – 379 klagen des] klagt dest G. – 382 da] das G. – 383a den *Ke*, dem G. – 432 *vor oder nach V. 432 fehlt ein Vers, wie das fehlende Reimwort zu* dar *nahelegt.*

Ausgaben:

Keller: Fastnachtspiele. 2. Teil. S. 523–540 (= Nr. 60).

Der Druck q auch ediert von D. Huschenbett: Von dem König Salomon und Markolf und einem Narren. Zu Eckehard Catholy: Das Fastnachtspiel des Spätmittelalters. Tübingen 1961. In: ZfdPh. 84 (1965) S. 369–408.

Kommentar

Wie die Schlußverse der Druckfassung zeigen, ist Hans Folz der Verfasser dieses Spiels, dessen Quellen das Volksbuch von Salomon und Markolf, wahrscheinlich auch die lateinischen Bearbeitungen dieses Motives (Lenk, Das Nürnberger Fastnachtspiel [1966] S. 57 u. Lenk [1962] S. 507) sind. Über die Bedeutung dieser Quellennachweise neben anderen für die ›Wesensbestimmung des Fastnachtspieles des 15. Jahrhunderts als literarischer Erscheinung‹ s. Lenk, Das Nürnberger Fastnachtspiel (1966) S. 44 ff., bes. S. 57 (das Zitat S. 60).

Über die Bearbeitungen des Stoffes informieren am übersichtlichsten Lenk (1965 und 1972. 1966 in Wissenschaftliche Zeitschrift), Catholy (1961) in seiner Bibliographie S. 335–340 und Meiners (1967). Von der zuletzt genannten Publikation sollte eine nähere Beschäftigung ausgehen. Außer Folz haben Hans Sachs (26. Fastnachtspiel) und Zacharias Bletz (in der Ausgabe von E. Steiner [1926] S. 7–159) ein Fastnachtspiel über Salomon und Markolf verfaßt. Als Beispiel für deren Weiterleben im neueren volkstümlichen Drama sei genannt: *Marcolph oder König Salomo und der Bauer.* Ein heiteres Spiel von Alfons Paquet. Frankfurt a. M. 1924. Ein Fastnachtspiel *von kunig Salomon u. den zweyen frawen* wird bei Schnorr v. Carolsfeld (1874) S. 13–16 abgedruckt.

Eine umfangreiche Analyse des Folzischen Stückes bildet den ersten Hauptteil des Buches von Catholy (1961), das nicht ohne Widerspruch aufgenommen wurde; s. folgende Rezensionen: Gernentz (1962), Huschenbett (1970), Kretzenbacher (1967), Leeuwe (1964), Lefebvre (1963), Lenk (1962), Rupp (1962), L. Schmidt (1962), Strohbach (1962), Wuttke (ZfdPh. 1965). Die Auffindung der Druckfassung q stellt nicht wenige der Ergebnisse Catholys in Frage (s. Wuttke ZfdPh. 1965).

Außer der genannten Literatur seien zum Thema ›Salomon und Markolf‹ folgende Arbeiten genannt: Benary (1914), Biagioni (1930), Conway (1899), Curschmann (1968), Die deutschen Dichtungen von Salomon und Markolf I. II., Hügli (1929), Kölb (1951), Martini (1944), H. F. Rosenfeld (1953), Schaubach (1881), Schaumberg (1876), Schiel (1938), Schimmerl (1951), Sieber (1960) S. 96, Singer (1891), Suolahti (1946), Strassburger Holzschnitte (1922), v. Vincenti (1904), Vogt (1882), de Vreese (1941), H. Walther (1920), Jantzen (1896) und der Artikel ›Synkrisis‹ im Lexikon der Alten Welt (1965).

Es wäre zu fragen, ob und wie weit der Redewettstreit zwischen Salomon und Markolf Zusammenhänge mit den Sängerwettkämpfen der griechischen und römischen bukolischen Dichtung aufweist; vgl. Hirzel (1895), Langen (1966), Merkelbach (1956).

Zu den Motiven des Stückschlusses ›Verkleidung als Pilger‹ sowie ›Brief- und Siegelfälschung‹ vgl. N. Thomas: Handlungsstruktur und dominante Motivik im deutschen Prosaroman des 15. und frühen 16. Jahrhunderts. Nürnberg 1971. S. 84 f. u. 91.
Metrische Fragen des Stückes erörtert Heinen (1966) S. 58–75. Zum Stichreim, der zwei durch Reim gebundene Verse auf zwei Sprecher verteilt (z. B. V. 39/40 u. ö.), vgl. Herrmann (1894); über seine »Aufgabe u. Leistung« in diesem Fastnachtspiel vgl. Catholy (1961) S. 71–74 und dazu die Rezension von Wuttke (1965) S. 255 f.
Literatur zum Thema ›Narr‹ s. Nr. 10.

Nr. 10

Textkritik

Überlieferung:
G fol. 168r–172r.

Lesarten:
5/6 *in dieser Reihenfolge Ke, Reihenfolge* 6/5 *G.* – 8 Als *Ke,* All *G.* – 37 fellt mir *G fol. 223 (= Stück 44 bei Keller, S. 338, 10),* fellt sie mir *G.* – 71 Da *Vorschlag von Ke,* Das *G.* – 143/144 *stehen nach* 145/146 *in G, Weinhold (bei Keller, Nachlese S. 339 zu 263, 6. 7.) schlägt die Reihenfolge* 145, 146, 144, 143 *vor.*

Ausgabe:
Keller: Fastnachtspiele. 1. Teil. S. 258–263 (= Nr. 32).

Kommentar

Die Übereinstimmungen mit einzelnen Versen der Stücke 38 und 44 bei Keller, in denen Hans Folz sich als Verfasser nennt, legen nahe, ihn auch als Verfasser dieses Stückes zu sehen (vgl. Michels [1896] S. 215–218). Die Parallelen sind folgende: V. 3–8: St. 38 (Keller S. 283,15–20); V. 35–42: St. 44 (Keller S. 338,8–15); V. 43–50: St. 44 (Keller S. 338,19–26); V. 67–68: St. 44 (Keller S. 340,2–3); V. 91–94: St. 44 (Keller S. 340,4.5.8.9); V. 99–106: St. 44 (Keller S. 339,9–16); V. 115–122: St. 38 (Keller S. 283,15 bis 20).
Das Stück gehört in die Gruppe der Narrenrevuen, speziell die der Liebesnarren; s. z. B. die Stücke 9, 13, 14, 26, 38, 43, 44, 95,

99, 109, 116 bei Keller; s. ferner von Pamphilus Gengenbach: *Die Gouchmat* (in der Ausgabe von Karl Goedeke, Hannover 1856, S. 117–152. 502–505. 616 ff.) und das 2. Fastnachtspiel von Hans Sachs: *Das Hoffgesindt Veneris* (in der Ausgabe von Schumacher [1970] S. 1–10. XII–XIV). Die revueartige Gruppierung der Narren um »Frau Fenus« findet eine besondere Form im Moriskentanz (14. Stück bei Keller), in dem sich Tanzspiel und Fastnachtspiel begegnen; in dieser Frage führen weiter: Huschenbett (1970), Lenk, Das Nürnberger Fastnachtspiel (1966) S. 31–37; s. auch Catholy (1961) Register s. v. Tanz u. ä., Engel (1961), Halm (1927) und den im Abbildungsverzeichnis unter Nr. 5 zitierten Katalog der Kölner Ausstellung ›Herbst des Mittelalters‹ (1970).
Zur Interpretation des Stückes s. die Literatur zu folgenden Einzelfragen: Revueform: H. Rosenfeld in ZfdA 85 (1954/55), Catholy (1961) bes. S. 142 ff., Lenk, Das Nürnberger Fastnachtspiel (1966) bes. S. 37–40. Der Narr in der Literatur: Ph. A. Becker (1935), Curschmann (1970) Nr. X, Held (1945), Könneker (1966), Lefebvre (1968), Meier (1955), Meiners (1967), Nick (1861), Swain (1932), Wuttke (1968), Wyss (1959). Der Narr in der bildenden Kunst: H. Schmidt (1930) Nr. 1183, Handkel (1952). Liebe und Allegorie der Liebe: Glier (1965), Glässer (1965), Gruenter (1957), Lauffer (1947), Lenk, Das Nürnberger Fastnachtspiel (1966), Lewis (1953), Salmon (1956/57); zu den Versen 141–150, in denen die berühmtesten Liebestoren aufgezählt werden, s. die Angaben zu Stück 3, V. 79–110. Für die Art der Darstellung der sexuellen Erlebnisse und ihre Reihung wäre auf den möglichen Einfluß der sog. ›Lügendichtung‹ hinzuweisen.

VIGIL RABER

Geboren im letzten Viertel des 15. Jahrhunderts in Sterzing (Tirol) als Sohn eines Bäckers; ließ sich nach dem Besuch der Lateinschule von einem Tiroler Künstler zum Maler ausbilden; gestorben Mitte Dezember 1552 in Sterzing. Außer als Maler wirkte Raber in mehreren Tiroler Städten (z. B. in Bozen) als Regisseur bei kirchlichen und bürgerlichen Theatervorhaben mit (z. B. bei Passions-, Oster- und Fastnachtspielen); dieser Tätigkeit ist seine umfangreiche Spielsammlung zu verdanken, aus der das folgende Fastnachtspiel stammt.

Wichtige Ausgaben:

Sterzinger Spiele nach Aufzeichnungen des Vigil Raber. Hrsg. v. O. Zingerle. Bd. 1. 2. Wien 1886. (Vgl. Dörrer [1943] Sp. 986: »Eine Gruppe von Fastnachtspielen ließ Zingerle ganz aus, die biblischen Exempelstücke.«)
Weitere Ausgaben s. Dörrer (1943) Sp. 989 f.

Literatur zu Raber:

C. Fischnaler: Vigil Raber, der Maler und Dichter. Innsbruck 1894.
C. Fischnaler: Sterzing am Ausgang des Mittelalters. In: Festschrift zu Ehren Emil von Ottenthals. Innsbruck 1925. S. 104 bis 142. (Schlern-Schriften H. 9.)
R. Nordsieck: Der Bühnenplan des Vigil Raber: Ein Beitrag zur Bühnengeschichte des Mittelalters. In: MDU 37 (1945) S. 114 bis 129.
E. Thurnher: Wort und Wesen in Südtirol. Innsbruck 1947.
Ferner: Arch (1948), Dörrer (1929. 1943. 1949), Fischnaler (1894), Pichler (1850), Schadelbauer (1962), Seidel (1938), Sikora (1905), Sterzinger Neidhartspiel (1951).

Nr. 11

Textkritik

Überlieferung und Vorbemerkung zur Textgestaltung: Da Rabers Niederschrift im Sterzinger Spielarchiv z. Zt. aus rechtlichen Gründen nicht verfügbar ist (Brief des Bürgermeisters von Sterzing v. 8. April 1968), liegt dieser Ausgabe der Text von O. Zingerle, Fünfzehn Fastnachts-Spiele aus den Jahren 1510 und 1511 nach Aufzeichnungen des Vigil Raber, Wien 1886, S. 114–145 (Sterzinger Spiele nach Aufzeichnungen des Vigil Raber. Hrsg. v. O. Zingerle. Bd. 1), zugrunde (im folgenden = Z). Über die Handschrift s. das Vorwort bei Z; zum »Schicksal des Sterzinger Spielarchivs« s. Dörrer (1951/52. 1965).
Außer den oben S. 318 f. angegebenen Normalisierungen werden fol-

gende Änderungen an Z vorgenommen: die Einrückung des jeweils 2. Verses wird aufgegeben (s. dazu Vorwort von Z, S. X); im Briefschluß (V. 721 ff.) wird nach einem Punkt stets großgeschrieben; da dieser Text wie bei Z fortlaufend gedruckt wird, verändert sich ab hier die Verszählung gegenüber Z. Diakritische Zeichen über dem u in lateinischen Wörtern werden nicht wiedergegeben.

Lesarten:
101 Ob] O(b) Z. – 151 ain] ain [ain] Z. – 176 Nullis contestatur Z, Nunc lis contestatur *Kaiser (1899) S. 99.* – 455 licentiam *Kaiser (1899) S. 30*, decentiam Z. – 500 Und] [Und] Z. – 501c notario] notarius Z. – 517b Rumpolt] Rump(o)lt Z.

Kommentar

Rumpolds Prozeß liegt in mehreren Bearbeitungen vor: eine zweite Aufzeichnung durch Raber ist das I. Sterzinger Spiel (Q I), zwei weitere Fassungen bieten das 115. und 130. Stück bei Keller; über die Abhängigkeit der Spiele untereinander, Q I u. Keller 130, Q VIII (das hier abgedruckte Spiel) u. Keller 115, s. Arch (1948) S. 40–50, Kaiser (1899), Michels (1896) S. 67–74.
Die Einklagung eines Eheversprechens behandelt auch das Fastnachtspiel von *Elsli Tragdenknaben* (Keller 110 = Niklaus Manuel, hrsg. v. J. Baechtold, Frauenfeld 1878, S. 255–298, ohne die Verse Keller 897,2–899,6); weitere Fassungen nennt Baechtold a. a. O., S. CCVI.
Literatur zu den Themen ›Bauer‹, ›Gerichtsspiel‹ u. ›Obszönität‹ s. Nr. 3, 1 u. 4, zum Juristischen: Kaiser (1899), Kaser (1968) u. die Artikel ›Ehe‹ sowie ›Ehescheidung‹ im Handwörterbuch zur deutschen Rechtsgeschichte, Bd. 1 (1967).

HANS SACHS

Geboren am 5. November 1494 in Nürnberg als Sohn eines Schneiders; auf der Lateinschule, die er wie andere Handwerkersöhne der Zeit besuchte, erste Begegnung mit Stoffen des klassischen

Altertums, die für seine spätere Dichtung u. a. von Bedeutung werden. Nach Schulabschluß (1509) absolvierte Sachs eine Schuhmacherlehre und ließ sich nebenbei von dem Weber und Meistersinger Leonhard Nunnenpeck im Meistergesang ausbilden, neben Drama und Spruchgedicht die dritte Gattung, die Sachs für sein dichterisches Talent fand. Als Bürger blieb er seiner Vaterstadt, die er nur während der obligatorischen Gesellenfahrten für längere Zeit verließ, zwar eng verbunden, unterwarf sich aber nicht kritiklos ihrer Obrigkeit; sein Eintreten für Luther und seine Lehre z. B. brachte ihm ein Schreibverbot des Rates ein. Sachs starb in Nürnberg am 19. Januar 1576. Sein Werk beeindruckt durch Umfang, thematische Vielfalt und die formalen Variationsmöglichkeiten ein und desselben Stoffes, die den Produktionen einen betont literarischen Charakter geben.

Wichtige Ausgaben:

Hans Sachs. Hrsg. v. A. v. Keller u. E. Goetze. Bd. 1–26. Tübingen 1871–1908.

Sämtliche Fastnachtspiele. Hrsg. v. E. Goetze. 1.–7. Bdchen. [1. in 2. Aufl. 1920; 2. in 2. Aufl. besorgt v. R. Schmidt-Wiegand 1957]. Halle 1881–1957.

Sämtliche Fabeln und Schwänke ... hrsg. v. E. Goetze u. K. Drescher. Bd. 1–6 [Bd. 1 in 2. Aufl. besorgt v. H. L. Markschies 1953]. Halle 1893–1953.

Literatur zu Sachs:

Bibliographien:

G. Braun: Hans Sachs-Litteratur. In: Nachrichten aus dem Buchhandel. 1894: Nr. 29, S. 249 f.; Nr. 30, S. 258 f.; Nr. 32, S. 276 f.; 1901: Nr. 65, S. 2254 ff.; Nr. 66, S. 2287 ff.; Nr. 71, S. 2451 f.; Nr. 72, S. 2490 ff.

F. Hintner: Bausteine zu einer Hans Sachs-Bibliographie. Programm Wels 1913/14.*

V. Michels: Schriften über Hans Sachs. 1894–1900. In: AfdA 27 (1901) S. 41–60.

H. Oppel: Forschungsbericht. Neue Wege der Hans-Sachs-Forschung. In: Dichtung u. Volkstum 39 (1938) S. 238–246.

Hans Sachs. Hrsg. v. A. v. Keller u. E. Goetze. Bd. 24–26. Tübingen 1900–1908.

A. L. Stiefel: Die Hans-Sachs-Literatur zur 400jährigen Jubelfeier. In: MVGN 11 (1895) S. 248–281.
E. Weller: Der Volksdichter Hans Sachs und seine Dichtungen. Eine Bibliographie. Neudruck [der Ausgabe v. 1868] unter Hinzufügung eines Anhanges: E. Carlsohn, Die Bibliothek Hans Sachs. Wiesbaden 1966. Zusätze in: Germania 25 (1880) S. 230 ff.
Ferner: Tarot (1963), Könneker (1971).

Zu Leben u. Nachwirken:
F. Baberadt: Hans Sachs im Andenken der Nachwelt. Mit besonderer Berücksichtigung des Dramas des 19. Jahrhunderts. Phil. Diss. Rostock. Halle 1906.
A. Bauch: »Barbara Harscherin«. Hans Sachsens zweite Frau. Nürnberg 1896.
W. L. H. Buchholz: Hans Sachs und seine Nachkommen bis zur Gegenwart. In: Blätter für Fränkische Familienkunde 8 (1965) S. 350–368.
F. Eichler: Das Nachleben des Hans Sachs vom 16. bis 19. Jahrhundert. Leipzig 1904.
I. Fischer: Die Heilkunde bei Hans Sachs. Wien 1937. (Wiener medizingeschichtliche Beiträge. H. 3, II. S. 21–52.)
R. Genée: Hans Sachs und seine Zeit. Zweite, durchgesehene Aufl. Leipzig 1902.
E. Goetze: Hans Sachs. In: ADB 30 (1890) S. 113–127.
Chr. Hinker: Hans Sachs, ein geistiger Aufriß seiner Persönlichkeit. Phil. Diss. Wien 1939.
B. Könneker: Hans Sachs. Stuttgart 1971.
A. Kopp: Hans Sachsens Ehrensprüchlein. Zum 5. November. In: Zeitschrift für Bücherfreunde 8 (1904/05) S. 316–320 (über den Spruch: Hans Sachs war ein Schuh-/ Macher und Poet dazu.).
P. Landau: Hans Sachs. Berlin 1924.*
H. Paetzoldt: Hans Sachs' künstlerische Entwicklung vom Spruchgedichtbuch zur Folio. Phil. Diss. Breslau 1921.
A. Richter: Hans Sachsens Fortleben im 17. Jahrhundert. In: Zeitschrift für Deutsche Kulturgeschichte N. F. 3 (1893) S. 355–374.
G. Stuhlfauth: Die Bildnisse des Hans Sachs vom 16. bis zum Ende des 19. Jahrhunderts. Berlin 1939.

Zum Text und zur Überlieferung:

M. Beare: Hans Sachs mss.: An account of their discovery and present locations. In: MLR 52 (1957) p. 50–64.

M. Beare: Some Hans Sachs editions. A critical evaluation. In: MLR 55 (1960) p. 51–65.

R. Buchwald: Über einige Verleger und Illustratoren des Hans Sachs. In: Zeitschrift für Bücherfreunde 2 (1910) S. 233–245.

K. Drescher: Die Spruchbücher des Hans Sachs und die erste Folioausgabe. In: Hans Sachs-Forschungen. S. 209–252.

E. Goetze: Der gedruckte Text des Hans Sachs und die Hilfsmittel zu seiner Verbesserung. In: Archiv für Litteraturgeschichte 8 (1878) S. 301–316.

E. Goetze: Die Handschriften des Hans Sachs. In: Hans Sachs-Forschungen. S. 193–208.

M. Herrmann: Zur Geschichte des Hans Sachsischen Textes. In: Hans Sachs-Forschungen. S. 410–421.

H. Röttinger: Die Bilderbogen des Hans Sachs. Straßburg 1927.

Zur Grammatik, Sprache und den sprachlichen Ausdrucksmitteln:

J. Albrecht: Ausgewählte Kapitel einer Hans Sachs-Grammatik. Phil. Diss. Freiburg 1896.

C. Frommann: Versuch einer grammatischen Darstellung der Sprache des Hans Sachs. Th. 1: Zur Lautlehre. Schulprogramm Nürnberg 1878.*

E. Hagfors: Syntaktische Freiheiten bei Hans Sachs an seinen Fabeln und Schwänken und den Fastnachtspielen dargestellt. I. II. In: Acta societatis scientiarum Fennicae 24 (1898) Nr. 6; 26 (1900) Nr. 2.

Ch. H. Handschin: Das Sprichwort bei Hans Sachs. Madison, Wisc., 1904. (Bulletin of the Univ. of Wisconsin No. 103.)

F. K. Heinemann: Das Scheltwort bei Hans Sachs. Phil. Diss. Gießen 1927.

H. Henze: Die Allegorie bei Hans Sachs. Halle 1912.

G. Johnson: Der Lautstand in der Folioausgabe von Hans Sachs' Werken . . . I.: Der Vokalismus. Phil. Diss. Uppsala 1941.

Chr. Mayer: Die Orthographie des Hans Sachs. Schulprogramm Cöln-Nippes 1904.

H. H. Rußland: Das Fremdwort bei Hans Sachs. Phil. Diss. Greifswald. Coburg 1933.

Ch. Schweitzer: Sprichwörter und sprichwörtliche Redensarten bei Hans Sachs. In: Hans Sachs-Forschungen. S. 353–381.

W. Theiß: Exemplarische Allegorik. Untersuchungen zu einem literarhistorischen Phänomen bei Hans Sachs. München 1968.
E. Zahlten: Sprichwort und Redensarten in den Fastnachtspielen des Hans Sachs. Phil. Diss. Hamburg 1922 [1923] Autogr.*

Zur Metrik:
K. Drescher: Einige Gesichtspunkte metrischer Betrachtung. In: Bausteine. Festschrift Max Koch zum 70. Geburtstage ... Breslau 1926. S. 161–190.
K. Helm: Zur Rhythmik der kurzen Reimpaare des 16. Jahrhunderts. Phil. Diss. Heidelberg. Karlsruhe 1895.
M. Herrmann: Stichreim und Dreireim bei Hans Sachs und anderen Dramatikern des 15. und 16. Jahrhunderts. In: Hans Sachs-Forschungen. S. 407–471.
Chr. A. Mayer: Die Rhythmik des Hans Sachs. In: PBB 28 (1903) S. 456–496.
J. Minor: Stichreim und Dreireim bei Hans Sachs. In: Euphorion 3 (1896) S. 692–705; 4 (1897) S. 210–251.
L. Pfannmüller: Zur Auffassung des Hans Sachs-Verses. In: PBB 43 (1918) S. 47–55.
M. Rachel: Reimbrechung und Dreireim im Drama des Hans Sachs und anderer gleichzeitiger Dramatiker. Programm Freiberg 1870.
A. Schirokauer: Zur Metrik des Hans Sachs-Verses. In: PBB 50 (1927) S. 296–301.
H. J. Schlütter: Der Rhythmus im strengen Knittelvers des 16. Jahrhunderts. In: Euphorion 60 (1967) S. 48–90.
W. Sommer: Die Metrik des Hans Sachs. Halle 1882. [Vgl. Vierteljahrsschr. f. deutsche Altertumskunde 28 (1883) S. 375 ff. u. Archiv f. Litteraturgeschichte 12 (1884) S. 304 ff.].

Zu Drama und Fastnachtspiel:
E. Caspary: Prolog und Epilog in den Dramen des Hans Sachs. Phil. Diss. Greifswald 1920. [Masch.]*
K. Drescher: Studien zu Hans Sachs. Neue Folge. Marburg 1891.
H. Fernau: Der Monolog bei Hans Sachs. Phil. Diss. Greifswald. Jena 1922.
A. Glock: Die Bühne des Hans Sachs. I. Phil. Diss. München. Passau 1903.
M. Herrmann: Die Bühne des Hans Sachs. Ein offener Brief an A. Köster. Berlin 1923.

M. Herrmann: Noch einmal: Die Bühne des Hans Sachs. Berlin 1924.
A. Hugle: Die Einflüsse der Palliata (Plautus u. Terenz) auf das lateinische und deutsche Drama im 16. Jahrhundert mit besonderer Berücksichtigung des Hans Sachs. Phil. Diss. Heidelberg 1920. (Auszug in: Jahrbuch der Phil. Fak. der Univ. Heidelberg 1921/22. I. Teil. S. 3 ff.)
A. Köster: Die Bühne des Hans Sachs. In: DVjs. 1 (1923) S. 557 bis 581.
Ferner: Abele (1897. 1899), Beck (1929), Cattanès (1923), E. F. Clark (1917/18), Duflou (1893), Edert (1903), Filice (1960), French (1925), Geiger (1904), Hans Sachs-Forschungen (1894), Johansen (1937), Kaufmann (1950), Kindermann (1952), Lussky (1927), MacMechan (1889), Münch (1936), Pelzer (1921), Petsch (1936), Robertson (1892), Schulz (1965), Stiefel, Über die Quellen ... (1891/92), Stiefel, Der »Clericus Eques« (1891), Stiefel, Zum fünften Fastnachtspiel (1893), H. G. Sachs (1957), Stöllinger (1912).

Zum Meistersang:
B. Nagel: Meistersang. Stuttgart 1962. (Sammlung Metzler)
B. Nagel [Hrsg.]: Der deutsche Meistersang. Darmstadt 1967.

Vorbemerkung zur Textgestalt

Ein Blick in Goetzes Ausgabe der Fastnachtspiele von Hans Sachs (s. Abkürzungsverzeichnis unter Goe) macht deutlich, daß die Mehrzahl der textkritischen Probleme durch die Metrik aufgegeben wird. Goetze war der Meinung, einen regelmäßig alternierenden Vers herstellen zu müssen – oft ohne jede Rechtfertigung durch die Überlieferung, die im Gegenteil (wie stichprobenartig vorgenommene Vergleiche bei solchen Stücken, die auch handschriftlich überliefert sind, zeigten) den Trend erkennen läßt: Je näher die Überlieferungsträger an die Lebenszeit des Hans Sachs herankommen, desto freier und realistischer ist die Versgestaltung. Wegen der Wichtigkeit dieser Fragen, die in der Forschung noch nicht ausdiskutiert sind, schien es angebracht, trotz der dadurch verursachten Anschwellung des kritischen Apparates, die auf metrischen Überlegungen beruhenden Varianten der Goetzischen Ausgabe in den Apparat aufzunehmen, und zwar so, daß dabei auftretende orthographische Abweichungen der einzelnen Überlieferungsträger nicht extra vermerkt werden; in solchen Fällen wird Goetzes Lesart mit dem Zusatz *nach* ... oder *mit* ... (es folgt die Sigle des bzw. der betreffenden Textzeugen) angegeben. Z. B.: Spiel 18, V. 70: *Mit ander*, so liest man in SG. Goetze (ihm folgt Schumacher) schlägt *Mit sampt ander* vor, unter Berufung auf A und K, die *Mit sampt andren* haben. Weil es in diesem Falle nur um den Hinweis auf die unterschiedliche Versgestaltung von SG und A K (durch den Zusatz *sampt*) geht und nicht um die Änderung *andren* (A K) gegenüber *ander* (SG), konnte auf die Angabe der vollen Lesart von A K verzichtet werden, da sie in der zur Debatte stehenden Frage des Metrums von Goetze referiert wird. Im kritischen Apparat liest man also: 70 Mit ander *SG*, Mit sampt ander *Goe Schu mit A K.*

Nr. 12

Textkritik

Überlieferung:
A III, 3, 42b–45c; B III [lag nicht vor; soweit Lesarten angegeben werden, stammen sie aus Goe]; C III, 3, 31a–33b; K III, 3, 82–89; Reg. 34.
Dem Text liegt die Folioausgabe A zugrunde.

Lesarten:
13 int *C K Goe*, in *A*. – 17 wiln *C K*, wil *A*. – 18 dŏtschen *A C K*, dŏtschn *Goe*. – 25 kracht *A*, gekracht *C K Goe*. – 27 genug *A*, gnug *C K Goe*. – 49 darffst *B C K*, darffts *A*. – 63 strudelt *A C K*, strudlt *Goe*. – 64 schauen *A C K*, schaun *Goe*. – 78 dester *A C*, dest *K Goe*. – 85 als *A*, alles *C K Goe*. – 88 seiten *A C K*, seitn *Goe*. – 103 meinen *Goe*, meinem *A C K*. – 116 meinen *K Goe*, meinem *A C*. – 129 jedm *A*, jedem *C K Goe*. – 132 Teuffel *A*, Teuffl *C K Goe*. – 155 Seuen *A C K*, Seun *Goe*. – 177 geht im *C K*, geht in *A Goe*. – 194 seyst *C K*, sey *A*, Bezaubert oder *B Goe*. – 210 So list du *C K Goe*, So lisen *A*. – 215 dich nit *A C K*, dich doch nit *Goe*. – 218 Teuffel *A C K*, Teuffl *Goe*. – 232d ziehen auß *A*, ziehen in auß *C Goe*, z. ihn a. *K*. – 236 mich *C K Goe*, micht *A*. – 290 grober *A C K*, grobr *Goe*. – 321 maul stossen *A*, maul nein stossen *C K Goe*.

Kritische Ausgaben:
Keller/Goetze. Bd. 14. S. 170–183.
Goetze 3. Bdchen. S. 86–98.

Bearbeitete Fassungen:
Hans Sachs' ausgewählte dramatische Werke. Sprachlich erneuert ... v. K. Pannier. 2. Bd.: Ausgewählte Fastnachtspiele. Leipzig o. J. S. 109–122.
Hans Sachs: Schwänke und Fastnachtsspiele. München o. J. S. 98–114. (Goldmanns gelbe Taschenbücher Bd. 2780.)
Vierzig Spiele von Hans Sachs. Für den Gebrauch bei Aufführungen bearbeitet v. F. v. Jäger. Nürnberg 1908. S. 297–310.
Hans Sachs. Das Kälberbrüten. Leipzig u. Hartenstein 1921. (46. Zweifäusterdruck.)
Hans Sachs. Fastnachtspiele. München (Deutsche Meister Verlag) 1922. S. 20–34.
Das Kälberbrüten ... Wieder einmal neu aufpoliert v. R. Mirbt. Kassel u. Basel 1958. (Bärenreiter-Laienspiele Nr. 183.)
Hans Sachsens ausgewählte Werke. 2. Bd. Leipzig 1961. S. 110 bis 124.
Hans Sachs. Werke in zwei Bänden. 2. Bd. Berlin u. Weimar 1966. S. 322–335.

Kommentar

Den Stoff verarbeitete Sachs außerdem in einem Meistergesang (Sämtliche Fabeln u. Schwänke. 4. Bd. 1903. S. 219 ff.) und in einem Schwank (a. a. O. 1. Bd. 1953. S. 506–511; dort [S. 506] auch Angaben über weitere literarische Fassungen). »Über den Zusammenhang der Gattungen in der deutschen Reimdichtung« (Spriewald) s. H. Fischer (1968) S. 56 u. Schirmer (1969) S. 107. Zum Thema ›Bauer‹ und ›Frau‹ in der Dichtung s. Nr. 3.

Nr. 13

Textkritik

Überlieferung:
I. Einzeldrucke:
1. Ein schôn Faß || nacht Spiel. || Der fahrend Schuler mit dem || Teuffel bannen. Mit vier || Personen / Kůrtzweylich || zu hôren. ||

[Folgt Holzschnitt.] Hanß Sachß. [Am Ende:] Gedruckt zu Nůrnberg / durch || Valentin Newber / Wohn- || hafft im obern || Weher. [o. J.] [Exemplar verschollen, s. u.; Aufnahme nach Goe.] (E)*
2. Ein schőn Faß- || nacht Spil. Der farendt || Schuler mit dem Teuffel bannen. || Mit vier Personen, Kurtz- || weilig zu hören. [Folgt Holzschnitt.] Hans Sachs. [Am Ende:] Gedruckt zu Nürnberg, || durch Friderich || Gutknecht. [o. J.] [Exemplar verschollen, s. u.; Aufnahme nach Goe.] (E')*
3. Ein Faßnacht Spil || Der Farendt Schuler mit dem || Teuffelbannen / mit vier per- || sonen / kůrtzweylig || zu hőren / etc. [Folgt Holzschnitt.] Hanns Sachs. [Am Ende:] Gedruckt zu Nůrmberg / durch || Georg Merckel. Anno || M.D.LXI. || Jar. [Exemplar der Herzog August Bibliothek, Wolfenbüttel] (E″)

II. Drucke in den Folioausgaben:
A II, 4, 18a–21a; B II, 4, 18a–21a; C II, 4, 13d–16b; K II, 4, 36–42; Reg. 37.

Da die beiden Drucke E (früher Berlin Yp 7639) und E' (früher Kirchenministerialbibliothek in Celle, Katalog der K.-M.-B. 1901, S. 91; im Jahre 1909 verkauft an die Preußische Staatsbibliothek zu Berlin), die Goetze seinem Text zugrunde legte, verschollen zu sein scheinen (Benachrichtigung des Fernleihverkehrs; Brief der Deutschen Staatsbibliothek Berlin v. 17. Mai 1968; Brief der K.-M.-B. in Celle v. 25. April 1968; Briefe der Staatsbibliothek der Stiftung Preußischer Kulturbesitz in Berlin und Marburg v. 17. Mai u. 28. Mai 1968), folgt der hier gegebene Abdruck dem Text der Folioausgabe A II.

Lesarten:
Üe tritt *A K*, geht *B C E″ Goe.* – 13 treibn *A*, treiben *B C K E″ Goe.* – 15 thuts *A K*, thut *B C E″ Goe.* – 25 rein *A K*, herein *B C E″ Goe.* – 29 Pauren *A*, Bauern *E″*, Pawrn *B*, Bawrn *C K*, Die lausing Bauern sehen drauff *Goe.* – 49 gar *A B C K*, Jar *E″ Goe.* – 60 Narrn *A B C E″*, narren *K*; Narrn besessn (59: fressn) *Goe.* – 91 Thust *C*, Und kanst nichts *Goe*, Und hast nichts *E″*, Und nichts *A B K.* – 93 stielst *nach B C K E″ Goe*, stielt *A.* – 95 und *A*, unde *B C K E″ Goe.* – 103 unverstandner *B C K Goe*, unverstandtner *E″*, unverstander *A.* – 127 sol ich *nach B C K E″ Goe*, solch ich *A.* – 135 hauffen *B C K*, hauffn *A*, hauffn (136: lauffn) *E″* Goe. – 168 einer] eener *A*, einr *B C*; einer hohn *K*;

einer hohen ... zur *E″ Goe.* – 176 Warsagn *A B C*, warsagen *Goe mit E″ K.* – 180 spannen *A B C K E″*, pannen *Goe.* – 197 das *fehlt E″ Goe.* – 224 untern *A K*, unterm *B C E″ Goe.* – 225 den *A K*, dem *B C E″ Goe.* – 244 her auß *B C K E″ Goe*, herauß *A.* – 252 begert *A B C K*, beger *E″* Goe. – 254 forn] vorn *B C K E″ Goe*, foren *A.* – 265 begern *B C E″ Goe*, begeren *A K.* – 306 hůlff *B C Goe*, hilff *A K*, *Text zerstört E″.*

Kritische Ausgaben:
Keller/Goetze. Bd. 9. S. 72–84 (nach A C).
Goetze. 3. Bdchen. S. 124–135 (nach E E′).

Bearbeitete Fassungen:
Hans Sachs: Werke. Hrsg. v. Dr. Arnold. T. 2. Berlin u. Stuttgart o. J. (Deutsche Nationallitteratur Bd. 21.) S. 192–204.
Bernhard Ihringer: Alte Deutsche Fastnachtsspiele. Stuttgart o. J. S. 24–37.
Hans Sachs: Schwänke und Fastnachtsspiele. München o. J. S. 115 bis 130. (Goldmanns gelbe Taschenbücher Bd. 2750.)
Der fahrende Schüler bannt den Teufel. Ein Fastnachtsspiel von Hans Sachs. Leipzig o. J. (35. Zweifäusterdruck.)
Hans Sachs' ernstliche Trauerspiele, liebliche Schauspiele, seltsame Fastnachtsspiele ... Bearb. u. hrsg. v. J. G. Büsching. 2. Buch. Nürnberg 1819. S. 244–259.
Etui-Bibliothek der Deutschen Classiker No 64 (1822) S. 199 bis 215.
Vierzig Spiele von Hans Sachs. Für den Gebrauch bei Aufführungen bearbeitet v. F. v. Jäger. Nürnberg 1908. S. 194–206.

Kommentar

Sachs bearbeitete den Stoff auch in einem Meistergesang (Sämtliche Fabeln u. Schwänke. 5. Bd. 1904. S. 1–3).
Zu vergleichen ist Rosenplüts Gedicht *Von einem varnden Schuler* (kritisch ed. v. H. Fischer, Die deutsche Märendichtung des 15. Jahrhunderts, München 1966, S. 188–201; vgl. H. Fischer [1968] S. 348, Regesten Nr. 105g, Register S. 495 s. v. Schüler); darüber und über weitere Bearbeitungen des Stoffes s. Stiefel, Über die Quellen ... (1891) S. 22 f.
Literatur zu den fahrenden Leuten: Bolte (1928), Hampe (1902),

Spiegel (1902. 1904); zur Beschwörung: Ohrt (1936/37), Schusser (1927).

Nr. 14

Textkritik

Überlieferung:
A III, 3, 56a–59b; B III [lag nicht vor; soweit Lesarten angegeben werden, stammen sie aus Goe]; C III, 3, 40b–42c; K III, 3, 108 bis 115; Reg. 41.
Dem Text liegt die Folioausgabe A zugrunde.

Lesarten:
7 sambt *A C K*, sambt all *Goe Schu.* – 15 eben *A C K*, eben gar *Goe Schu.* – 17 helffen *A C K*, helffn *Goe Schu.* – 29 all *A C K*, allen *Goe Schu.* – 35 aber *A C K*, abr *Goe Schu.* – 54 Wann *A C*, Wenn *K Goe Schu.* – 61 da *A*, *fehlt C K Goe Schu.*– 73 erspart *A*, ersparet *C K Goe Schu.* – 91 holtzhauen] hotzhauen *A.* – 93 holtzschlegel *A C K*, holtzschlegl *Goe Schu.* – 93a Herman *C K Goe Schu*, Hermon *A.* – 108b gehn] genh *A.* – 110 wordn *A C K*, worden *Goe Schu.* – 126 abweyß *A C*, aberweyß *Goe Schu mit K.* – 146 herr *C K Goe Schu*, *fehlt A.* – 148 bach *A*, bachn *C K Goe Schu.* – 154 aber *A*, abr *C K Goe Schu.* – 165 zehen *A C K*, zehn *Goe Schu.* – 169 Wem *B C K Goe*, Wenn *A.* – 183a Der] Ser *A.* – 188 Calculirn *B C K Goe Schu*, Calcalirn *A.* – 211 bachen *A C K*, bachn *Goe Schu.* – 226 Da nembt] Danembt *A.* – 227 zehen *A C K*, zehn *Goe Schu.* – 230 sein *C K Goe Schu*, seim *A.* – 235 ichs *B C Goe Schu*, ich *A*, ich hab euchs *K.* – 237 Oder *A C K*, Odr *Goe Schu.* – 260 gleich *A C*, geleich *Goe Schu*, schmecket gleich *K.* – 263 Bo̊ßwicht *A C K*, Bo̊ßewicht *Goe Schu.* – 266 zeichsts *C K*, zeichts *A*, zeichst *Goe Schu.* – 267 tregst *K Goe Schu*, tregt *A C.* – 277 herter *A Goe Schu*, hertr *C K.* – 294 marter *A C K*, martr *Goe Schu.* – 316 Ge hin] Gehin *A.* – 329 geneust *C K Goe Schu*, gneust *A.*

Kritische Ausgaben:
Keller/Goetze. Bd. 14. S. 220–232.
Goetze. 4. Bdchen. S. 36–48.
Hans Sachs, Fastnachtspiele. Ausgew. u. hrsg. v. Theo Schumacher. 2., neubearb. Aufl. Tübingen 1970. S. 28–43.

Bearbeitete Fassungen:

Hans Sachs' ausgewählte dramatische Werke. Sprachlich erneuert ... v. K. Pannier. 2. Bd.: Ausgewählte Fastnachtspiele. Leipzig o. J. S. 123–136.

Der gestohlene Schinken. Für heutige Gaumen gewürzt von Erika Schmitt-Sachersdorff. München 1956.

Die gestohlenen Schinken. Für das Laienspiel unserer Zeit neu eingerichtet u. übersetzt v. G. G. Wieszner. Kassel u. Basel 1962. (Bärenreiter-Laienspiele Nr. 375.)

Kommentar

Quelle für Sachs, der diesen Stoff auch in einem Meistergesang verarbeitete (Sämtliche Fabeln und Schwänke. 4. Bd. 1903. S. 174 ff.), war Boccaccios Decameron (VIII,6); vgl. Neumann (1887). Literatur über Boccaccio u. Hans Sachs s. Nr. 15; ferner bei Schumacher (1970) S. XVIII f.

Zum Motiv des Schinkendiebes s. H. Fischer (1968) S. 352, Regesten Nr. 110, Register S. 495 s. v. Schinken u. Schinkendieb.

Nr. 15

Textkritik

Überlieferung:

A IV, 3, 7d–11a; K IV, 3, 16–23; Reg. 45.

Dem Text liegt die Folioausgabe A zugrunde.

Lesarten:

156 Hirn *A K*, Hiren *Goe.* – 227 eurn *A*, euern *Goe mit K.* – 320 morgen *A K*, morgn *Goe.* – 339 Nůrnberg *A K*, Nůrenberg *Goe.* – 339f 1553 *Vorschlag von Keller/Goetze (vgl. Goe 5. Bdchen S. IX zu 54.)*, 1563 *A K Goe im Text.*

Kritische Ausgaben:

Keller/Goetze. Bd. 17. S. 29–41.

Goetze. 4. Bdchen. S. 89–101.

Bearbeitete Fassung:

Bernhard Ihringer: Alte Deutsche Fastnachtsspiele. Stuttgart o. J. S. 67–80.

Kommentar

Sachs verarbeitete den Stoff auch in einem Meistergesang (Sämtliche Fabeln und Schwänke. 3. Bd. 1900. S. 312 f.) und als Schwank (a. a. O. 1. Bd. 1953. S. 228 ff.). Seine Quelle ist Boccaccios Decameron (VII, 5) in der sog. Steinhöwelschen [richtig: Arigo] Übersetzung (Ausgabe: Decameron von Heinrich Steinhöwel. Hrsg. v. A. v. Keller. Stuttgart 1860); darüber s. Drescher (1900), Hartmann (1912), MacMechan (1889).
Über weitere Verwendungen des Motives vom Ehemann, der die Beichte seiner Frau hört, s. Kirchhof, Wendunmuth III, 245 u. die Anmerkungen dazu in der Ausgabe v. H. Österley, Bd. V (1869) S. 103; zum Ehemann in der mhd. Versnovelle Schirmer (1969) Sachregister.

Nr. 16

Textkritik

Überlieferung:
SG IX fol. 16^{v}–22^{v}; A IV, 3, 21a–24d; K IV, 3, 45–54; Reg. 58. Textgrundlage ist SG.

Lesarten:
21 gueter *SG A K*, guetr *Goe.* – 22 schwiger *SG*, schwigr *A K Goe.* – 22a herzog *SG*, Fůrst *A K (so stets in A K).* – 23 Eulenspigel *SG*, Eulnspigl *Goe mit A K;* sol *A K Goe,* so *SG.* – 40 Zeren *SG A K*, Zern *Goe.* – 43 zwainczg] zwainczgt *SG*, zwainzg *Goe*, zweyntzig *A K.* – 45 pfaff *SG*, pfaffen *A K Goe.* – 56b Rissenpurg *Goe mit A K u. SG Vers 362c*, rissenpach *SG.* – 57 Margret *SG*, Margreta *Goe mit A K.* – 72 suppen] snuppen *SG.* – 74a schaut] scaut *SG.* – 98 paidn *SG*, paiden *Goe mit A K.* – 112 Eulnspigl *SG*, Eulenspigl *Goe mit A K.* – 113 mus hinein *SG*, mus icz hinein *Goe mit A K.* – 116 gemeur *Goe mit A K*, gemeuer *SG.* – 117 mocht *SG*, moͤchte *A K Goe.* – 118 obdrauff *SG*, obendrauff *A K Goe.* – 139 Eulenspiegel *SG*, Eulenspiegl *A K Goe.* – 154 Eulnspigel *SG*, Eulnspiegl *A K*, Eulenspigl *Goe.* – 157 Eulenspigel *SG*, Eulenspigl *Goe mit A K.* – 158 Eulenspiegel *SG*, Eulenspiegl *A K Goe.* – 219 kumb *SG*, kumbe *Goe mit A K.* – 229 Noͤtten *SG*, Ja noͤten *A K*, Von noͤtten *Goe.* – 234 Widarfft *SG*, Wie darfstu *Goe mit A K.* – 235 pueben *SG*, puebn *Goe mit A K.* – 240 leugst *SG*, leugest *A K Goe.* – 247 vertrogen] vertlogen *SG (zu l für r vgl. Goe, VII. Bdchen., S. VIf).*

– 260 pischoff] piscoff *SG*. – 264 Eulnspiegel *SG K*, Eulnspiegl *A Goe*. – 271 sechzg *SG*, sechzig *Goe mit A K*. – 274 ichs *SG*, ich es *A K Goe*. – 292 peym] pey *SG A K Goe;* glegen *SG*, gelegen *Goe mit A K*. – 318a get *A K Goe, fehlt SG*. – 319 ist lang *SG*, ist ser lang *Goe mit A K*. – 323 ers *A K Goe*, es *SG*. – 328a] *Goe mit A K*, Eulenspigel s *SG*. – 335 pedencken *SG A K*, gedencken *Goe*. – 342 plasen *SG*, geplasen *Goe mit A K*. – 353 dein *A K Goe*, sein *SG*. – 355/356 *in dieser Reihenfolge SG A K, Reihenfolge* 356/355 *Goe*.

Kritische Ausgaben:
Keller/Goetze. Bd. 17. S. 80–96.
Goetze. 5. Bdchen. S. 84–98.

Bearbeitete Fassungen:
Bernhard Ihringer: Alte Deutsche Fastnachtsspiele. Stuttgart o. J. S. 158–172.
E. K. J. Lützelberger: Hans Sachs. Sein Leben und seine Dichtung. Zweite Ausgabe. Nürnberg 1876. S. 168–184.

Kommentar

Quelle für dieses Spiel ist die 38. Geschichte des Volksbuches von Till Eulenspiegel, die Sachs auch noch in einem Meisterlied verarbeitete (Sämtliche Fabeln und Schwänke. 4. Bd. 1903. S. 64 f.). Für die Verse 158–171 weist Lier (1889), S. 150, Einflüsse eines Folzischen Fastnachtspieles nach (Stück 120 bei Keller, S. 1063).
Weiteres Material zum Thema ›Eulenspiegel u. H. Sachs‹ (z. B. behandelt sein 51. Fastnachtspiel von *Eulenspiegel mit dem Blinden* die 71. Geschichte des Volksbuches) s. bei Brie (1902), Schumacher (1970) S. XX–XXII. 43–62.
Ausgaben des Eulenspiegel: Till Eulenspiegel. Abdruck der Ausgabe vom Jahre 1515. Hrsg. v. H. Knust. Halle 1884. (NDL 55 u. 56.) – Ein kurtzweilig Lesen von Dil Ulenspiegel. Nach dem Druck von 1515 ... Hrsg. v. W. Lindow. Stuttgart 1966 (Reclams Universal-Bibliothek Nr. 1687/88/88a/b).
Literatur zur Eulenspiegelgestalt in der Dichtung: F. A. Schmitt (1965).

Nr. 17

Textkritik

Überlieferung:
SG IX fol. 227r–233r; A III, 1, 260c–263c; B III [lag nicht vor]; C III, 1, 193a–195b; K III, 1, 524–530; Reg. 70.
Textgrundlage ist SG.

Lesarten:
Üa fůnf *A*, 4 *SG*. – Üc – 18] *in SG am Schluß (fol. 232v–233r) des Stückes vor dem Personenverzeichnis nachgetragen.* – Üc Der engel hat den prologum *SG*, Der e. get ein und spricht *Goe mit A C K*. – 2 merck *SG*, merckt *A C K Goe (zum Dentalabfall s. V. Moser, Historisch-grammatische Einführung (1909) S. 166; vgl. V. 36, 156a, 168).* – 18a] *Goe nach A C K, fehlt SG*. – 33 gleich seczen und haben *SG*, da setzn und haben *A K*, da setzn und habn *C*, gleich seczn und hab *Goe;* ru] rhu *A C K*, rue *SG Goe*. – 36 dor *SG*, dort *A C K Goe (s. zu V. 2* merck*)*. – 38a] *A C K, fehlt SG Goe*. – 42a] *A*, E. stehet a., sihet h. und spricht *C K, fehlt SG Goe*. – 43 des *SG, fehlt A C K Goe*. – 52a stet *SG, fehlt Goe*, Er geht darvon, steht wider und spricht (spriht *K*) *A K*, Er gehet darvon, stehet wider, spricht *C*. – 71 Uns *SG A C K*, Und *Goe*. – 85 gleich *SG, fehlt A C K Goe*. – 104a] D., der 1 m. spricht *Goe*, D. 1 m. *SG*, Dißmas spricht *A C K*. – 121 den *Goe*, denn *A C K*, dem *SG*. – 156a walpruder *SG*, waltpruder *Goe mit A C K (s. zu V. 2* merck*)*. – 168 painig *SG*, painigt *Goe mit A C K (s. zu V. 2* merck*)*. – 192 Den *SG*, Und *A C K Goe*. – 211a der *A, fehlt SG*. – 234 ain *SG*, ein *A C*, ainen *Goe*, Finden w. e. ein w. *K*. – 276 umuez] umůez *SG*, unmůecz *Goe (vgl. V. Moser, Frühneuhochdeutsche Grammatik I, 3 § 134)*. – 306 hart *A C K Goe*, habt *SG*.

Kritische Ausgaben:
Keller/Goetze. Bd. 11. S. 451–461.
Goetze. 6. Bdchen. S. 95–106.

Bearbeitete Fassungen:
Vierzig Spiele von Hans Sachs. Für den Gebrauch bei Aufführungen bearbeitet v. F. v. Jäger. Nürnberg 1908. S. 338–349.
Drei Fastnachtsspiele von Hans Sachs. Neu übertragen v. H. Detjen. Berlin u. Leipzig 1935. S. 13–21. (Hillgers Deutsche Jugendbücherei Nr. 548.)

Kommentar

Sachsens Quelle ist unbekannt. Er hat den Stoff zuerst 1547 in dem Meistergesang mit gleichem Titel bearbeitet (Sämtliche Fabeln und Schwänke. 4. Bd. 1903. S. 180 ff.). Hinweise auf weitere literarische Fassungen des Motives bis Geibel bei Goedeke: Dichtungen von H. Sachs. 1. Th. Leipzig 1870. S. 225 f. (Ergänzung bei Goetze. 6. Bdchen. S. X).

Nr. 18

Textkritik

Überlieferung:
SG XI fol. 130ʳ–139ᵛ; A IV, 3, 49b–54a; K IV, 3, 108–119; Reg. 75.
Textgrundlage ist SG.

Lesarten:
1 Nun] un *SG.* – 45 icz *SG,* ich *Goe Schu mit A K.* – 70 Mit ander *SG,* Mit sampt ander *Goe Schu mit A K.* – 82 feyel *SG,* feyl *Goe Schu mit A K.* – 84 seczen *SG,* seczn *Goe Schu mit A K.* – 87 und neun *SG,* und auch neun *A K Goe Schu.* – 111 dir *SG,* der *A K Goe Schu.* – 121 feyel ... ausriechn *SG,* feyl ... ausriechen *Goe Schu mit A K.* – 125 eur *A K Goe Schu,* euch *SG.* – 143 pesehen] peesehen *SG.* – 186 an *A K Goe Schu, fehlt SG.* – 191 grȏser *nach A K (so auch Goe Schu, ohne Hinweis im krit. App.),* groser *SG.* – 199 Der *SG,* Derselb *A K Goe Schu.* – 202 nur pald *SG,* nur gar pald *Goe Schu mit A K.* – 261a die *A K Goe Schu,* den *SG.* – 262 her *A K Goe Schu,* der *SG.* – 269 pauern *SG,* paurn *Goe Schu mit A K.* – 270 gestůmlt *SG,* gestůmelt *A K Goe Schu.* – 271 schramn *Goe Schu mit A K,* schlamn *SG (zur Vertauschung von r und l bei Sachs vgl. Goe 7. Bdchen. S. VI f.);* mein *SG,* nein *A K Goe Schu.* – 277 ainer] ainen *SG;* gehaun *SG,* gehauen *lesen Goe Schu, die im Text* ghauen *mit A K drucken.* – 282 můnich *Goe Schu mit A K,* můch *SG (Goe Schu lesen* můnch*).* – 290 Haben *SG,* Habn *A K Goe Schu.* – 295 herzogen *SG,* herzogn *Goe Schu mit A K.* – 305 zu *A K Goe Schu, fehlt SG.* – 307 můessen *SG,* můesn *Goe Schu mit A K.* – 323 hinein] heinein *SG.* – 325b–c *nach A K,* Der fůerst get allain ein spricht / ret mit im selb / Actus 3. / Der fůerst *SG.* – 325c ein *SG A K, fehlt Goe Schu.* – 331 Dardurch *A K Goe Schu,* Dar *SG;*

umuet] unuet *SG*, unmůet *Goe Schu*, unmuth *A K (vgl. krit. App. zu Nr. 17, V. 276)*. – 335 Ostereich] Ostereich *SG*. – 338 Euer ... geren *SG*, Euer ... gern *A K*, Eur ... geren *Goe Schu*. – 341 denn *SG A K*, den *Goe Schu*. – 354a fuerst] fuest *SG*. – 367b fůerst] fůest *SG*. – 374 ausgiesen *SG A K*, ausgiesn *Goe Schu*. – 375 peschliessen *SG(?) A K*, peschliessn *Goe Schu*. – 377 Enpůet *SG*, Entpůet *Goe Schu*. – 399a Femia *so SG an den anderen Stellen, z. B. im Personenregister*, Eyfemia *SG*, Euphemia *A K*, Femia *Goe Schu (ohne Hinweis im krit. App.)*; ein *A K Goe Schu*, *fehlt SG*. – 404 gewern *SG A K*, geweren *Goe Schu*. – 425b umbfecht *A K Goe*, umbecht *SG*, umfecht *Schu*. – 441 nempt *Goe Schu mit A K*, nampt *SG*; dis *SG A K*, das *Goe Schu*. – 449 Oder *SG*, Odr *Goe Schu (ohne Hinweis im krit. App.)*, Oder ... pfanflicker *A K*. – 455 mainst *SG*, meynst du *A K*, mainstu *Goe Schu (ohne Hinweis im krit. App.)*. – 457 gamilln *SG*, gamillen *A K (so auch Goe Schu, ohne Hinweis im krit. App.)*.– 458 den *SG*, disen *A K (so auch Goe Schu, ohne Hinweis im krit. App.)*.

Kritische Ausgaben:

Keller/Goetze. Bd. 17. S. 198–217.

Goetze. 7. Bdchen. S. 1–19.

Hans Sachs: Fastnachtspiele. Ausgew. u. hrsg. v. Theo Schumacher. 2., neubearb. Aufl. Tübingen 1970. S. 112–133.

Lutz Röhrich: Erzählungen des späten Mittelalters und ihr Weiterleben in Literatur und Volksdichtung bis zur Gegenwart. Bd. 2. Bern u. München 1967. S. 363–380.

Bearbeitete Fassungen:

Vierzig Spiele von Hans Sachs. Für den Gebrauch bei Aufführungen bearbeitet v. F. v. Jäger. Nürnberg 1908. S. 510–528.

Hans Sachs: Der Neidhart mit dem Veilchen. Leipzig u. Hartenstein 1920. (64. Zweifäusterdruck.)

Hans Sachs: Werke in zwei Bänden. Bd. 2. Berlin u. Weimar 1966. S. 171–190.

Kommentar

Quelle ist das Schwankbuch von Neithart Fuchs (hrsg. v. F. Bobertag: Narrenbuch. Berlin u. Stuttgart o. J. S. 141–292, bes. V. 113 bis 264. 2115–2277), in dessen Mittelpunkt der Dichter Neidhart von Reuental (1. Hälfte des 13. Jh.s) steht.

Über die beiden Episoden dieses Fastnachtspieles verfaßte Sachs außerdem jeweils ein Meisterlied (Sämtliche Fabeln u. Schwänke. 6. Bd. 1913. S. 217 f.: *Der Neidhart mit dem feyhel*; und a. a. O. 3. Bd. 1900. S. 199 f.: *Der Neidhart mit seinen listen* [Betrug des Herzogs]).
Neidhartspiele begegnen auch sonst innerhalb der Fastnachtspiele: z. B. bei Keller Stück 21 u. 53; XXVI. Sterzinger Spiel (Sterzinger Spiele ... hrsg. v. O. Zingerle. 2. Bd. Wien 1886. S. 236 bis 263).
Literatur zu Neidhart, dessen Nachwirken und zum Neidhartspiel: Die Lieder Neidharts. Hrsg. v. E. Wießner. 3. Aufl. revid. v. H. Fischer. Tübingen 1968 (dort S. XVI ff. Bibliographie zum Dichter N.). Ferner: v. Anacker (1933), Brill (1908), Boueke (1967), Dörrer, Bildliche Darstellungen (1951), Dörrer, Neidhartspiel-Probleme (1951), Fasnacht (1964) S. 29 f., Gusinde (1899), Hintner (1904–07), Káb De Bo (1878), Lenk, Das Nürnberger Fastnachtspiel (1966) S. 75–85, Schönbach (1896), E. Simon (1968. 1969), Sterzinger Neidhartspiel (1951), Zeidler (1907), Zingerle (1888).
Literatur zum Veilchen-Motiv: Delp (1930), Röhrich (1962–67) Bd. 2. S. 353–391. 497–503.

JAKOB AYRER

Geboren im März 1544 in Nürnberg; lebte von 1570 bis zu seiner Ausweisung im Jahre 1593 in Bamberg, danach als Prokurator, Genannter des Rats und kaiserlicher Notar in Nürnberg. Ayrer verfaßte u. a. eine Chronik von Bamberg und bearbeitete den Psalter. Seine dichterische Tätigkeit konzentrierte sich auf das Drama; neben Tragödien und Komödien schrieb er 36 Fastnachtspiele oder Possenspiele, wie er diese Stücke auch nannte. Die beiden hier abgedruckten Spiele zeigen in der Figur des Jan Posset und in der Form des Singspieles Einflüsse des englischen Theaters, das Ayrer 1596 in Nürnberg kennenlernte. Neben Heinrich Julius, Herzog von Braunschweig-Wolfenbüttel, wurde er damit einer der Hauptvertreter, die das Spielgut der englischen Komödianten um 1600 in Deutschland rezipierten, wodurch eine Orientierung nach

Süden hin, nach Italien zur Commedia dell'arte, noch aufgeschoben wurde. Ayrer, der letzte bedeutende Nürnberger Fastnachtspieldichter, starb am 26. März 1605, ohne die Veröffentlichung eines seiner Stücke erlebt zu haben.

Ausgabe:

Ayrers Dramen. Hrsg. v. A. v. Keller. Bd. 1–5. Stuttgart 1865.

Literatur zu Ayrer:

H. B. Bock: Jakob Ayrer 1543–1605. In: Fränkische Klassiker. Nürnberg 1971. S. 279–288. [Geburtsjahr laut NDB 1544.]
W. Flemming: Ayrer. In: NDB 1 (1953) S. 472 f.
Th. Hampe: Eine Portraitmedaille auf Jakob Ayrer. (Zugleich ein Beitrag zur Biographie des Dichters.) In: Mitteilungen aus dem Germanischen Nationalmuseum. Jg. 1903. S. 161–173.
F. Hilsenbeck: Jakob Ayrer. In: Nürnberger Gestalten aus neun Jahrhunderten. Nürnberg 1950. S. 116–120.*
G. Höfer: Die Bildung Jakob Ayrers. Leipzig 1929.
H. Müller-Lobeda: Die Herkunft des Dramatikers Jakob Ayrer. In: MVGN 43 (1952) S. 510 f.
H. Probst: Jakob Ayrer und Bamberg. In: Historischer Verein für die Pflege der Geschichte des ehem. Fürstbistums Bamberg. 85. Bericht (1937) S. 5–27.
L. Rückert: Die Bühne Jakob Ayrers rekonstruiert aus seinen Bühnenanweisungen. Phil. Diss. Mainz 1955. [Masch.]
Ferner: Catholy (1966), Hinck (1965), Jördens Bd. 6 (1811) S. 557 bis 562, Robertson (1892), H. G. Sachs (1957), Werth (1943), Wodick (1912); weitere Literatur in den Kommentaren zu den einzelnen Spielen.

Nr. 19

Textkritik

Überlieferung:
F 114b–118d.

Lesarten:
17 faulen *F*, fahlen *Ke*. – 25 zu than] zuthan *F an dieser Stelle u. ö.* – 57 selst *F Ke*. – 80 sprach] sparch *F*. – 81 Frauen] Freuen

F. – 161 eurn *Ke*, eurm *F.* – 210 mich *Ke*, michs *F.* – 224 Weil *Ke*, Wil *F.* – 314a geht] gehn *F Ke.* – 330 in *F*, ins *Ke.* – 405 er wer *Ke*, erwer *F.*

Ausgabe:
Ayrers Dramen. Hrsg. v. A. v. Keller. 5. Bd. Stuttgart 1865. S. 2907–2927.

Kommentar

Zur Figur des Jan Posset vgl. Reuling (1890); zu anderen »komischen Figuren« Hinck (1965); zum Wirken englischer Komödianten in Deutschland: Baesecke (1935), Creizenach (DNL 23), Diesch (1905), Herz (1903), Price (1919), Trautmann (1886), Wodick (1912), H. Oppel: Englisch-deutsche Literaturbeziehungen I. Berlin 1971. S. 49 f.

Nr. 20

Textkritik

Überlieferung:
F 149c–153b.

Lesarten:
5 hab versehen] hab ich versehen *F Ke.* – 9 umbleyern *Ke*, umbleyren *F.* – 45 het *F*, hat *Ke.* – 48 deiner *F*, seiner *Ke.* – 75 Tags] Nachts *F (vgl. V. 147 ff.).* – 76 meim *Ke*, mein *F.* – 231 bschweren *F*, beschweren *Ke.* – 422 ghert] gehrt *F*, ghört *Ke.* – 450a ihn *F*, ihm *Ke.* – 480 mengel *F*, mangel *Ke.*

Ausgabe:
Ayrers Dramen. Hrsg. v. A. v. Keller. 5. Bd. Stuttgart 1865. S. 3077–3092.

Kommentar

Zum Singspiel vgl. Bolte (1893), Schletterer (1863), Schild (1925); über die Melodie *Venus, du und dein Kind* und ihre Verwendung s. Böhme (1877) Nr. 219 u. Erk-Böhme (1894) Nr. 1676 u. S. 478 f.
Die vorgeschlagene Methode, frauliche Bosheit zu heilen, findet man auch sonst in Fastnachtspielen (z. B. im 49. von Sachs oder im

1. Niederdeutschen Fastnachtspiel, hrsg. v. W. Seelmann) und in schwankhafter Literatur (z. B. bei Kirchhof: Wendunmuth I, 109 [nach Pistl, 1893, S. 431, Quelle für Ayrers Stück] und bei Pauli, Schimpf u. Ernst Nr. 134).
Zum Thema ›Bauern in der Literatur‹ s. Nr. 3, über das Thema ›böse Frau‹ s. Brietzmann (1912), H. Fischer (1968) S. 314 f., Regesten Nr. 31, Register S. 489; Lenk, Das Nürnberger Fastnachtspiel (1966) S. 49, Schirmer (1969) Sachregister s. v. Frau, Taylor (1939) S. 165–172; zum Thema ›Arzt im Fastnachtspiel‹ s. Nr. 2.

Bibliographie

Die »Allgemeine Bibliographie« (Teil 3) enthält auch solche Titel, auf die im Kommentarteil nicht ausdrücklich hingewiesen wird; sie sollte also für eine weitergehende Beschäftigung mit den Fastnachtspielen herangezogen werden. Ergänzungen findet man in den reichhaltigen Bibliographien bei Catholy (1961 u. 1966), bei Lenk, Das Nürnberger Fastnachtspiel (1966), und G. Simon (1970). Forschungsberichte bieten Michael (1957), Tarot (1963) und Janota (1971). Die neueste Gesamtdarstellung, in der jedoch das Fastnachtspiel des 16. Jahrhunderts sowie der Zwecktyp des ernsten Fastnachtspiels insgesamt zu kurz kommen, stammt von Catholy (1966).

Aus Platzgründen werden Reihenangaben nur bei Taschenbüchern und im 2. Teil (Texte) gemacht.

1. Grammatische Hilfsmittel, Wörterbücher, Sprachgeschichten

A. Bach: Geschichte der deutschen Sprache. 8. stark erw. Aufl. Heidelberg 1965.

G. Benecke, W. Müller u. F. Zarnke: Mittelhochdeutsches Wörterbuch. Leipzig 1854–61. [Nachdruck Hildesheim 1963.]

R. Bentzinger, R. Bock u. H. Langner: Frühneuhochdeutsch. In: Geschichte der deutschen Sprache. Hrsg. von Wilhelm Schmidt. Berlin [Ost] 1969. S. 281–358 u. 400–416. [Bietet eine kurzgefaßte Grammatik.]

H. Eggers: Deutsche Sprachgeschichte. Bd. 3: Das Frühneuhochdeutsche. Reinbek 1969. (rde 270/71.)

J. Erben: Grundzüge einer Syntax der Sprache Luthers. ... Zugleich ein Beitrag zur Geschichte der deutschen Hochsprache und zur Klärung der syntaktischen Grundfragen. Berlin 1954.

J. Erben: Frühneuhochdeutsch. In: Kurzer Grundriß der germanischen Philologie bis 1500. Hrsg. von L. E. Schmitt. Bd. 1. Berlin 1970. S. 386–440.

A. Götze: Frühneuhochdeutsches Glossar. 7. Aufl. Berlin 1967.

J. u. W. Grimm: Deutsches Wörterbuch. Bd. 1–16. Leipzig 1854 bis 1960.

J. u. W. Grimm: Deutsches Wörterbuch. Neubearbeitung. Bd. 1, Lieferung 1–3 [A-Ablasz]. Leipzig 1965–68.

E. Kranzmayer: Historische Lautgeographie des gesamtbairischen Dialektraumes. Wien 1956.

M. Lexer: Mittelhochdeutsches Handwörterbuch. Bd. 1–3. Leipzig 1872–78.

M. Lexer: Mittelhochdeutsches Taschenwörterbuch. 32. Aufl. Stuttgart 1966.

G. Marwedel: »Einheit« von Schreibsprache und Mundart im Nürnberg des 15. Jahrhunderts? In: Zeitschrift für Dialektologie und Linguistik 37 (1970) S. 58–75.

H. Moser u. H. Stopp: Grammatik des Frühneuhochdeutschen. Beiträge zur Laut- und Formenlehre. Bd. I, 1. Bearb. v. K. O. Sauerbeck. Heidelberg 1970.

V. Moser: Historisch-grammatische Einführung in die frühneuhochdeutschen Schriftdialekte. Halle 1909. [Reprint Darmstadt 1971.]

V. Moser: Frühneuhochdeutsche Grammatik. Bd. I, 1 u. 3. Heidelberg 1929 u. 1951.

H. Paul: Deutsche Grammatik. Bd. 1–5. Tübingen 1968. [Unv. Nachdruck der Ausg. Halle 1916–20.]

H. Paul: Mittelhochdeutsche Grammatik. 20. Aufl. neu bearb. v. H. Moser u. I. Schröbler. Tübingen 1969.

J. Pfanner: Die deutsche Schreibsprache in Nürnberg von ihrem ersten Auftreten bis zum Ausgang des 14. Jahrhunderts. In: MVGN 45 (1954) S. 148–207. [Dazu die Rez. von P. v. Polenz in ZfMundartforschung 24 (1956) S. 63 f.]

J. Schatz: Wörterbuch der Tiroler Mundarten. Für den Druck vorbereitet von K. Finsterwalder. Bd. 1.2. Innsbruck 1955–56.

A. Schirokauer: Frühneuhochdeutsch. In: Deutsche Philologie im Aufriß. 1. Bd. 2. Aufl. Berlin 1957. Sp. 855–930.

J. A. Schmeller: Bayerisches Wörterbuch. 2. verm. Aufl. bearb. v. G. K. Frommann. Bd. 1.2. München 1872–77.

H. Steger: Sprachraumbildung und Landesgeschichte im östlichen Franken. Das Lautsystem der Mundarten im Ostteil Frankens und seine sprach- und landesgeschichtlichen Grundlagen. Neustadt (Aisch) 1968.

F. Tschirch: Geschichte der deutschen Sprache. 2. Teil: Entwicklung und Wandlungen der deutschen Sprachgestalt vom Hochmittelalter bis zur Gegenwart. Berlin 1969.

2. Texte und Ausgaben von Fastnachtspielen vom 15. bis zum 20. Jahrhundert

Adams und Evens Erschaffung, und ihr Sündenfall. Ein geistlich Fastnachtspiel mit Sang und Klang: aus dem Schwäbischen in's Oesterreichische versetzt. o. O. 1783.

Valentin Apelles: Narren-Schul zur Fastnacht, abgetheilet auf die fünf Actus in Fabulis oder Comedien am endt eines jeden Actus einzubringen, da sonsten die Fastnacht Narren ihr Narrenwergk zu treiben pflegen. Franckfurt a. d. Oder 1578. ⟨Goedeke, S. 368; vgl. Nr. 176.⟩*

J. Ayrer: ... Fassnacht- oder Possenspil ... In: Ayrers Dramen. Hrsg. v. A. v. Keller. Bd. 4.5. Stuttgart 1865.

M. Bado: Clawes Bwer. [Lübeck um 1547.] ⟨Expl. Universitätsbibliothek Tübingen Dk XI.1609.8° angeb.⟩

dass.: Hrsg. v. A. Hoefer. Greifswald 1850. (Denkmäler niederdeutscher Sprache und Literatur 1.)

dass.: [In:] E. Schafferus: Zwei niederdeutsche Dramen der Reformationszeit. Hamburg 1938. S. 1–43. (Spegel der Sassen Nr. 2.)

E. F. Bächtold: Landvogt und Fledermaus. Fastnachtspiel in 2 Akten. Grüningen 1893. ⟨Georg III, 1; S. 398 s. v. Fastnacht.⟩*

J. Baechtold [Hrsg.]: Bracdica ... calculiert durch Doctor Rossschwantz. In: Vierteljahrschrift für Litteraturgeschichte 3 (1890) S. 201–235.

Michael Bapst: Ein kurtzweilig Spiel der Bauwren Faßnacht genant. Leipzig 1590. ⟨Goedeke, S. 371.⟩*

J. C. Benziger [Hrsg.]: Das Brunner Bartlispiel. In: Schweizerisches Archiv für Volkskunde 13 (1909) S. 271–303.

G. Binz [Hrsg.]: Ein Basler Fastnachtspiel aus dem 15. Jahrhundert. In: ZfdPh. 32 (1900) S. 58–63.

Z. Bletz: Die dramatischen Werke des Luzerners Z. Bletz. Nach der einzigen Handschrift zum erstenmal gedruckt. Frauenfeld u. Leipzig 1926. (Schweizerische Lustspiele des 16. Jahrhunderts. Hrsg. v. E. Steiner.)

K. Böhmer: Der Silenus von Florenz. Eine Täuschungskomödie im Fasching in 8 Bildern ⟨nach Em. Geibel⟩. Musik von E. Kühnel. Dresden 1947. ⟨DBV, Bd. 23, S. 517.⟩*

C. Borchling [Hrsg.]: Das Fastnachtsspiel Henselin oder Von der Rechtfertigkeit. In: C. Borchling u. H. Quistorf: Tausend Jahre Plattdeutsch. Glückstadt 1927. S. 129–141.

Brunner de Zofingen: [Fragment eines Schweizer Fastnachtspiels von 1476, überliefert durch Gerold Edlibach.] Siehe Bibliographie, Teil 3 unter: E. Simon (1970) S. 328 ff.

J. G. Büsching: Erzählungen, Dichtungen, Fastnachtsspiele und Schwänke des Mittelalters. Bd. 1. Breslau 1814.

F. Christ-Kutter [Hrsg.]: Frühe Schweizerspiele. Bern 1963. (Altdeutsche Übungstexte 19.)

Mattheus Creutz: Ein Fasnachts Spill gedicht ieczt Neuw / Es lernt wo mā soll findē Trew / Legt auß dz zweite Gotts gebott ... Cöllen bey Jaspar von Gennep 1552. ⟨Expl. Staatsbibliothek München P. o. germ. 155.⟩

L. Culmann: Ein teusch Spiel von dem Aufruhr der ehrbarn Weiber zu Rom wider ihre Männer, gezogen aus Aulo Gellio (um 1530). In: Das Schaltjahr; welches ist der teutsch Kalender mit den Figuren und hat 366 Tag. Durch J. Scheible. Bd. 5 (1847) S. 422–464. [In der Vorrede ein Fastnachtspiel genannt.]

G. Dengler: Das verhexte Fremdenzimmer im Gasthof zur goldenen Gans. Fastnachtsschwank. Paderborn 1896. (Kleines Theater Nr. 268.) ⟨Kayser Bd. 30, S. 809.⟩*

E. Dorer: Fastnachtspiele. 1–14. Dresden 1884/85.

L. G. Ehrenfriedt [Bearb.]: Zwei altdeutsche Fastnachtspiele in den heutigen Sprachgebrauch übertragen. Greifswald 1922. (Deutsche Sammlung. Reihe: Alte und neue deutsche Spiele. Bd. 2.)

Ein schön kurzweilig Fastnachtspiel von der alten und neuen Kunst. Berlin 1804. ⟨Expl. Städt. Schloßbücherei Mannheim P 23 b.⟩

Fastnachts-Bühne. H. 1 ff. Berlin 1889 ff. ⟨Kayser, Bd. 25, S. 360.⟩*

Hans Folz. Auswahl. Bearb. v. I. Spriewald. Berlin 1960.

Jacob Frey: Ein schönes und kurtzweiliges Faßnacht Spil, welches auf die klein Faßnacht zu Maurßmünster gespilt, sagt von einem Krämer, oder Triakersman und zwey Mägdlen ... Straßburg o. J. ⟨Goedeke, S. 466.⟩*

R. Froning [Hrsg.]: Fastnachtspiele. In: Das Drama des Mittelalters. T. 3. Stuttgart o. J. S. 953–997. (DNL Bd. 14,3.)

P. Gengenbach: Hrsg. v. K. Goedeke. Hannover 1856. (Neudruck Amsterdam 1966.) Gengenbachs Fastnachtspiel »Die Totenfresser« auch in Reclams UB Nr. 8304, S. 39–50.

K. Goedeke [Hrsg.]: Deutsche Dichtung im Mittelalter. Hannover 1854.

J. W. v. Goethe: Das Jahrmarkts-Fest zu Plundersweilern. Ein

Schönbartspiel. In: Goethes Werke. Hrsg. im Auftrage der Großherzogin Sophie v. Sachsen. Bd. 16. Weimar 1894. S. 7–39; auch in Reclams UB Nr. 8565-67, S. 90–103.

J. W. v. Goethe: Ein Fastnachtsspiel auch wohl zu tragiren nach Ostern vom Pater Brey, dem falschen Propheten. In: Goethes Werke. Hrsg. im Auftrage der Großherzogin Sophie v. Sachsen. Bd. 16. Weimar 1894. S. 57–73; auch in Reclams UB Nr. 8565 bis 8567, S. 11–24.

J. W. v. Goethe: Satyros oder der vergötterte Waldteufel. In: Goethes Werke. Hrsg. im Auftrage der Großherzogin Sophie v. Sachsen. Bd. 16. Weimar 1894. S. 75–104; auch in Reclams UB Nr. 8565-67, S. 64–87.

J. Ch. Gottsched: Nöthiger Vorrath zur Geschichte der deutschen dramatischen Dichtkunst. Th. 1.2. Leipzig 1757.1765.

O. Günther [Hrsg.]: Ein Bruchstück aus einem unbekannten Fastnachtspiel des 15. Jahrhunderts. Aus einer Breslauer Handschrift mitgeteilt. In: Mitteilungen der Schlesischen Gesellschaft für Volkskunde 26 (1925) S. 189–196.

M. Hammer: Geistlich Fastnacht-Spiel vom Joseph. Magdeburg 1610. ⟨Goedeke, S. 374.⟩*

A. Hartmann [Hrsg.]: Regensburger Fastnachtspiele. In: Bayerns Mundarten 2 (1895) S. 1–59. 139–142. 285–289. 452–453.

K. Hase: Ein Fastnachtspiel. Erlangen 1822.

J. M. Heinen: Fastnacht! Fastnacht! Ein frohes Fastnachtsspiel, zu dem unsere Kleinen Vater und Mutter und Onkel und Tante und die großen Brüder und Schwestern einladen. Frankfurt a. M. 1936.

J. M. Heinen: Jetzt treiben wir den Winter aus. Ein Spiel zur fröhlichen Fastnacht für die Allerkleinsten. München 1950. (Spiele des bunten Wagens. H. 4.)

H. Hofmann: Das deutsche Jahr. Brauchtumsspiele. 4: Ein Fasenachtsspiel. Dresden 1937. (DBV, Bd. 20, S. 1191.)*

H. Holstein [Hrsg.]: Johann Reuchlins Komödien. Halle (Saale) 1888. [Zum Problem des humanistischen Fastnachtspiels.]

R. Hugo: Fastnachtspossen. Ein toll und ausgelassen Spiel von Hans Sachsen ... Vermeldet: wie er durch Gottes Güte aus der Höllen Fegfeuer auf die Welt ist geschickt worden. Zürich 1897. ⟨Kayser, Bd. 29, S. 469 s. v. Fastnachtspossen.⟩*

D. Huschenbett [Hrsg.]: [s. Bibliographie, Teil 3 unter Huschenbett (1965)].

B. Ihringer: Alte deutsche Fastnachtsspiele. Stuttgart 1910.

H. Jantzen [Hrsg.]: Literaturdenkmäler des 14. und 15. Jahrhunderts. Berlin u. Leipzig 1919. [S. 103–110 Abdruck von K. 62 »Ein Spil von dem Perner und Wundrer«.]

A. v. Keller [Hrsg.]: Fastnachtspiele aus dem 15. Jahrhundert. T. 1–3 [u.] Nachlese. Darmstadt 1965/66. (Nachdruck der Ausgabe Stuttgart 1853–58.)

H. Kempen: Zwick, Zwack, Schabernack. Ein Fastnachtsspiel. Dresden 1934.

A. v. Kotzebue: Das Landhaus an der Heerstraße. Ein Fastnachtsspiel in einem Akt. In: F. Raßmann: Fastnachtsbüchlein für Jung und Alt. Hamm 1826. S. 136–182.

G. R. Kruse [Hrsg.]: Karneval. Fastnachtspiele. Leipzig 1907. (Reclams UB Nr. 4870.) ⟨Kayser, Bd. 36, S. 1064.⟩*

H. Kruse: Fastnachtsspiele. Leipzig 1887.

G. Macropedius: Rebelles und Aluta. Hrsg. v. J. Bolte. Berlin 1897.

G. Macropedius: Bassarus. Naar de editie Utrecht 1540 uitgegeven ... v. R. C. Engelberts. Tilburg (Holland) 1968. [Seltenes Beispiel eines neulat. Fastnachtspiels.]

H. R. Manuel: Das Weinspiel. Fastnachtspiel ... Hrsg. v. Th. Odinga. Halle 1892. (NDL 101/102.)

H. R. Manuel: Weinspiel oder Fastnachtspiel von der Trunknen Rott aus dem Jahre 1548. Zur ersten Aufführung in Bern (am Theaterbazar v. Mai 1903) eingerichtet und bedeutend gekürzt v. O. v. Greyerz. Bern 1903.

N. Manuel: Werke. Hrsg. v. J. Baechtold. Frauenfeld 1878.

N. Manuel: »Der Ablaßkrämer« (Der aplass kremer). Genaue Textwiedergabe nach der Originalhs. des Dichters hrsg. v. P. Zinsli. Bern 1960.

N. Manuel: Ein Fastnachtsspiel vom Pabst und seiner Priesterschaft ... In: A. E. Berger: Die Schaubühne im Dienste der Reformation. Darmstadt 1967. S. 29–113. [Unveränderter reprografischer Nachdruck der Ausgabe Leipzig 1935.] (Deutsche Literatur in Entwicklungsreihen. Reihe Reformation. Bd. 5.)

F. J. Mone [Hrsg.]: Schauspiele des Mittelalters. Aus Handschriften hrsg. u. erkl. 2. Bd. Karlsruhe 1846. S. 367–410.

J. Mühlberger: Zwei Rübezahl-Schnurren. Heimische Fastnachtstücke in Hans Sachsens Art. Teplitz-Schönau 1925. (Wächter Bücherei 3.) ⟨DBV, Bd. 8, S. 1201.⟩*

E. Müller: Fastnachts-Aufführungen für Turnvereine. Germersheim 1893. ⟨Kayser, Bd. 28, S. 209.⟩*

J. Nestroy: Die Ballnacht. In: J. N.: Sämtliche Werke. Hist.-krit. Gesamtausgabe hrsg. v. F. Brukner u. O. Rommel. Bd. 9. Wien 1927. S. 175–183. 568–574.

S. Neuber: Kunz Zwerg oder das grausame Kalb. Ein schön Fastnachtsspiel sehr kurzweilig zu hören. Erneuerung und Bühnenbearbeitung C. Niessen. München 1947.

A. Pichler: Der Anderl und's Resei. Ein Faschingsschwank in Schnadahüpfeln. In: A. P.: Gesammelte Werke. Bd. 14. München u. Leipzig 1907. S. 335–357.

Peter Probst: P. Probsts Fastnachtspiel mit dem Bauern Heinz Wurst. Hrsg. v. F. Schnorr v. Carolsfeld. In: Archiv für Litteraturgeschichte 4 (1875) S. 409–425.

Peter Probst: Die dramatischen Werke ... Eingel. u. hrsg. v. E. Kreisler. Halle 1907. (NDL 219–221.)

Vigil Raber: [Siehe O. Zingerle (Hrsg.): Sterzinger Spiele.]

F. Raßmann: Fastnachtsbüchlein für Jung und Alt. Hamm 1821.

E. Raupach: Hans Michel Meerrettigs Liebes- und Ehestandssachen. Eine Fastnachtstrilogie. In: Almanach dramatischer Spiele 25 (1927) S. 189–271; 26 (1928) S. 119–213. ⟨Catholy (1966) S. 84.⟩*

Johannes Reuchlin:. Henno. Bauernkomödie. Lateinisch von Johannes Reuchlin, deutsch von Hans Sachs. Konstanz 1922. (Die Gelb-Roten Bücher 11.) [Siehe H. Holstein (Hrsg.): Reuchlins Komödien.] Auch in Reclams UB Nr. 7923 [Neuübersetzung].

M. Reymond: Der Reichsfaßbinder. Ein deutsches Fastnachtsspiel, mit 30 Personen zu agieren und hat drei Akte nebst Vor- und Nachspiel. Berlin 1890.

Hans v. Rüte: Ein Fasznachtspil / den vr || sprung / haltung / vnd das End beyder || Heydnischer / vnd Båpstlicher Abgŏtteryen allen- || klich verglychende / zů Bern inn ŏchtland durch die jungen Burger || gehallten. Basel 1532. ⟨Expl. Staatsbibliothek München P. o. germ. 170. 4°.⟩

Hans Sachs: Sämtliche Fastnachtspiele. Hrsg. v. E. Goetze. 1.–7. Bdchen. [1. in 2. Aufl. 1920; 2. in 2. Aufl. besorgt v. R. Schmidt-Wiegand 1957]. Halle 1881–1957. (NDL 26/27. 31/32. 39/40. 42/43. 51/52. 60/61. 63/64.)

Hans Sachs: Fastnachtspiele. Ausgew. u. hrsg. v. Th. Schumacher. 2., neubearb. Aufl. Tübingen 1970. (Deutsche Texte 6.)

Hans Sachs: Hans Sachsens ausgewählte Werke. 2. Bd.: Dramen. Hrsg. v. P. Merker u. R. Buchwald. Nachwort v. W. Stammler. Leipzig ²1961; ¹1924 ohne Nachwort v. W. Stammler.

Hans Sachs: Meistergesänge. Fastnachtsspiele. Schwänke. Ausgew., erl. u. mit einem Nachwort vers. v. E. Geiger. Stuttgart 1951 u. ö. (Reclams UB Nr. 7627).

Hans Sachs: Werke in zwei Bänden. Ausgewählt, bearb. u. eingel. v. K. Schiller. 2. Aufl. Berlin u. Weimar 1966. (Bibl. Deutscher Klassiker.)

Hans Sachs: Schwänke und Fastnachtsspiele. München o. J. (Goldmanns gelbe Taschenbücher Bd. 2780.)

A. F. Graf v. Schack: Ein Volksfest am Aetna. Fastnachtsspiel in einem Akt. In: A. F. Graf v. Schack: Gesammelte Werke. Bd. 8. 2. Aufl. Stuttgart 1891. S. 77–101.

Der Scheveklοth: [In: W. Seelmann (Hrsg.): Mittelniederdeutsche Fastnachtspiele.]

A. W. v. Schlegel: Ein schön kurzweilig Fastnachtsspiel vom alten und neuen Jahrhundert. Tragiert am ersten Januarii im Jahr 1801. In: A. W. v. Schlegel's sämmtliche Werke. Hrsg. v. E. Böcking. 2. Bd. Leipzig 1846. S. 149–162.

A. Schmid: Fastnachtslatein. Ein kleines Schwankspiel zur Fastnachtszeit. München 1937.

A. Schmidt: Nun laßt uns Fastnacht feiern! Fastnachts-Spielfolge, nach altem deutschen Brauchtum hergestellt. Potsdam 1935. ⟨DBV, Bd. 18,1, S. 879.⟩*

L. Schmidt [Hrsg.]: Steffl von Newhausen. Ein burgenländisches Fastnachtspiel des frühen 17. Jahrhunderts. Horn u. Wien 1949. (Burgenländische Forschungen. H. 5.)

F. Schnorr v. Carolsfeld [Hrsg.]: Vier ungedruckte Fastnachtspiele des 15. Jahrhunderts. In: Archiv für Litteraturgeschichte 3 (1874) S. 1–25.

W. Seelmann [Hrsg.]: Mittelniederdeutsche Fastnachtspiele. 2. umgearb. Aufl. Neumünster 1931. (Drucke des Vereins für niederdeutsche Sprachforschung 1.)

J. Sieberer: Der Engelsturz. Fastnachtspiel in Tiroler Bauernreimen ... Mitgeteilt u. eingel. v. M. Enzinger. In: Maske und Kothurn 10 (1964) S. 324–375.

R. Specht: Pierrot bossu. Eine Commedia dell'arte zur Fastnacht in gar zierlichen Reimen verfertigt. Dresden, Leipzig u. Wien 1896.

Clemens Stephanus: Ein kurtze vnd fast lustige Satyra oder Baurenspil mit fünff Personen von einer Mülnerin vnd jren Pfarrherr. Nürnberg 1568. ⟨Expl. Staatsbibliothek d. Stiftung Preuß. Kulturbesitz, Berlin.⟩

dass.: In: R. Wolkan: Böhmens Antheil an der deutschen Litteratur des 16. Jahrhunderts. Th. 2. Prag 1891. S. 125–139.

Sterzinger Spiele: [Siehe O. Zingerle (Hrsg.): Sterzinger Spiele].

Tobias Stimmer: Comedia. Mit achtzehn Federzeichnungen desselben zum ersten Mal hrsg. v. J. Oeri. Frauenfeld 1891. [Auch u. d. Titel: Comedia von zweien jungen Eheleuten. Hrsg. v. G. Wittkowski. Leipzig 1915.]

V. Strauß: Ein Fastnachtsspiel von der Demokratie und Reaktion. Frankfurt a. M. 1849. [Weitere ungedruckte Fastnachtspiele von St. s. bei Catholy (1966) S. 84 unter v. Strauß und Torney, Viktor.]

L. Tieck [Hrsg.]: Deutsches Theater. 1. Bd. Berlin 1817.

L. Tieck: Der Autor. Ein Fastnachts-Schwank. In: L. Tieck's Schriften. Bd. 13. Berlin 1829. S. 267–334.

Burkard Waldis: Parabel vom Verlornen Sohn. Ein niederdeutsches Fastnachtspiel hrsg. v. A. Hoefer. Greifswald 1851. (Denkmäler niederdeutscher Sprache und Literatur 2.)

Burkard Waldis: Der verlorene Sohn, ein Fastnachtspiel. Hrsg. v. G. Milchsack. Halle 1881. (NDL 30.)

C. Walther [Hrsg.]: Das Fastnachtspiel Henselin oder Von der Rechtfertigkeit. In: Jahrbuch des Vereins für niederdeutsche Sprachforschung 3 (1877) S. 9–36.

F. Weidmann: Fastnacht der Chorknaben. Ein Spiel. Frankfurt 1936. ⟨DBV, Bd. 21, S. 1413.⟩*

Heinrich Wescht: [Fastnachtspiel von der geschenkten Rübe. Erfurt 1575.] ⟨Goedeke S. 396.⟩*

Georg Wickram: Werke. 5. Bd. Hrsg. v. J. Bolte. Tübingen 1903.

Georg Wickram: Die zehn Alter der Welt. Faks. der Orig.-Ausg. v. J. Frölich, Straßburg 1531. Mit einem Nachwort v. J. Benzing. Wiesbaden 1961.

D. Wuttke [Hrsg.]: [s. Bibliographie, Teil 3 unter Wuttke (ZfdA 1965).]

O. Zingerle [Hrsg.]: Sterzinger Spiele nach Aufzeichnungen des Vigil Raber. Bd. 1. 2. Wien 1886. (Wiener Neudrucke 9. 11.)

3. Allgemeine Bibliographie zu Drama und Theater des 15. bis 17. Jahrhunderts; zu Fastnacht und Fastnachtspiel; zum kulturgeschichtlichen Hintergrund; Verzeichnis der verkürzt zitierten Literatur.

D. M. v. Abbé: Was ist Fastnachtspiel? In: Maske u. Kothurn 6 (1960) S. 53–72.

D. M. v. Abbé: Drama in Renaissance Germany and Switzerland. Melbourne 1961.

W. Abele: Die antiken Quellen des Hans Sachs. I. II. Cannstatt 1897. 1899.

H. v. Anacker: Zur Geschichte einiger Neidhartschwänke. In: PMLA 48 (1933) p. 1–16.

H. Arch: Die Sterzinger Fastnachtsspiele Vigil Rabers. Phil. Diss. 2 Bde. Innsbruck 1948. [Masch.]

Artes Liberales. Von der antiken Bildung zur Wissenschaft des Mittelalters. Hrsg. v. J. Koch. Leiden u. Köln 1959.

J. Baader: Eine Notiz über die alten Fastnachtspiele. In: Anzeiger f. Kunde d. deutschen Vorzeit. N. F. 15 (1868) S. 231 f.

M. Bachtin: Literatur und Karneval. Zur Romantheorie und Lachkultur. München 1969.

H. Baechtold: Die Gebräuche bei Verlobung und Hochzeit mit besonderer Berücksichtigung der Schweiz. Bd. 1. Basel 1914.

J. Baechtold: Quellen zu »Aller Praktik Grossmutter«. In: Vierteljahrschrift für Litteraturgeschichte 3 (1890) S. 201–235.

J. Baechtold: Geschichte der deutschen Literatur in der Schweiz. Frauenfeld 1892.

A. Bäschlin: Die altdeutschen Salbenkrämerspiele. Phil. Diss. Basel 1929.

A. Baesecke: Das Schauspiel der Englischen Komödianten in Deutschland. Halle 1935.

F. Bammel u. F. Schmidt-Clausing: Fasten. In: RGG Bd. 2 ([3]1958) Sp. 881–885.

A. Bartels: Der Bauer in der deutschen Vergangenheit. Leipzig 1900.

K. Bartsch: Das Spiel von den sieben Farben. In: Germania 8 (1863) S. 38–41.

H. Bausinger: Formen der Volkspoesie. Berlin 1968.

M. Beare: [Rez. von:] E. Catholy, Das Fastnachtspiel des Spätmittelalters. Tübingen 1961. In: German Life and Letters 17 (1963/64) p. 86 ff.

H. Beck: Das genrehafte Element im Drama des 16. Jahrhunderts. Berlin 1929.

H. Beck: Die Bedeutung des Genrebegriffs für das deutsche Drama des 16. Jahrhunderts. In: DVjs. 8 (1930) S. 82–108.

C. Becker: Cicero. In: RAC 3 (1957) Sp. 86–127.

O. Becker u. J. E. Hofmann: Geschichte der Mathematik. Bonn 1951.

Ph. A. Becker: Die Narrenspiele des neuentdeckten Mischbands von Treppereldrucken. Leipzig 1936. (Berichte über die Verhandlungen der Sächsischen Akademie der Wissenschaften, Phil.-hist. Kl. Bd. 87 [1935] H. 2.)

W. Benary: Salomon et Marcolfus. Heidelberg 1914.

W. Berger: Das Ehebruchsmotiv im älteren deutschen Drama. Phil. Diss. Würzburg. Heppenheim 1912.

E. Beutler: Die Comedia Bile, ein antiker Mimus bei den Gauklern des 15. Jahrhunderts. In: GRM 14 (1926) S. 81–96.

E. Beutler: Forschungen und Texte zur frühhumanistischen Komödie. Hamburg 1927.

G. L. Biagioni: Marcolf und Bertoldo und ihre Beziehungen. Ein Beitrag zur germanischen und romanischen Marcolf-Literatur. Phil. Diss. Köln 1930.

F. Bobertag: Narrenbuch. Berlin u. Stuttgart o. J. (DNL 11. Bd.)

F. Bock: Nürnberger Faschingsbräuche. In: Das Bayerland 49 (1938) S. 46–57.

F. M. Böhme: Geschichte des Tanzes in Deutschland. Leipzig 1886.

F. M. Böhme: Altdeutsches Liederbuch. Volkslieder der Deutschen nach Wort und Weise aus dem 12. bis zum 17. Jahrhundert. Leipzig 1877.

F. Boll, C. Bezold u. W. Gundel: Sternglaube und Sterndeutung. 5. Aufl. mit einem bibliographischen Anhang v. H. G. Gundel. Darmstadt 1966.

J. Bolte: Der Bauer im deutschen Liede. In: Acta Germanica 1 (1890) S. 175–303 [u.] Musik-Beilage.

J. Bolte: Die Singspiele der Englischen Komödianten und ihre Nachfolger in Deutschland, Holland und Skandinavien. Hamburg u. Leipzig 1893.

J. Bolte: Das Danziger Theater im 16. und 17. Jahrhundert. Hamburg u. Leipzig 1895.

J. Bolte: Fahrende Leute in der Literatur des 15. und 16. Jahrhunderts. In: SB der Preussischen Akademie der Wissenschaften. Phil.-Hist. Klasse. Jahrgang 1928. S. 625–655.

H. de Boor: Der Salbenkauf in den lateinischen Osterspielen des Mittelalters. In: Festgabe für L. L. Hammerich. Kopenhagen 1962. S. 29–44.

H. de Boor: Geschichte der deutschen Literatur. 2. Bd.: Die Höfische Literatur. München 1966.

H. H. Borcherdt: Das europäische Theater im Mittelalter und in der Renaissance. Leipzig 1935. Reinbek ²1969. (rde.)

H. H. Borcherdt: Die Geschichte des deutschen Theaters. In: Deutsche Philologie im Aufriß. Bd. 3. 2. Aufl. Berlin 1962. Sp. 1099 bis 1244.

D. Boueke: Materialien zur Neidhart-Überlieferung. München 1967.

G. K. Brand: Der Arzt in der Literatur. In: Die Literatur 26 (1923/24) S. 515–519.

T. Brandis: Der Harder. Texte und Studien. I. Berlin 1964.

R. Brandstetter: Das Luzerner Fastnachtspiel vom Jahre 1592. In: ZfdPh. 17 (1885) S. 347–365.

R. Brandstetter: Über Luzerner Fastnachtspiele. In: ZfdPh. 17 (1885) S. 421–431.

F. Brie: Eulenspiegel und Hans Sachs. In: Festschrift des Germanistischen Vereins in Breslau. Hrsg. zur Feier seines 25jährigen Bestehens. Leipzig 1902. S. 204–211.

F. Brietzmann: Die böse Frau in der deutschen Literatur des Mittelalters. Berlin 1912.

R. Brill: Die Schule Neidharts. Eine Stiluntersuchung. Berlin 1908.

H. Brinkmann: Diesseitsstimmung im Mittelalter. In: DVjs. 2 (1924) S. 721–752.

H. Brinkmann: Die Eigenform des mittelalterlichen Dramas in Deutschland. In: GRM 18 (1930) S. 16–37. 81–98.

H. Brinkmann: Die Anfänge des modernen Dramas in Deutschland. Jena 1933.

N. C. Brooks: Fastnacht- und Osterspiel. In: MLN 33 (1918) p. 436 f.

C. F. Bühler u. C. Selmer: The »Melk Salbenkrämerspiel«: An unpublished middle high German Mercator Play. In: PMLA 63 (1948) p. 21–63.

H. E. Busse: Alemannische Volksfasnacht. Karlsruhe 1937.

P. Carsten: Literarisches aus der Medizin. Medizinisches aus der Literatur. Berlin 1931.

E. Catholy: Das Fastnachtspiel des Spätmittelalters. Gestalt und Funktion. Tübingen 1961. [Dazu die Rezensionen von Beare, Lefebvre, Lenk, de Leeuwe, L. Schmidt, Strohbach, Wuttke.]

E. Catholy: Fastnachtspiel. Stuttgart 1966. (Sammlung Metzler.)

E. Catholy: Posse. In: Reallexikon der deutschen Literaturgeschichte. 2. Aufl. 3 (1967) S. 220–223.

E. Catholy: Das deutsche Lustspiel. Vom Mittelalter bis zum Ende der Barockzeit. Stuttgart u. Berlin 1969. [C.s Deutungen sollten nicht unbedenklich übernommen werden.]

H. Cattanès: Les »Fastnachtspiele« de Hans Sachs. Northhampton, Mass., u. Paris 1923.
E. Christmann: Spurkel – Weiberfasnacht – Fasnachtsspiel. In: Oberdeutsche Zeitschrift für Volkskunde 16 (1942) S. 81–86.
E. F. Clark: The influence of Hans Folz on Hans Sachs. In: Modern Philology 15 (1917/18) p. 339–348.
R. Clark: The Poem »Van dem scholer van paryß«. In: MLN 73 (1958) p. 285–292. [Hinweis auf nichtnürnberg. Fastnachtspiel »Aristoteles und Phyllis« aus der Mitte des 15. Jh.s, das möglicherweise in Köln entstand.]
C. Clemen: Der Ursprung des Karnevals. In: Archiv für Religionswissenschaft 17 (1914) S. 139–158.
H. Conrad: Deutsche Rechtsgeschichte. Bd. 1.: Frühzeit und Mittelalter. 2. Aufl. Karlsruhe 1962.
M. D. Conway: Salomon and Salomonic Literature. London 1899.*
W. Creizenach: Die Schauspiele der englischen Komödianten. Berlin u. Stuttgart o. J. (DNL, 23. Bd.)
W. Creizenach: Geschichte des neueren Dramas. Zweite, verm. u. verb. Aufl. [ab Bd. 3] bearb. . . . v. A. Hämel. Bd. 1–3. Halle 1911–23.
W. Creizenach: Zur Entstehungsgeschichte des neueren deutschen Lustspiels. Halle 1879.
H. Crohns: Zur Geschichte der Liebe als »Krankheit«. In: Archiv für Kulturgeschichte 3 (1905) S. 66–86.
M. Curschmann: »Spielmannsepik«. Wege und Ergebnisse der Forschung von 1907–1965. Mit Ergänzungen und Nachträgen bis 1967. Stuttgart 1968.
M. Curschmann [Hrsg.]: Texte und Melodien zur Wirkungsgeschichte eines spätmittelalterlichen Liedes. (Hans Heseloher: »Von üppiglichen dingen«.) Bern 1970.
E. R. Curtius: Scherz und Ernst in mittelalterlicher Dichtung. In: Romanische Forschungen 53 (1935) S. 1–26.
E. R. Curtius: Europäische Literatur und Lateinisches Mittelalter. 5. Aufl. Bern u. München 1965.
W. E. Delp: Die symbolische Bedeutung des Veilchens in der deutschen Dichtung. In: Publications of the English Goethe Society N. S. 7 (1930) p. 92–120.
J. Demme: Studien über Hans Rosenplüt. Phil. Diss. Münster 1906.
Die deutschen Dichtungen von Salomon und Markolf. I. Bd.: Salman und Morolf. Hrsg. v. F. Vogt. Halle 1880. II. Bd.: Salo-

mon und Markolf. Das Spruchgedicht. Hrsg. v. W. Hartmann. Halle 1934.

P. Diepgen: Geschichte der Medizin. 1. Bd.: Von den Anfängen bis zur Mitte des 18. Jahrhunderts. Berlin 1949.

C. H. Diesch: Die Inszenierung des deutschen Dramas an der Wende des 16. und 17. Jahrhunderts. Phil. Diss. Leipzig 1905.

M. Dietrich: Der Wandel der Gebärde auf dem deutschen Theater vom 15. zum 17. Jahrhundert. Phil. Diss. Wien 1944. [Masch.]

Dörfliche Fasnacht zwischen Neckar und Bodensee. Beiträge des Tübinger Arbeitskreises für Fasnachtsforschung. Tübingen 1966. [Hier Hinweise auf neuere Spieltradition.]

A. Dörrer: Die Volksschauspiele in Tirol. In: Tiroler Heimat N. F. 2 (1929) S. 69–126.

A. Dörrer: Das Schemenlaufen in Tirol und verwandte alpenländische Masken- und Fasnachtsbräuche. 2., umgearb. Aufl. Innsbruck 1938.

A. Dörrer: Wanderungen und Wandlungen deutscher Kultspiele in Vorderösterreich, Tirol und Deutschungarn. In: FuF 15 (1939) S. 92–95.

A. Dörrer: Vigil Raber. In: Verf.-Lex. 3 (1943) Sp. 951–992.

A. Dörrer: Tiroler Fasnacht innerhalb der alpenländischen Winter- und Vorfrühlingsbräuche. Wien 1949.

A. Dörrer: Neidhartspiel-Probleme. In: Carinthia I, 141 (1951) S. 160–171.

A. Dörrer: Bildliche Darstellungen von Neidhart-Schwänken. In: Der Schlern 25 (1951) S. 377 f. [u.] Abb.

A. Dörrer: Vigil Rabers Handschriftensammlung in Sterzing. In: ZfdA 83 (1951/52) S. 236 ff.

A. Dörrer: Der Schevekloth. In: Verf.-Lex. 4 (1953) Sp. 63–64.

A. Dörrer: Jahreszeitenspiele. In: Verf.-Lex. 5 (1955) Sp. 437–443.

A. Dörrer: Schicksale des Sterzinger Spielarchivs. In: ZfdA 94 (1965) S. 138–141.

K. Drescher: Arigo, der Übersetzer des Decamerone und des Fiore di Virtu. Straßburg 1900.

K. Dürre: Die Merkatorszene im lateinisch-liturgischen, altdeutschen und altfranzösischen religiösen Drama. Phil. Diss. Göttingen 1915.

G. Duflou: Hans Sachs als Moralist in den Fastnachtspielen. In: ZfdPh. 25 (1893) S. 343–356.

O. Eberle: Ursprung der schweizerischen Fastnachtspiele. In: Neue Züricher Zeitung v. 26. 2. 1928.*

O. Eberle: Theatergeschichte der inneren Schweiz. Königsberg 1930.

O. Eberle: Die Walliser Spiele vom Wilden Mann. Versuch über die Entstehung des Theaters. In: Schweizerische Rundschau 48 (1948/49) S. 938–945.

Eckstein: Alte Fastnachtspiele. Vortrag am 7. Feb. 1866 im Leipziger Professorenverein. In: Grenzboten 1866. Nr. 10.*

E. Edert: Dialog und Fastnachtspiel bei Hans Sachs. Phil. Diss. Kiel 1903.

G. Ehrismann: Geschichte der deutschen Literatur bis zum Ausgang des Mittelalters. 2. durchgearb. Aufl. T. 2, Schlußband. München 1935.

G. Eis: Mittelalterliche Fachliteratur. Stuttgart ²1967. (Sammlung Metzler.)

R. Eisler: Der Fisch als Sexualsymbol. In: Imago 3 (1914) S. 165 bis 196.

W. Emmerich: Germanistische Volkstumsideologie. Genese und Kritik der Volksforschung im Dritten Reich. Tübingen 1968.

H. Engel: Moresca, Moriskentänze. In: MGG 9 (1961) Sp. 575 bis 579 [u.] Taf. 35 u. 36.

P. Englisch: Geschichte der erotischen Literatur. Stuttgart 1927. [Fastnachtspiel S. 129–139.]

L. Erk u. Fr. M. Böhme: Deutscher Liederhort. Bd. 3. Leipzig 1894.

Erlauer Spiele. Sechs Altdeutsche Mysterien nach einer Handschrift des 15. Jahrhunderts . . . hrsg. v. K. F. Kummer. Wien 1882.

H. Espig: Das Bauerngericht von Nürnberg. Jur. Diss. Erlangen. Würzburg 1937.

Fasnacht. Beiträge des Tübinger Arbeitskreises für Fasnachtsforschung. Tübingen 1964.

Fastnachtspiele: [=] VII. Jahrbuch der Gesellschaft für Schweizerische Theaterkultur. Hrsg. v. O. Eberle. Luzern 1935.

E. Fehrle: Feste und Volksbräuche im Jahreslauf der europäischen Völker. Kassel 1955.

G. Filice: I Fastnachtspiele di Hans Sachs. Neapel 1960.

K. Filzeck: Metaphorische Bildungen im älteren deutschen Fastnachtsspiel. Phil. Diss. Köln 1933.

R. Finckenstein: Dichter und Ärzte. Ein Beitrag zur Geschichte der Literatur und zur Geschichte der Medicin. Breslau 1864.

E. H. Fischer: Lübecker Theater und Theaterleben in frühester Zeit bis zur Mitte des 18. Jahrhunderts. Lübeck 1932.

H. Fischer: Studien zur deutschen Märendichtung. Tübingen 1968.
I. Fischer: Die Heilkunde bei Hans Sachs. In: Wiener medizingeschichtliche Beiträge. Heft 3, II. Wien 1937. S. 21–52.
C. Fischnaler: Die Volksschauspiele zu Sterzing im 15. u. 16. Jahrhundert. In: Zeitschrift des Ferdinandeums für Tirol und Vorarlberg. 3. Folge, 38 (1894) S. 353–382.
K. F. Flögel: Geschichte der komischen Literatur. Bd. 1–4. Liegnitz u. Leipzig 1784–87.
K. F. Flögel: Geschichte des Grotesk-Komischen. [Hrsg. v. M. Bauer.] Bd. 1. 2. München 1914.
K. F. Flögel: Geschichte des Burlesken. Hrsg. v. F. Schmidt. Leipzig 1794.
O. Frankl: Der Jude in den deutschen Dichtungen des 15., 16. und 17. Jahrhunderts. Mähr. Ostrau u. Leipzig 1905. [Fastnachtspiel S. 13–34. 96–110.]
W. French: Mediaeval Civilization as Illustrated by the Fastnachtspiele of Hans Sachs. Göttingen 1925.
R. Frenzel: Der deutsche Bauer in der ersten Hälfte des 16. Jahrhunderts. Phil. Diss. Göttingen 1953. [Masch.]
H. Fromm: Komik und Humor in der Dichtung des deutschen Mittelalters. In: DVjs. 36 (1962) S. 321–339.
E. Fuchs: Illustrierte Sittengeschichte vom Mittelalter bis zur Gegenwart. [1.] Renaissance. [Mit] Ergänzungsband. München o. J. [Fastnachtspiel im Ergbd. S. 244–271.]
H. Gattermann: Die deutsche Frau in den Fastnachtspielen. Phil. Diss. Greifswald 1911.
U. Gehre: Das Publikum des deutschen Theaters im 16. Jahrhundert. Phil. Diss. Göttingen 1950. [Masch.]
E. Geiger: Hans Sachs als Dichter in seinen Fastnachtspielen im Verhältnis zu seinen Quellen betrachtet. Halle 1904.
H. J. Gernentz: [Rez. von:] E. Catholy, Das Fastnachtspiel des Spätmittelalters. Tübingen 1961. In: Weimarer Beiträge 8 (1962) S. 391–396.
W. Gerstenberg: Zur Geschichte des deutschen Türkenschauspiels. I. Programm Meppen 1902.
G. G. Gervinus: Geschichte der poetischen National-Literatur der Deutschen. 2. Th.: Von dem Ende des 13. Jahrhunderts bis zur Reformation. 3. umgearb. Ausg. Leipzig 1846.
E. Glässer: Die Minne-Groteske. Wertwelt und Wirklichkeit im Umkreis der »Konstanzer Minnelehre«. In: Bodenseebuch 40 (1965) S. 75–118. 195 f.

I. Glier: Personifikationen im deutschen Fastnachtspiel des Spätmittelalters. In: DVjs. 39 (1965) S. 542–587.
W. Gloth: Das Spiel von den sieben Farben. Königsberg 1902.
P. Gorsen: Das Prinzip Obszön. Kunst, Pornographie und Gesellschaft. Reinbek 1969. (rororo sexologie 8015.)
J. Ch. Gottsched: Nöthiger Vorrath zur Geschichte der deutschen dramatischen Dichtkunst. Th. 1. 2. Leipzig 1757. 1765.
M. Grabmann: Aristoteles im Werturteil des Mittelalters. In: M. G.: Mittelalterliches Geistesleben. Bd. 2. München 1936. S. 63–102.
H. Greuèl: Ein Beitrag zur Ursprungsfrage der mittelalterlichen Fastnachtspiele. Phil. Diss. Köln 1949. [Masch.]
O. v. Greyerz: Fastnachtspiele. In: Hist.-biogr. Lexikon der Schweiz. Bd. 3. Neuenburg 1926. S. 118.
C. Grönlund: Studien zu Peter Probst ... Mit einer Neuausgabe des Textes der Lieder und Sprüche. Lund 1945.
R. Gruenter: Bemerkungen zum Problem des Allegorischen in der deutschen Minneallegorie. In: Euphorion 51 (1957) S. 1–22.
S. Günther: Geschichte des mathematischen Unterrichts im deutschen Mittelalter. Berlin 1887.
K. Gusinde: Neidhart mit dem Veilchen. Breslau 1899.
A. Haberlandt: Das Faschingsbild des Peter Brueghel d. Ä. In: Zeitschrift für Volkskunde N. F. 5 (1935) S. 237–249. 277.
Ph. M. Halm: Der Moriskentanz. In: Bayerischer Heimatschutz 23 (1927) S. 138–155.
C. I. Hammer, jr.: The Doctor in the Late Medieval »Arztspiel«. In: German Life and Letters 24 (1971) p. 244–256.
F. Hammes: Das Zwischenspiel im deutschen Drama von seinen Anfängen bis auf Gottsched, vornehmlich der Jahre 1500–1660. Berlin 1911.
Th. Hampe: Spruchsprecher, Meistersinger und Hochzeitslader, vornehmlich in Nürnberg. In: Mitteilungen aus dem Germanischen Nationalmuseum 1894. S. 25–44. 60–69.
Th. Hampe: Die Entwicklung des Theaterwesens in Nürnberg von der zweiten Hälfte des 15. Jahrhunderts bis 1806. In: MVGN 12 (1898) S. 87–306; 13 (1899) S. 98–237.
Th. Hampe: Die fahrenden Leute in der deutschen Vergangenheit. Leipzig 1902.
Th. Hampe: Archivalische Miszellen zur Nürnberger Literaturgeschichte. In: MVGN 27 (1928) S. 251–278.
H. Hanckel: Narrendarstellungen im Spätmittelalter. [Mit Bild-

band im Kunsthist. Institut der Univ. Freiburg i. Br.] Phil. Diss. Freiburg 1952. [Masch.]

Handwörterbuch des deutschen Aberglaubens. Bd. 1–10. Berlin u. Leipzig 1927–42.

Hans Sachs-Forschungen. Festschrift zur vierhundertsten Geburtsfeier des Dichters. Im Auftrage der Stadt Nürnberg hrsg. v. A. L. Stiefel. Nürnberg 1894.

J. Hartmann: Das Verhältnis von Hans Sachs zur sog. Steinhöwelschen Decameronübersetzung. Berlin 1912.

E. Haueis: Das deutsche Fastnachtspiel im 15. Jahrhundert. In: XI. Jahres-Bericht des n.ö. Landes-Realgymnasiums ... in der landesfürstl. Stadt Baden. Veröffentlicht am Schlusse des Schulj. 1873/74, S. 1–24. Baden bei Wien 1874.

H. Heidenheimer: Ein Mainzer Humanist über den Karneval. In: Zeitschrift für Kulturgeschichte N. F. 4 (1896) S. 21–57.

H. Heinen: Die rhythmisch-metrische Gestaltung des Knittelverses bei Hans Folz. Marburg 1966. [Vgl. die Rezension von D. Wuttke in: MVGN 54 (1966) S. 176 f.]

H. Heinlein: Fastnachtbräuche in der alten Reichsstadt Nürnberg. In: Fränkische Blätter 5 (1953) S. 9 f.

R. Heinzel: Abhandlungen zum altdeutschen Drama. In: SB der Philosophisch-Hist. Classe der Kaiserlichen Akademie der Wissenschaften. Bd. 134. Wien 1896. 10. Abhandlung.

M. Held: Das Narrenthema in der Satire am Vorabend und in der Frühzeit der Reformation. Phil. Diss. Marburg 1945. [Masch.]

U. Hellmann: Die naturwissenschaftlichen Lehrgedichte des Hans Folz. Phil. Diss. Berlin 1920. Auszug in: Auszüge aus noch nicht gedruckten Dissertationen der Berliner Phil. Fak. Dekanatsjahr 1919/20. o. O. o. J. S. 153–161.

A. Hergouth: Das Faschingrennen im oberen Murtal. Phil. Diss. Graz 1960. [Masch.]

M. Herrmann: Stichreim und Dreireim bei Hans Sachs und anderen Dramatikern des 15. und 16. Jahrhunderts. In: Hans Sachs-Forschungen S. 407–471.

M. Herrmann: Jahrmarktsfest zu Plundersweilern. Entstehungs- und Bühnengeschichte. Berlin 1900.

M. Herrmann: Forschungen zur deutschen Theatergeschichte des Mittelalters und der Renaissance. Berlin 1914.

E. Herz: Englische Schauspieler und englisches Schauspiel zur Zeit Shakespeares in Deutschland. Hamburg 1903.

W. Hinck: Das deutsche Lustspiel des 17. und 18. Jahrhunderts und die italienische Komödie. Stuttgart 1965.

W. Hinck: Die Dramaturgie des späten Brecht. In: Episches Theater. Hrsg. v. R. Grimm. Köln u. Berlin 1966. S. 316–347 [bes. S. 316 ff.: Beziehungen Brechts zum ma. Theater].

F. Hintner: Beiträge zur Kritik der deutschen Neidhart-Spiele des 14. und 15. Jahrhunderts. 1.–4. Teil. Programm Wels 1904–07.

F. Hirsch: Der Bauer in der Stadt. In: Zeitschrift f. Bücherfreunde N. F. 2 (1910) S. 171–193. 251–259. 286–295. 321–338.

R. Hirzel: Der Dialog. Th. 1. 2. Leipzig 1895.

R. His: Das Strafrecht des deutschen Mittelalters. T. 2: Die einzelnen Verbrechen. Weimar 1935.

A. Hiß: Fasnacht oder Fastnacht? Eine germanistisch-volkskundliche Studie zur Wortgeschichte. In: Württembergisches Jahrbuch für Volkskunde 1965/69. S. 123–193.

O. Höfler: Kultische Geheimbünde der Germanen. Bd. 1. Frankfurt a. M. 1934.

K. Holl: Geschichte des deutschen Lustspiels. Leipzig 1923.

E. Holländer: Die Karikatur und Satire in der Medizin. Stuttgart 1905.

H. Holstein: Zur Topographie der Fastnachtspiele. In: ZfdPh. 23 (1891) S. 104–108.

F. Holthausen: Die Quellen des Luzerner Fastnachtspieles vom Jahre 1592. In: Germania N. R. 19 (1896) S. 110–115.

N. Hölzl u. K. Wolfsgruber: Das Emmaus-Spiel aus dem spätmittelalterlichen Brixen. In: Der Schlern 42 (1968) S. 151–162. [Eine Posse der Zeit um 1530.]

R. Höpfner: Untersuchungen zu dem Innsbrucker, Berliner und Wiener Osterspiel. Breslau 1913.

H. Hügli: Der deutsche Bauer im Mittelalter. Bern 1929.

D. Huschenbett: Von dem König Salomon und Markolf und einem Narren. Zu E. Catholy, Das Fastnachtspiel des Spätmittelalters. Tübingen 1961. In: ZfdPh. 84 (1965) S. 369–408. [Mit Edition der Druckfassung des Fastnachtspiels von Salomon und Markolf.]

D. Huschenbett: Hermann v. Sachsenheim. Berlin 1962.

D. Huschenbett: [Rez. von:] W. Lenk, Das Nürnberger Fastnachtspiel des 15. Jahrhunderts. Berlin 1966. In: AfdA 81 (1970) S. 131–137.

D. Huschenbett: Die Frau mit dem Apfel und Frau Venus im Moriskentanz und im Fastnachtspiel. In: Volkskultur und Geschichte. Festgabe für Josef Dünninger. Berlin 1970. S. 585–603.

Internationale Ausstellung für Musik und Theaterwesen. Fachkatalog der Abteilung für deutsches Drama und Theater. Wien 1892. [Hier Gruppe II: »Fastnachtspiel und Bürgerspiel«.]

J. Janota: Neue Forschungen zur deutschen Dichtung des Spätmittelalters (1230–1500) 1957–1968. In: DVjs. 45 (1971) Sonderheft, S. 1–242, hier S. 217–227 zum Drama.

H. Jantzen: Geschichte des deutschen Streitgedichtes im Mittelalter. Breslau 1896.

H. R. Jauß: Die klassische und die christliche Rechtfertigung des Häßlichen in der mittelalterlichen Literatur. In: Die nicht mehr schönen Künste. Grenzphänomene des Ästhetischen. Hrsg. v. H. R. Jauß. München 1968. S. 143–168.

A. Jegel: Altnürnberger Hochzeitsbrauch und Eherecht. In: MVGN 44 (1953) S. 238–274.

N. K. Johansen: Den dramatiske teknik i Hans Sachs Fastelavnsspil. København 1937.*

K. H. Jördens: Lexikon deutscher Dichter und Prosaisten. Bd. 1 bis 6. Leipzig 1806–11.

W. Jungandreas: Die Mundart des Breslauer Fastnachtsspielbruchstücks. In: Mitteilungen d. Schlesischen Ges. f. Volkskunde 26 (1925) S. 196–199.

W. Jungandreas: Die Grundlagen des Breslauer Fastnachtspielbruchstücks. In: Mitteilungen d. Schlesischen Ges. f. Volkskunde 27 (1926) S. 151–179.

H. Káb De Bo: Die Dichtungen des Hans Sachs zur Geschichte der Stadt Wien. Wien 1878.

K. G. Kachler: Das Fastnachtspiel im 15. und 16. Jahrhundert und seine politische Bedeutung für die Schweiz. In: Stadttheater Basel 25 (1940) Nr. 6.

A. Kaiser: Die Fastnachtspiele von der actio de sponsu. Göttingen 1899.

B. Kamil: Die Türken in der deutschen Literatur bis zum Barock und die Sultansgestalten in den Türkendramen Lohensteins. Phil. Diss. Kiel 1935.

Karnevalsleben in Alt-Nürnberg. Nach einem Originalbericht aus dem 16. Jahrhundert. In: Fränkischer Kurier 72 v. 16. 2. 1904 (Nr. 86) S. 8.

M. Kaser: Restituere als Prozeßgegenstand. 2., durchges. Aufl. München 1968.

F. Kaufmann: Die Truppe des Hans Sachs bei den Fastnachtspielen. Phil. Diss. Wien 1950. [Masch.]

G. Keil: Die verworfenen Tage. In: Sudhoffs Archiv 41 (1957) S. 27–58.

A. v. Keller [Hrsg.]: Fastnachtspiele aus dem 15. Jahrhundert. T. 1–3 [u.] Nachlese. Darmstadt 1965/66.

H. Kindermann: Hans Sachs und die Fastnachtspiel-Welt. In: H. K.: Meister der Komödie. Wien u. München 1952. S. 111 bis 121.

H. Kindermann: Theatergeschichte Europas. Bd. 1–3. Salzburg 1957–59.

G. Kinkel: Theaterspiele in Dortmund aus der letzten Zeit des Mittelalters. In: Monatsschrift f. d. Geschichte Westdeutschlands 7 (1881) S. 301–324.

H. W. Kirchhof: Wendunmuth. Hrsg. v. H. Österley. Bd. 1–5. Tübingen 1869.

R. E. Kirchhof: A Study of the Fastnachtsspiele of Hans Folz. MA Thesis Univ. of Texas. Austin 1951. [Masch.]*

J. Klapper: »Meister, sieben weise«. (Septem Sapientes). In: Verf.-Lex. 3 (1943) Sp. 338–343.

E. Klibansky: Gerichtsszene und Prozeßform in erzählenden deutschen Dichtungen des 12.–14. Jahrhunderts. Berlin 1925.

K. M. Klier: Das Blochziehen. Ein Faschingsbrauch von der Südostgrenze Österreichs. Eisenstadt 1953.

H. Knapp: Das alte Nürnberger Kriminalverfahren. In: Zeitschrift f. d. gesamte Strafrechtswissenschaft 12 (1892) S. 200 bis 276.

H. Knapp: Das alte Nürnberger Kriminalrecht. Berlin 1896.

R. Köbner: Die Eheauffassung des ausgehenden deutschen Mittelalters. In: Archiv für Kulturgeschichte 9 (1911) S. 136–198. 279 bis 318.

R. Köhler: Das Spiel von den sieben Weibern, die um einen Mann streiten. In: Germania 22 (1877) S. 19 f. [Fastnachtspielaufführung in Zwickau.]

O. Koischwitz: Der Theaterherold im deutschen Schauspiel des Mittelalters und der Reformationszeit. Berlin 1926.

E. Kölb: Markolf in den mittelalterlichen Salomondichtungen und in deutscher Wortgeographie. Phil. Diss. Marburg 1951. [Masch.]

K. Königshof: Über den Einfluß des Epischen in der Dramatik. In: Sinn und Form 7 (1955) S. 578–591; auch in: Episches Theater. Hrsg. v. R. Grimm. Köln u. Berlin 1966. S. 279–289. [Geht auch auf Fastnachtspiele ein.]

B. Könneker: Wesen und Wandlungen der Narrenidee im Zeitalter des Humanismus. Wiesbaden 1966 [K.s Deutungen sollten nicht unbedenklich übernommen werden. Vgl. Wuttke: Deutsche Germanistik.]

B. Könneker: Hans Sachs. Stuttgart 1971.

H. Kratz: Über den Wortschatz der Erotik im Spätmittelhochdeutschen und Frühneuhochdeutschen. Phil. Diss. Ohio 1950 (1949?). [Masch.]*

H. Krauß: Die Vorfahren des Theaters in Alt-Nürnberg. In: Fränkischer Kurier 71 v. 31. 8. 1903 (Nr. 444) S. 1–4.

K. R. Kremer: Das Lachen in der deutschen Sprache und Literatur des Mittelalters. Phil. Diss. Bonn 1961.

L. Kretzenbacher: [Rez. von:] E. Catholy, Fastnachtspiel. Stuttgart 1966. In: Zeitschrift für Volkskunde 63 (1967) S. 283 f.

P. O. Kristeller: The Modern System of the Arts. In: P. O. K.: Renaissance Thought. Bd. 2. New York 1965. S. 163–227.

W. Krogmann: Der Wunderer. In: Verf.-Lex. 4 (1953) Sp. 1094 bis 1099. [Zum 62. Spiel bei Keller.]

W. Krogmann: Untersuchungen zum Ackermann. In: ZfdA 72 (1953) S. 67–109. [Zum 31. Spiel bei Keller.]

E. Krüger: Die komischen Szenen in den deutschen geistlichen Spielen des Mittelalters. Phil. Diss. Hamburg 1931.

W. Kutter: Landschaften und Gestalten der schwäbisch-alemannischen Fasnacht. Offenburg 1964.

H. Lambel: Einige Bemerkungen zu Clemens Stephanis Satyra. In: Festschrift des Vereins für Geschichte der Deutschen in Böhmen. Prag 1902. S. 80–95.

A. Langen: Dialogisches Spiel. Formen und Wandlungen des Wechselgesanges in der deutschen Dichtung (1600–1900). Heidelberg 1966.

O. Lauffer: Frau Minne in Schrifttum und bildender Kunst des deutschen Mittelalters. Hamburg 1947.

H. H. J. de Leeuwe: Die dramatische Komposition des Fastnachtspieles vom Wunderer. In: Neophilologus 33 (1949) S. 150–159.

H. H. J. de Leeuwe: [Rez. von:] E. Catholy, Das Fastnachtspiel des Spätmittelalters. Tübingen 1961. In: Neophilologus 48 (1964) S. 271 f.

J. Lefebvre: Le jeu de carnaval du XVe siècle. In: Etudes Germaniques 18 (1963) p. 452–457. [Zu E. Catholy, Das Fastnachtspiel des Spätmittelalters. Tübingen 1961.]

J. Lefebvre: Les fols et la folie. Paris 1968. [S. 23–76 über Fastnacht und Fastnachtspiel.]

K. Lendi: Der Dichter Pamphilus Gengenbach. Tübingen 1926.

W. Lenk: Das Nürnberger Fastnachtspiel des 15. Jahrhunderts als Dichtung. In: Wissenschaftliche Zeitschrift der Humboldt-Univ. zu Berlin. Gesellschafts- u. sprachwissenschaftliche Reihe 11 (1962) S. 150 f.

W. Lenk: [Rez. von:] E. Catholy, Das Fastnachtspiel des Spätmittelalters. Tübingen 1961. In: Deutsche Literaturzeitung 83 (1962) Sp. 505 ff.

W. Lenk: Zur Sprichwort-Antithetik im Salomon-Markolf-Dialog. In: FuF 39 (1965) S. 151–155.

W. Lenk: Zur Antithetik im Salomon-Markolf-Dialog. In: Wissenschaftliche Zeitschrift der Ernst-Moritz-Arndt-Universität Greifswald 15 (1966) S. 581–585.

W. Lenk: Das Nürnberger Fastnachtspiel des 15. Jahrhunderts. Ein Beitrag zur Theorie und zur Interpretation des Fastnachtspiels als Dichtung. Berlin 1966.

W. Lenk: Salomon und Markolf. Die dichterische Gestaltung gegensätzlicher Existenzweisen des Menschen in der Klassengesellschaft. In: Grundpositionen der deutschen Literatur im 16. Jahrhundert. Berlin u. Weimar 1972. S. 175–198. [Übergeht die Diskussion entgegengesetzter Standpunkte.]

C. S. Lewis: The Allegory of Love. Oxford [7]1953.

Lexikon der Alten Welt. Zürich u. Stuttgart 1965. (Neudruck als dtv-Taschenbuch-Ausgabe 1969/71.)

L. Lier: Studien zur Geschichte des Nürnberger Fastnachtspieles. In: MVGN 8 (1889) S. 87–160.

H. Linke: Mittelalterliche Fastnachtspiele Lübecker Patrizier. In: Lübeckische Blätter N. R. 88, Nr. 3 (1952) S. 30 ff.

H. Lomnitzer: Das Verhältnis des Fastnachtspiels vom »Kaiser Constantinus« zum Reimpaarspruch »Christ und Jude« von Hans Folz. In: ZfdA 92 (1963) S. 277–291.

R. Lössel: Das Verhältnis des Pamphilus Gengenbach und Nic. Manuel zum älteren Fastnachtspiel. Programm Gablonz 1900.

G. F. Lussky: The Structure of Hans Sachs' Fastnachtspiele in Relation to their Place of Performance. In: Journal of English and Germanic Philology 26 (1927) p. 521–563.

A. MacMechan: The Relation of Hans Sachs to the Decameron, as shown in an Examination of the Thirteen Shrovetide Plays drawn from that Source. Phil. Diss. Halifax 1889.

A. Mämpel: Das Dortmunder Theater. T. 1. 2. Dortmund 1935. [Fastnachtspiel z. B. T. 1, S. 12.]

A. Mämpel: Zu Fastabend auf dem Markt gespielt. In: Vestisches Jahrbuch 53 (1951) S. 152–159.

W. Mannhardt: Wald- und Feldkulte. 2. Aufl. besorgt v. Heuschkel. Bd. 1. 2. Berlin 1904/05.

A. Mannheimer: Die Juden im altdeutschen Fastnachtspiel: In: Allgemeine Zeitung des Judentums 34 1870 S. 678–680.

F. Martini: Das Bauerntum im deutschen Schrifttum. Halle 1944.

Masken in Mitteleuropa. Hrsg. v. L. Schmidt. Wien 1955.

Masken zwischen Spiel und Ernst. Beiträge des Tübinger Arbeitskreises für Fastnachtsforschung. Tübingen 1967.

E. Mason-Vest: Prolog, Epilog und Zwischenrede im deutschen Schauspiel des Mittelalters. Phil. Diss. Basel 1949.

S. Mauermann: Die Bühnenanweisungen im deutschen Drama bis 1700. Berlin 1912.

F. Maurer: Der Topos von den »Minnesklaven«. In: DVjs. 27 (1953) S. 182–206.

M. M. Mayer: Zur Geschichte der Fastnachtfreuden in Nürnberg. In: Der Nürnberger Geschichts-, Kunst- und Alterthumsfreund 1842/43. S. 45–46. 98–101. 105–109. 278–286.

H. Meier: Die Figur des Narren in der christlichen Ikonographie des Mittelalters. In: Das Münster 8 (1955) S. 1–11.

I. Meiners: Schelm und Dümmling in Erzählungen des deutschen Mittelalters. München 1967.

K. Meisen: Namen und Ursprung der Fastnacht. In: Rheinisches Jahrbuch für Volkskunde 17/18 (1967) S. 7–47.

F. Menčík: Eine Wiener Rubinus-Rolle. In: ZfdA 51 (1909) S. 263–273.

E. Mentzel: Geschichte der Schauspielkunst in Frankfurt a. M. von ihren ersten Anfängen bis zur Eröffnung des städtischen Komödienhauses. Frankfurt a. M. 1882. [Fastnachtspiel s. Index.]

J. Merkel: Form und Funktion der Komik im Nürnberger Fastnachtspiel. Freiburg i. Br. 1971. [Dazu die Rez. von H. J. Linke in: AfdA 84 (1973).]

R. Merkelbach: Boukoliastai. (Der Wettgesang der Hirten.) In: Rheinisches Museum für Philologie 99 (1956) S. 97–133.

K. Meschke: Schwerttanz und Schwerttanzspiel im germanischen Kulturkreis. Leipzig u. Berlin 1931.

K. Meyer: Fastnachtspiel und Fastnachtslust im 15. und 16. Jahrhundert. In: Zeitschrift für allgemeine Geschichte, Kultur, Literatur- und Kunstgeschichte 3 (1886) S. 161–181.

W. F. Michael: Das deutsche Drama und Theater vor der Reformation. Ein Forschungsbericht. In: DVjs. 31 (1957) S. 106–153.

W. F. Michael: Frühformen der deutschen Bühne. Berlin 1963. [Dazu die Rez. von D. Wuttke in: ZfdPh. 87 (1968) S. 120–124.]

W. F. Michael: Deutsche Literatur bis 1500: Drama. In: L. E. Schmitt: Kurzer Grundriß der germanischen Philologie bis 1500. Bd. 2: Literaturgeschichte. Berlin 1971. S. 573–607. [Vgl. dazu K.-H. Göttert: Literaturgeschichte als germanische Philologie. In: Archiv für Kulturgeschichte 53 (1971) S. 158–164, hier S. 164.]

W. F. Michael: Das deutsche Drama des Mittelalters. Berlin u. New York 1971. [Vgl. die Rez. von H. J. Linke in: AfdA 84 (1973) und von D. Wuttke in: Archiv f. Reformationsgeschichte 63 (1972) Literaturbericht.]

V. Michels: Zur Geschichte des Nürnberger Theaters im 16. Jahrhundert. In: Vierteljahrschrift für Litteraturgeschichte 3 (1890) S. 28–46. 615 f.

V. Michels: Studien über die älteren deutschen Fastnachtspiele. Straßburg 1896.

H. Moezer: Die Judensau. Ein antisemitisches Spottbild des Mittelalters. In: Fränkische Heimat 20 (1941) S. 18 ff. [Zum 20. Stück bei Keller.]

H. Möller: Die Bauern in der deutschen Literatur des 16. Jahrhunderts. Phil. Diss. Berlin 1902.

H. Moser: Von fahrendem Volk, Ansingern und Fastnachtsleuten des 16. Jahrhunderts in Altbayern. In: Bayerischer Heimatschutz 27 (1931) S. 60–71.

H. Moser: Das Volksschauspiel. In: Die deutsche Volkskunde. Hrsg. v. A. Spamer. Bd. 1. Leipzig 1934. S. 349–387.

H. Moser u. R. Zoder: Deutsches Volkstum in Volksschauspiel und Volkstanz. Berlin 1938.

A. W. Müller: Hanns Folz, ein arzneikundiger Meistersänger. In: Apothekerzeitung 42 (1927) S. 1377 f.

E. Müller: Schweizer Theatergeschichte. Zürich u. New York 1944.

J. Münch: Die sozialen Anschauungen des Hans Sachs in seinen Fastnachtspielen. Phil. Diss. Erlangen 1936.

H. Naumann: Primitive Gemeinschaftsdramatik. In: H. N., Primitive Gemeinschaftskultur. Jena 1921. S. 117–137.

F. Neumann: Hans Sachsens Fastnachtspiel von dem gestohlnen Pachen = Boccaccio, Dekameron VIII, 6. In: Zeitschrift für vergleichende Litteraturgeschichte 1 (1887) S. 161–164.

F. Nick: Die Hof- und Volksnarren, sammt den närrischen Lustbarkeiten der verschiedenen Stände aller Völker und Zeiten. Bd. 1. 2. Stuttgart 1861.

H. Niedner: Die deutschen und französischen Osterspiele bis zum 15. Jahrhundert. Berlin 1932.

C. Niessen: Das Volksschauspiel und Puppenspiel. In: Handbuch der deutschen Volkskunde. Hrsg. v. W. Peßler. Bd. 2. Potsdam o. J. [1938.] S. 429–487.

Nürnberg. Geschichte einer europäischen Stadt. Unter Mitwirkung zahlreicher Fachgelehrter hrsg. von Gerhard Pfeiffer. München 1971. [Vgl. die Rez. von D. Wuttke in: Frankfurter Allgemeine Zeitung vom 2. Nov. 1972, S. 19.]

F. Ohrt: Teufel in den Segen. 3.: Beschwörung. In: Handwörterbuch des deutschen Aberglaubens 8 (1936/37) Sp. 742 ff.

R. Paoli: Aspetti e forme del teatro Tedesco Medioevale. Neapel 1963.

A. Paquet: Marcolph oder König Salomo und der Bauer. Frankfurt a. M. 1924. [Uraufführung Koblenz 1926.]

J. Pauli: Schimpf und Ernst. Hrsg. v. H. Österley. Stuttgart 1866.

W. Pehnt: Die Erscheinungsformen des Komischen im deutschen Lustspiele. Phil. Diss. Kiel 1924. [Masch.]

J. Pelzer: Die Fastnachtspielbühne des Hans Sachs. Phil. Diss. Freiburg (1921). Frankfurt (Oder) o. J.

H. Peters: Der Arzt und die Heilkunde in der deutschen Vergangenheit. [Nachdruck der Ausgabe Leipzig 1900.] Düsseldorf 1969.

R. Petsch: Hans Sachsens Fastnachtspiel vom fahrenden Schüler im Paradeis. In: Zeitschrift für Deutschkunde 50 (1936) S. 18–28.

A. Pichler: Über das Drama des Mittelalters in Tirol. Innsbruck 1850.

E. Pistl: Quellen für J. Ayrers Sing- und Fastnachtspiele. In: Vierteljahrschrift für Litteraturgeschichte 6 (1893) S. 430 ff.

H. Prang: Geschichte des Lustspiels. Stuttgart 1968.

G. Preissler: Der Mono-, Pro- und Epilog in deutschen und lateinischen Dramen des 16. Jahrhunderts. Phil. Diss. Prag 1921.

K. Th. Preuß: Der Unterbau des Dramas. In: Vorträge der Bibliothek Warburg. Vorträge 1927–1928. Zur Geschichte des Dramas. Berlin 1930. S. 1–88.

L. M. Price: English-German Literary Influences. Bibliography and Survey. Berkeley 1919.

W. Quenzer: Lebendiges Fastnachtsspiel. In: »Fasnet im Hegau«. Hrsg. v. H. Berner. Singen 1959. S. 69–72.

A. M. Rabenalt: Mimus Eroticus. Das venusische Schauspiel im Mittelalter und in der Renaissance. 1. Teil. Hamburg 1965. [S. 289–336: Die Geburt des Fastnachtspieles aus dem Geiste der Spinnstube.]

R. M. u. G. Radbruch: Der deutsche Bauernstand zwischen Mittelalter und Neuzeit. 2. Aufl. Göttingen 1961.

F. Ranke: Zum Formwillen und Lebensgefühl in der deutschen Dichtung des späten Mittelalters. In: DVjs. 18 (1940) S. 307 bis 327.

K. Ranke: Schwank und Witz als Schwundstufe. In: Festschrift für Will-Erich Peuckert. Berlin 1955. S. 41–59.

F. Raßmann: Fastnachtsbüchlein für Jung und Alt. Hamm 1826.

H. Reich: Der Mimus. 1. 2. Buch. Berlin 1903. [Fastnachtspiel 2. Buch, S. 849–859.]

Reinmar v. Zweter: Die Gedichte ... hrsg. v. G. Roethe. Leipzig 1887.

C. Reuling: Die komische Figur in den wichtigsten deutschen Dramen bis zum Ende des 17. Jahrhunderts. Phil. Diss. Zürich. Stuttgart 1890.

J. G. Robertson: Zur Kritik Jakob Ayrers. Mit besonderer Rücksicht auf sein Verhältnis zu Hans Sachs und den englischen Komödianten. Phil. Diss. Leipzig 1892.

R. H. Robins: Ancient and Mediaeval Grammatical Theory in Europe. London 1951.

L. Röhrich: Erzählungen des späten Mittelalters und ihr Weiterleben in Literatur und Volksdichtung bis zur Gegenwart. Bd. 1. 2. Bern und München 1962. 1967.

L. Röhrich: Gebärde-Metapher-Parodie. Studien zur Sprache und Volksdichtung. Düsseldorf 1967.

L. Röhrich: Adam und Eva. Das erste Menschenpaar in Volkskunst und Volksdichtung. Stuttgart 1968.

H.-U. Roller: Der Nürnberger Schembartlauf. Studien zum Fest- und Maskenwesen des späten Mittelalters. Tübingen 1965.

H.-F. Rosenfeld: Aristoteles und Phyllis. In: Verf.-Lex. 1 (1933) Sp. 123 ff.

H.-F. Rosenfeld: Salman und Morolf (Salomon und Markolf). In: Verf.-Lex. 4 (1953) Sp. 4–21.

H. Rosenfeld: Die Literatur des ausgehenden Mittelalters in soziologischer Sicht. In: Wirkendes Wort 5 (1954) S. 330–341.

H. Rosenfeld: Der mittelalterliche Bilderbogen. In: ZfdA 85 (1954/55) S. 66–75.

H. Rosenfeld: Fastnacht und Karneval. Name, Geschichte, Wirklichkeit. In: Archiv f. Kulturgesch. 51 (1969) S. 175–181.

F. Rosenthal: Der Gerichtssaal auf der Bühne. In: Gral 26 (1932) S. 42–46.

J. F. Roth: Sprüch und Vasnachtspil. In: Literarische Blaetter oder Neuer oder fortgesetzter allgemeiner literarischer Anzeiger 6 (1805) Sp. 321–335. 337–340. [Sp. 332 ff. Druck des Registers der Fastnachtspiele der Handschrift M.]

M. Rudwin: The Origin of the German Carnival Comedy. New York, London, Paris, Leipzig 1920.

H. Rupp: [Rez. von:] E. Catholy, Das Fastnachtspiel des Spätmittelalters. Tübingen 1961. In: Archiv f. d. Studium der neueren Sprachen 198 (1962) S. 406 ff.

H. G. Sachs: Die deutschen Fastnachtspiele von den Anfängen bis zu Jakob Ayrer. Phil. Diss. Tübingen 1957. [Masch.]

P. B. Salmon: »Das Hoffgesindt Veneris« and some Analogues. In: German Life and Letters N. S. 10 (1956/57) p. 14–21.

P. Sartori: Fastenzeit. In: Handwörterbuch des deutschen Aberglaubens 2 (1929/30) Sp. 1244 ff.

P. Sartori: Fastnacht. In: Handwörterbuch des deutschen Aberglaubens 2 (1929/30) Sp. 1246–1261.

K. Schadelbauer: Sterzing im 15. Jahrhundert. Innsbruck 1962.

M. Schäffer: Saltus ab extremo ad extremum. Diss. Altdorf 1709. [Zur Fastnacht.]

E. Schaubach: Gregor Haydens Salomon und Marcolf. Phil. Diss. Leipzig 1881.

W. Schaumberg: Untersuchungen über das deutsche Spruchgedicht Salomo und Morolf. In: PBB 2 (1876) S. 1–63.

E. Scheunemann: Entgegnung [auf R. Stumpfl, Der Ursprung des mittelalterlichen Dramas. Erwiderung]. In: ZfdPh. 62 (1937) S. 95–105.

E. Scheunemann: [Rez. von:] R. Stumpfl, Kultspiele der Germanen als Ursprung des mittelalterlichen Dramas. Berlin 1936. In: ZfdPh. 61 (1936) S. 432–443.

H. Schiel: Die Frankfurter Dirmsteinhandschriften. Frankfurt a. M. 1937.

K. A. Schild: Die Bezeichnungen der deutschen Dramen von den Anfängen bis 1740. Gießen 1925.

E. Schimmerl: Zu dem »Deutschen Spruchgedicht von Salomon und

Markolf«. (Eine Quellenvermutung.) In: MDU 43 (1951) S. 193 bis 198.

K.-H. Schirmer: Stil- und Motivuntersuchungen zur mittelhochdeutschen Versnovelle. Tübingen 1969.

H. M. Schletterer: Das deutsche Singspiel von seinen ersten Anfängen bis auf die neueste Zeit. Augsburg 1863.

D. Schmid: Die »Declamatio ebriosi« von Philippus Beroaldus und ihr Einfluß auf die deutsche Fastnachtsdichtung. Phil. Diss. Freiburg (Schweiz) 1947.

H. Schmidt: Bilder-Katalog zu Max Geisberg: Der deutsche Einblatt-Holzschnitt in der ersten Hälfte des 16. Jahrhunderts. München 1930.

J. P. Schmidt: Fastel-Abends-Sammlungen oder geschichtsmäßige Untersuchung der Fastel-Abends-Gebräuche in Teutschland ... Rostock 1742.

L. Schmidt: Das deutsche Volksschauspiel in zeitgenössischen Zeugnissen vom Humanismus bis zur Gegenwart. Berlin 1954.

L. Schmidt: Das steirische Schwankspiel vom Bauern und seinem Weib im Rahmen der Volksüberlieferungen vom Meister Hildebrand. In: Festschrift für Eduard Castle. Wien 1955. S. 13–32.

L. Schmidt: Das deutsche Volksschauspiel. Berlin 1962.

L. Schmidt: [Rez. von:] E. Catholy, Das Fastnachtspiel des Spätmittelalters. Tübingen 1961. In: Zeitschrift für Volkskunde 58 (1962) S. 308 f.

R. Schmidt: Die Frau in der deutschen Literatur des 16. Jahrhunderts. Phil. Diss. Straßburg 1917.

F. A. Schmitt: Stoff- und Motivgeschichte der deutschen Literatur. Eine Bibliographie. 2. Aufl. Berlin 1965.

L. E. Schmitt: Die sprachschöpferische Leistung der deutschen Stadt im Mittelalter. In: PBB 66 (1942) S. 196–226.

J. Schneider: Die Weiberlisten. In: Zeitschrift für Schweizerische Archäologie und Kunstgeschichte 20 (1960) S. 147–157.

F. Schnorr v. Carolsfeld [Hrsg.]: Vier ungedruckte Fastnachtspiele des 15. Jahrhunderts. In: Archiv f. Litteraturgeschichte 3 (1874) S. 1–25.

A. E. Schönbach: Ein altes Neidhartspiel. In: ZfdA 40 (1896) S. 368–374.

G. Schöne: Tausend Jahre deutsches Theater 914–1914. München 1962.

A. Schultz: Das höfische Leben zur Zeit der Minnesänger. 2. Aufl. Bd. 1. 2. Leipzig 1889.

A. Schultz: Deutsches Leben im 14. und 15. Jahrhundert. Große Ausgabe. Prag, Wien u. Leipzig 1892.

W.-D. Schulz: Aspekte des Übernatürlichen in den Fastnachtspielen des Hans Sachs. Phil. Diss. Univ. of Washington 1965. [Masch.]*

Th. Schumacher [Hrsg.]: Hans Sachs. Fastnachtspiele. Ausgewählt u. hrsg. v. Th. Schumacher. 2., neubearb. Aufl. Tübingen 1970.

M. Schusser: Beschwörung, beschwören. In: Handwörterbuch des deutschen Aberglaubens 1 (1927) Sp. 1109–1129.

W. Seelmann: Das Berliner Bruchstück einer Rubinscene. In: ZfdA 63 (1926) S. 257–267.

W. Seelmann [Hrsg.]: Mittelniederdeutsche Fastnachtspiele. 2., umgearb. Aufl. Neumünster 1931.

E. Seidel: Weltliche Volksschauspiele in Tirol am Ausgang des 15. und zu Beginn des 16. Jahrhunderts. Phil. Diss. Wien 1938. [Masch.]

F. Sieber: Volk und volkstümliche Motivik im Festwerk des Barock. Berlin 1960.

A. Sikora: Zur Geschichte der Volksschauspiele in Tirol. In: Archiv f. Theatergeschichte 2 (1905) S. 3–55.

E. Simon: Neidhart von Reuental. Geschichte der Forschung und Bibliographie. Cambridge, Mass., 1968.

E. Simon: The Staging of Neidhart Plays. In: Germanic Review 44 (1969) p. 5–20.

E. Simon: Shrovetide plays in Late-Medieval Switzerland. An appraisal. In: MLN 85 (1970) p. 323–331.

G. Simon: Die erste deutsche Fastnachtsspieltradition. Zur Überlieferung, Textkritik und Chronologie der Nürnberger Fastnachtsspiele des 15. Jahrhunderts. Lübeck u. Hamburg 1970.

S. Singer: Salomo-Sagen in Deutschland. In: ZfdA 35 (1891) S. 177 bis 187.

S. Singer, H. Zulliger u. F. Bolt: Fastnachtsbräuche und Fastnachtsspiele. In: Berner Tagblatt Nr. 37 v. 13. 2. 1926.*

S. Singer: Niklaus Manuels Ablaßkrämer. In: Blätter für Bernische Geschichte und Altertumskunde 24 (1928) S. 54–60.

S. Singer: Germanisches Drama? In: S. S.: Germanisch-romanisches Mittelalter. Zürich u. Leipzig 1935. S. 185–198.

E. Sobel: Two Meisterlieder on the Seven Liberal Arts in MS Berlin germ. quart. 414. In: Fachliteratur des Mittelalters. Festschrift für G. Eis. Stuttgart 1968. S. 21–29.

A. Spamer: Deutsche Fastnachtsbräuche. Jena 1936.

N. Spiegel: Gelehrtenproletariat und Gaunertum vom Beginn des 14. bis zur Mitte des 16. Jahrhunderts. Programm Schweinfurt 1902.

N. Spiegel: Das fahrende Schülertum, ein Ergebnis der deutschen Schulverhältnisse während des 15./16. Jahrhunderts. Programm Würzburg 1904.

I. Spriewald: Über den Zusammenhang der Gattungen in der deutschen Reimdichtung des 15. und 16. Jahrhunderts. In: FuF 36 (1962) S. 340–343.

O. Springer: A Philosopher in Distress: a propos of a Newly Discovered Medieval German Version of Aristotle and Phyllis. In: Germanic Studies in Honour of E. H. Sehrt. Coral Gables 1968. S. 203–218.

W. Stammler: Von der Mystik zum Barock. 1400–1600. 2., durchges. u. erw. Aufl. Stuttgart 1950.

W. Stammler: Aristoteles und die Septem Artes Liberales im Mittelalter. In: Der Mensch und die Künste. Festschrift für H. Lützeler. Düsseldorf 1962. S. 196–214.

W. Stammler: Wort und Bild. Studien zu den Wechselbeziehungen zwischen Schrifttum und Bildkunst im Mittelalter. Berlin 1962.

W. Steinberg: Studien zum deutschen Wortschatz im Bereich der Vermählung. Phil. Diss. Halle 1956. [Masch.]

H. Steinhöwel: Decameron. Hrsg. v. A. v. Keller. Stuttgart 1860.

W.-D. Stempel: Mittelalterliche Obszönität als literarästhetisches Phaenomen. In: Die nicht mehr schönen Künste. München 1968. S. 187–205.

Sterzinger Neidhartspiel aus dem 15. Jahrhundert. Hrsg. v. A. Dörrer. In: Der Schlern 25 (1951) S. 103–126.

A. L. Stiefel: Der »Clericus Eques« des Johannes Placentius und das 22. Fastnachtspiel des Hans Sachs. In: Zeitschrift f. vergleichende Litteraturgeschichte N. F. 4 (1891) S. 440–445.

A. L. Stiefel: Über die Quellen der Hans Sachsischen Dramen. In: Germania N. F. 24 (1891) S. 1–60. Nachträge und Berichtigungen. In: Germania N. F. 25 (1892) S. 203–230.

A. L. Stiefel: Ein Fastnachtspiel des Hans Folz und seine Quelle. In: Archiv für das Studium der neueren Sprachen 90 (1893) S. 1–12.

A. L. Stiefel: Zum fünften Fastnachtspiel des Hans Sachs. In: Zeitschrift für vergleichende Litteraturgeschichte N. F. 6 (1893) S. 406 f.

L. Stöllinger: Das Hans Sachsische Fastnachtspiel No. 26 »Von Joseph und Melisso«. Programm Elbogen 1912. S. 3–25.

Straßburger Holzschnitte zu Dietrich von Bern. – Herzog Ernst. – Der Hürnen Seyfrid. – Marcolphus. Straßburg 1922.
S. Streicher: Über das Fastnachtsspiel. In: Schweizer Rundschau 61 (1962) S. 37–44.
J. Strobel: Das ehrsame Narrengericht zu Grosselfingen. Ein 500-jähriges Volks- und Fastnachtsspiel. In: Zollerheimat 6 (1937) S. 9–13.
H. Strohbach: [Rez. von:] E. Catholy, Das Fastnachtspiel des Spätmittelalters. Tübingen 1961. In: Deutsches Jahrbuch für Volkskunde 8, 1 (1962) S. 248 ff.
F. W. Strothmann: Die Gerichtsverhandlung als literarisches Motiv. Jena 1930.
R. Stumpfl: Die Bühnenmöglichkeiten im 16. Jahrhundert. In: ZfdPh. 54 (1929) S. 42–80; 55 (1930) S. 49–78.
R. Stumpfl: Der Ursprung des Fastnachtspiels und die kultischen Männerbünde der Germanen. In: Zeitschrift für Deutschkunde 48 (1934) S. 286–297.
R. Stumpfl: Kultspiele der Germanen als Ursprung des mittelalterlichen Dramas. Berlin 1936.
R. Stumpfl: Der Ursprung des mittelalterlichen Dramas. Erwiderung [auf Scheunemann]. In: ZfdPh. 62 (1937) S. 87–95.
S. L. Sumberg: The Nuremberg Schembart Carnival. New York 1941 [Reprint New York 1966].
S. L. Sumberg: Pageantic Festivals in Medieval and Renaissance Germany. Sources and Problems. In: The Germanic Review 18 (1943) p. 81–89.
H. Suolahti: Das Spruchgedicht von Salomon und Markolf. Helsinki 1946.
B. Swain: Fools and Folly during the Middle Ages and the Renaissance. New York 1932.
R. Tarot: Literatur zum deutschen Drama und Theater des 16. und 17. Jahrhunderts. In: Euphorion 57 (1963) S. 411–453.
A. Taylor: Problems in German Literary History of the Fifteenth and Sixteenth Centuries. New York, London 1939. [S. 165 bis 172: The history of marriage.]
K. Trautmann: Englische Komoedianten in Nürnberg bis zum Schlusse des Dreissigjährigen Krieges. In: Archiv für Litteraturgeschichte 14 (1886) S. 113–136.
L. A. Triebel: The comedy of the crocodile. As preserved in various manuscripts. A critical and historical introduction to-

gether with a text of the play and other addenda. London 1925. [Zur Wirkung des Fastnachtspiels im 16. Jh.]

M. Urban: Fastnachtspiele in Alt-Eger. In: Egerer Jahrbuch 49 (1910) S. 129–137.

H. Urner: Fastenzeit. In RGG 2 (1958) Sp. 885 f.

H. Urner: Fastnacht. In: RGG 2 (1958) Sp. 887.

F. Vetter: Über die zwei angeblich 1522 aufgeführten Fastnachtsspiele Niklaus Manuels. In: PBB 29 (1904) S. 80–117.

A. Ritter v. Vincenti: Drei altenglische Dialoge von Salomon und Saturn. Phil. Diss. München. Naumburg 1904.

F. Vogt: Zur Salman-Morolfsage. In: PBB 8 (1882) S. 313–323.

H. Vorwahl: Die Sexualität im Hoch-Mittelalter. In: Janus 37 (1933) S. 293–299.

W. de Vreese [Hrsg.]: Dat dyalogus of twisprake tusschen den wisen Coninck Salomon ende Marcolphus. Leiden 1941.

H. Wachendorf: Die wirtschaftliche Stellung der Frau in den deutschen Städten des späteren Mittelalters. Diss. Hamburg 1934.

E. Wagemann: Die Personalität im deutschen Drama des 16. Jahrhunderts. Phil. Diss. Göttingen 1952. [Masch.]

G. Wagner: Das Gewerbe der Bader und Barbiere im deutschen Mittelalter. Phil. Diss. Freiburg 1918.

R. Wagner: Boethius. In: MGG 2 (1952) Sp. 49–57.

C. Walther: Das Fastnachtspiel Henselin oder Von der Rechtfertigkeit. In: Jahrbuch d. Vereins f. niederdeutsche Sprachforschung 3 (1877) S. 9–36.

C. Walther: Zum Fastnachtspiel Henselin. In: Jahrbuch d. Vereins f. niederdeutsche Sprachforschung 5 (1879) S. 173–179.

C. Walther: Über die Lübecker Fastnachtspiele. In: Jahrbuch d. Vereins f. niederdeutsche Sprachforschung 6 (1880) S. 6–31.

C. Walther: Zu den Lübecker Fastnachtspielen. In: Jahrbuch d. Vereins f. niederdeutsche Sprachforschung 27 (1901) S. 1–21.

H. Walther: Das Streitgedicht in der lateinischen Literatur des Mittelalters. München 1920.

J. Wecker: Nürnberger Fasching im 15. Jahrhundert. In: Der Sonntags-Kurier (Unterhaltungsbeilage des Fränkischen Kuriers) 11 v. 2. 3. 1930, Nr. 10, S. 40.

C. Wehrmann: Fastnachtspiele der Patrizier in Lübeck. In: Jahrbuch d. Vereins f. niederdeutsche Sprachforschung 6 (1880) S. 1 bis 5.

R. Weimann: Shakespeare und die Tradition des Volkstheaters. Soziologie, Dramaturgie, Gestaltung. Berlin 1967. [2]1975.

K. Weinhold: Über das Komische im altdeutschen Schauspiel. In: Jahrbuch für Litteraturgeschichte 1 (1865) S. 1–44.
K. Weinhold: Die deutschen Frauen in dem Mittelalter. 2. Aufl. Bd. 1. 2. Wien 1882.
L. Welti: Graf Kaspar von Hohenems 1573–1610. Innsbruck 1963. [S. 175–180 über Salzburger Höfische Fastnachtspiele von 1618.]
S. Wenzel: The Sin of Sloth. Acedia in Medieval Thought and Literature. Chapel Hill, North Carolina, 1967.
O. Werner: Entwicklungstendenzen in der mittelhochdeutschen Verserzählung zur dramatischen Form. Studien zum Stricker: »Das heiße Eisen«. In: ZfdPh. 85 (1966) S. 369–406. [Betrifft auch das Fastnachtspiel.]
Wernher der Gartenaere: Helmbrecht. Hrsg. v. Fr. Panzer. 8. neubearb. Aufl. besorgt v. K. Ruh. Tübingen 1968.
J. Werth: Der Strukturwandel von Comedia und Fastnachtspiel zwischen Reformationszeit und Barock. Ein Beitrag zur Geschichte des volkstümlichen komischen Dramas in Deutschland unter besonderer Berücksichtigung Jakob Ayrers. Phil. Diss. Berlin 1943. [Masch.]
E. Wießner: Das Gedicht von der Bauernhochzeit und Heinrich Wittenwylers »Ring«. In: ZfdA 50 (1908) S. 225–279.
E. Wießner: »Metzen Hochzit« und Heinrich Wittenwilers »Ring«. In: ZfdA 74 (1937) S. 65–72.
E. Wießner [Hrsg.]: Der Bauernhochzeitsschwank Meier Betz und Metzen hochzit. Tübingen 1956.
H. Winter: Zwei mainfränkische Fasnachtspiele. In: Bayerische Hefte für Volkskunde 12, 6 (1940) S. 53 f.
L. Wirth: Die Oster- und Passionsspiele bis zum 16. Jahrhundert. Halle 1889.
H. Wittenwiler: Heinrich Wittenwilers Ring. . . . hrsg. v. E. Wießner. Leipzig 1931.
W. Wodick: Jakob Ayrers Dramen in ihrem Verhältnis zur einheimischen Literatur und zum Schauspiel der englischen Komödianten. Halle 1912.
L. Wolff: Henselin. In: Verf.-Lex. 2 (1936) Sp. 406–409; 5 (1955) Sp. 370 f.
R. Wolfram: Schwerttanz und Männerbund. Kassel 1936.
W. Wüthrich: Die Harnschau und ihr Verschwinden. Zürich 1967.
D. Wuttke: Zum Fastnachtspiel des Spätmittelalters. Eine Auseinandersetzung mit E. Catholys Buch. In: ZfdPh. 84 (1965) S. 247 bis 267.

D. Wuttke: Die Druckfassung des Fastnachtspieles »Von König Salomon und Markolf«. In: ZfdA 94 (1965) S. 141–170.
D. Wuttke: Deutsche Germanistik und Renaissance-Forschung. Ein Vortrag zur Forschungslage. Bad Homburg, Berlin u. Zürich 1968.
H. Wyss: Der Narr im schweizerischen Drama des 16. Jahrhunderts. Bern 1959.
Fr. Zarncke [Hrsg.]: Sebastian Brants Narrenschiff. Leipzig 1854. Fotomechan. Nachdruck: Hildesheim 1961. [Darin S. CXVI ff. u. a. über den Einfluß des Narrenschiffs auf Fastnachtspiele des 16. Jh.s]
E. Zech: Das Oberstaufener Fastnachtsspiel. In: Der Alpenfreund 6 (1925) S. 40 ff.*
J. Zeidler: Das Wiener Schauspiel im Mittelalter. In: Geschichte der Stadt Wien. Hrsg. v. Alterthumsvereine zu Wien. Bd. III, 1. Wien 1907. S. 82–118.
K. Ziegler: Das deutsche Drama der Neuzeit. In: Deutsche Philologie im Aufriß. 2. Bd. 2. Aufl. Berlin 1960. Sp. 1997–2350.
O. Zingerle: Zur Neidhartlegende. In: ZfdA 32 (1888) S. 430 bis 436.

Nachtrag (September 1989)

1. Literatur zu Hans Rosenplüt, Hans Folz, Vigil Raber, Hans Sachs und Jakob Ayrer

D. Amon: Hans Rosenplüt. In: Berühmte Nürnberger aus neun Jahrhunderten. Hrsg. von Chr. v. Imhoff. Nürnberg 1984. S. 34–36.
B. Balzer: Bürgerliche Reformationspropaganda. Die Flugschriften des Hans Sachs in den Jahren 1523–1525. Stuttgart 1973. [Dazu die Rez. von B. Deneke in: MVGN 62 (1975) S. 312 f.]
M. Baxandall: The Limewood Sculptors of Renaissance Germany. London 1980. Deutsche Ausgabe unter dem Titel: Die Kunst der Bildschnitzer. Tilman Riemenschneider, Veit Stoß und ihre Zeitgenossen. München 1984. [Zu Folz und Sachs. – Vgl. die Rez. von S. Pfister und D. Wuttke in: Internationales Archiv für Sozialgeschichte der Literatur 11 (1986) S. 276–288.]
Bayern. Kunst und Kultur. [Katalog.] München 1972. [Siehe Register.]

P. Boon: Beobachtungen zum Tempussystem in Hans Sachs' Fastnachtspielen. Zugleich ein Beitrag zur Diskussion über die Tempusnomenklatur und zur Erforschung der Ausdehnung des oberdeutschen Präteritumschwundes. In: Beiträge zur Erforschung der deutschen Sprache 3 (1983) S. 230–242.

T. Brandis: Mittelhochdeutsche, mittelniederdeutsche und mittelniederländische Minnereden. Verzeichnis der Handschriften und Drucke. München 1968. [Vgl. Register s. v. Hans Folz und Hans Sachs.]

A.-K. Brandt: Die ›tugentreich fraw Armut‹. Besitz und Armut in der Tugendlehre des Hans Sachs. Göttingen 1979. [Vgl. die Anzeige von P. N. Skrine in: The Year's Work in Modern Language Studies 42 (1980) S. 758.]

H. Brunner: Hans Sachs. In: Fränkische Klassiker. Nürnberg 1971. S. 264–278.

H. Brunner: Folz, Hans. In: Musik in Geschichte und Gegenwart. Bd. 16. Kassel/Basel 1974. Sp. 322–324.

H. Brunner: Die alten Meister. Studien zur Überlieferung und Rezeption der mittelhochdeutschen Sangspruchdichter. München 1975. [Vgl. die Register s. v. Hans Folz und Hans Sachs.]

H. Brunner: Hans Sachs zwischen Heldenverehrung und Hohngesang. In: Nürnberg heute 22 (1976) S. 35–46.

H. Brunner: Hans Sachs. In: Fränkische Lebensbilder. Bd. 7. Würzburg 1977. S. 77–96.

H. Brunner: Hans Sachs als Schuster. Eine bisher unbeachtete archivalische Quelle. In: MVGN 64 (1977) S. 346–348.

H. Brunner: Hans Sachs und Nürnbergs Meistersinger. In: Hans Sachs und die Meistersinger in ihrer Zeit. Eine Ausstellung des Germanischen Nationalmuseums im Neuen Rathaus in Bayreuth. 26. Juli bis 30. August 1981. Nürnberg 1981. S. 9–24.

H. Brunner: Hans Sachs und das Nürnberger Stadtregiment. In: Wagners Werk und Wirkung. Festspielnachrichten. Beiträge 1957–1982 von J. Bergfeld [u. a.]. Bayreuth 1983. S. 51–57.

H. Brunner: Meistergesang und Reformation. Die Meistergesangbücher 1 und 2 des Hans Sachs. In: Literatur und Laienbildung im Spätmittelalter und in der Reformationszeit. Symposion Wolfenbüttel 1981. Hrsg. von L. Grenzmann und K. Stackmann. Stuttgart 1984. S. 732–742.

H. Buntz: »Der Stein der Weisen«. Eine zweite Handschrift des Lehrgedichtes von Hans Folz. In: ZfdPh. 94 (1975) S. 407–434.

W. Burian: Hans Sachs als Fabeldichter. Phil. Diss. Wien 1910. [Handschr.]

D. Buschinger: Zur Mittelalter-Rezeption bei Hans Sachs. In: Deutsche Literatur des Spätmittelalters. Ergebnisse, Probleme und Perspektiven der Forschung. Hrsg. von W. Spiewok. Greifswald 1986. S. 362–375.

E. Carlsohn: Die Bibliothek des Hans Sachs. In: Börsenblatt für den Deutschen Buchhandel (Frankfurter Ausgabe) 16 (1960) S. 747 f.

St. C. van D'Elden: Parodies of coats of arms by Peter Suchenwirt and Hans Sachs. In: Neuphilologische Mitteilungen 81 (1980) S. 69–75.

R. De Pol: Violetta rapita e moglie sorda. Hans Sachs e la leggenda di Neidhart. In: L'Immagine riflessa 9 (1986) S. 295–310.

J. Dünninger / D. Kieselbach: Jakob Ayrers ›Spiegel weiblicher Zucht und Ehr‹. In: Unbekanntes Bayern 6 (1961) S. 52–76.

M. Dutschke: »... was ein singer soll singen«. Untersuchungen zur Reformationsdichtung des Meistersängers Hans Sachs. Frankfurt a. M. / Bern / New York 1985.

F. H. Ellis: The early meisterlieder of Hans Sachs (1514–1518). Bloomington 1974.

H. Fischer: »Der Stein der Weisen«. Ein unveröffentlichter Gedichtentwurf von Hans Folz. In: ZfdPh. 86 (1967) S. 99–110.

A. Fochi: Pină la Hans Sachs şi de aica la G. Coşbuc. In: Rivista de istorie si teorie literara 34 (1986) H. 1. S. 61–65; H. 2/3. S. 72–75.

K. Fujishiro: Über den Narren in den Fastnachtspielen Jakob Ayrers. In: Doitsu Bungaku 78 (1987) S. 41–50. [In jap. Sprache, dt. Zusammenfassung S. 49 f.]

K. Geissler: Die Juden in mittelalterlichen Texten Deutschlands. Eine Untersuchung zum Minoritätenproblem anhand literarischer Quellen. In: Zeitschrift für bayerische Landesgeschichte 38 (1975) S. 163–226. [Zu Folz S. 217–222.]

I. Glier: Artes amandi. Untersuchung zu Geschichte, Überlieferung und Typologie der deutschen Minnereden. München 1971. [Vgl. Register s. v. Hans Folz, Hans Rosenplüt, Hans Sachs.]

Th. Habel: Der Schuster-Poet auf dem Parnaß. Molanders Hans-Sachs-Schelte von 1698. In: MVGN 74 (1987) S. 183–187.

H. Häußler: Hans Sachs. Versuch einer Skizze. In: Frankenland 28 (1976) S. 300–304.

Das handschriftliche Zentralregister. Reprintausgabe nach dem Autograph von 1560 des Stadtarchivs Zwickau. Mit einer Einf. von R. Hahn. Leipzig 1986. [Hans Sachs.]

W. Harms: Anonyme Texte bekannter Autoren auf illustrierten Flugblättern des 17. Jahrhunderts. In Beispielen von Logau, Birken und Harsdörffer. In: Wolfenbütteler Barock-Nachrichten 12 (1985) S. 49–58. [Hans-Sachs-Rezeption im 17. Jh.]

J. Haustein: Ayrer, Jakob. In: Literaturlexikon. Hrsg. von W. Killy. Bd. 1. Gütersloh 1988. S. 265 f.

G. Heinrich: Ayrer und Shakespeare. In: Magyar Shakespeare-Tár 8 (1916).

A. Heyder: Einflüsse auf das Sprachschaffen von Hans Sachs. In: Studien zur Literatur des Spätmittelalters. Hrsg. von W. Spiewok. Greifswald 1986. S. 115–132.

K. Hoffmann: Typologie, Exemplarik und reformatorische Bildsatire. In: Kontinuität und Umbruch. Hrsg. von J. Nolte, H. Trompert und C. Windhorst. Stuttgart 1977. S. 189–210. [Zu Hans Sachs passim.]

N. Holzberg: Hans-Sachs-Bibliographie. Schriftenverzeichnis zum 400jährigen Todestag im Jahr 1976. Zusammengestellt in der Stadtbibliothek Nürnberg unter Mitarb. von H. Hilsenbeck. Nürnberg 1976. [Dazu die Rez. von R. Schenda in: Fabula 18 (1977) S. 172 f.]

N. Holzberg: Nachtrag zur Hans-Sachs-Bibliographie. In: MVGN 64 (1977) S. 333–343.

B. Jäger: »Durch reimen gute lere geben«. Untersuchungen zu Überlieferung und Rezeption Freidanks im Spätmittelalter. Göppingen 1978. [Rosenplüt, Folz.]

J. Janota: Hans Folz in Nürnberg. Ein Autor etabliert sich in einer stadtbürgerlichen Gesellschaft. In: Philologie und Geschichtswissenschaft. Hrsg. von H. Rupp. Heidelberg 1977. S. 74–91.

J. Janota: Folz, Hans. In: Die deutsche Literatur des Mittelalters. Verfasserlexikon. 2. Aufl. Bd. 2. Berlin/New York 1980. Sp. 769 bis 793.

J. Janota: Hans Folz (ca. 1435/40–1513). In: Fränkische Lebensbilder 10 (1982) S. 20–37. [Zu den Mitgliedern der Familie Bernhaubt gen. Schwenter und deren Beziehungen zu Folz vgl. D. Wuttke: Die Histori Herculis (wie S. 410 verzeichnet).]

J. Janota: ›Von dem Hurübel‹. In: Die deutsche Literatur des Mittelalters. Verfasserlexikon. 2. Aufl. Bd. 4. Berlin/New York 1982. Sp. 326–329. [Hans Folz als möglicher Verfasser oder als rezipierter Autor.]

J. Janota: Die Rolle des Handwerks und der Handwerker in den Werken des Nürnberger Handwerkerliteraten Hans Folz. In: Deutsches Handwerk in Spätmittelalter und Früher Neuzeit. Sozialgeschichte – Volkskunde – Literaturgeschichte. Hrsg. von R. S. Elkar. Göttingen 1983. S. 265–282.

J. Janota: Liebe und Ehe bei Hans Folz. Von der Minnerede zum Lob der Ehe. In: Liebe in der deutschen Literatur des Mittelalters. St. Andrews-Colloquium 1985. Hrsg. von J. Ashcroft [u. a.]. Tübingen 1987. S. 174–191.

Jedermann in Europa. Vom Mittelalter bis zur Gegenwart. Eine Ausstellung der Max-Reinhardt-Forschungs- und Gedenkstätte. 27. 7. bis 31. 8. 1978. Salzburg 1978. [Hans Sachs.]

H. Kaiser: Hans Sachs. In: Berühmte Nürnberger aus neun Jahrhunderten. Hrsg. von Chr. v. Imhoff. Nürnberg 1984. S. 115–117. [Bester je über Sachs verfaßter Kurzartikel.]

D. Kartschoke: Nihil sub sole novum? Zur Auslegungsgeschichte von Eccl. 1,10. In: Geschichtsbewußtsein in der deutschen Literatur des Mittelalters. Tübinger Colloquium 1983. Hrsg. von C. Gerhardt [u. a.]. Tübingen 1985. S. 175–188. [U. a. zu Hans Folz.]

H. Kiepe: Die Nürnberger Priameldichtung. Untersuchungen zu Hans Rosenplüt und zum Schreib- und Druckwesen im 15. Jahrhundert. München/Zürich 1984. [Dazu S. Pfister: Sind Priameln ›Bildgedichte‹? In: ZfdA 97 (1986) S. 228–233.]

E. Kiepe-Willms: Die Spruchdichtungen Muskatbluts. Vorstudien zu einer kritischen Ausgabe. München 1976. [Zur M.-Rezeption bei Hans Folz, Hans Rosenplüt und Hans Sachs vgl. das Register.]

Kindlers Literatur Lexikon im dtv. München 1974. [Siehe Register s. v. Ayrer, Rosenplüt, Sachs.]

R. Krohn: Die Rückkehr des Bürgerpoeten. Aspekte der Hans-Sachs-Rezeption in der literarischen Frühromantik. In: Mittelalter-Rezeption. Gesammelte Vorträge des Salzburger Symposions ›Die Rezeption mittelalterlicher Dichter und ihrer Werke in Literatur, bildender Kunst und Musik des 19. und 20. Jahrhunderts‹. Hrsg. von J. Kühnel, H.-D. Mück, U. Müller. Göppingen 1979. S. 80–106.

H. Kugler: Handwerk und Meistergesang. Ambrosius Metzgers Metamorphosen-Dichtung und die Nürnberger Singschule im frühen 17. Jahrhundert. Göttingen 1977. [Vgl. Register s. v. Hans Sachs.]

F. Langensiepen: Tradition und Vermittlung. Literaturgeschichtliche und didaktische Untersuchungen zu Hans Folz. Berlin 1980.

J. Lefèbvre: Das Motiv der ungleichen Kinder Evas. Beobachtungen zur Funktion der Literatur im 16. Jahrhundert. In: Akten des 6. Internationalen Germanisten-Kongresses, Basel 1980. Hrsg. von H. Rupp und H.-G. Roloff. Tl. 4. Bern / Frankfurt a. M. / Las Vegas 1980. S. 12–18. [Hans Sachs.]

K. Leibleitner: Jakob Ayrers poetische Psalmendichtung. Phil. Diss. Wien 1909. [Handschr.]

E. Linke-Crawford: Über die Quellen zu den Tierfabeln von Hans Sachs. Phil. Diss. Graz 1924. [Masch.]

F. Machilek: Krankheit, Alter und Tod in der Dichtung des Hans Sachs. In: Hans Sachs und die Meistersinger in ihrer Zeit. Eine Ausstellung des Germanischen Nationalmuseums im Neuen Rathaus in Bayreuth. 26. Juli bis 30. August 1981. Nürnberg 1981. S. 39–45.

W. F. Michael: The staging of the Bozen passion play. In: Germanic Review 25 (1950) S. 178–195. [Vigil Raber.]

W. F. Michael: Die Metrik im Drama von Hans Sachs. In: Kontroversen, alte und neue. Akten des 7. Internationalen Germanisten-Kongresses, Göttingen 1985. Hrsg. von A. Schöne. Bd. 7. Tübingen 1986. S. 148–152.

K. Moninger: Der Begriff der Vaterlandsliebe bei Hans Sachs. Greifswald 1921.

D.-R. Moser: »Hanß Sachs, Schulmeister zu Narrnhausen, die comoedi von Doctor Faust exhibierend«. Aspekte einer süddeutschen Faust-Tradition. In: Literatur in Bayern 10 (1987) S. 8–26.

H.-J. Müller: Überlieferungs- und Wirkungsgeschichte der Ps.-Strickerschen Erzählung »Der König im Bade«. Untersuchungen und Texte. Berlin 1983. [Rosenplüt.]

J.-D. Müller: Noch einmal: Maere und Novelle. Zu den Versionen von den ›Drei listigen Frauen‹. In: Philologische Untersuchungen. Festschrift für Elfriede Stutz. Wien 1984. S. 289–311. [Hans Folz.]

M. E. Müller: Der Poet der Moralität. Untersuchungen zu Hans Sachs. Bern / Frankfurt a. M. / New York 1985.

U. Müller: ›Dichtung‹ und ›Wirklichkeit‹ bei Oswald von Wolkenstein. Aufgezeigt im Vergleich mit Altersliedern von Walther von der Vogelweide und Hans Sachs. In: Literaturwissenschaftliches Jahrbuch N. F. 19 (1978) S. 133–156.

B. Murdoch: Hans Folz and the Adam-Legends. Texts and studies. Amsterdam 1977.

Nürnberg. Geschichte einer europäischen Stadt. München 1971. [Zu Hans Rosenplüt, Hans Folz und Hans Sachs.]

N. Olf: Der Wortschatz Jacob Ayrers. Göppingen 1988.

K. K. Polheim: Das Admonter Passionsspiel. Bd. 3: Untersuchungen zur Passionshandlung, Aufführung und Eigenart. Nebst Studien zu Hans Sachs und einer kritischen Ausgabe seines Passionsspieles. Paderborn/Wien/Zürich 1980.

O. Puchner: Das Register des Gemeinen Pfennigs (1497) als bevölkerungsgeschichtliche Quelle. In: Jahrbuch für fränkische Landesforschung 34/35 (1975) S. 909–948. [S. 923 und 932 Neues zu Hans Folz.]

K. Ranke: Die Welt der Einfachen Formen. Studien zur Motiv-, Wort- und Quellenkunde. Berlin/New York 1978. [Siehe Register unter Folz.]

J. Reichel: Hans Rosenplüt gen. Schnepperer. Ein Handwerkerdichter im spätmittelalterlichen Nürnberg. In: MVGN 67 (1980) S. 17–36

J. Reichel: Hans Rosenplüt genannt Schnepper (ca. 1400–1460). In: Fränkische Lebensbilder 9 (1980) S. 61–79.

J. Reichel: Handwerk und Arbeit im literarischen Werk des Nürnbergers Hans Rosenplüt. In: Deutsches Handwerk in Spätmittelalter und Früher Neuzeit. Sozialgeschichte – Volkskunde – Literaturgeschichte. Hrsg. von R. S. Elkar. Göttingen 1983. S. 245–263.

J. Reichel: Hans Folz als Bearbeiter eigener Märendrucke. In: Philologische Untersuchungen. Festschrift für Elfriede Stutz. Wien 1984. S. 357–373.

J. Reichel: Der Spruchdichter Hans Rosenplüt. Literatur und Leben im spätmittelalterlichen Nürnberg. Stuttgart 1985.

Repertorium der Sangsprüche und Meisterlieder des 12. bis 18. Jahrhunderts. Katalog der Texte. Jüngerer Teil. Hans Sachs 1–1700. Bearb. von H. Brunner, E. Klesatschke [u. a.]. Tübingen 1986.

J. Rettelbach: [Rez.] Hans Sachs. Studien zur frühbürgerlichen Literatur im 16. Jahrhundert. Hrsg. von Th. Cramer und E. Kartschoke. Bern/Frankfurt a. M./Las Vegas 1978. In: MVGN 66 (1979) S. 331–333.

H. Rosen: Die sprichwörtlichen Redensarten in den Werken von Hans Sachs. Nach Entstehung, Bild, Bedeutung, Vorkommen untersucht und sachlich geordnet. Phil. Diss. Bonn 1922 [1924].

Hans Sachs. Katalog zur Ausstellung. Kunstsammlung der Universität Göttingen 1976. Red.: St. Füssel. Göttingen: Arbeitsstelle für Renaissanceforschung am Seminar für Deutsche Philologie der Universität 1976. 2., durchges. und erw. Aufl. Göttingen 1979.

Hans Sachs. Studien zur frühbürgerlichen Literatur im 16. Jahrhundert. Hrsg. von Th. Cramer und E. Kartschoke. Bern/Frankfurt a. M./Las Vegas 1978.

Das Hans Sachs Comic Strip. Nürnberg: Hans-Sachs-Gymnasium 1976.

Hans Sachs und Nürnberg. Bedingungen und Probleme reichsstädtischer Literatur. Hans Sachs zum 400. Todestag am 19. Januar 1976. Hrsg. von H. Brunner, G. Hirschmann und F. Schnelbögl. Nürnberg 1976.

Hans Sachs und seine Zeit. Beiträge aus dem Hans-Sachs-Gymnasium in Nürnberg. Red.: H. Maas, W. Kästner. Nürnberg: Hans-Sachs-Gymnasium 1976.

F. Schanze: Meisterliche Liedkunst zwischen Heinrich von Mügeln und Hans Sachs. 2 Bde. München/Zürich 1983–84.

M. Schilling: Zur Dramatisierung des ›Wilhelm von Österreich‹ durch Hans Sachs. In: Zur deutschen Literatur und Sprache des 14. Jahrhunderts. Dubliner Colloquium 1981. Hrsg. von W. Haug [u. a.]. Heidelberg 1983. S. 262–277.

K. Schindler: Ein unbekannter Hymnus auf Hans Sachs. Albert Emil Brachvogels Gedicht ›Der Meistersänger‹. In: MVGN 68 (1981) S. 331–334.

R. Schlepper: Was ist wo interpretiert? Eine bibliographische Handreichung für das Lehrfach Deutsch. 6., erw. Aufl. Paderborn 1980.

L. Schmidt: Maler-Regisseure des Mittelalters. In: Maske und Kothurn 4 (1958) S. 55–78. [Zu Vigil Raber.]

F. Schnelbögl: Sankt Sebald in Nürnberg nach der Reformation. In: Zeitschrift für bayerische Kirchengeschichte 32 (1963) S. 155–172. [Hans Sachs S. 157, 160.]

G. Schramm: Hans Rosenplüt und Hans Folz. In: Fränkische Klassiker. Nürnberg 1971. S. 183–194.

F. Schroll: Die literarischen Kenntnisse des Hans Sachs. Phil. Diss. Graz 1910. [Handschr.]

B. Schubert: Wagners »Sachs« und die Tradition des romantischen Künstlerverständnisses. In: Archiv für Musikwissenschaft 60 (1983) S. 212–253.

B. Schubert: Der Künstler als Handwerker. Zur Literaturgeschichte einer romantischen Utopie. Königstein 1986.

P.-K. Schuster: Abstraktion, Agitation und Einfühlung. Formen protestantischer Kunst im 16. Jahrhundert. In: Hamburger Kunsthalle. Luther und die Folgen für die Kunst. Hrsg. von W. Hofmann. München 1983. S. 115–125. [Zu Sachs vgl. auch die Katalognummern 1, 3, 34, 48, 57, 68, 76.]

A. Schwarz: The shoemaker's ›Tristans‹. In: Tristania 11 (1986/87) S. 21–28.

H. Sembdner: Heinrich von Kleists unbekannte Mitarbeit an einem Hamburger Journal. Neuentdeckte Prosatexte. In: Jahrbuch der

Deutschen Schiller-Gesellschaft 25 (1981) S. 47–76. [S. 70 ff. Sachs-Rezeption bei Kleist.]

E. Sobel: Martin Luther and Hans Sachs. In: Michigan Germanic Studies 10 (1984) S. 129–141.

St. Spanbauer: Die Quellenzitate bei Hans Sachs. Phil. Diss. Graz 1937. [Masch.]

W. Spiewok: Zur Tristan-Rezeption in der mittelalterlichen deutschen Literatur. In: W. S.: Mittelalter-Studien. Göppingen 1984. S. 367–393. [U. a. zu der Bearbeitung Hans Sachs'.]

I. Spriewald: Der Bürger ergreift das Wort. Luther und die Reformation im Werk von Hans Sachs. In: Weimarer Beiträge 29 (1983) S. 1908–27.

I. Spriewald: Zum Verhältnis von Fachprosa und Reimpaardichtung am Beispiel des Hans Folz. In: Deutsche Literatur des Spätmittelalters. Ergebnisse, Probleme und Perspektiven der Forschung. Greifswald 1986. S. 300–314.

I. Stahl: Die Meistersinger von Nürnberg. Archivalische Studien. Nürnberg 1982.

P. Stumpf: Denkwürdige Bayern. Kurze Lebensbeschreibungen verstorbener verdienter Männer. München 1865. [S. 109–111 Hans Sachs.]

E. R. Szilágyi: La Tragedia von der strengen Lieb Herr Tristrant mit der schönen Königin Isalden de Hans Sachs. Eclipse de la morale chevaleresque et courtoise. In: Neohelion 5 (1977) Nr. 2. S. 37–49.

T. Takatsuji: Hans Sachs, Goethe und Richard Wagner. In: Goethe-Jahrbuch, Tokyo 29 (1987) S. 97–114. [In jap. Sprache, dt. Zusammenfassung S. 4 f.]

J. Telle: Paracelsus bei Kaiser Maximilian I. Lügende und Ereignisdarstellung in einer »Historia« von Hans Sachs. In: Paracelsus. Werk und Wirkung. Festschrift für Karl Goldammer. Wien 1975. S. 315–333.

K. Wedler: Hans Sachs. Leipzig 1976. [Vgl. die Rez. von F. Schanze in: Germanistik 18 (1977) S. 772.]

Die Welt des Hans Sachs. 400 Holzschnitte des 16. Jahrhunderts. Nürnberg 1976. [Vgl. das Register zu zahlreichen kulturgeschichtlich interessanten Einzelheiten und die Rez. von R. Schenda in: Fabula 18 (1977) S. 171 f.]

H.-U. Wendler: Hans Sachs. Ein deutscher Volksdichter. Eine Einführung in Leben und Werk. Halle (Saale) 1953.

E. Wenzel: Zur Judenproblematik bei Hans Folz. In: ZfdPh. 101 (1982) S. 79–104.

A. K. Wimmer: Individualizing characterization of occupational figures in the shrovetide plays of Hans Sachs. Ann Arbor (Mich.) 1975.

D. Wuttke: Nuremberg. Focal point of German Culture and History. Nürnberg als Symbol deutscher Kultur und Geschichte. Bamberg ²1988. [Rosenplüt, Sachs.]

F. Zink: Hans Sachs am Rechenberg bei Nürnberg. In: MVGN 46 (1955) S. 518–523.

Zwölf Jahrhunderte Literatur in Bayern. Ausstellung der Bayerischen Staatsbibliothek März bis Mai 1975. Ausstellung und Katalog H. Unger unter Mitarb. von M. Attenkofer. München 1975. [Rosenplüt, Folz, Sachs, Ayrer.]

2. Grammatische Hilfsmittel, Wörterbücher, Sprachgeschichten

R. R. Anderson / U. Goebel / O. Reichmann: Projekt eines frühneuhochdeutschen Handwörterbuches. In: Zeitschrift für germanistische Linguistik 5 (1977) S. 71–94.

W. Besch: Frühneuhochdeutsch. In: Lexikon der germanistischen Linguistik. Hrsg. von P. Althaus [u. a.]. Bd. 2. Tübingen 1973. S. 421–430.

W. Besch: Zur Edition von deutschen Texten des 16. Jahrhunderts. In: Alemannisches Jahrbuch 1973/75. S. 392–411.

A. Betten: Grundzüge der Prosasyntax. Stilprägende Entwicklungen vom Althochdeutschen zum Neuhochdeutschen. Tübingen 1987.

K. Brooke: An Introduction to early new high German. Oxford 1955.

Deutsche Wortgeschichte. 3. Aufl. Hrsg. von F. Maurer und H. Rupp. Bd. 1. Berlin / New York 1974. [S. 255–320 H. Kunisch: Spätes Mittelalter; S. 399–506 H.-F. Rosenfeld: Humanistische Strömungen; S. 507–581 J. Erben: Luther und die neuhochdeutsche Schriftsprache.]

R. P. Ebert: Historische Syntax des Deutschen II: 1300–1750. Bern / Frankfurt a. M. / New York 1986. [Lit.]

H. Fischer (Hrsg.): Hans Folz. Die Reimpaarsprüche. München 1961. [S. 451–467 »Wörterverzeichnis« als Ergänzung zum Lexer.]

Frühneuhochdeutsches Wörterbuch. Hrsg. von R. R. Anderson, O. Reichmann [u. a.] Lfg. 1 ff. Berlin / New York 1986 ff.

F. Fuhrmann: Beiträge zu einer grammatischen Darstellung der Sprache des Hans Sachs. Phil. Diss. Wien 1949.

Geschichte der deutschen Sprache. Mit Texten und Übersetzungshilfen. Verfaßt von einem Autorenkollektiv unter Leitung von W. Schmidt. Berlin [Ost] ^{5}1984.

H. Gumbel: Deutsche Sonderrenaissance in deutscher Prosa im sechzehnten Jahrhundert. Frankfurt a. M. 1930. Reprogr. Nachdr. Hildesheim 1965. [Zur Syntax von grundsätzlicher Bedeutung.]

Th. Hampe: Gedichte vom Hausrat aus dem XV. und XVI. Jahrhundert. Straßburg 1899. [Hierin Spezialglossar von Hausgerätebezeichnungen.]

W. G. Heberer: Sebastian Brants »Narrenschiff« in seinem Verhältnis zur spätmittelhochdeutschen Didaktik. Phil. Diss. Göttingen 1968. [Masch.; S. 1–52 ›Die Narrensprache‹.]

E. Kiepe-Willms: Die Spruchdichtungen Muskatbluts. Vorstudien zu einer kritischen Ausgabe. München 1976. [S. 111–231 »Zur Sprache Muskatbluts«.]

G. Marwedel: Untersuchungen zur Phonematik des Vokalsystems Nürnberger Fastnachtspiele. Ein Beitrag zur Frage ihres sprachgeschichtlichen Quellenwertes. 2 Bde. Phil. Diss. Hamburg 1973.

H. Moser / H. Stopp: Grammatik des Frühneuhochdeutschen. Beiträge zur Laut- und Formenlehre. Bd. 1,1–3. 3. 4. 7. Heidelberg 1970–88.

F. Pasierbsky: Deutsche Sprache im Reformationszeitalter. Eine geistes- und sozialgeschichtlich orientierte Bibliographie. Bearb. und hrsg. von E. Büchler und E. Dirkschneider. 2 Bde. Tübingen 1988.

H. Penzl: Frühneuhochdeutsch. Bern / Frankfurt a. M. / New York 1984.

G. Philipp: Einführung ins Frühneuhochdeutsche. Sprachgeschichte – Grammatik – Texte. Heidelberg 1980. [Lit.]

I. T. Piirainen: Frühneuhochdeutsche Bibliographie. Literatur zur deutschen Sprache des 14.–17. Jahrhunderts. Tübingen 1980.

O. Reichmann: Zur Edition frühneuhochdeutscher Texte. Sprachgeschichtliche Perspektiven. In: ZfdPh. 97 (1978) S. 337–361.

Sprachgeschichte. Ein Handbuch zur Geschichte der deutschen Sprache und ihrer Erforschung. Hrsg. von W. Besch, O. Reichmann, St. Sonderegger. Hbd. 2. Berlin / New York 1985. [Kap. XIII: Ergebnisse der Sprachgeschichtsforschung zu den historischen Sprachstufen V: Das Frühneuhochdeutsche, S. 1295–1434.]

A. Stedje: Deutsche Sprache gestern und heute. Einführung in die Sprachgeschichte und Sprachkunde. Stuttgart 1989.

E. Straßner: Nürnbergs Beitrag zur Entstehung der neuhochdeut-

schen Schriftsprache. Ein Forschungsbericht. In: Jahrbuch für fränkische Landesforschung 34/35 (1975) S. 243–262.
E. Straßner: Graphemsystem und Wortkonstituenz. Schreibsprachliche Entwicklungstendenzen vom Frühneuhochdeutschen zum Neuhochdeutschen untersucht an Nürnberger Chroniktexten. Tübingen 1977.
W. Tauber: Der Wortschatz des Hans Sachs. Bd. 1: Untersuchungen. Bd. 2: Wörterbuch. Berlin/New York 1983.
D. Wuttke: Die Histori Herculis des Nürnberger Humanisten und Freundes der Gebrüder Vischer, Pangratz Bernhaubt gen. Schwenter. Materialien zur Erforschung des deutschen Humanismus um 1500. Köln/Graz 1964. [S. 33–67 »Kommentar zum sprachlichen Verständnis«. S. 264–282 »Übersetzungstechnik, Stil, Reim, Metrik«.]

3. Texte und Ausgaben von Fastnachtspielen vom 15. bis zum 20. Jahrhundert

[M. Bado:] Claes Buer. [Kampen? um 1540?] Ex.: Berlin SB Yc 1851 R.
J. Baechtold: Quellen zu ›Aller Praktik Großmutter‹. In: Vierteljahresschrift für Literaturgeschichte 3 (1890) S. 201–235. [S. 208–227 Abdruck des 1560 in Freiburg (Üchtland) aufgeführten »Faßnachtspil von Astrology und Warsagen«.]
J. N. Baermann: Dat grote Höög- un Hävel-Book. Das sünd Dichtels, Rymels un Burenspillen in hamborger plattdüüdscher Mundart. Hamborg 1827.
Bayerische Bibliothek. Texte aus zwölf Jahrhunderten. Bd. 1: Mittelalter und Humanismus. Ausgew. und eingel. von H. Pörnbacher. München 1978. [S. 1038–54 Ayrer: Die Erziehung des bösen Weibes (= Nr. 20 in diesem Bd.); S. 588 f. Rosenplüt: Weinsegen und Biergrüße; S. 985–988 Rosenplüt: Der Rechtsstreit zwischen Fastnacht und Fastenzeit (= Nr. 1 in diesem Bd.); S. 1004–14 Sachs: Der Tod im Baumstumpf (= Nr. 17 in diesem Bd.).]
M. Beare (Hrsg.): Hans Sachs: Selections. Durham 1983. [Abdruck dreier Spiele.]
F. Behrend: Ein Oberstdorfer Fastnachtspiel vom Schinderhannes. In: Zeitschrift für Volkskunde 12 (1902) S. 326–333.
M. Curschmann/I. Glier (Hrsg.): Deutsche Dichtung des Mittelalters. Bd. 3: Spätmittelalter. München 1981. [S. 352 Tanawäschel

nach Keller Nr. 54; S. 362 Ein Vassnachtspil nach Keller Nr. 9; S. 369 Folz: Das Spiel von König Salomon und dem Bauern Markolf nach Wuttke Nr. 9.]

Die deutsche Literatur. Ein Abriß in Text und Darstellung. Bd. 3: Renaissance, Humanismus, Reformation. Hrsg. von J. Schmidt. Stuttgart 1976. [S. 205–211 Abdruck von K. 112 Hans Folz »Ein Fastnachtspil von eimen Pawrngericht«.]

Deutsche Literatur des 16. Jahrhunderts. Hrsg. von A. Elschenbroich. Bd. 1. München 1981. [S. 554–582 Pamphilus Gengenbach: Der Einsiedel; S. 582–603 Niklaus Manuel: Der Aplaß Kremer; S. 604–617 Hans Sachs: Der farendt Schuler im Paradeiß.]

H. Diers: Fastelabend heet ik. 2. Aufl. Oldenburg [um 1956].

Fastnachtspiele des 15. und 16. Jahrhunderts. Unter Mitarb. von W. Wuttke ausgew. und hrsg. von D. Wuttke. Stuttgart 1973. [Vgl. die Rez. von H. Brunner in: MVGN 61 (1974) S. 323 f.; G. Hess in: Archiv für Reformationsgeschichte. Beih. Literaturbericht 3 (1974) S. 82; H. Heinen in: Germanistik 15 (1974) S. 595 f.; H. Popper in: German Studies. Section III; Literature, Music, Fine Arts 8 (1975) Nr. 1, S. 66; D.-R. Moser in: Zeitschrift für Volkskunde 73 (1977) S. 135 f.] – 2., verb. und erg. Aufl. Ebd. 1978. 3. Aufl. 1984.

Faust, eine tragi-komische Fastnachtsposse 〈frei nach Herrn v. Goethe〉 von einem Melancholicus. Berlin 1865.

H. Foltz: Ein hubsch Fasznach spil von einer gar Pewrischen Pawrn Heirat sehr kurtzweilig und gut zu lachen. Nürnberg: F. Gutknecht [o. J.]. 8 Bll. Ex.: Rom, Bibliotheca Vaticana: Palat. V. 432 (int. 45). [Nr. 7 in diesem Bd., neue, bisher unbekannte Überlieferung; vgl. Enrico Stevenson: Inventario dei libri stampati Palatino-Vaticani. Vol. 2 (Libri tedeschi). Roma 1886–89. S. 2401. Nachdr. Nieuwkoop 1966.]

N. Frischlin: Die Religionsschwärmer oder Mucker. Ein Fastnachtspiel. Reprogr. Nachdr. Tübingen 1980.

Pamphilus Gengenbach: Der Nollhart. Bearb. von V. Uffer. Bern/Stuttgart 1977.

H. Heger (Hrsg.): Spätmittelalter, Humanismus, Reformation. Texte und Zeugnisse. Tbd. 1: Spätmittelalter und Frühhumanismus. München 1975. [S. 478–487 Abdruck vom K. 39 Hans Rosenplüt »Des Turken Vaßnachtspil« und S. 487–500 des Tiroler Spieles »Von den sieben Varben«.]

N. Holzberg: Hans-Sachs-Bibliographie. Nürnberg 1976. [Vgl. die einschlägigen Abschnitte »Auswahl- und Einzelausgaben«, »Fremdsprachen«, »Mundarten«.]

N. Holzberg: Nachtrag zur Hans-Sachs-Bibliographie. In: MVGN 64 (1977) S. 333–343.

G. Kettmann: Frühneuhochdeutsche Texte. Leipzig 1971. [S. 218 bis 222 Abdruck von K. 39 Hans Rosenplüt »Des Turcken vaßnachtspil«.]

König Salomon und Marcolfus. Ein Fastnachtspiel nach Motiven von Hans Folz (um 1438–1513) und Zacharias Bletz (1511–1570). Bearbeitet und inszeniert von F. Kohlund. Gespielt von Zürcher Laienschauspielern, 18. August bis 1. September 1979, Freilichtaufführung auf dem Lindenhof, Zürich. Präsidialabteilung der Stadt Zürich 1979. [Textheft.]

H. Leloux: Schauspiel, Schauspieler und Musikanten im geldrischen Arnhem um 1400. In: Rheinische Vierteljahresschrift 39 (1975) S. 342–357. [S. 354 ein Spiel von »Hern Nitert«, das von der niederländischen Nationalliteraturgeschichtsschreibung bisher noch nicht nachgewiesen worden war.]

M. Lindemayr: Die Quintessenz eines Arztentheaters. Eine Hanswurstposse. Hrsg. von F. Fuhrich. In: Maske und Kothurn 26 (1980) S. 197–233.

H. Lülfing / H. E. Teilge: Handschriften und alte Drucke. Kostbarkeiten aus den Bibliotheken der DDR. Wiesbaden 1981. [S. 247 Hans Foltz: Von dem Kunig Salomon. Nürnberg (um 1520), Abbildung des Titelblatts und Beschreibung.]

J. Margetts (Hrsg.): Die Neidhartspiele (14. bis 16. Jahrhundert). Wien 1981.

Once Farsas de Carnaval. Introdución, selección, tradución y notas de A. Quintana. Barcelona 1982.

Hans Sachs: Seven Shrovetide Plays. Transl. by E. U. Ouless. London 1930. [Ex.: BM London.]

Hans Sachs: The Strolling Clerk from Paradise. Transl. by P. Wayne. London / New York / Toronto 1935. [Ex.: UB Würzburg und BM London.]

Hans Sachs: Fastnachtspiele. Neuhochdeutsche Fassung von K. M. Schiller. 1957, neu durchges. 1972. Nachw. von W. Lenk. 2., veränd. Aufl. Leipzig 1973.

Hans Sachs: Fastnachtspiele und Schwänke. In: Abbildungen aus der Sachs-Handschrift Amb. 2° 784 der Stadtbibliothek Nürnberg. Hrsg. von W. E. Spengler. Göppingen 1973.

Hans Sachs: Das heiße Eisen. In: G. Philipp: Einführung ins Frühneuhochdeutsche. Sprachgeschichte – Grammatik – Texte. Heidelberg 1980. S. 296–305.

Hans Sachs: Merry tales and three Shrovetide plays. Now first done into English verse by W. Leighton. Westport (Conn.) 1978. [Nachdr. der Ausg. 1910.]

Hans Sachs: Werke. Hrsg. von Adalbert von Keller und Edmund Goetze. Alphabetischer Registerband. Bearb. von R. A. Crockett. Hildesheim 1982.

Cornelius Schonaeus: Comoediae sacrae. Köln 1591 [u. ö.]. [Nutzt in hohem Maße Fastnachtspielmotivik; vgl. K. Goedeke: Grundriß zur Geschichte der deutschen Dichtung. Bd. 2. Dresden 1886. S. 143.]

Schriftwerke deutscher Sprache. Bd. 1: Von den Anfängen bis zum Humanismus. Hrsg. von H. Rupp. Zürich 1981. [S. 345–348 Rosenplüt: Der Rechtsstreit zwischen Fastnacht und Fastenzeit (= Nr. 1 in diesem Bd.); S. 349–351 Folz: Der Bauernhandel (= Nr. 8 in diesem Bd.); Abdruck mit Anmerkungen nach Wuttke.]

P. Scriverius: Saturnalia. Ofte Poetisch Vastenavondspel. Haarlem: A. Roman 1630. [Ex.: Amsterdam UB, 353 G 19.]

O. Springer: Ein unveröffentlichtes Spiel von »Aristotiles und der Königin« (Mit Textpublikation). In: Zeitschrift für deutsches Altertum und deutsche Literatur 111 (1982) S. 22–52.

Sterzinger Spiele. Die weltlichen Spiele des Sterzinger Spielarchivs nach den Originalhandschriften (1510–1535) von Vigil Raber und nach der Ausgabe Oswald Zingerles (1886). Hrsg. von W. M. Bauer. Wien 1982.

O. Storz: Das Haller Welttheater. Schwäbisch Hall 1989.

L. Tieck: Deutsches Theater. Bd. 1. Berlin 1817. [Rosenplüt, Sachs, Ayrer. Vgl. L. Tieck. Hrsg. von Uwe Schweikert. Bd. 3. München 1971. S. 56–64 (über sein Deutsches Theater).]

F.-W. und E. Wentzlaff-Eggebert: Deutsche Literatur im späten Mittelalter 1250–1450. I. Rittertum, Bürgertum. Reinbek bei Hamburg 1971. [S. 191–203 Abdruck des Tiroler Fastnachtspiels »Von den sieben Varben«.]

H. Wiswe: Ein bisher unbekannter Druck des niederdeutschen Fastnachtspiels »Claws Bur«. In: Korrespondenzblatt des Vereins für niederdeutsche Sprachforschung 82 (1975) S. 34–36.

Die zehen Alter nach gemainem Lauff der Welt newlich im Jar 1539 gehalten worden zu Augspurg. Schauspiel von Pamphilus Gengenbach (1515), bearbeitet von Jörg Wickram (1531), gedruckt von Narziß Ramminger zu Augspurg im Jahre 1543. Faks.-Dr. Komm. von M. Germann. Dietikon bei Zürich 1980.

4. Allgemeine Bibliographie zu Drama und Theater des 15. bis 17. Jahrhunderts; zu Fastnacht und Fastnachtspiel; zum kulturgeschichtlichen Hintergrund

D. M. van Abbé: Development of dramatic form in Pamphilus Gengenbach. In: Modern Language Review 45 (1950) S. 46–62. [Am Beispiel der »Totenfresser«.]

D. van Abbé: Change and tradition in the work of Niklas Manuel of Berne. In: Modern Language Review 47 (1952) S. 181–198.

W. Adam: Die »wandelunge«. Studien zum Jahreszeitentopos in der mittelhochdeutschen Literatur. Heidelberg 1979. [S. 141–145 zum Jahreszeitenspiel.]

E. Adelberg: »Geselle«. Untersuchungen zu Bezeichnungen für den abhängigen Handwerker nach Abschluß der Lehrzeit. In: Zur Ausbildung der Norm der deutschen Literatursprache auf der lexikalischen Ebene. Bd. 2. Berlin 1976. S. 121–172.

K. Aichele: Das Antichristdrama des Mittelalters, der Reformation und Gegenreformation. Den Haag 1974. [Zu K. 20 »Ein Spiel von dem Herzogen von Burgund«.]

R. Alewyn: Naturalismus bei Neidhart v. Reuenthal. In: ZfdPh. 56 (1931) S. 37–69. [S. 68 auch zum Fastnachtspiel.]

Chr. Andersson: Dirnen – Krieger – Narren. Ausgewählte Zeichnungen von Urs Graf. Basel 1978.

Anthropophyteia. Jahrbücher für folkloristische Erhebungen und Forschungen zur Entwicklungsgeschichte der geschlechtlichen Moral. Hrsg. von F. S. Krauss. 10 Bde. u. Beiwerk. 1904–13.

H. Arden: Fool's Plays. Cambridge 1980. [Behandelt französische Gattung der »sottie« 1420–1570.]

H. G. Asper: Hanswurst. Studien zum Lustigmacher auf der Berufsschauspielbühne in Deutschland im 17. und 18. Jahrhundert. Emsdetten 1980.

J. Bahr / M. Curschmann: Spielmannsdichtung. In: Reallexikon der deutschen Literaturgeschichte. 2. Aufl. Bd. 4. Berlin 1979. S. 105 bis 122.

M. Bambeck: Fischer und Bauern gegen Philosophen und sonstige Großkopfeten – ein christlicher ›Topos‹ in Antike und Mittelalter. In: Mittellateinisches Jahrbuch 18 (1983) S. 29–50. [Vgl. das Spiel von Salomon und Markolf, Nr. 9 in diesem Bd.]

G. Bandmann: Melancholie und Musik. Ikonographische Studien. Köln/Opladen 1960. [S. 68–98 zum Moriskentanz.]

P. Barolsky: Infinite Jest. Wit and humor in Italian Renaissance art. London 1978.

S. W. Baron: A social and religious history of the Jews. 16 Bde. New York/London ²1967. [Bd. 11, S. 188 f., zum Juden im Fastnachtspiel.]

H. Bastian: Mummenschanz. Sinneslust und Gefühlsbeherrschung im Fastnachtspiel des 15. Jahrhunderts. Frankfurt a. M. 1983. [S. 114 ff. auch zu Hans Sachs.]

W. M. Bauer: Engagement und Literarisierung. Zeitideen und dichterische Form im Südtiroler Fastnachtspiel des 16. Jahrhunderts. In: Tiroler Volksschauspiel. Beiträge zur Theatergeschichte des Alpenraumes. Hrsg. von E. Kühebacher. Bozen [1976]. S. 35–59.

W. M. Bauer: Spiele, Mittelalterliche weltliche (Fastnachtspiel). In: Reallexikon der deutschen Literaturgeschichte. 2. Aufl. Bd. 4. Berlin 1979. S. 100–105.

W. M. Bauer: Das tirolische Reckenspiel. Heldenepische Stoffe im Fastnachtspiel des 16. Jahrhunderts. In: Deutsche Heldenepik in Tirol. König Laurin und Dietrich von Bern in der Dichtung des Mittelalters. Beiträge der Neustifter Tagung 1977 des Südtiroler Kulturinstitutes. In Zsarb. mit K. H. Vigl hrsg. von E. Kühebacher. Bozen 1979. S. 355–381.

W. M. Bauer: Das weltliche Spiel des Spätmittelalters in Österreich. In: Die österreichische Literatur. Ihr Profil von den Anfängen im Mittelalter bis ins 18. Jahrhundert (1050–1750). Unter Mitw. von F. P. Knapp (Mittelalter) hrsg. von H. Zeman. Tl. 1. Graz 1986. S. 547–615. [Auch zum Fortleben des weltlichen Spiels im 17., 18. und 19. Jh. Die Germanentümler Otto Höfler und vor allem Robert Stumpfl werden ohne jede Kritik ›objektiv‹ gewürdigt.]

H. Bausinger: Volkskunde. Von der Altertumsforschung zur Kulturanalyse. Darmstadt 1971.

H. Bausinger: Formen der »Volkspoesie«. 2., verb. und verm. Aufl. Berlin/Bielefeld/München 1980.

B. Becker-Cantarino: Die Böse Frau und das Züchtigungsrecht des Hausvaters in der frühen Neuzeit. In: Der Widerspenstigen Zähmung. Studien zur bezwungenen Weiblichkeit in der Literatur vom Mittelalter bis zur Gegenwart. Hrsg. von S. Wallinger und M. Jonas. Innsbruck 1986. S. 117–132. [U. a. zu Hans Sachs.]

G. Becker/H. Brackert [u. a.]: Zum kulturellen Bild und zur realen Situation der Frau im Mittelalter und in der frühen Neuzeit. In: Aus der Zeit der Verzweiflung. Zur Genese und Aktualität des Hexenbildes. Frankfurt a. M. 1977. S. 11–128.

W. Benjamin: Angelus novus. Frankfurt a. M. 1966. [S. 302–343 zur Sittengeschichte von Fuchs.]

R. Bernheimer: Wild men in the middle ages. Cambridge (Mass.) 1952.

R. M. Berrong: Rabelais and Bakhtin: Popular Culture in Gargantua and Pantagruel. Lincoln/London 1986. [Scharfe Kritik an Bakhtin: damals habe sich eine populäre Kultur von einer höheren nicht trennen lassen, sagt er mit Peter Burke.]

W. Beutin: Sexualität und Obszönität in der Erzählliteratur des Spätmittelalters und der Renaissance. In: Psychologie in der Mediävistik. Gesammelte Beiträge des Steinheimer Symposions. Hrsg. von J. Kühnel [u. a.] Göppingen 1985. S. 277–299.

U. Bichel: ›Burenbedregerie‹. In: Die deutsche Literatur des Mittelalters. Verfasserlexikon. 2. Aufl. Bd. 1. Berlin/New York 1978. Sp. 1127–29.

U. Bichel: ›Henselin‹. In: Die deutsche Literatur des Mittelalters. Verfasserlexikon. 2. Aufl. Bd. 3. Berlin/New York 1981. Sp. 1012–14.

W. Blank: Ehelehren in mittelhochdeutscher Dichtung. Nürnberger Fastnachtspiele des 15. Jahrhunderts. In: Liebe in der deutschen Literatur des Mittelalters. St. Andrews-Colloquium 1985. Hrsg. von J. Ashcroft [u. a.]. Tübingen 1987. S. 192–203.

H. Blosen: Rollenregister zu Hans Sachs' Fastnachtspielen. Århus ^{2}1977. [Masch.]

H. Blosen: Rollenregister zu Hans Sachs' Fastnachtspielen. In: Augias 4 (1982) S. 5–50.

H. Blosen/H. Pors: Rollenregister zu Adalbert von Kellers Sammlung. Fastnachtspiele aus dem 15. Jahrhundert. Göppingen 1981.

P. Böckmann: Formgeschichte der deutschen Dichtung. Bd. 1. Darmstadt ^{2}1965. [Siehe Register s. v. Neidhart-Spiel.]

J. Böhnke: Das Fastnachtsbrauchtum im niederdeutschen Raum bis zur Aufklärung. Ein Beitrag zur Geschichte der Maske. Phil. Diss. Kiel 1965. [Masch.]

B. Boesch: ›Die Bauernhochzeit‹. In: Die deutsche Literatur des Mittelalters. Verfasserlexikon. 2. Aufl. Bd. 1. Berlin/New York 1978. Sp. 639 f.

D. Brett-Evans: Von Hrotsvit bis Folz und Gengenbach. Eine Geschichte des mittelalterlichen deutschen Dramas. Tl. 2: Religiöse und weltliche Spiele des Spätmittelalters. Berlin 1975. [Dazu die Rez. von H. J. Linke in: AfdA 88 (1977) S. 22–28; A. Schumann in: Archiv für Reformationsgeschichte. Beih. Literaturbericht 6 (1977); R. Bergmann in: Archiv für das Studium der neueren Sprachen und Literaturen 215 (1978) S. 382–388.]

P. Breughel d. Ä.: Das Spiel vom Tod des wilden Mannes, auch als »Die Maskerade von Orson und Valentin« bezeichnet. [Holzschnitt. Vgl.: Die wilden Leute des Mittelalters. Museum für Kunst und Gewerbe Hamburg. Ausstellung vom 6. September bis zum 30. Oktober 1963. Hamburg 1963. S. 20 f., Nr. 42 mit Abb.]

H. Brunner: Zur Geschichte der Meistersangforschung. In: Deutsches Handwerk in Spätmittelalter und Früher Neuzeit. Sozialgeschichte – Volkskunde – Literaturgeschichte. Hrsg. von R. S. Elkar. Göttingen 1983. S. 223–243.

Bühnenformen, Bühnenräume, Bühnendekorationen. Beiträge zur Entwicklung des Spielorts. Hrsg. von R. Badenhausen und H. Zielske. Berlin 1974. [S. 9–18 W. F. Michael: Zur Entstehung der Podiumsbühne. S. 17 f. zum Fastnachtspiel des Hans Sachs.]

W. Buhl: Der Selbstmord im deutschen Drama vom Mittelalter bis zur Klassik. Phil. Diss. Erlangen 1950. [Masch.]

P. Burke: Helden, Schurken und Narren. Europäische Volkskultur in der frühen Neuzeit. Hrsg. und mit einem Vorw. von R. Schenda. Stuttgart 1981.

E. Catholy: Aristoteles und die Folgen. Zur Geschichte der deutschen Komödie. In: Die deutsche Komödie im 20. Jahrhundert. Hrsg. von W. Paulsen. Heidelberg 1976. S. 11–26.

E. Catholy: Das Tiroler Fastnachtspiel. Plagiat der Nürnberger Spiele? In: Tiroler Volksschauspiel. Beiträge zur Theatergeschichte des Alpenraumes. Hrsg. von E. Kühebacher. Bozen [1976]. S. 60 bis 73.

E. Catholy: Die deutsche Komödie vor Lessing. In: Die deutsche Komödie. Hrsg. von W. Hinck. Düsseldorf 1977. S. 32–48 und S. 366 f.

Commedia dell'arte. Eine Bildgeschichte der Kunst des Spektakels. Hrsg. von D. Esrig unter Mitarb. von E. Kohl [u. a.]. Nördlingen 1985.

F. Christ-Kutter: ›Des Entkrist Vasnacht‹. In: Die deutsche Literatur des Mittelalters. Verfasserlexikon. 2. Aufl. Bd. 2. Berlin/New York 1980. Sp. 570 f.

M. Curschmann: ›Dialogus Salomonis et Marcolfi‹. In: Die deutsche Literatur des Mittelalters. Verfasserlexikon. 2. Aufl. Bd. 2. Berlin/New York 1980. Sp. 80–86.

Deutsches Volkstum in Volksschauspiel und Volkstanz. Volksschauspiel von H. Moser. Volkstanz von R. Zoder. Berlin 1938. [S. 74 bis 80 Fastnachtspiel.]

F. Dietrich-Bader: Wandlungen der dramatischen Bauform vom

16. Jahrhundert bis zur Frühaufklärung. Untersuchungen zur Lehrhaftigkeit des Theaters. Göppingen 1972.
H. Dinse: Die Entwicklung des jiddischen Schrifttums im deutschen Sprachgebiet. Stuttgart 1974. [S. 113–116 über Purim-Spiele, die in der Nachfolge der Fastnachtspiele stehen; vgl. Bibliographie S. 220–221 (Primärtexte), S. 288 (Sekundärliteratur).]
U. Dirlmeier: Untersuchungen zu Einkommensverhältnissen und Lebenshaltungskosten in oberdeutschen Städten des Spätmittelalters. Heidelberg 1978.
S. Döpp: Antike Literatur und Karneval. Ein Hinweis auf Michail Bachtin. In: Mitteilungen des Deutschen Altphilologenverbandes 1987. H. 1. S. 11–19.
E. Dubruck: The modalities of comedy in German carnival plays. In: Michigan Academician 13 (1980) S. 165–190.
E. Dubruck: Homo ludens – homo cogitans. In: Fifteenth Century Studies 4 (1981) S. 61–78.
O. Eberle: Fastnacht und Urtheater. In: Schweizer Theaterzeitung. 1. Februar 1953. S. 1 f.
E. Egg / W. Pfaundler: Kaiser Maximilian und Tirol. Innsbruck/Wien/München 1969. [S. 150 f. zum Moriskentanz.]
G. Eis: Vom Werden altdeutscher Dichtung. Literarhistorische Proportionen. Berlin 1962. [S. 51 zur Deutung des Zotigen im Fastnachtspiel.]
R. Endres: Zur Lage der Nürnberger Handwerkerschaft zur Zeit des Hans Sachs. In: Jahrbuch für Fränkische Landesforschung 37 (1977) S. 107–123.
P. Englisch: Das skatologische Element in Literatur, Kunst und Volksleben. Stuttgart 1928.
B. M. Faber: Eheschließung in mittelalterlicher Dichtung vom Ende des 12. bis zum Ende des 15. Jahrhunderts. Phil. Diss. Bonn 1974. [Auch zu Fastnachtspielen.]
A. Fahne: Der Carneval. Mit Rücksicht auf verwandte Erscheinungen. Köln 1854. [Reprogr. Nachdr. Walluf bei Wiesbaden 1972.]
Fasnet im Hegau. In: Hegau 9 (1960) H. 1. [Hier bes. W. Quenzer: Lebendiges Fastnachtspiel, S. 69–72.]
H. M. Flasdieck: Harlekin. Germanischer Mythos in romanischer Wandlung. Halle (Saale) 1937. [S. 288 ff. zur Ursprungsfrage des Fastnachtspiels.]
E. Fleischhauer: Renaissance im Herzogtum Württemberg. Stuttgart 1971. [Siehe Register s. v. Fastnacht.]
K. Flemig: »Daß euch nur Gutes draus erwachs, das wünscht zum

Schluß euch der Hans Sachs«. Aus der Kulturgeschichte der Fastnachtspiele. In: Aachener Volkszeitung. Samstag, 3. März 1973. Wochenendbeilage, Seite »Wort und Werk«.

L. Fränkel: Die Fabel vom Streite der drei lasterhaften Brüder im 17. Jahrhundert. In: Zeitschrift des Vereins für Volkskunde 2 (1892) S. 289–293. [Zum Sachs-Fastnachtspiel Keller/Goetze Nr. 667.]

O. Frankl: Der Jude in den deutschen Dichtungen des 15., 16. und 17. Jahrhunderts. Mährisch-Ostrau 1905. [S. 87 f. zur Feilsch- und Schacherszene der Passionsspiele. Vgl. unser Spiel Nr. 8. S. 91 ff. zum Juden im Fastnachtspiel des 16. Jahrhunderts.]

W. French: Kulturgeschichtliches in the Fastnachtspiele of Hans Sachs. Phil. Diss. Columbus (Ohio) 1918.

W. Frey: Antijüdische Tendenzen in einem Fastnachtspiel des Hans Folz. Einige Aspekte zum Unterrichtsthema »Antisemitismus«. In: Wirkendes Wort 32 (1982) S. 1–19.

E. Fuchs (Hrsg.): Thomas Murner. Die Geuchmat. Berlin/Leipzig 1931. [S. LXVII–LXXII »Über das Verhältnis der ›Geuchmat‹ zum Fastnachtspiel des 15. Jahrhunderts«.]

P. Fuchs/M. L. Schwering/K. Zöller: Kölner Karneval. Zur Kulturgeschichte der Fastnacht. 2 Bde. Köln 1972.

J. Gable: The Tuppenny Punch and Judy Show. 25 Years of Television Commercials. London 1980.

W. C. Garvin: The Development of the Comic Figure in the German Drama from the Reformation to the Thirty Years' War. New York 1971.

R. Genée: Lehr- und Wanderjahre des deutschen Schauspiels. Vom Beginn der Reformation bis zur Mitte des 18. Jahrhunderts. Berlin 1882.

Chr. Gerhardt: »Perseus kristallîner schilt«. In: GRM N. F. 26 (1976) S. 91–113. [S. 100 Anm. 29 Lit. zur Häßlichkeitsdarstellung im Mittelalter.]

Chr. Gerhardt: Kröte und Igel in schwankhafter Literatur des späten Mittelalters. In: Medizinhistorisches Journal 16 (1981) S. 340–357. [Vgl. z. B. in diesem Bd. Nr. 10, V. 43–50.]

A. Gier: Skatologische Komik in der französischen Literatur des Mittelalters. In: Wolfram-Studien 7 (1982) S. 154–183.

G. T. Gillespie: Probleme um die Dichtungen vom »Wunderer« oder »König Theoderichs Glück und Ende«. In: Deutsche Literatur des späten Mittelalters. Hamburger Colloquium 1973. Hrsg. von W. Harms und L. P. Johnson. Berlin 1975. S. 99–115.

J. E. Gillet: Über den Zweck des Dramas in Deutschland im 16. und 17. Jahrhundert. In: PMLA 32 (1917) S. 430–467.

J. E. Gillet: The German Dramatist of the Sixteenth Century and His Bible. In: PMLA 34 (1919) S. 465–493.

S. L. Gilman: The parodic Sermon in European Perspective. Wiesbaden 1974. [Vgl. S. 16 ff. »The Feast of Fools«.]

I. Glier: Artes amandi. Untersuchung zu Geschichte. Überlieferung und Typologie der deutschen Minnereden. München 1971. [Vgl. Register s. v. Fastnachtspiel.]

G. Glück: Die Darstellungen des Karnevals und der Fasten von Bosch und Brueghel. In: Gedenkboek A. Vermeylen. Brügge 1932. S. 263–268.

K. Goedeke: Johannes Römoldt. Ein Beitrag zur Geschichte des deutschen dramatischen Theaters des XVI. Jahrhunderts. In: Zeitschrift des historischen Vereins für Niedersachsen (1852) S. 293 bis 409. [Passim über Rezeption von Fastnachtspielen durch Römoldt; S. 396 ff. über Aufführungen zur Fastnacht in Lüneburg.]

E. Goetze: Zu dem 22. Fastnachtspiel des Hans Sachs. In: Zeitschrift für den deutschen Unterricht 19 (1905) S. 319–322.

K. Goldmann/F. X. Pröll: 750 Jahre Fastnacht in Franken. Ausstellung der Nürnberger Stadtbibliothek. Nürnberg 1959.

E. H. Gombrich: Aby Warburg. An intellectual biography. London 1970. [S. 164 f. zum Moriskentanz.]

B. Gondorf: »Streit zwischen Fastnacht und Fastenzeit«. Rezeption einer literarischen Vorlage in der Malerei, dargestellt an Pieter Brueghels Tafelbild. In: Beiträge zu den Sprach- und Literaturwissenschaften. Reader. Hrsg. von H.-A. Herchen. Frankfurt a. M. 1985. S. 9–23.

N. Graß: Der Kampf gegen Fastnachtsveranstaltungen in der Fastenzeit. Nach Tiroler Quellen dargestellt. In: Zeitschrift für Volkskunde 53 (1956/57) S. 204–237.

W. Greisenegger: Einige Überlegungen zur Geschichte des Fastnachtspiels. In: König Salomon & Marcolfus. Ein Fastnachtspiel nach Motiven von Hans Folz und Zacharias Bletz. Bearbeitet und inszeniert von F. Kohlund. [Programmheft.] Zürich 1979. S. 16 bis 22.

M. Grinberg: Carnaval et société urbaine à la fin du XVe siècle. In: Les fêtes de la Renaissance. Hrsg. von J. Jacquot und E. Königson. Bd. 3. Paris 1975. S. 547–553.

E. Grunewald: Die Zecher- und Schlemmerliteratur des deutschen Spätmittelalters. Mit einem Anhang: »Der Minner und der Luderer«. Edition. Phil. Diss. Köln 1976.

H. U. Gumbrecht: Literarische Gegenwelten, Karnevalskultur und die Epochenschwelle vom Spätmittelalter zur Renaissance. In: Literatur in der Gesellschaft des Spätmittelalters. Hrsg. von H. U. G. Heidelberg 1980. S. 95–144.

F. Gundelfinger: Cäsar in der deutschen Literatur. Berlin 1904. [Auch zum Sachs-Fastnachtspiel Keller/Goetze Nr. 3666.]

Th. Habel: Brecht und das Fastnachtspiel. Göttingen 1978.

Th. Habel: Der Tod im Fastnachtspiel. Beobachtungen zum Verhältnis von Stoff und Medium. In: Studien zur Thematik des Todes im 16. Jahrhundert. Hrsg. von P. R. Blum. Wolfenbüttel 1983. S. 63–95.

Th. Habel: Fastnachtspiel. In: Enzyklopädie des Märchens. Bd. 4. Berlin/New York 1984. Sp. 886–900.

R. Hahn: Streifzüge durch die Geschichte Altzells und seiner Umgebung. Zell a. H. 1971. [Auch zum Fastnachtspiel.]

K. Hase: Das geistliche Schauspiel. Geschichtliche Übersicht. Leipzig 1858. [Auch zum Sachs-Fastnachtspiel Keller/Goetze Nr. 4474.]

A. Hauffen: Fischarts »Eulenspiegel Reimenweiss«. In: Vierteljahrsschrift für Litteraturgeschichte 3 (1890) S. 384–394. [Auch zu den Eulenspiegel-Fastnachtspielen des Hans Sachs Keller/Goetze Nr. 4212, 4256, 4835, 5084. Vgl. in unserer Ausgabe Nr. 16.]

J. Heers: Vom Mummenschanz zum Machttheater. Europäische Festkultur im Mittelalter. Frankfurt a. M. 1986.

N. Heinze: ›Die drei bösen Weiber‹. In: Die deutsche Literatur des Mittelalters. Verfasserlexikon. 2. Aufl. Bd. 2. Berlin/New York 1980. Sp. 223 f.

N. Heinze: ›Gescheiterte Teufelskuppelei‹. In: Die deutsche Literatur des Mittelalters. Verfasserlexikon. 2. Aufl. Bd. 3. Berlin/New York 1981. Sp. 15 f.

J. Henderson: The maculate muse. Obscene language in Attic comedy. New Haven/London 1975.

H. Herkommer: Kritik und Panegyrik. In: Rheinische Vierteljahresblätter 44 (1980) S. 68–116. [S. 89 in Anm. zu ›Des Entkrist Vasnacht‹.]

P. Hermann: Karnevaleske Strukturen in der Neidhart-Tradition. Göppingen 1984.

M. T. Herrick: Comic theory in the sixteenth century. Urbana ^{2}1964.

M. Herrmann: Die Rezeption des Humanismus in Nürnberg. Berlin 1898. [S. 20 ff. zu K. 100.]

Herschel: Der Kampf gegen die Romantik. In: Serapeum 16 (1855) S. 13–16. [Zum Thema »Obszönität«.]

G. Hess: Deutsch-lateinische Narrenzunft. Studien zum Verhältnis von Volkssprache und Latinität in der satirischen Literatur des 16. Jahrhunderts. München 1971. [Siehe Register s. v. Fastnachtspiel.]
R. Hess: Das romanische geistliche Schauspiel als profane und religiöse Komödie. München 1965. [Vgl. die Rez. von R. Warning in: Archiv für das Studium der neueren Sprachen und Literaturen 205 (1968) S. 245–248.]
G. Hielscher: Die listige Buhlerin umgarnt den Attaché. Erfolgreiche Premiere der »Studiobühne« der deutschen Botschaft in Tokio. In: Süddeutsche Zeitung. Dienstag, 29. Mai 1973. S. 32. [Aufführung von Fastnachtspielen des Hans Sachs.]
A. H. Hoffmann von Fallersleben: Futilitates Germanicae medii aevi. 1874.*
H. H. Hofmann: Das Nürnberg der Meistersinger. In: Fränkische Klassiker. Nürnberg 1971. S. 246–263.
K. Holl: Fastnachtspiel. In: Reallexikon der deutschen Literaturgeschichte. Bd. 1. Lfg. 1–4. Berlin 1925. S. 356 f.
T. Holste: Der Theriakkrämer. Ein Beitrag zur Frühgeschichte der Arzneimittelwerbung. Würzburg 1976.
H. Holstein: Die Reformation im Spiegelbilde der dramatischen Litteratur des 16. Jahrhunderts. Halle (Saale) 1886.
A. Holtorf: Markttag – Gerichtstag – Zinstermin. Formen von Realität im frühen Nürnberger Fastnachtspiel. In: Befund und Deutung. Festschrift für Hans Fromm. Tübingen 1979. S. 428–450.
A. Holtorf: Tanz – Gelage – Maskierung. Elemente von Festlichkeit und ihre Darstellung im frühen Nürnberger Fastnachtspiel. In: Narrenfreiheit. Beiträge zur Fastnachtsforschung. Tübingen 1980. S. 177–202.
H.-J. Horn / H. Laufhütte (Hrsg.): Ares und Dionysos. Das Furchtbare und das Lächerliche in der europäischen Literatur. Heidelberg 1981. [Dabei Theo Stemmler: Der Maulheld in englischen Spielen des Mittelalters und der Tudorzeit.]
B. U. Hucker: Neue Eulenspiegelforschungen. In: Eulenspiegel-Jahrbuch 17 (1977) S. 2–28. [Wichtig zur Quellen- und Überlieferungsfrage. Vgl. Nr. 16 unserer Sammlung.]
M. Huggler: Niklas Manuel und die Reformatoren. In: Archiv des Historischen Vereins des Kantons Bern 64/65 (1980/81) S. 380–382.
J. Huizinga: Herbst des Mittelalters. Studien über Lebens- und Geistesformen des 14. und 15. Jahrhunderts in Frankreich und in den Niederlanden. Hrsg. von K. Köster. Stuttgart [11]1975. [S. 113–124 Obszönität und ihre Deutung.]

W. M. H. Hummelen: Abel spel. In: Lexikon des Mittelalters Bd. 1. Zürich/München 1980. Sp. 18 f.

G. Hunold: Sexualität in der Sprache. Lexikon des obszönen Wortschatzes. München 1978.

D. Huschenbett: ›Liebesnarren vor Venus‹. In: Die deutsche Literatur des Mittelalters. Verfasserlexikon. 2. Aufl. Bd. 5. Berlin/New York 1985. Sp. 803 f.

J. C. Hutchison: The Housebook Master and the Folly of the Wise Man. In: The Art Bulletin 48 (1966) S. 73–78.

J. Janota: Auf der Suche nach gattungsadäquaten Editionsformen bei der Herausgabe mittelalterlicher Spiele. In: Tiroler Volksschauspiel. Beiträge zur Theatergeschichte des Alpenraumes. Hrsg. von E. Kühebacher. Bozen [1976]. S. 74–87.

J. Janota: Städter und Bauer in literarischen Quellen des Spätmittelalters. In: Die alte Stadt 3 (1979) S. 225–242.

J. Janota: Mittelalterlich-frühneuzeitliche Spiele und Dramen. In: Handbuch des deutschen Dramas. Hrsg. von W. Hinck. Düsseldorf 1980. S. 25–34, 529–531.

J. Janota: ›Kaiser und Abt‹. In: Die deutsche Literatur des Mittelalters. Verfasserlexikon. 2. Aufl. Bd. 4. Berlin/New York 1983. Sp. 941–943.

J. Jaworskij: Sankt Stölprian. Russische Parallelen zum 69. Fastnachtspiel des Hans Sachs. In: Zeitschrift des Vereins für Volkskunde 8 (1898) S. 217–222.

K. G. Kachler: Das Fastnachtspiel im 15. und 16. Jahrhundert und seine politische Bedeutung für die Schweiz. In: Stadttheater Basel. Nr. 6. Basel 1940.

E. Kartschoke/Ch. Reins: Nächstenliebe – Gattenliebe – Eigenliebe. Bürgerlicher Alltag in den Fastnachtspielen des Hans Sachs. In: Hans Sachs. Studien zur frühbürgerlichen Literatur im 16. Jahrhundert. Hrsg. von Th. Cramer und E. Kartschoke. Bern 1978. S. 105–138.

E. Kartschoke: Fastnachtspiel. In: W. Frey/W. Raitz/D. Seitz: Einführung in die deutsche Literatur des 12. bis 16. Jahrhunderts. Bd. 3. Opladen 1981. S. 114–138.

C. H. Kaulfuß-Diesch: Die Inszenierung des deutschen Dramas an der Wende des 16. und 17. Jahrhunderts. Ein Beitrag zur älteren deutschen Bühnengeschichte. Leipzig 1905.

W. Kawerau: Lob und Schimpf des Ehestandes in der Litteratur des sechzehnten Jahrhunderts. In: Preußische Jahrbücher 69 (1892) S. 760–781. [Zu den Sachs-Fastnachtspielen Keller/Goetze Nr. 420 und 3500.]

A. W. Kellner: Vom »Narrenschneiden«. In: Psychiatrisch-neurologische Wochenschrift 37 (1935) S. 525–529.
E. Kimminich: Des Teufels Werber. Mittelalterliche Lasterdarstellungen und Gestaltungsformen der Fastnacht. Frankfurt a. M. / Bern 1986.
H. Kindermann: Das Theaterpublikum des Mittelalters. Salzburg 1980.
Kindlers Literatur Lexikon. 7 Bde. u. Erg.-Bd. Zürich 1965–74. [Vgl. die Namen von Fastnachtspielverfassern im Autorenregister von Bd. 7.]
Kindlers Literatur Lexikon im dtv. 25 Bde. München 1974. [Vgl. das Autorenregister in Bd. 25.]
Kleiner Mann was tun?! Volksstücke, Texte, Lieder. 3. – 20. Mai 1979. Materialien und Dokumentation. Duisburg 1979. [Zu Volksstück und Volkstheater S. 19 ff.]
H. Knudsen: Deutsche Theatergeschichte. Stuttgart 1959.
B. Knühl: Die Komik in Heinrich Wittenwilers »Ring« im Vergleich zu den Fastnachtspielen des 15. Jahrhunderts. Göppingen 1981. [Vgl. die Rez. von O. Ehrismann in: GRM N.F. 35 (1985) S. 103–105.]
R. Köhler: Von Glück und Unglück. (1888.) In: R. K.: Aufsätze über Märchen und Volkslieder. Aus seinem handschr. Nachlaß hrsg. von J. Bolte und E. Schmidt. Berlin 1894. S. 99–117. [Zum Sachs-Fastnachtspiel Keller/Goetze Nr. 4482.]
B. Könneker: Die deutsche Literatur der Reformationszeit. München 1975. [S. 124–131 Niklas Manuels Fastnachtspiele.]
B. Könneker: Die Ehemoral in den Fastnachtspielen von Hans Sachs. Zum Funktionswandel des Nürnberger Fastnachtspiels im 16. Jahrhundert. In: Hans Sachs und Nürnberg. Nürnberg 1976. S. 219–244.
B. Könneker: Hans Sachs. Das Fastnachtspiel ›Der farendt Schuler mit dem Teuffelbannen‹. In: Handbuch der Literatur in Bayern. Vom Frühmittelalter bis zur Gegenwart. Hrsg. von A. Weber. Regensburg 1987. S. 175–185.
G. Kozliełek: Das Fastnachtspiel. In: G. K.: Frühe deutsche Dichtungen. Werkanalysen. Wrocław [4]1983. S. 183–195.
K.-S. Kramer: Zu den Fastnachtspielen des Hans Sachs. Ständische Ordnung im Fastnachtspiel. Fränkisches Bauernleben bei Hans Sachs. In: Bayerische Literaturgeschichte in ausgewählten Beispielen II. München 1967. S. 182–196.
H. Krause: Die Dramen des Hans Sachs. Lehre und Technik. In: MVGN 63 (1976) S. 99–130.

F. S. Krauss (Hrsg.): Das Minnelied des deutschen Land- und Stadtvolkes. Abhandlungen und Sammlungen. Leipzig 1929.

R. Krohn: Der unanständige Bürger. Untersuchungen zum Obszönen in den Nürnberger Fastnachtspielen des 15. Jahrhunderts. Kronberg 1974. [Vgl. die Rez. von A. Schumann in: Archiv für Reformationsgeschichte. Beih. Literaturbericht 6 (1977).]

S. Kube: Schauspiel. In: Deutsche Volksdichtung. Eine Einführung. Hrsg. von U. Bentzien [u. a.]. Leipzig 1979. ^{2}1987. S. 261–293, 394–399.

H. Kühnel: Fastnacht. In: Lexikon des Mittelalters. Bd. 4. Lfg. 2. Zürich/München 1987. Sp. 313 f.

H. Kuhn: Versuch einer Literaturtypologie des deutschen 14. Jahrhunderts. In: Typologia Litterarum. Festschrift für Max Wehrli. Zürich/Freiburg i. Br. 1969. S. 261–280. [S. 272 zum weltlichen Spiel.]

H. Kuhn: Gattungsprobleme der mittelhochdeutschen Literatur. In: H. K.: Dichtung und Welt im Mittelalter. Stuttgart 1969. S. 41–61. [Grundsätzlich wichtig.]

H. Kuhn: Gattung. In: Handlexikon zur Literaturwissenschaft. Hrsg. von D. Krywalski. München 1974. S. 150 f. [Grundsätzlich wichtig.]

H. Kuhn: Versuch über das fünfzehnte Jahrhundert in der deutschen Literatur. In: Literatur in der Gesellschaft des Spätmittelalters. Hrsg. von H. U. Gumbrecht. Heidelberg 1980. S. 19–38.

L. Langer: Der Venusnarr im 16. Jahrhundert und seine Entwicklung. Phil. Diss. Wien 1891. [Handschr.]

H. R. Lavater: Niklas Manuel, Deutsch – Themen und Tendenzen. In: Archiv des Historischen Vereins des Kantons Bern 64/65 (1980/81) S. 289–312.

J. Lefèbvre: Vie et mort du jeu de carnaval à Nüremberg. Neidhart et la violette, de Hans Sachs (1557). In: Les fêtes de la Renaissance. Hrsg. von J. Jacquot und E. Königson. Bd. 3. Paris 1975. S. 555–568.

H. Leloux: Schauspiel, Schauspieler und Musikanten im Geldrischen Arnheim um 1400. In: Rheinische Vierteljahresblätter 39 (1975) S. 342–357. [Zum Fastnacht- und Neidhardt-Spiel.]

Th. Lewandowski: Das mittelniederdeutsche Zwiegespräch zwischen dem Leben und dem Tode und seine altrussische Übersetzung. Eine kontrastive Studie. Köln/Wien 1972. [Zum Fastnachtspiel des N. Mercatorius.]

H. Lewicka: Bibliographie du théâtre profane français des XVe et XVIe siècles. Paris 1980.

W. Lindow: Beiträge zur Volkskunde der Fastnacht in Niederdeutschland. In: Beiträge zur deutschen Volks- und Altertumskunde 9 (1965) S. 61–78.

H. Linke: [Rez.:] Gerd Simon, Die erste deutsche Fastnachtspieltradition. In: AfdA 85 (1974) S. 46–50.

H. Linke: Ist das Tiroler Schauspiel des Mittelalters Volksschauspiel? In: Tiroler Volksschauspiel. Beiträge zur Theatergeschichte des Alpenraumes. Hrsg. von E. Kühebacher. Bozen [1976]. S. 88–109.

H. Linke: ›Berliner Fragmente eines Rosengartenspiels‹. In: Die deutsche Literatur des Mittelalters. Verfasserlexikon. 2. Aufl. Bd. 1. Berlin/New York 1978. Sp. 725 f.

H. Linke: Das volkssprachige Drama und Theater des späten Mittelalters im deutschen und niederdeutschen Sprachbereich. In: Europäisches Mittelalter. Hrsg. von W. Erzgräber. Frankfurt a. M. 1979. S. 733–763.

H. Linke: Drama und Theater des Mittelalters als Feld interdisziplinärer Forschung. In: Euphorion 79 (1985) S. 43–65.

H. Linke: Die beiden Fassungen des Tiroler Fastnachtspiels »Die zwen Stenndt«. In: Daphnis. Zeitschrift für mittlere deutsche Literatur 14 (1986) S. 179–218.

H. Linke: Drama und Theater. In: Die deutsche Literatur im späten Mittelalter 1250–1370. Tl. 2: Reimpaargedichte, Drama, Prosa. Hrsg. von I. Glier. München 1987. S. 153–233, 471–485.

H. Linke: Vom Sakrament zum Exkrement. Ein Überblick über Drama und Theater des deutschen Mittelalters. In: Theaterwesen und dramatische Literatur. Beiträge zur Geschichte des Theaters. Hrsg. von G. Holtus. Tübingen 1987. S. 127–164.

R. W. Listerman: The »Pasos« of Lope de Rueda and the »Fastnachtspiele« of Hans Sachs. Diss. Univ. of Missouri, Columbia 1971. [Vgl. Diss. Abstracts 1972/73, Nr. 278 A.]

G. W. Locher: Niklas Manuel als Reformator. In: Archiv des Historischen Vereins des Kantons Bern 64/65 (1980/81) S. 383–404.

M. Lüthi: Europäische Volksliteratur. In: Weltliteratur und Volksliteratur. München 1972. S. 55–79. [S. 61–64 zum Motiv »Sieg des Schwachen über das Starke, des Kleinen über das Große«; vgl. unser Spiel Nr. 9.]

R. L. McGrath: The Dance as Pictorial Metaphor. In: Gazette des Beaux-Arts 89 (1977) S. 85. [Moriskentanz.]

A. MacMechan: The relation of Hans Sachs to the Decameron, as shown in an examination of the thirteen shrovetide plays drawn from that source. Diss. Halifax 1889.

Maledicta. The International Journal of Verbal Aggression 1 ff. (1977 ff.).
Nikolaus Manuel Deutsch. Maler, Dichter, Staatsmann. Kunstmuseum Bern, 22. September bis 2. Dezember 1979. Bern 1979.
J. Margetts: Das Bauerntum in der Literatur und in der Wirklichkeit bei Neidhart und in den Neidhartspielen. In: Deutsche Literatur des späten Mittelalters. Hamburger Colloquium 1973. Hrsg. von W. Harms und L. P. Johnson. Berlin 1975. S. 153–163.
J.-C. Margolin: Charivari et mariage ridicule au temps de la Renaissance. In: Les fêtes de la Renaissance. Hrsg. von J. Jacquot und E. Königson. Bd. 3. Paris 1975. S. 579–601.
S. Meldinger: Geschichte des politischen Theaters. Frankfurt a. M. 1974.
V. Mertens: Mi-parti als Zeichen. Zur Bedeutung von geteiltem Kleid und geteilter Gestalt in der Ständetracht, in literarischen und bildnerischen Quellen sowie im Fastnachtsbrauch vom Mittelalter bis zur Gegenwart. Remscheid 1983.
K. Meuli: Der Ursprung der Fastnacht. In: Antaios 11 (1969) S. 164–180.
W. Mezger: Der Ambraser Narrenteller und ein Fresko auf der Churburg. In: Das Fenster. Tiroler Kulturzeitschrift 29 (1981) S. 2917–26.
W. Mezger: Hofnarren im Mittelalter. Vom tieferen Sinn eines seltsamen Amts. Konstanz 1981.
W. Mezger: Narretei und Tradition. Die Rottweiler Fasnet. Stuttgart 1984.
C. Meyer: Der griechische Mythus in den Kunstwerken des 15. Jahrhunderts. In: Repertorium für Kunstwissenschaft 16 (1893) S. 261–288.
W. F. Michael: Hans Sachs und das Fastnachtspiel. In: Saga og Språk. Festschrift für Lee M. Hollander. Austin (Texas) 1972. S. 253 bis 259.
W. F. Michael: Tradition and originality in the medieval drama in Germany. In: The Medieval Drama. Ed. by S. Sticca. New York 1972. S. 23–37.
W. F. Michael: Das deutsche Drama und Theater vor der Reformation. Ein Forschungsbericht. In: DVjs. 47 (1973) Sonderh. S. 1–47. [S. 38–43 »Das weltliche Drama«. Die in dem Bericht vorgetragenen Beurteilungen sind zumeist unhaltbar.]
W. F. Michael: Das deutsche Drama der Reformationszeit. Bern/Frankfurt a. M./Nancy 1984.

W. F. Michael: Das Drama des Mittelalters. Ein Forschungsbericht. In: DVjs. 62 (1988) S. 148–195.

P. Michel: »Formosa deformitas«. Bewältigungsformen des Häßlichen in mittelalterlicher Literatur. Bonn 1976.

H. Miedema: Realism and comic mode: the peasant. In: Simiolus 9 (1977) S. 205–219.

N. Miller: Kasper soll gehängt werden. In: Kasperletheater für Erwachsene. Hrsg. von N. Miller und K. Riha. Frankfurt a. M. 1978. S. 249–254. [Vgl. Folz: Salomon und Markolf, unsere Nr. 9.]

D.-R. Moser: Fastnacht und Fastnachtspiel. Zur Säkularisierung geistlicher Volksschauspiele bei Hans Sachs und ihrer Vorgeschichte. In: Hans Sachs und Nürnberg. Nürnberg 1976. S. 182–218.

D.-R. Moser: Lazarus Strohmannus Jülich. Ein christlicher Volksbrauch zur Lehre von der »Satisfactio vicaria«. Jülich [2]1980.

D.-R. Moser: Fastnacht: Liturgische Zeit – Christliches Fest. Grundsätzliches am Beispiel Inst. In: Das Fenster. Tiroler Kulturzeitschrift 29 (1981) S. 2907–17.

D.-R. Moser: Narren – Prinzen – Jesuiten. Das Karnevalskönigreich am Collegium Germanicum in Rom und seine Parallelen. Ein Beitrag zur Geschichte der Fastnachtsbräuche. In: Zeitschrift für Volkskunde 77 (1981) S. 167–208.

D.-R. Moser: Elf als Zahl der Narren. Zur Funktion der Zahlenallegorese im Fastnachtsbrauch. In: Festschrift für L. Röhrich. Hrsg. von R. W. Brednich und J. Dittmar. In: Jahrbuch für Volksliedforschung 27/28 (1982) S. 346–363.

D.-R. Moser: Von Teufeln und Hexen, Prinzen, Narren und Sündern. Der Karneval und sein kirchlicher Ursprung. In: forschung. Mitteilungen der DFG H. 1 (1982) S. 6–10.

D.-R. Moser: Nationalsozialistische Fastnachtsforschung. Die Bestreitung der Christlichkeit als zeitgeschichtliches Phänomen. In: Zeitschrift für Volkskunde 78 (1982) S. 200–219.

D.-R. Moser: Elf Thesen zur Fastnacht. In: Jahrbuch für Volkskunde N.F. 6 (1983) S. 75–77.

D.-R. Moser: Perikopenforschung und Volkskunde. In: Jahrbuch für Volkskunde N.F. 6 (1983) S. 8–52. [In diesem Band Stellungnahmen von J. Küster, W. Mezger, E. Harvolk, H. Trümpy, L. Remling und H. Bausinger.]

D.-R. Moser: Brauchbindung und Funktionsverlust. Zum Nachwirken der Artus-Tradition in Fastnachtsbrauch und Fastnachtsspiel. In: Spätmittelalterliche Artusliteratur. Ein Symposion der neusprachlichen Philologien auf der Generalversammlung der Görres-

Gesellschaft Bonn, 25. – 29. September 1982. Hrsg. von H. Göller. Paderborn/Wien/Zürich 1984. S. 23–40.
D.-R. Moser: Fastnacht, Fasching, Karneval. Das Fest der »Verkehrten Welt«. Graz/Wien/Köln 1986. [Enthält auch Hinweise auf Fastnachtspiele des 17. und 18. Jh.]
D.-R. Moser: Volkskunde als Wissenschaft. Anmerkungen zum »Bayerischen Jahrbuch für Volkskunde 1988«. In: Literatur in Bayern. Nr. 15. März 1989. S. 48–51. [S. 49 zum Katalog neuzeitlicher Fastnachtspiele, den das Institut für Bayerische Literaturgeschichte der Universität München führt. Er enthält Anfang 1989 über 800 Titel.]
D.-R. Moser: Fest, Volk und Literatur im barocken Wien. In: Literatur in Bayern. Nr. 17. September 1989. S. 23–34. [S. 30 f. zum Fastnachtspiel.]
H. Moser: Kritisches zu neuen Hypothesen der Fastnachtforschung. In: Jahrbuch für Volkskunde N.F. 5 (1982) S. 9–50.
H. Moser: Zur Problematik und Methodik neuester Fastnachtforschung. In: Zeitschrift für Volkskunde 80 (1984) S. 2–21.
H. Moser: Volksbräuche im geschichtlichen Wandel. München 1985.
K. P. F. Moxey: Master E.S. and the folly of love. In: Simiolus 11 (1980) S. 125–148.
K. P. F. Moxey: The function of secular woodcuts in Nuremberg culture of the sixteenth century. In: New perspectives on the art of Renaissance Nuremberg. Five essays. Ed. by J. C. Smith. Austin (Texas) 1985. S. 63–81.
A. Müller: Zensurpolitik der Reichsstadt Nürnberg. Von der Einführung der Buchdruckerkunst bis zum Ende der Reichsstadtzeit. In: MVGN 49 (1959) S. 66–169.
J. Müller: Schwert und Scheide. Der sexuelle und skatologische Wortschatz im Nürnberger Fastnachtspiel des 15. Jahrhunderts. Bern / Frankfurt a. M. / New York / Paris 1988.
M. E. Müller: Fastnachtspiel. In: Lexikon des Mittelalters. Bd. 4. Lfg. 2. Zürich/München 1989. Sp. 314–316.
G. R. Muller: Theatre of Folly. Allegory and satire in the sottie. Yale 1975.
M. Munsterberg: An early German carnival play. In: Boston Public Library Quarterly 4 (1952) S. 108–110. [›Von ainem Waldbruder‹, 1522.]
Narrenfreiheit. Beiträge zur Fastnachtsforschung. Tübingen 1980. [Hierin auch Fuhrmann über Saturnalien und Leibbrand über das Fleckenkleid.]

A. H. Nelson: Mechanical wheels of fortune 1100–1547. In: Journal of the Warburg and Courtauld Institutes 43 (1980) S. 227–233. [S. 231 f. zum Fastnachtspiel des Folz »Von dem Hertzog von Burgund«.]

B. Neumann: Geistliches Schauspiel im Zeugnis der Zeit. Zur Aufführung mittelalterlicher religiöser Dramen im deutschen Sprachgebiet. 2 Bde. München 1987. [Siehe Register s. v. Fastnachtspiel.]

R. Newald: Das deutsche Fastnachtspiel. In: Sonntagsbeilage der Augsburger Postzeitung. Nr. 6. 9. Februar 1934.

A. Nicoll: The world of Harlequin. A critical study of the commedia dell'arte. Cambridge [u. a.] 1963. [3]1986.

J. D. A. Ogilvy: Mimi, scurrae, histriones. Entertainers of the early Middle Ages. In: Speculum 38 (1963) S. 603–619. [Vermutet Kontinuität des Komödiantentums von der Spätantike bis zur Renaissance.]

F. K. Opitz: Fastnacht. Zürich 1963.

J. Parmentier: Hans Sachs entre Boccace et Molière. In: Bulletin mensuel de la faculté des lettres de Poitiers 2,3 (1884) S. 91–101. [Zum Sachs-Fastnachtspiel Keller/Goetze Nr. 3966.]

A. Petersen: Studier i svenska skoldramet. Ett bidrag till 1500 – och 1600 talete Litteraturhistoria. Phil. Diss. Göteborg 1929. [Auch zum Thema Schuldrama und Fastnachtspiel.]

T. Pettitt: English folk drama and the early German »Fastnachtspiele«. In: Renaissance Drama 13 (1982) S. 1–34.

W.-E. Peuckert: Die große Wende. Das apokalyptische Saeculum und Luther. Hamburg 1948. [Vgl. Register s. v. Fastnachtspiel, Hans Folz und Hans Rosenplüt. Zur Kritik an Peuckert grundlegend H. Heimpel: Das Wesen des deutschen Spätmittelalters. In: H. H.: Der Mensch in seiner Gegenwart. Göttingen 1954. S. 109–135.]

S. Pfister: Parodien astrologisch-prophetischen Schrifttums 1470 bis 1590. Textform – Entstehung – Vermittlung – Funktion. Baden-Baden 1990. [Siehe Register.]

P. Pfrunder: Pfaffen, Ketzer, Totenfresser. Fastnachtskultur der Reformationszeit. Die Berner Spiele des Niklaus Manuel. Zürich 1989.

H. Pleij: De sociale funktie van humor en trivialiteit op het rederijkerstoneel. In: Spektaher. Tijdschrift voor nederlandistek 5 (1975/76) S. 108–127.

H. Pleij: Het gilde van de Blauwe Schuit. Literatuur, volksfest en burgermoraal in de late middeleeuwen. Amsterdam 1979. [3]1985. [Gute Bibliographie zu den niederländischen Fastnachtspielen.]

St. Poley: Unter der Maske des Narren. Stuttgart 1981. [Hierbei P.-K. Schuster: Idioten um 1500.]

K. K. Polheim: Theater in der Bauernstube. Volksschauspiel als Brauchtumspflege. In: forschung. Mitteilungen der DFG H. 1 (1980) S. 17–19.

H. Prang: Hans Sachs als Fastnachtspieldichter. Zum 400. Todestag am 19. Januar 1976. In: Frankenland 28 (1976) S. 32 f.

S. Prato: Vergleichende Mitteilungen zu Hans Sachs' Fastnachtspiel »Der Teufel mit dem alten Weib«. In: Zeitschrift des Vereins für Volkskunde 9 (1899) S. 189–194.

M. M. Prechtl/G. Schramm: Nürnberger Bilderbuch. Nürnberg 1970.

W. Preisendanz/R. Warning (Hrsg.): Das Komische. München 1976.

K. Th. Preuß: Phallische Fruchtbarkeitsdämonen als Träger des altmexikanischen Dramas. Ein Beitrag zur Urgeschichte des mimischen Weltdramas. In: Archiv für Anthropologie N. F. 1 (1904) S. 129–188.

W. Quenzer: Lebendiges Fastnachtsspiel. In: Hegau 1 (1960) S. 69 bis 72.

D. Radcliff-Umstead: Carnival comedy and sacred play. The Renaissance dramas of Giovan Maria Cecchi. Columbia 1986.

H. Ragotzky: Studien zur Wolfram-Rezeption. Die Entstehung und Verwandlung der Wolfram-Rolle in der deutschen Literatur des 13. Jahrhunderts. Stuttgart [u. a.] 1971. [S. 48 ff. Hinweis auf Rätselspiel des Wartburgkrieges, vgl. Salomon und Markolf im Spiel Nr. 9.]

H. Ragotzky: Der Bauer in der Narrenrolle. Zur Funktion ›verkehrter Welt‹ im frühen Nürnberger Fastnachtspiel. In: Typus und Individualität im Mittelalter. Hrsg. von H. Wenzel. München 1983. S. 77–101.

M. Ramondt: Van jaarspel tot abel spel. In: De Gids 106 (1942) S. 165–184.

F. Chr. Rang: Historische Psychologie des Karnevals. Nachw. von L. Jäger. Berlin ²1983.

F. Ranke: Zu Formwillen und Lebensgefühl in der deutschen Dichtung des späten Mittelalters. In: F. R.: Kleinere Schriften. Bern/München 1971. S. 71–87. [Zum Spruchwettstreit im »Spiel von dem König Salomon und dem Bauern Markolf«.]

H.-J. Raupp: Bauernsatiren. Entstehung und Entwicklung des bäuerlichen Genres in der deutschen und niederländischen Kunst ca.

1470–1570. Niederzier 1986. [Dazu P. Vandenbroeck in: Simiolus 18 (1988) S. 69–73.]

K. Renger: Lockere Gesellschaften. Beiträge zu Wirtshausszenen in der niederländischen Malerei des 16. Jahrhunderts. Berlin 1970.

K. Renger: Bettler und Bauern bei Pieter Brueghel d. Ä. [Vortragsresümee.] In: Kunstgeschichtliche Gesellschaft zu Berlin. Sitzungsberichte N. F. H. 20 (1971/72) S. 9–16.

K. Renger: Adriaen Brouwer und das niederländische Bauerngenre 1600–1660. München 1986.

K. Reumann: Ein vatermörderisches Lachen. Läßt sich die Welt heute noch auf den Kopf stellen? In: Frankfurter Allgemeine Zeitung. Nr. 155. 22. Juli 1978. Beilage »Bilder und Zeiten«.

R. Riecks: Mimus und Atellane. Improvisierte Spielformen des römischen Theaters. In: Commedia dell'arte. Harlekin auf den Bühnen Europas. Bamberg ^{2}1983. S. 25–48.

K. Riha (Hrsg.): Zurück zur Narrtur. Materialien und Dokumentation. 5. Duisburger Akzente. Duisburg 1981.

W. Röcke: Die Freude am Bösen. Studien zu einer Poetik des deutschen Schwankromans im Spätmittelalter. München 1987. [Behandelt auch den Salomon-Markolf-Dialog. Vgl. zu dem Buch G. Wolf in: IASL 14 (1989) H. 2. S. 97–105.]

A. Roeder: Die Gebärde im Drama des Mittelalters. Osterfeiern, Osterspiele. München 1974. [S. 212 zum Fastnachtspiel; Nebeneinander von einfachen und komplizierten Formen.]

L. Röhrich: Gebärdensprache und Sprachgebärde. In: L. R.: Gebärde, Metapher, Parodie. Studien zur Sprache und Volksdichtung. Düsseldorf 1967. S. 7–36.

L. Röhrich: Der Witz. Figuren, Formen, Funktion. Stuttgart 1977.

W. Rösler: Michail Bachtin und die Karnevalskultur im antiken Griechenland. In: Quaderni Urbinati N. S. 23 (1986) Nr. 2. S. 25–44.

H. Rosenfeld: Frühneuhochdeutsche Literatur. In: Handlexikon zur Literaturwissenschaft. Hrsg. von D. Krywalski. München 1974. S. 144–149. [S. 148 f. Fastnachtspiel.]

H. Rosenfeld: ›Die acht Schalkheiten‹, ›Die sechzehn Schalkheiten‹ und Peter Schöffers ›Schalksgesinde auf der Frankfurter Messe‹: Bilderbogen und Flugblätter aus dem Bereich des Fastnachtspiels. In: Gutenberg-Jahrbuch 56 (1981) S. 193–206.

K. Roth: Ehebruchschwänke in Liedform. Eine Untersuchung zur deutsch- und englischsprachigen Schwankballade. München 1977.

K. Ruh: Heinrich Wittenwilers Ring. In: Festschrift Herbert Siebenhüner. Hrsg. von E. Hubala. Würzburg 1978. S. 59–70.

H. Rupprich: Die deutsche Literatur vom späten Mittelalter bis zum Barock. 2 Bde. München 1970–73. [Vgl. die Inhaltsverzeichnisse unter Fastnachtspiel und die Rez. von St. Füssel in: ZfdPh. 96 (1977) S. 442–448.]

A. a Sancta Clara: Hundert ausbündige Narren. Dortmund 1978. [S. 129 ff. Fastnachtsnarr.]

K. Sang: Die appellative Verwendung von Eigennamen bei Luther. Gießen 1921. [Übersicht über Markolf-Zitierungen Luthers.]

R. E. Schade: Studies in early German comedy 1500–1650. Columbia. (S. C.) 1988.

N. Schindler: Karneval, Kirche und die verkehrte Welt. Zur Funktion der Lachkultur im 16. Jahrhundert. In: Jahrbuch für Volkskunde N. F. 7 (1984) S. 9–57.

J. v. Schlosser: Armeleutekunst. In: J. v. Sch.: Präludien. Berlin 1927. S. 304–319. [Bauernthematik.]

E. Schmidt: Die Bühnenverhältnisse des deutschen Schuldramas und seiner volkstümlichen Ableger im 16. Jahrhundert. Berlin 1903.

L. Schmidt: Die Volkserzählung. Berlin 1963. [S. 307 f. über den Fürsten als »Kristallisationspersönlichkeit« für Schwank und Witz, vgl. unser Spiel Nr. 9.]

R. Schmidt-Wiegand: Heinrich Wittenwilers »Ring« zwischen Schwank und Fastnachtspiel. In: »Sagen mit Sinne«. Festschrift für Marie-Luise Dittrich. Göppingen 1976. S. 245–262.

D. Schmidtke: Zwei Lieder aus einer Brünner Handschrift. Mit Hinweisen zur frühen deutschen Fastnachtsliedtradition. In: Jahrbuch für Volksliedforschung 26 (1981) S. 106–128.

H.-G. Schmitz: Physiologie des Scherzes. Bedeutung und Rechtfertigung der Ars Jocandi im 16. Jahrhundert. Hildesheim 1972. [Phil. Diss. Marburg 1969.]

E. Schneider: »Chronik der edlen Narrheit«. Zur Geschichte der Karlsruher Fastnacht im 19. Jahrhundert. In: Forschungen und Berichte zur Volkskunde in Baden-Württemberg 3 (1977) S. 41–67.

G. Scholz-Williams: License to Laugh: Making Fun of Chivalry in Some Medieval Texts. In: Monatshefte 78 (1986) S. 26–37.

J. Schoormann: Komik und Komödie. Hannover/Dortmund [u. a.] 1976. (Materialien für die Sekundarstufe II. Deutsch. Reihe A.) [S. 16–18 E. Catholy: Das Fastnachtspiel. Auszug aus: E. C.: Fastnachtspiel. Stuttgart 1966. S. 45 und S. 80–85.]

W. I. Schreiber: Belphegor. In: The Journal of English and Germanic Philology 44 (1945) S. 351–359. [Auch zum Sachs-Fastnachtspiel Keller/Goetze Nr. 5083.]

H. J. Schrimpf: Komödie und Lustspiel. Zur terminologisch orientierten Gattungstypologie. In: ZfdPh. 97 (1978) Sonderh.: Studien zur deutschen Literaturgeschichte und Gattungspoetik. Festgabe für B. v. Wiese. S. 152–181.

W. J. Schröder: Spielmannsepik. Stuttgart ²1967. [S. 84 über dramatische Züge im »Salman und Morolf«.]

E. Schubert: Erspielte Ordnung. Beobachtungen zur bäuerlichen Rechtswelt des späten Mittelalters. In: Jahrbuch für fränkische Landesforschung 38 (1978) S. 51–65.

H. Schüppert: Kirchenkritik in der lateinischen Lyrik des 12. und 13. Jahrhunderts. München 1972. [Wichtig zur Wertung des Unsittlichen im Mittelalter.]

H. Schuhladen: Vigil Raber und die Tiroler Fastnachtspieltradition. In: DVjs. 51 (1977) S. 396–421.

P.-J. Schuler: Ursachen und Wandel vom Bild des Bauern im Spätmittelalter. In: Die Ortenau 66 (1986) S. 174–201.

A. Schultz: Deutsches Leben im XIV. und XV. Jahrhundert. Prag/Wien/Leipzig 1892.

W. D. Schulz: Aspekte des Übernatürlichen in den Fastnachtspielen des Hans Sachs. Phil. Diss. Washington 1965. [Vgl.: Dissertation Abstracts 26 (1966) S. 4675.]

E. Schutt-Kehm: Pieter Brueghels d. Ä. »Kampf des Karnevals gegen die Fasten« als Quelle volkskundlicher Forschung. Frankfurt a. M. / Bern / New York 1983.

A. Schwob: Die zeremonielle Entweihung formaler und sprachlicher Rituale in einer spätmittelalterlichen Urkundenparodie. Zu Vigil Rabers Consistory Rumpoldi II. In: Parodie und Satire in der Literatur des Mittelalters. Greifswald 1989. S. 113–129. [Vgl. Spiel 11, S. 126–129.]

R. W. Scribner: Reformation, Carnival and the World Turned Upside-Down. In: Städtische Gesellschaft und Reformation. Hrsg. von I. Bátori. Stuttgart 1980. S. 234–264. – Dt. u. d. T.: Reformation, Karneval und die ›verkehrte Welt‹. In: Volkskultur. Hrsg. von R. van Dülmen-Schindler. Frankfurt a. M. 1984. S. 117–152.

R. W. Scribner: Popular Culture and Popular Movements in Reformation Germany. Hambledon 1988.

H. Sedlmayr: Die Entstehung der Kathedrale. Zürich 1950. [S. 44 f. »Die Narrenspiele in der Kathedrale«. Bezieht sich auf Narrenfest im Frankreich des 13. Jahrhunderts.]

W. Segebrecht: Das Gelegenheitsgedicht. Ein Beitrag zur Geschichte und Poetik der deutschen Lyrik. Stuttgart 1977. [Zur Fastnacht im 17. Jh.]

P. Seibert: Aufstandsbewegungen in Deutschland 1476–1517 in der zeitgenössischen Reimliteratur. Heidelberg 1978.

C. Semler: Die Schwänke des Hans Sachs und das Komische. In: Zeitschrift für deutschen Unterricht 8 (1894) S. 95–114.

F. Sengle: Biedermeierzeit. Deutsche Literatur im Spannungsfeld zwischen Restauration und Revolution 1815–1848. 2 Bde. Stuttgart 1971–72. [Vgl. das Register z. B. s. v. Posse.]

I. Shachar: The Judensau. A medieval anti-jewish Motif and its History. London 1974. [Zu K. 20 »Ein Spiel von dem Herzogen von Burgund«.]

G. Sichel: Introduzione alla letteratura grobianesca. In: Studi di filologia germanica e di letteratura tedesca in onore di Nicola Accolti Gil Vitale. A curi di G. Bolognesi e G. Sichel. Firenze 1977. S. 165–189.

V. Sidler: Wechselwirkungen zwischen Theater und Geschichte untersucht anhand des schweizerischen Theaters vor Beginn der Reformation. Aarau 1973.

K. Siems: Aischrologia. Das Sexuell-Häßliche im antiken Epigramm. Phil. Diss. Göttingen 1974.

A. Silha: Die Technik des Dramas bei Hans Sachs und Jacob Ayrer. Phil. Diss. Prag 1921.

M. Siller: Computergestützte Analyse von Fastnachtspielen. In: Maschinelle Verarbeitung altdeutscher Texte IV. Beiträge zum Vierten Internationalen Symposion, Trier, 28. Februar bis 2. März 1988. Hrsg. von K. Gärtner, P. Sappler und M. Trauth. Tübingen 1989. [i. Vorb.]

E. Simon: Neidhart plays as shrovetide plays. Twelve additional documental performances. In: Germanic Review 52 (1977) S. 87–98.

E. Simon: Weltliche Schauspiele vor dem Nürnberger Fastnachtspiel. In: PBB (Tübingen) 111 (1989) S. 300–313.

B. Sowinski: Lehrhafte Dichtung des Mittelalters. Stuttgart 1971. [S. 13 Fastnachtspiel.]

B. Sowinski: Das Fastnachtspiel. In: Formen der Literatur. Hrsg. von O. Knörrich. Stuttgart 1981. S. 107–113.

B. Sowinski: Zur Stofftradition und Handlungsstruktur des Fastnachtspiels ›Von fürsten und herren‹ (Keller 17). In: Virtus et Fortuna. Festschrift für Hans-Gert Roloff. Bern 1983. S. 106–117. [Aristoteles als Liebhaber.]

B. Sowinski: Aristoteles als Liebhaber in den deutschen Dichtungen des späten Mittelalters. In: Archiv für Kulturgeschichte 69 (1987) S. 315–329.

I. Spriewald: Über den Zusammenhang der Gattungen in der deutschen Reimdichtung des XV., XVI. Jahrhunderts. In: Forschungen und Fortschritte 36 (1962) S. 340–343.

I. Spriewald / H. Schnabel [u. a.]: Grundpositionen der deutschen Literatur im 16. Jahrhundert. Berlin/Weimar 1972. [Zum Salomon-Markolf-Stoff in marxistischer Sicht.]

E. L. Stahl: Hans Sachs und die Komödie des Mittelalters. Frankfurt a. M. 1922.

G. Stamberger: Epochen der jüdischen Literatur. An ausgewählten Texten erläutert. München 1982. [S. 153 f. über Purim-Spiele bzw. Achaschwerosch-Spiele (seit ca. 16. Jh.) in Jiddisch nach dem Vorbild der Fastnachtspiele.]

A. L. Stiefel: Zu Hans Sachsens 31. Fastnachtspiel und zum Eulenspiegel. In: Zeitschrift für vergleichende Litteraturgeschichte und Renaissance-litteratur 8 (1895) S. 483.

A. L. Stiefel: Zur Schwankdichtung des Hans Sachs. In: Zeitschrift des Vereins für Volkskunde 8 (1898) S. 73–82, 162–168, 278–284. [Auch zu den Fastnachtspielen Keller/Goetze Nr. 4526 und 4223.]

A. L. Stiefel: Zu Hans Sachsens »Der plint meßner«. In: Zeitschrift des Vereins für Volkskunde 10 (1900) S. 71–80. [Zum Fastnachtspiel Keller/Goetze Nr. 4526.]

A. L. Stiefel: Zu Hans Sachsens Fastnachtspiel »Der Krämerskorb«. In: ZfdPh. 24 (1912) S. 329–331.

E. Straßner: Schwank. Stuttgart 1968. ^{2}1978.

C. J. Stratman: Bibliography of medieval drama. 2nd, rev. and enl. ed. 2 Bde. New York 1972.

Ph. Strauch: Secundus. In: ZfdA 22 (1878) S. 389–406. [Zu den Motiven »Unbeständigkeit der Frau« und »Verkleidung als Pilger« in dem »Spiel von dem König Salomon und dem Bauern Markolf«.]

J. Suchowski: »Delectatio« und »Utilitas«. Ein Beitrag zum Verständnis mittelalterlicher komischer Literatur. Bern/München 1975. [Vgl. die Rez. von H. J. Kreutzer in: Fabula 18 (1977) S. 318–321.]

H. Swarzensky: The battle betweeen carnival and lent. In: Bulletin of the Museum of Fine Arts 49 (1951) S. 2–11.

S. Szamatólski: Beroaldus-Franck als Quelle für Hans Sachs. In: Vierteljahrsschrift für Literaturgeschichte 2 (1889) S. 90–97. [Zum Fastnachtspiel Keller / Goetze Nr. 667.]

S. Szamatólski: Im Streit um den Streit der drei Brüder. In: Germania 37 (1892) S. 110–114. [Zum Sachs-Fastnachtspiel Keller/Goetze Nr. 667.]

J. E. Tailby: Peasants in fifteenth-century »Fastnachtspiele« of Nuremberg. The Problems of their identification and the significance of their presentation. In: Daphnis 4 (1975) S. 172–178.

J. E. Tailby: The origins and beginnings of the Nuremberg shrovetide plays. In: Le Théâtre au Moyen Age 1981. S. 187–191.

J. Telle: Das Rezept als literarische Form. In: Medizinische Monatsschrift 28 (1974) S. 389–395. [Auch zum Fastnachtspiel.]

W. Theile: Commedia dell'arte. In: Commedia dell'arte. Harlekin auf den Bühnen Europas. Bamberg ²1983. S. 11–24.

F. W. Thon: Das Verhältnis des Hans Sachs zu der antiken und humanistischen Komödie. Phil. Diss. Halle (Saale) 1889.

E. Tietze-Conrat: Dwarfs and Jesters in Art. London 1957.

A. Tissier: La farce en France de 1450 à 1550. Recueil de textes établis sur les originaux, présentés et annotés. 2 Bde. Paris 1976.

K. Trautmann: Italienische Schauspieler am bayrischen Hofe. In: Jahrbuch für Münchener Geschichte 1 (1887) S. 193–312. [S. 203 »Ein fasnacht spil von ainer baurnhochzeit«, 1538 in München aufgeführt.]

H.-J. Uther: Behinderte in populären Erzählungen. Studien zur historischen und vergleichenden Erzählforschung. Berlin/New York 1981.

P. Vandenbroeck: Jheronimus Bosch. Tussen volksleven en stadscultuur. Berchem 1987.

P. Vandenbroeck: Over wilden en narren, boeren en bedelaars. Beeld van de andere, vertroog over het zelf. [Katalog.] Koninklijk Museum voor Schone Kunsten. Antwerpen 5 September – 8 November 1987. [Antwerpen 1987.]

P. Vandenbroeck: Zur Herkunft und Verwurzelung der »Grillen«. Vom Volksmythos zum kunst- und literaturtheoretischen Begriff, 15.–17. Jahrhundert. In: De zeventiende eeuw 3 (1987) S. 52–84.

W. Waade: Zur Erschließung der Dichtung als Geschichtsquelle, dargestellt an Beispielen Bauern gestaltender Nürnberger Dichtungen des 15. Jahrhunderts. In: Wissenschaftliche Zeitschrift der Pädagogischen Hochschule Potsdam 13 (1969) S. 733–743.

W. Waade: Die Darstellung des Bauern in der Nürnberger Dichtung des 15. Jahrhunderts in ihrer historischen Aussage. Ein Beitrag zur Quellenkunde. In: Wissenschaftliche Zeitschrift der Pädagogischen Hochschule Potsdam 14 (1970) S. 167–171.

F. H. Wagman: Magic and Natural Science in German Baroque Literature. New York ^{2}1966 [Zum Fortwirken der Revueform im Barock.]

S. Wagner: Der Kampf des Fastens gegen die Fastnacht. Zur Geschichte der Mäßigung. München 1986.

A. Walheim: Faust bei Hans Sachs. In: Chronik des Wiener Goethe-Vereins 48/50 (1946) S. 92–99. [Zum Sachs-Fastnachtspiel Keller/Goetze Nr. 5409.]

H. Walther: Miscellen aus cod. München UB 4° 810. In: ZfdA 95 (1966) S. 237–242. [S. 242 Hinweise auf Sprüche, die zum Vergleich mit dem Spruchwettstreit zwischen Salomon und Markolf geeignet sind.]

A. Warburg: Austausch künstlerischer Kultur zwischen Norden und Süden im 15. Jahrhundert. In: A. W.: Gesammelte Schriften. Bd. 1. Leipzig/Berlin 1932. S. 177–184. [S. 180 zu K. 122 »Von den sieben Weibern« und dem Motiv des Hosenkampfes.]

A. Warburg: Arbeitende Bauern auf burgundischen Teppichen. In: A. W.: Gesammelte Schriften. Bd. 1. Leipzig/Berlin 1932. S. 221–229 und 383. [Zum kulturgeschichtlichen Verständnis der Bauernfigur.]

R. Warning: Funktion und Struktur. Die Ambivalenzen des geistlichen Spiels. München 1974. [Siehe Sachregister s. v. Fastnachtspiel.]

R. Warning: Das geistliche Spiel zwischen Kerygma und Mythos. In: Vestigia 1 (1979) S. 13–36.

M. Warnke: Vier Stichworte: Ikonologie – Pathosformel – Polarität und Ausgleich – Schlagbilder und Bilderfahrzeuge. In: W. Hofmann/G. Syamken/M. Warnke: Die Menschenrechte des Auges. Über Aby Warburg. Frankfurt a. M. 1980. S. 53–83. [Abb. vom Moriskentanz.]

D. G. Watson: Erasmus' Praise of Folly and the Spirit of Carnival. In: Renaissance Quarterly 22 (1979) S. 333–353.

A. P. Weber: Der Narren-Spiegel. Die 55 Bilder aus den 10 Fastnachtspielen des Hans Sachs, gezeichnet von A. P. Weber. Leipzig 1921.

K. Wedler: Die Entwicklung des Fastnachtspiels bei Hans Sachs. Die Bedeutung von frühbürgerlich-revolutionärer Ideologie und didaktischer Literatur für seine Dramatik. Phil. Diss. Rostock 1971. [Masch.]

K. Weinhold: Der Tannewetzel und Bürzel. In: ZfdPh. 1 (1869) S. 22–24.

E. Welsford: The Fool. His social and literary History. London ²1968.
Weltliteratur. Die Lust am Übersetzen im Jahrhundert Goethes. Eine Ausstellung des Deutschen Literaturarchivs im Schiller-Nationalmuseum Marbach am Neckar. München 1982. [S. 79–81: Tabelle der Haupt-Epochen der deutschen Bühnengeschichte. Aus: Theater-Kalender, auf das Jahr 1789. Gotha: Carl Wilhelm Ettinger. Aufzählung der Fastnachtspieltruppen des 18. Jh.]
V. Wendland: Ostermärchen und Ostergelächter. Brauchtümliche Kanzelrhetorik und ihre kulturkritische Würdigung seit dem ausgehenden Mittelalter. Frankfurt a. M. [u. a.] 1980.
E. Wenzel: Synagoga und Ecclesia. Zum Antijudaismus im deutschsprachigen Spiel des späten Mittelalters. In: Internationales Archiv für Sozialgeschichte der deutschen Literatur 12 (1987) S. 57–81.
V. Werren-Uffer: ›Der Nollhart‹ von Pamphilus Gengenbach. Bern/Frankfurt a. M./Las Vegas 1983.
M. Westlinning: ›Meister Aristoteles‹. In: Die deutsche Literatur des Mittelalters. Verfasserlexikon. 2. Aufl. Bd. 6. Berlin/New York 1987. Sp. 329–331.
M. Westlinning: ›Das Parisurteil I‹. In: Die deutsche Literatur des Mittelalters. Verfasserlexikon. 2. Aufl. Bd. 7. Lfg. 1. Berlin/New York 1987. Sp. 312 f.
M. Westlinning: ›Das Parisurteil II‹. In: Die deutsche Literatur des Mittelalters. Verfasserlexikon. 2. Aufl. Bd. 7. Lfg. 1. Berlin/New York 1987. Sp. 313 f.
H. Wiegand: Neulateinische Fastnacht. Die »Bacchanalia« Friedrich Taubmanns von 1587. In: Karl-Friedrich-Gymnasium Mannheim. Jahresbericht 1984/85. S. 54–63.
H. Wiemken: Der griechische Mimus. Dokumente zur Geschichte des antiken Volkstheaters. Bremen 1972.
G. A. Will: Geschichte der Nürnberger Schaubühne. In: Historisch-diplomatisches Magazin 2 (1781) S. 206–220. [Auch zum Fastnachtspiel.]
W. Williams-Krapp: Überlieferung und Gattung. Zur Gattung ›Spiel‹ im Mittelalter. Tübingen 1980.
G. v. Wilpert (Hrsg.): Lexikon der Weltliteratur. 2 Bde. Stuttgart 1963–68. [Vgl. die Namen der Fastnachtspielverfasser in Bd. 1 (³1988), die Titel der Fastnachtspiele in Bd. 2 (²1980).]
A. Winther: Zu einigen Ornamentblättern und den Darstellungen des Moriskentanzes im Werk der Israhel van Meckenem. In: Israhel van Meckenem und der deutsche Kupferstich des 15. Jahrhunderts. Bocholt 1972. S. 81–100.

N. R. Wolf: Debs, Benedikt. In: Die deutsche Literatur des Mittelalters. Verfasserlexikon. 2. Aufl. Bd. 2. Berlin/New York 1980. Sp. 59–61.

Wormser Chronik von Friedrich Zorn. Mit den Zusätzen Franz Bertholds von Florsheim. Hrsg. von W. Arnold. Stuttgart 1857. Reprogr. Nachdr. Amsterdam 1969. [S. 232 belegt ein »kühespiel«, ein Fastnachtspiel Aufständischer für 1514.]

H. Wunder: Der dumme und der schlaue Bauer. In: Mentalität und Alltag im Spätmittelalter. Hrsg. von C. Meckseper und E. Schraut. Göttingen 1985. S. 34–52.

D. Wuttke: Die Histori Herculis des Nürnberger Humanisten und Freundes der Gebrüder Vischer, Pangratz Bernhaubt gen. Schwenter. Materialien zur Erforschung des deutschen Humanismus um 1500. Köln/Graz 1964. [Vgl. Register s. v. Bühne, Fastnachtspiel, Requisiten, Revueform, Schembartlauf, Tanz.]

D. Wuttke: Unzählbar sind Harlekins Verwandlungen. In: Fränkischer Sonntag. Beilage zum Wochenend. Jg. 32. 16. Februar 1980. Nr. 7. S. 2. [Beilage zum »Fränkischen Tag« vom 16. 2. 1980.]

D. Wuttke: Harlekins Verwandlungen. In: Commedia dell'arte. Harlekin auf den Bühnen Europas. Bamberg ^{2}1983. S. 49–71.

D. Wuttke: Ist Gregorius Arvinianus identisch mit Publius Vigilantius? Ein Identifizierungsproblem aus dem Umkreis des Hans Baldung gen. Grien, des Pangratz Bernhaubt gen. Schwenter, der Erzgießerfamilie Vischer und des Sixtus Tucher. In: Festschrift für Otto Schäfer. Stuttgart 1987. S. 43–77. [Ergänzung zu Wuttke: Die Histori Herculis (wie in Abschn. 2, S. 410, verzeichnet).]

E. Zafran: Saturn and the Jews. In: Journal of the Warburg and Courtauld Institutes 42 (1979) S. 16–27.

E. Zahlten: Sprichwort und Redensart in den Fastnachtspielen des Hans Sachs. Phil. Diss. Hamburg 1923. [Masch.]

P. Zanker: Die Trunkene Alte. Das Lachen der Verhöhnten. Frankfurt a. M. 1989. [Betrifft hellenistische Antike, stellt Bezug zur Komödie her.]

L. Zehnder: Volkskundliches in der älteren schweizerischen Chronistik. Basel 1976. [Vgl. die Stichwörter des Registers.]

P. Zinsli: Niklaus Manuel als Schriftsteller. In: 450 Jahre Berner Reformatorische Beiträge zur Geschichte der Berner Reformation und zu Niklaus Manuel. Archiv des Historischen Vereins des Kantons Bern 64/65 (1980/81) S. 104–137.

P. Zinsli: Der ›Seltsame wunderschöne Traum‹ – ein Werk Niklas Manuels? Manuel als Schriftsteller. In: Archiv des Historischen Vereins des Kantons Bern 64/65 (1980/81) S. 350–379.

Nachwort

Versuch einer Physiognomie der Gattung Fastnachtspiel

Man stelle sich vor, man säße zur Fastnachtszeit mit Freunden in irgendeinem Wirtshaus, plötzlich ginge die Tür auf, eine Gruppe junger Bürger stürmte in die Stube, einer von ihnen begrüßte die Anwesenden, während die andern sich gruppierten, und los ginge ein lustiges oder auch besinnliches Spiel, und nach 15 bis 30 Minuten zöge die Spielschar weiter. Kaum denkbar, daß einem dies geschähe. Doch ist auch uns heute das Theaterspiel als Beitrag zu einer allgemeinen Festesfreude nicht gänzlich fremd. Wir kennen es als Beitrag, und zwar auch durchaus im Sinne einer Überraschung, zu Hochzeits-, Vereins-, Schul- und ähnlichen Festen. Man trifft sich zum Feiern, der Festtrubel wird irgendwann durch ein Spiel unterbrochen, danach setzt sich die allgemeine Fröhlichkeit fort. Ein gewichtiger Unterschied solcher Spiele gegenüber den Fastnachtspielen des 15./16. Jahrhunderts ist der, daß diesen Spielen die Bindung an einen datumsmäßig im Jahreslauf festgelegten und brauchtümlich bestimmten Anlaß fehlt.

Als das Fastnachtspiel um 1430/40 in Mode kam, war die skizzierte Darbietungsform durchaus nicht die allein übliche. Sie hatte ihr Zentrum in *einer* Stadt, in Nürnberg. Da der größere Teil der Fastnachtspiele des 15. Jahrhunderts nach Nürnberg gehört, von den 144 überlieferten Texten sind es 108, wollen wir zuerst näher auf diese Nürnberger Tradition eingehen.

Der typische Spielbeginn ist bereits vorgestellt: Einer der Spieler unterbricht, die Stube betretend, den allgemeinen Fastnachtstrubel, begrüßt Wirt und Gäste, bittet um Ruhe, während die andern Spieler sich aufstellen, und leitet zum Gegenstand des Spieles über. Am Schluß ergreift derselbe

Spieler wieder das Wort, verkündet das Ende, bittet um Entschuldigung, falls jemand die Darbietung als anstößig empfand, mit einem Hinweis auf die Lizenz der Fastnachtszeit, begründet den Aufbruch mit der Notwendigkeit, noch in anderen Häusern spielen zu müssen, und entbietet dem Wirt Dank und Abschiedsgruß. Zuweilen fordert er auch zum Umtrunk auf oder zum Tanz, an dem Spieler wie Gäste beteiligt sind. Nicht selten benutzt er seinen Part zu einer Schlußpointe, meist einem mehr oder weniger derben Witz.
Die Rahmenteile des frühen Nürnberger Fastnachtspiels sind unsere wichtigste Quelle für die Inszenierungsart der Spiele. Mit ähnlicher Ausführlichkeit finden wir sonst nirgends Angaben. Regieanweisungen fehlen nämlich so gut wie ganz. Aus den Spielanfängen und -schlüssen können wir eindeutig die Wirtsstube als Spielort erschließen. Daß auch in Bürgerstuben gespielt wurde, dürfen wir vermuten. Eine Bühne gab es nicht; es wurde zu ebener Erde gespielt. Tische, Bänke und Stühle wurden beiseite gerückt; auf ihnen nahm das Publikum am Rande der Spielfläche Platz. Aufwendigere Requisiten waren nur selten vorgesehen. Wenn etwa ein König einen Thron benötigte, dann wurde der geeignetste Lehnstuhl aus der Stube dafür ausersehen. Alle Spieler waren von Anfang bis Ende anwesend. Wenn einmal ein echter Auf- oder Abtritt notwendig war, bei dem eine vorher nicht sichtbare Person auftreten oder eine sichtbare aus den Augen verschwinden mußte, dann benutzte man die Tür der Wirtsstube nach draußen. Wir haben es also mit einer einfachen Form der Simultanbühne, der sogenannten Stubenbühne zu tun. Auch der Aufführungszeitpunkt ist durch die Rahmenteile bestimmt: der Abend oder die Abende unmittelbar vor Aschermittwoch. Und der Zweck: Die Spiele sollen ein besonderer Beitrag zur allgemeinen Fastnachtslustbarkeit sein. Von hier aus erklärt sich ihr meist heiter-derber Inhalt, ihr meist einfacher Bau und geringer Umfang. Die Spieler werden als eine von Haus zu Haus ziehende Gruppe charakterisiert.

Über die Organisation der Gruppe, den sozialen Stand der Mitglieder und das Verhältnis der Fastnachtspielaufführungen zu andern organisierten Fastnachtsveranstaltungen geben außerliterarische Quellen, die Nürnberger Ratsverlässe, einigen Aufschluß. Die jugendlichen Spieler wurden von einem Spielführer, Hauptmann genannt, angeführt. Die Hauptleute hatten beim Rat um Erlaubnis einzukommen, mit der Spielgruppe herumziehen zu dürfen. Mit der Gewährung dieser Erlaubnis wurde den Spielern regelmäßig verboten, Masken zu tragen. Grund: Wer Masken trug, konnte womöglich unerkannt über die Stränge schlagen. Manchmal wurden sie eigens ermahnt, ›zuchtige reimen‹ zu gebrauchen, d. h. nicht gar zu unflätige Texte vorzutragen. Aus dem erhaltenen Textgut muß man schließen, daß in diesem Punkt der Spielraum sehr groß gewesen ist. Es ist anzunehmen, daß die Hauptleute die Einstudierung der Stücke geleitet haben. Wir wissen, daß auch der Meistersinger und Fastnachtspielverfasser Hans Folz als Spielführer fungierte. Die Spieler waren Handwerksgesellen, zuweilen auch Patrizierssöhne. Sie fanden sich eigens zur Einstudierung und Darbietung von Fastnachtspielen als Gruppe zusammen. Mit der Ausführung anderer organisierter Fastnachtveranstaltungen, dem Fleischhacker- und dem Messerertanz sowie dem berühmten, seit 1449 belegten Schembartlauf, einem Maskenzug, waren sie nicht befaßt. Die Trennung zu betonen ist deshalb nicht überflüssig, weil in den verschiedensten Darstellungen zu lesen steht, das Fastnachtspiel hänge mit diesen Bräuchen zusammen und verdanke wahrscheinlich speziell dem Schembartlauf seine Entstehung.

Werfen wir jetzt einen Blick auf das Spielinnere und versuchen eine typisierende Charakteristik. Nach der Struktur des Spielablaufs lassen sich die 108 Nürnberger Spiele ohne Mühe in drei Typen einteilen, in Reihen- oder Revuespiele, Handlungsspiele und Mischformen aus beidem. Die Reihenspiele und Mischformen sind die zahlreicheren. Ein typisches Reihenspiel ist etwa die von Hans Folz stammende Nr. 43

der großen Kellerschen Sammlung von 1853, die dringend durch eine Neuedition ersetzt werden müßte. Der sprechende Titel des auch gedruckt verbreitet gewesenen Spieles lautet: *Gar ain vast spotisch paurnspil gar kurzweilig zu lesen. Sagt ietlicher, was im auf der puolschaft gegent ist* (begegnet ist). Der Satz *Sagt ietlicher, was im auf der puolschaft gegent ist* gibt bereits das entscheidende Charakteristikum der Struktur an: Der Reihe nach schildern zwölf Bauern reimenweis ihr abenteuerlichstes Buhlschafterlebnis.[1] Wer einmal geredet hat, kommt nicht wieder zu Wort. Die Einzelvorträge sind lediglich dadurch aufeinander bezogen, daß der Folgende dem Vordermann etwa bedeutet, sein Erlebnis sei ein Nichts gegenüber dem eigenen oder sein Erlebnis erinnere ihn an ein bestimmtes eigenes usw. Eine Reihung von Einzelvorträgen also, locker verbunden, durch einen Rahmen zusammengehalten und in die allgemeine Fastnachtsfreude eingefügt. Die Einzelreden wetteifern im Anspielen auf Eindeutigkeiten aus dem Sexual- und Fäkalienbereich. Die Lust am Groben, Unflätigen, Obszönen, Grotesken ist überhaupt bezeichnend für den Gehalt dieser Spiele.

Gegenüber dem Typ des Reihenspiels ist der Typ des Handlungsspiels, der mit Hilfe einer einheitlichen und zielstrebig geführten Handlung eine autonome Spielwirklichkeit zu schaffen und im Sinne der Staigerschen Grundbegriffe den dramatischen gegenüber den epischen Tendenzen den Vorrang einzuräumen sucht, recht selten. Macht man das, was wir ›Dramatik‹ nennen, einmal zum Maßstab, dann darf man das Spiel Nr. 8 dieser Ausgabe (= Keller Nr. 35) als das in dieser Hinsicht gelungenste bezeichnen. Das Hans Folz zugeschriebene Spiel besteht aus nur 43 Versen und ist damit das kürzeste aller Stücke. Gegenstand der Handlung ist ein Hasenkauf: Ein Bauer soll im Auftrage seiner Frau ein Wildbret kaufen. Da bietet ihm ein anderer Bauer für 22 Pfennige einen Hasen an. Der erste willigt in den Kauf

1. Eine Entsprechung zu Kellers Nr. 43 bildet die Nr. 5 *Das Eggenziehen* unserer Ausgabe (= Keller Nr. 32).

ein. Der Hauptteil und Rest des Spieles besteht nun einzig aus dem Vorgang des Bezahlens. Mit großer Geschwindigkeit eilt es in meist stichomythischer Rede dahin. Zu keinem Zeitpunkt tut eine der Personen, Spannung mindernd, ihre Absicht kund. Jedes Wort bleibt auf den jeweiligen Handlungsmoment konzentriert. Dennoch erkennt man beider Absicht schnell: Der eine will zu teuer verkaufen, der andere will den Preis drücken und, soweit möglich, mit schlechter und falscher Münze zahlen. Bis unmittelbar vor Schluß bleibt man im Ungewissen, wie es ausgehen wird. Die Lösung erfolgt in den beiden letzten Versen: Dem Käufer gelingt es, dem Verkäufer wenigstens *eine* schlechte Münze anzudrehen; dafür bekommt er eine Ohrfeige, darf aber den Hasen behalten. Wer gut mitgezählt hat, weiß jetzt, daß der Käufer es außerdem fertiggebracht hat, den Preis auf 18 Pfennige zu drücken. Kein anderes Handlungsspiel des 15. Jahrhunderts erreicht die dramatische Geschlossenheit dieser Szene.

Als Beispiel des häufig begegnenden dritten Typs, der Mischform, sei Nr. 9 dieser Ausgabe (= Keller Nr. 60) *Das Spiel von dem König Salomon und dem Bauern Markolf* zitiert, von Folz gedichtet. In ihm wird gezeigt, wie der gewitzte Bauer Markolf den weisen König Salomo an der Nase herumführt. Fern von allen sozialrevolutionären Tendenzen schafft es der uralten Freude an der spöttischen Erniedrigung des Hochgestellten Ausdruck. Mit über 550 Versen gehört es zu den langen Fastnachtspielen des 15. Jahrhunderts, die bis zu 800 Verse haben können. Die durchschnittliche Länge liegt bei etwa 200. Abgesehen von den Rahmenteilen besteht das Spiel aus acht Szenen. Diese sind jedoch keineswegs in der Weise miteinander verknüpft, daß die eine Handlung aus der anderen notwendig hervorginge. Es liegt vielmehr eine Reihung, eine Revue von Einzelhandlungen, vor. Die epischen Tendenzen des Spieles werden überdies dadurch verstärkt, daß zwei Szenen von vornherein als Revue angelegt sind. In den übrigen sechs Szenen entwickeln

sich Handlungen; in ihnen halten sich dramatische und epische Tendenzen etwa die Waage.
Wenn man die oft grobianische Sprache, den grobianischen Gehalt, den insgesamt einfachen Bau und die niemals auf Individualisierung, sondern immer auf Typisierung ausgehende Personengestaltung der Nürnberger Spiele des 15. Jahrhunderts anschaut – Typen wie der dumme Bauer, der pfiffige Bauer, der Narr, der Quacksalber, Frau Venus, die böse Frau, der trottlige Ehemann spielen überhaupt die dominierende Rolle –, dann mag man den Eindruck des Archaischen, Ursprünglichen haben. So ist es verständlich, daß versucht wurde, das frühe Fastnachtspiel auf kultische Ursprünge zurückzuführen, ja es als Ausläufer und Zeuge einer seit alters lebendigen Tradition germanischer Kultspiele zu deuten. In Nachschlagewerken und Theater- wie Literaturgeschichten liest man nach wie vor von diesen Versuchen, als hätten sie zu gesicherten Ergebnissen geführt. Volkskundliche und literaturwissenschaftliche Spezialforschung der letzten zwei Jahrzehnte zur Fastnacht, zum Schembartlauf und zum Fastnachtspiel hat diese Versuche jedoch als abwegig erweisen können. Danach darf als ziemlich sicher gelten, daß das Wort Fasnacht oder Fastnacht aus dem Rhythmus des christlichen Kirchenjahres zu verstehen ist und somit von der Etymologie her nichts mit heidnischen Bräuchen zu tun hat. Akten- und Urkundenstudium hat ergeben, daß der Fastnachtstrubel und das Maskenwesen der Fastnacht aus städtischen Fest- und Trinkmählern des ausgehenden Mittelalters erwachsen sind. Es besteht – wie gesagt – noch nicht einmal eine Verbindung zwischen dem im Spätmittelalter erwachsenen Maskenbrauch des Schembartlaufes und dem Fastnachtspiel. Darüber hinaus ist der literarische Charakter der Spiele offenbar geworden. Sie lassen sich als Gebrauchsdichtung zur Fastnachtsbelustigung hinlänglich begreifen. Der Literaturwissenschaftler kann nicht nur zwei Namen von Fastnachtspieldichtern nennen, Hans Rosenplüt und Hans Folz, auf deren Konto der über-

wiegende Teil der erhaltenen Spiele gehen dürfte, er vermag auch eine Fülle von literarischen Beziehungen aufzuweisen, in denen die Spiele stehen. Als motivische und stilistische Anregungszentren kristallisieren sich Neidhart-Schule, Minneallegorie und Versnovellistik immer stärker heraus. Eine zeitgenössische literarische Theorie des Fastnachtspiels gab es offensichtlich nicht; aber *eine* theoretische Äußerung des Folz ist wenigstens überliefert: Er empfiehlt Dichterneulingen das Fastnachtspiel als Anfängerübung. Daraus mag erhellen, wie die Autoren selbst damals das Fastnachtspiel einstuften. Die volkskundlichen und literaturwissenschaftlichen Beobachtungen werden durch anthropologische, die man bisher in die Diskussion noch nicht einbezog, aufs beste gestützt. Schon Ende der zwanziger Jahre hat der Anthropologe K. Th. Preuß, der in großem Umfange heidnische Kultriten außereuropäischer Völker untersuchte, zeigen können, daß es keinen gleichsam organischen Übergang von der ernsten rituellen Handlung, von der magisch-religiös-dramatischen Szene zur profanen Volksbelustigung gibt. Die Belustigungsszene ist immer etwas vom rituell-religiösen Ernst Befreites. Das paßt genau zu den Selbstzeugnissen des 15. Jahrhunderts, die in den Fastnachtspielen reichlich überliefert sind. Vor dem Ernst der vorösterlichen Zeit will man noch einmal kräftig über die Stränge schlagen (vgl. diese Ausgabe Nr. 1). Das Fastnachtspiel wird als eines der Vehikel angesehen, deren man sich bedient, dies zu erreichen.

Man wird gut tun, auch den grobianisch-animalisch-fäkalischen Einschlag der Spiele als Ausdruck des Wunsches zu erklären, eine kräftige Entschädigung für den Ernst der Fastenzeit vorwegnehmen zu wollen. Man trifft hier auf ein menschliches Grundverhalten, das wohl nicht mehr weiter abgeleitet werden kann. Diffizilere psychologische Begründungen gehen, glaube ich, in die Irre. So wurde jüngst die These vertreten, die Obszönität der Spiele sei eine Art Kompensation des sexuellen Notstandes der Spieler, hervorgerufen deshalb, weil die Zunftgesetze den Handwerksgesellen nur eine relativ späte Heirat erlaubten. Dagegen stehen etwa folgende Beobachtungen: Soweit wir wissen, ist das Fastnachtspiel kein Stegreifspiel, also niemals unmittelbarer Ausdruck einer wie auch immer gearteten Befindlichkeit der Spieler. Also müßten die Fastnachtspieldichter das Anliegen der Jungen zu dem ihren gemacht haben. Hätten sie es getan, wenn es nicht ihren eigenen Intentionen entsprochen hätte? Hätten sie es getan, wenn sie nicht gewußt hätten, daß das Publikum unbändige Freude daran hat? Das Publikum, das aus Angehörigen aller Altersklassen und aller Stände einschließlich der Patrizier bestand?

Ebenso wurde versucht, innerhalb des frühen Nürnberger Fastnachtspiels eine Entwicklung von der Art zu konstatieren, daß in der ersten Phase die Reihenform, in der zweiten die Handlungsform überwogen habe. Auch dies ist kaum haltbar. Vielmehr stehen Revue- und Handlungsform von Anfang an nebeneinander, wobei im ganzen, wie schon gezeigt, die Tendenz zum Revuehaft-Epischen überwiegt. Man sollte auch hier eher eine einfache Erklärung suchen: Reihenspiele lassen sich ungleich leichter einstudieren und darbieten als Handlungsspiele und sind beim breiten Publikum offenbar besonders beliebt. Die Reihung als Kompositionsprinzip bedürfte einmal einer überschauenden Betrachtung quer durch die Jahrhunderte bis hin zu den modernen Formen der Revue.

Diese Umrißzeichnung vom frühen Nürnberger Fastnachtspiel wäre nicht vollständig, wenn nicht betont würde, daß es neun Spiele gibt, deren erklärtes Ziel *nicht* ist, Beitrag einer leichten Fastnachtsunterhaltung zu sein. In ihnen kommt vielmehr eine gegenläufige Tendenz zu Wort: Sie wollen den Trubel durch ernste Besinnung unterbrechen. Es geht in ihnen thematisch um den Vorrang des christlichen vor dem jüdischen Glauben, um die Drohung der Heraufkunft des Antichrist, um die Anprangerung politischer Mißstände und die Darbietung von Exempla, die weises politi-

sches Verhalten einüben wollen. Daß auch dieser Zwecktyp des Fastnachtspiels unsere volle Aufmerksamkeit verdient, werden die folgenden Bemerkungen verdeutlichen.
Neben Nürnberg war im 15. Jahrhundert die Hansestadt Lübeck der zweite Hauptort des Fastnachtspiels, hier genannt ›Vastelavendes Speel‹. Während man bei der Datierung des Beginns der Nürnberger Tradition bisher nicht über die Jahre um 1440 zurückgekommen ist, steht für Lübeck 1430 als Datum des Beginns fest. Auch hier kam Jahr für Jahr eine Spielgruppe eigens zur Ausgestaltung eines Spiels zusammen. Im Unterschied zu Nürnberg gehörten die Spieler jedoch dem Patrizierstande an. Der patrizischen Zirkelbrüderschaft oblag es, jährlich aus ihren jungen Mitgliedern eine Spielgruppe zu bilden. Vier gewählte ältere Brüder hatten besondere Verantwortlichkeiten zu übernehmen: Zweien oblag die Textbeschaffung – den Text selbst zu dichten oder dichten zu lassen – und zweien die Aufführung. Für die Jahre 1430 bis 1515 sind in einem Administrationsbuch der Zirkelbrüderschaft die Titel von 73 Spielen überliefert. Einen weiteren Titel des Jahres 1537 nennt ein lübeckischer Chronist. Ungewiß ist, ob der Brauch danach noch fortgesetzt wurde, recht gewiß aber, daß auch in den meisten Jahren, aus denen Titel nicht vorliegen, Spiele aufgeführt wurden. So dürfen wir auf eine insgesamt mehr als hundertjährige ununterbrochene Tradition und auf etwa 100 Stücke schließen. Damit steht Lübeck hinter Nürnberg nur wenig zurück, für das im selben Zeitraum etwa 120 Spiele anzusetzen sind. Bei diesem Tatbestand wird man kaum der Meinung beipflichten wollen, die in der Lübecker Tradition eine ›Sonderentwicklung‹ sieht und damit diese Tradition gegenüber der Nürnberger abwertet. Es geht nicht an, diese Tradition es sozusagen entgelten zu lassen, daß kein einziges der Spiele handschriftlich und nur eines im Druck überliefert ist, wir also nur 74 Titel und zahlreiche Namen der für die Ausrichtung der Spiele Verantwortlichen kennen. Eine genauere Analyse der Titel ergibt: Kein Lübecker Spiel zielte

so ausgelassen grobianisch auf reine Unterhaltung ab wie das Gros der Nürnberger. Sämtliche Spiele haben eine belehrende Note, sie gehören also durchweg dem Zwecktyp des ernsten Fastnachtspiels an. Der Ernst einiger Spiele scheint durch satirische Elemente aufgelockert gewesen zu sein. Die Spiele sind überwiegend der Propagierung der Tugendlehre gewidmet, so auch das einzige überlieferte, das *Henselyns boek von der rechtferdicheyt.* Es geht um die Tugend der Gerechtigkeit. Ein alter Vater schickt seine drei Söhne mit dem Hausnarren Henselin, der den Typ des weisen Narren verkörpert, in die Welt, die Gerechtigkeit zu suchen. Nirgendwo, bei keinem Stand, weder beim Papst noch beim Bauern, finden sie sie. Enttäuscht kehren sie zum Vater zurück, der ihnen nun zu der Einsicht verhilft, daß sie diese Tugend nicht woanders, nicht bei anderen suchen sollten: Wenn sie sie in sich finden und sie selbst sie verwirklichen, dann gibt es sie.

Einiges wissen wir auch über die Bühnenform. Man spielte nicht zu ebener Erde und in Stuben, vielmehr benutzte man eine von einem Gerüst getragene Bühne, ›borch‹ (Burg) genannt. Ob diese Bühne feststand oder auf einem Wagen ruhte, so daß sie durch die Straßen gezogen werden konnte, ist umstritten.

Der Ernst und die Vorliebe der Stücke für mythologische Stoffe und für allegorisches Personal rücken sie in die Nähe der sogenannten Moralitäten. Da Spiele dieser Art vor 1430 hauptsächlich in den Niederlanden in Mode waren, wo sie ebenfalls patrizische Bruderschaften, die Rederijker, ausrichteten, und da um 1400 ein lebhafter Handelsaustausch zwischen Lübeck und den Niederlanden stattfand, wird die These, die Lübecker seien hier einer niederländischen Anregung gefolgt, nicht abwegig sein. Daß die Nürnberger Pate gestanden haben, halte ich für wenig wahrscheinlich. Eine umgekehrte Einflußrichtung könnte ich mir eher denken. Die niederländischen Städte standen um 1400 wirtschaftlich und kulturell an der Spitze der Entwicklung in Mitteleuropa.

Die vor kurzem erschienene erste Gesamtdarstellung über Nürnbergs wirtschaftliche Stellung im Spätmittelalter[2] zeigt die lebhaften Beziehungen Nürnbergs zu den niederländischen Städten und zu Lübeck auf. Da sowohl die Niederlande wie Lübeck mit einer fastnächtlichen Spieltradition vorangingen, könnte ich mir denken, daß nürnbergische Kaufleute aus der Fremde den Wunsch mitbrachten, in ihrer Stadt eine ähnliche Tradition zu besitzen, die auf ihre Anregung hin ortsansässige Autoren dann begründeten in einer für das spezifische Nürnberger Fastnachtstreiben passenden Weise. Zu solcher Ausstrahlung niederländischer literarischer Anregungen nach Osten und Süden gäbe es Parallelen in der Bildenden Kunst des 15. Jahrhunderts. Hier öffnet sich ein Feld für künftige Forschung, deren vordringlichste Aufgabe es allerdings sein sollte, endlich einmal eine vollständige und zuverlässige Edition unserer Hauptquelle der Lübecker Fastnachtspiele zu erstellen.

Auf die sechs Fastnachtspielorte des 15. Jahrhunderts, in denen Spiele nur vermutet oder aus denen Spiele nur vereinzelt überliefert sind, wie Köln, Glogau, Windsheim, Thorn, Zürich, Lausanne, oder auf Tirol als Spiellandschaft oder auf die vor kurzem wieder aufgebrochene Diskussion um die Frage, ob das kleine Schweizer Spiel *Vom Streit zwischen Herbst und Mai* aus dem Ende des 14. Jahrhunderts ein Fastnachtspiel ist oder nicht – es wäre dann das älteste erhaltene –, können wir hier nicht eingehen.

Aus dem 16. Jahrhundert lassen sich 23 solcher Orte benennen, verstreut über das ganze deutsche Sprachgebiet, in denen Fastnachtspielaufführungen sporadisch stattfanden: Urn (Schweiz), Freiburg (Schweiz), Winterthur, Zürich, Mainz, Amberg, Wasserburg, Weiden, Regensburg, Diebling (Böh-

2. Hektor Ammann: Die wirtschaftliche Stellung der Reichsstadt Nürnberg im Spätmittelalter. Nürnberg 1970. (Nürnberger Forschungen. Bd. 13.) Vgl. Klaus Nordmann: Nürnberger Großhändler im spätmittelalterlichen Lübeck. Nürnberg 1933. (Nürnberger Beiträge zu den Wirtschafts- und Sozialwissenschaften H. 37/38.) Hier bes. S. 152–155.

merwald), Eger, Oberammergau, Laufen bei Salzburg, Salzburg, Königsee (Thüringen), Zittau, Zwickau, Danzig, Königsberg, Riga, Dortmund, Hildesheim, Röbel (Mecklenburg). Auch ihnen können wir uns hier nicht widmen. Hauptorte der Fastnachtspieltradition bleiben weiterhin Lübeck, wie erwähnt bis 1537, und Nürnberg, vor allem, das ganze Jahrhundert hindurch. Daneben entstehen Traditionen in der ersten Jahrhunderthälfte in Sterzing, Basel und Kolmar sowie in der zweiten in Bern und Luzern. Das Sterzinger Spielgut ist weitgehend durch Übernahmen aus dem Nürnberger Repertoire des 15. Jahrhunderts gekennzeichnet. Auch hier regt sich der Verdacht, der Handel könnte als Katalysator gewirkt haben. Die Nürnberger Kaufleute pflegten den Weg in den Süden an Bozen und Sterzing vorbei zu nehmen. Die Schweizer und Elsässer Spieltradition weist demgegenüber Verwandtschaft mit der Lübecker auf, ohne daß man von einer Einflußnahme reden könnte. Wie in Lübeck richtete hier das Patriziat die Spiele aus, wie dort waren sie hier überwiegend ernsten Themen gewidmet. Wenn man aus dem einzigen überlieferten Lübecker Spiel Rückschlüsse ziehen darf, dann waren die Lübecker durchschnittlich etwa 400 Verse lang – in Nürnberg hatten die heiteren etwa 200, die ernsten Spiele etwa 600 bis 800 Verse. Neu an der Schweizer und Elsässer Entwicklung ist die Ausdehnung der Fastnachtspiele auf 1300 bis 4000 Verse. Spiele von 200 bis 800 Versen bleiben weiterhin eine Möglichkeit, ebenso Spiele, die ausschließlich heiterer Beitrag zum Fastnachttreiben sein wollen. Höhepunkt und Abschluß der Entwicklung zur Großform bildete ein 1593 in Luzern aufgeführtes Spiel, von dem nur eine Beschreibung erhalten ist. Es bestand aus 21 Akten und benötigte rund 100 Darsteller. Hier gibt es keinen Unterschied mehr zur Großform des geistlichen Schauspiels. An Hand von Spielen des Basler Buchdruckers und Dichters Pamphilus Gengenbach und des Berner Dichters, Malers und Staatsmannes Niklaus Manuel wollen wir uns einen exemplarischen Einblick verschaffen.

Mit Gengenbachs Fastnachtspiel *Die zehn Alter dieser Welt*, einem Revuespiel, 1515 in Basel aufgeführt, in dem als eine Art Lebensspiegel männliche Vertreter der verschiedenen Altersstufen ihre moralische Haltung dem Leben gegenüber erläutern, beginnt die angesprochene ernste Tradition. Das Spiel kam so gut an, daß der Autor bedrängt wurde, zum nächsten Jahr ein neues Fastnachtspiel zu verfassen. Er erfüllte die Bitte mit einem weiteren Reihenspiel über *Die Gouchmat*, die Narrenwiese. Über den Kreis der Spieler und den Gehalt gibt der Originaltitel Auskunft: *Disz ist die gouchmat, so gespilt ist worden durch etlich geschickt Burger einer loblichen stat Basel wider den Eebruch vnd die sünd der vnküscheit.* Aus einem kleinen Gedicht, an die Leser der Druckausgabe gerichtet, erhellt, wie bewußt die Anreger und der Dichter selbst mit dem Spiel den Übermut des Fastnachttreibens mit dem Zwang zu ernster Besinnung konfrontieren wollten. Nacheinander bitten ein Jüngling, ein Ehemann, ein Soldat, ein Gelehrter, ein alter Mann sowie ein Bauer um Einlaß zur Gouchmat, zur Narrenwiese, dem Reich der Frau Venus. Der weise Türhüter-Narr warnt einen jeden, von dem Begehren Abstand zu nehmen. Natürlich läßt sich keiner belehren. So finden zwar alle Einlaß, aber keiner gelangt zu der erhofften Erfüllung. Frau Venus und ihre Gehilfen sind nur darauf aus, die Liebestoren sämtlicher materieller Werte, die sie bei sich tragen, zu berauben. Danach werden sie mit kühlem Spott davongejagt. So reiht der Dichter ganz im Sinne herkömmlicher und zu seiner Zeit allenthalben gepflegter Didaktik Exempla gegen die Sünde der Unkeuschheit aneinander. Daß er mit der Tradition des burlesk-heiteren Fastnachtspiels durchaus vertraut ist, zeigt die letzte Szene mit dem Bauern besonders deutlich: Den Bauern vertreibt nicht der Spott der Frau Venus, ihn prügelt die Bäuerin selbst, die plötzlich auf der Szene erscheint, nach Hause und läßt es dabei an derber, sexuelle Eindeutigkeiten nicht scheuender Schimpfrede nicht fehlen. An dieser Szene, die so sehr an die Nürnberger Spiele des 15. Jahrhunderts erinnert, wird einem Gengenbachs anderer Ausdruckswille beim Thema ›Buhlernarren‹ besonders bewußt. In Nürnberg hätte der Vorwurf *nur* Anlaß zu einer Narrenrevue wie der vorhin erwähnten gegeben: Jeder Venusnarr erzählt ein Abenteuer, je gröber und unflätiger, desto besser. Hier dagegen ist Grobianisches höchstens als Episode zugelassen, um am Rande des Ernstes Gelegenheit für ein befreiendes Lachen zu schaffen. Gengenbachs Spiele wurden wahrscheinlich im Freien aufgeführt. Belegt ist dies für die ersten beiden Fastnachtspiele des Niklaus Manuel: *Ein Fastnachtspiel vom Papst und seiner Priesterschaft* und *Ein Faßnacht schimpff so zu Bern vff der alten Faßnacht gebrucht ist.* Sie wurden in der Kreuzgasse zu Bern 1523 zur Fastnacht von Bürgerssöhnen dargeboten. Ihre Handlungsstruktur bietet keine Neuerungen, das erste ist ein fast reines Reihenspiel von über 1700 Versen – nur die dritte Szene ist als Handlungsspiel gestaltet –, das zweite, mit 220 Versen dem alten Nürnberger Spiel verwandt, ein einfaches Handlungsspiel. Neu jedoch ist ihr Thema: Es sind reformatorische Tendenzstücke, teilweise neu ihre Sprache: Die Satire war im vorausgehenden Fastnachtspiel niemals so scharf wie hier. Die römisch-katholische Hierarchie vom Papst bis hinab zum Mönch wird wegen ihres gänzlich veräußerlichten Strebens nach materiellen Gütern gegeißelt, wobei auch der Ablaß aufgespießt wird. Das Thema ›Reformation‹, das die Geister wie kein anderes der Zeit erregte, blieb seitdem Gegenstand der Fastnachtspiele. Mit ihm blieb die Satire im Fastnachtspiel heimisch. Somit gehören diese Fastnachtspiele, die in den Schweizer Spielorten und in einigen weiteren, aus denen wir nur sporadische Aufführungen kennen, belegt sind, in die Vorgeschichte des politischen Kabaretts.

Die überlieferte Nürnberger Tradition des 16. Jahrhunderts sieht anders aus. Hier schreibt man weder langatmige Moralpredigten noch nimmt man die ätzende Satire des Konfessionskampfes auf. Dabei waren die Bürger hier weder an der Morallehre noch an Luthers Botschaft, noch an Parteinahme für ihn weniger interessiert als die Schweizer. Dieser Befund läßt sich unschwer erklären: Konfessionspolemische Spiele fehlen offensichtlich deshalb, weil der Rat, der eine strenge Zensur des öffentlichen Lebens ausübte, wegen der Lage der Stadt und ihrer vielfältigen politischen und geschäftlichen Beziehungen jede offene Provokation, nach welcher Richtung auch immer, vermeiden wollte. Es ist daher typisch, daß er das erste – und einzige – antipapistische Fastnachtspiel, das im Februar 1522 gespielt wurde, scharf tadelte und nach wenigen Aufführungen verbot. Das Stück ist nicht erhalten. Moralisierende Großfastnachtspiele entstanden sicher deshalb nicht, weil die Fastnachtspiele an die aus dem 15. Jahrhundert stammende recht feste Tradition heiteren städtischen Fastnachtsbrauchtums gebunden blieben, in dem Spiele nur *ein* Programmpunkt neben anderen waren.

Der führende Fastnachtspielautor war in Nürnberg der Schusterpoet Hans Sachs. Von 1517 bis 1560 verfaßte er 85 Spiele. Die besten gehören zu den wenigen Dichtungen des 16. Jahrhunderts, die noch am ehesten einem größeren Publikum vertraut sind und, wie die Kirchenlieder Luthers im Gottesdienst, im Laienspiel noch immer – und keineswegs nur in Deutschland – eine lebendige Nachwirkung haben, seitdem Goethe am Weimarer Hoftheater im Frühjahr 1776 das *Narrenschneiden* inszenierte.

Sein erstes Fastnachtspiel mit dem Titel *Das Hoffgesindt Veneris*, im Februar 1517 vollendet, zeigt, wie Sachs sich in die alte Nürnberger Tradition einpaßt. Das Stück endet nach 220 Versen. Die Kürze *bleibt* Kennzeichen der Sachs-Spiele. Die Durchschnittslänge liegt bei 340 Versen, nur ausnahmsweise werden wie in der älteren Tradition Spiele einmal ausgedehnt, dann auf maximal 500 Verse. So dokumentiert schon der Umfang, daß diese Spiele nicht Selbstzweck der Fastnachtslustbarkeit werden, sondern *ein* Beitrag unter anderen sein und bleiben wollen. Pro- und Epilog der Spiele eins und zwei belegen diese Feststellung überdies ausdrück-

lich. Diese Rahmenteile stellen wie vordem die Verbindung zum Publikum her und fügen das Spiel in die allgemeine Lustbarkeit ein. Wirts- und Bürgerstube sind wie früher die Aufführungsorte. Am ersten Spiel kann man auch ablesen, wie Sachs die Tradition modifiziert: Obwohl wieder einmal Frau Venus den Vorwurf abgibt, fehlt jede Anzüglichkeit und jede Grobheit. Statt dessen stellt sich ein – ich möchte sagen – freundliches, weil maßvolles, Moralisieren ein. Dies bleibt typisch für die Spiele des Sachs: Sie wollen in erster Linie unterhalten, amüsieren, doch in maßvoller Weise übernehmen sie auch eine erzieherische Aufgabe. Damit lag Sachs ganz auf der Linie des von den Stadtvätern Gewünschten. Folgendes Ereignis bestätigt dies: Als ein Jahr nach dem Tode des Dichters der Spielführer Jörg Frölich der alten Zotenliebe an die Öffentlichkeit verhilft, greift der Rat sofort hart durch. Nach zweitägiger Untersuchung verfügte er am 23. Februar 1577: »Dieweil Jorg Frölich lauter uberwisen ist, das seine comedianten die unzuchtigen schamparn reimen zu seinem possenspil offenlich recitirt haben, soll man ine deswegen 8 tag auf ein turn stroffen und das spilhalten heuer gar darnider legen.«
Sachs schreibt anfangs einige Reihenspiele, danach fast nur noch Handlungsspiele, die in seinen besten Gestaltungen wie *Das heiße Eisen, Das Kälberbrüten* (diese Ausgabe Nr. 12), *Der fahrende Schüler im Paradies*[3] usw. ungleich ›dramatischer‹ im Sinne des Staigerschen Grundbegriffes angelegt sind als die Handlungsspiele des 15. Jahrhunderts. Für diese Erscheinung möchte ich zwei Hauptursachen nennen: Wie kein Fastnachtspieldichter vor ihm hat er aus der mittelalterlichen Versnovellistik Anregungen geschöpft. Gerade in dieser Gattung aber hatte sich der Sinn für das, was wir ›Dramatik‹ nennen, entwickelt, während andererseits das geist-

3. *Das heiße Eisen* und *Der fahrende Schüler im Paradies* findet man in: Hans Sachs: Meistergesänge. Fastnachtspiele. Schwänke. Ausgew., erl. u. mit einem Nachwort versehen von Eugen Geiger. Stuttgart: Reclam 1951 u. ö. UB Nr. 7627.

liche und weltliche Drama des Mittelalters – das weltliche besteht fast ausschließlich aus den Fastnachtspielen des 15. Jahrhunderts – weitgehend episch strukturiert waren. Und zum andern: Sachs hatte eine feste Truppe, deren Mitglieder allem Anschein nach viele Jahre hindurch zusammenblieben. Er wußte also, für wen er schrieb, mit welchen Spielertalenten er rechnen konnte. Diese Truppe hörte eines Tages auf, von Haus zu Haus zu ziehen; sie spielte an einem festen Ort, und das Publikum kam dorthin. Das war sicher ein weiterer fruchtbarer Ansatz zur Routinierung und Differenzierung des Spielbetriebes, der jetzt auch auf eine Bühne verlegt wurde, die echte Auf- und Abtritte, eine Unterteilung nach drinnen und draußen u. ä. erlaubte. Eine bemerkenswerte Besonderheit einiger Sachs-Stücke sind Ansätze zu psychologischer Motivierung der Handlungen. Wie im Nürnberger Spiel des 15. Jahrhunderts gibt es auch bei ihm sporadisch ernste Spiele. Unter ihnen steht *Der Tod im Baumstumpf* (diese Ausgabe Nr. 17) an erster Stelle. Mit diesem die Habsucht anprangernden Spiel ist Sachs eine Tragödie von fast shakespearescher Gewalt gelungen. Wie das Spiel des 15. Jahrhunderts mit der spannenden Handlungsführung im erwähnten *Bauernhandel* (diese Ausgabe Nr. 8) über sich selbst hinauswuchs, so das des 16. Jahrhunderts mit dem Vorstoß des Sachs in den Bereich der psychologischen Motivierung und der Tragik, einer Tragik, wie sie wohlgemerkt keine der eigentlichen Tragödien der Zeit gestaltete.

Der Schritt von Sachs zu Jacob Ayrer – Peter Probst übergehen wir –, dem letzten bedeutenden Nürnberger Fastnachtspieldichter um 1600, ist schnell bezeichnet: Die Freude an allen Elementen, die komische, lustspielmäßige und burleske Effekte geben, tritt bei Ayrer ganz in den Vordergrund, das Bestreben, moralisch zu belehren, schwindet. Dies ließe sich etwa an der unterschiedlichen Behandlung im einzelnen demonstrieren, die das Eifersuchtsthema im Spiel Nr. 45 bei Sachs und im Spiel Nr. 53 (Nr. 19 in dieser Ausgabe) bei Ayrer findet. Hier müssen einige Andeutungen genügen: Das Ziel des Sachs ist, neben aller Freude an komischer Verwicklung, die Heilung des Eifersüchtigen und damit die Weckung einer gegen Eifersucht heilsamen seelisch-moralischen Disposition im Publikum zu erreichen, während Ayrer den Eifersüchtigen nur dazu benutzt, Anlässe zum Gelächter zu schaffen. Auf einem sehr viel gehobeneren formalen Niveau findet man bei Ayrer also die Grundstimmung der Nürnberger Spiele des 15. Jahrhunderts wieder.

In welcher Weise das Fastnachtspiel nach 1600 eigentlich fortlebt und welche anderen Formen an seine Stelle treten, bedarf noch der Erhellung.[4]

Unsere allgemeine Vorstellung vom Fastnachtspiel ist die von etwas unbeschwert Heiterem, einem lustigen, possenhaften, burlesken Spiel. Die reich überlieferte Nürnberger Tradition mit ihrem überwiegend heiteren Repertoire hat hier offenbar bedeutungsbestimmend gewirkt. Aber auch vom 15. bis zum 17. Jahrhundert überwog die Bedeutung ›heiteres Spiel‹, soweit sich die ungeschriebene Geschichte des Wortes überblicken läßt. Fastnachtspiel hatte damals sehr häufig auch die allgemeine Bedeutung ›Fastnachtsscherz, Fastnachtslustbarkeit‹, ja es konnte losgelöst vom fastnächtlichen Anlaß eine ›unterhaltsame Schaustellung‹ wilder Tiere etwa bedeuten. Die ebenfalls vorhandene neutrale Bedeutung ›Spiel, zur Fastnachtszeit aufgeführt‹ steht demgegenüber schon im 15./16. Jahrhundert im Schatten.

Abgesehen von dem Wunsch, einen Überblick über die Geschichte des Fastnachtspiels zu geben, leitete mich bei meiner Umrißskizze die Absicht, zu zeigen, daß es für die heutige literaturwissenschaftliche Begriffsbildung nicht ausreicht, wenn man nur die geläufige, auf den heiteren Charakter der Spiele abzielende Bedeutung zur Grundlage einer Gattungs-

4. Verstreute Hinweise findet man beispielsweise bei Richard Newald: Die deutsche Literatur vom Späthumanismus zur Empfindsamkeit 1570 bis 1750, München 1967 (Gesch. d. deutschen Literatur von Helmut de Boor u. Richard Newald. 5. Bd.) und bei Leopold Schmidt: Das deutsche Volksschauspiel, Berlin 1962.

bestimmung macht, wie es geschehen ist. Freilich muß ich zugeben: Die zahlreichen ernsten Fastnachtspiele bringen jeden Gattungstheoretiker, der auf eine schlanke Definition aus ist, in Verlegenheit. Aber dieser Zwecktyp gehört zur historischen Wirklichkeit des Fastnachtspiels. Und eine Gattungsbestimmung sollte anstreben, einen möglichst großen Ausschnitt der Wirklichkeit zu erfassen. Es hat sich bisher stets erwiesen, daß Gattungsgeschichte zu steriler Begriffsspalterei führt, wenn sie versucht, Idealtypen herauszupräparieren. Die Diskussion um die Novelle könnte als warnendes Beispiel dienen. Künftig sollte man daher – vor allem im Hinblick auf die starke Zweck-, nicht Formbestimmtheit der Literatur des 15. und 16. Jahrhunderts – von *der* Festlegung ausgehen: Das Fastnachtspiel ist diejenige Gattung des spätmittelalterlichen und frühneuzeitlichen weltlichen Dramas, das entweder als *belustigender* Beitrag zum Fastnachtstreiben oder als bewußt *ernste* Unterbrechung des Fastnachtstrubels erdichtet wurde.

D. W.

Zur zweiten Auflage

Schneller als erwartet ist eine zweite Auflage der *Fastnachtspiele des 15. und 16. Jahrhunderts* notwendig geworden. Tatsächlich hat der Band seit seinem Erscheinen an zahlreichen Universitäten des In- und Auslandes Fastnachtspiel-Seminare angeregt und für Einführungen in das Mittelhochdeutsche und Frühneuhochdeutsche als Textgrundlage gedient. Mit Freude kann ich auch feststellen, daß der Band für den Kursunterricht der gymnasialen Oberstufe entdeckt worden ist. Schließlich registriere ich mit besonderer Genugtuung Anregungen, die auf die wissenschaftliche Diskussion gewirkt haben: Dietz-Rüdiger Moser teilte mir freundlicherweise mit, daß seine Abhandlung *Fastnacht und*

Fastnachtspiel als eine Art Gegenwurf zu meinem Nachwort von 1973 entstanden ist. In der Tat ist ja nichts fruchtbarer als das lebendige Gespräch, in dem unterschiedliche Standpunkte gegeneinandergestellt werden. Vielleicht reizt es künftige Benutzer des Bandes, unsere Standpunkte zu vergleichen oder im Unterricht vergleichen zu lassen. Daß Johannes Janota in seinem neuesten Beitrag zu *Hans Folz in Nürnberg* mit mir die Rolle unterstreicht, die man dem sogenannten ernsten Fastnachtspiel zubilligen muß, zeigt, daß ich wohl richtig beraten war, als ich diesen Typ des Fastnachtspiels – wahrscheinlich als erster – besonderer Aufmerksamkeit empfahl. In der wissenschaftlichen Arbeit der künftigen Jahre wird es weiterhin darauf ankommen, mit breiter Quellenkenntnis auf philologischer Grundlage das Phänomen Fastnachtspiel im historischen und kulturhistorischen Zusammenhang zu bearbeiten. Wie ein solcher methodologischer Hinweis zu konkretisieren wäre, läßt sich leicht an meinem seit 1964 vorliegenden Buch über den Nürnberger Kriegsknecht, Hochzeitlader, Vorsteher des Eichamtes, Hausmeister des Rathauses sowie Humanisten und Freund der Erzgießerfamilie Vischer, den Handwerkersohn Pangratz Bernhaubt gen. Schwenter, ablesen, dessen Vater ein Freund des Hans Folz war.

Ich habe den Eindruck, daß die vor allem für Nürnberg reichlich vorliegenden Archivalien, die Rückschlüsse auf den sozialen Ort der Spieler, der Spiele und des Publikums erlauben, noch nicht kunstgerecht genug gedeutet worden sind. Wenn hierin z. B. das Wort »Geselle« begegnet, so ist zu prüfen, ob es denn tatsächlich »Handwerksgeselle« bedeutet und nicht womöglich »junger Patrizier«. Und das gedichtete Zeugnis des Hans Folz vom Jahre 1491, das die Feierlichkeiten zum Empfang König Maximilians in der Freien Reichsstadt der Nachwelt gereimt übermittelt, sollte in die Betrachtungen einmal einbezogen werden (s. Hans Folz: *Die Reimpaarsprüche*. Hrsg. v. H. Fischer. München 1961. S. 319–330.). Damals wurden dem König nach dem

Zeugnis des Folz gleichsam als Nürnberger Spezialitäten u. a. ein Fastnachtspiel und ein Moriskentanz vorgeführt. Für die Frage des sozialen Ortes der Spiele ist der Vergleich der handschriftlichen Fassung des *Spieles von dem König Salamon und dem Bauern Markolf* (vgl. unsere Nr. 9) mit der Druckfassung, die Ingeborg Spriewald, Dietrich Huschenbett und ich gleichzeitig entdeckten, ebenfalls von erheblicher Bedeutung.

Einen Anhang ausgewählter kommentierter Zeugnisse und Archivalien zur Geschichte des Fastnachtspieles nehme ich für die vielleicht noch einmal notwendig werdende dritte Auflage in Planung. Zur vorliegenden zweiten Auflage wurden Lücken im Kommentar zum sprachlichen Verständnis gefüllt und einige Versehen verbessert. Der Text konnte unangetastet bleiben, lediglich an zwei Stellen habe ich die Interpunktion geändert. Auch die anscheinend spärlichen Druckfehler der 1. Auflage wurden selbstverständlich korrigiert, soweit sie mir ins Auge gefallen sind. Die verschiedenen Literaturzusammenstellungen konnten erheblich ergänzt und auf den neuesten Stand gebracht werden. Für Verbesserungs- und Ergänzungsvorschläge danke ich den Herren Rezensenten der 1. Auflage sowie Hans Blosen (Århus), Thomas Habel (Göttingen), Werner Höver (Göttingen) und Johannes Janota (Siegen). Möge der Band weiterhin vor allem Vergnügen bereiten.

D. W.

Zur vierten Auflage

Die Bibliographie konnte gegenüber der verbesserten und ergänzten zweiten Auflage von 1978 erneut um die bis September 1989 bekanntgewordenen Titel erweitert werden. Zum Spiel Nr. 7 »Die Bauernheirat« des Hans Folz teile ich eine unbekannte Überlieferung mit, über die ich eigentlich seit Jahren eine

Miszelle schreiben wollte. Aus einem Vortrag von Fidel Rädle habe ich gelernt, daß Fastnachtspiel-Elemente in den deutschen Intermedien des Jesuitendramas und im lateinischen Jesuitendrama selbst zahlreich fortleben. Für bibliographische Hinweise habe ich Thomas Habel (Göttingen) sowie Claudine Moulin (Bamberg) und für redaktionelle Hilfe bei der Herstellung des Nachtrags (S. 399 ff.) Stefan Wendel (Bamberg) zu danken.

D. W.

Verzeichnis der Abbildungen

Inhalt